一曲外来移民
破旧立新勇立潮头的
逐梦之歌

一部浮沉世事
波谲云诡的
新移民大史记后传

桃花驿

樊健军 著

江西人民出版社
Jiangxi People's Publishing House
全国百佳出版社

图书在版编目(CIP)数据

桃花痒 / 樊健军著. —南昌: 江西人民出版社, 2014.3
ISBN 978-7-210-05229-6

Ⅰ. ①桃… Ⅱ. ①樊… Ⅲ. ①纪实小说-中国-当代
Ⅳ. ①I247.5

中国版本图书馆 CIP 数据核字(2014)第 042404 号

桃花痒

樊健军 著

组稿编辑:王一木

责任编辑:张志刚

封面设计:章 雷

出版:江西人民出版社

发行:各地新华书店

地址:江西省南昌市三经路 47 号附 1 号

编辑部电话:0791-86898873

发行部电话:0791-86898893

邮编:330006

网址:www.jxpph.com

E-mail:jxpph@tom.com web@jxpph.com

2014 年 4 月第 1 版 2014 年 4 月第 1 次印刷

开本:787 毫米 × 1092 毫米 1/16

印张:14.25

字数:216 千

ISBN 978-7-210-05229-6

定价:28.00 元

承印厂: 南昌市红星印刷有限公司

赣版权登字-01-2014-70

人物表

哲东　樟树村库区移民，后为水门村民兵连长、治安员、副村长、村长，海选村长失败后为水门镇信用社驻水门村放贷员

九兰　樟树村库区移民，哲东的妻子

“我”　樟树村库区移民，孝荣，哲东的大儿子

孝朵　樟树村库区移民，哲东的女儿，后为刘副镇长的儿媳妇

破絮　哲东的邻居

瘌痢头　破絮的儿子，孝男的死党

太叔公明西　水门村樊姓人的族长

昆生　水门村村长，后被查处

哲水　水门村副村长，后被查处

海波　水门村小学校长

杏林　水门村赤脚医生

高贵　水门村的混混，后坐牢，死于狂犬病

孝男　昆生的儿子，绰号猪屁股，“我”的同学，当兵回水门村后办采石场

小高贵　水门村的小混混，后为水门村民兵连长、治安员

胖头　哲水的儿子，孝男的死党，“我”的同学，后为水门村护林员

水生　水门村第三村民小组组长，后为水门村副村长、村长

淼生　水门村第四村民小组组长

香莲　水门村妇女主任,后被免

翠翠　香莲的女儿,“我”的同学及暗恋对象,后离开水门村

钢宝　“我”的同学,孝男的死党

钢宝爹　水门村民兵连长、治安员,后被免

米儿　昆生的情人,后为水门村妇女主任,哲东的情人

书德　水门村木匠

炳德　水门村会计

刘副镇长　水门镇副镇长,后为水门镇镇长,后被查处

孝强　哲东的二儿子,后逃离水门村

哲仁　太叔公明西的儿子

孝顺　水门村剃头匠

炳男　米儿的丈夫

翠翠爹　香莲的丈夫

花痴　刘副镇长的儿子

王副镇长　水门镇办公室主任,副镇长

目 录

第1章 迁 居

那年春天，一个叫哲东的男人将我和家人捆绑着，扛到了一个叫水门的村庄。

出发前九兰因为怀了我弟弟孝强，身子不方便，只能帮着收拾些琐细。她是个碎嘴的女人，边忙碌边唠叨，这个不能丢，那个须放妥帖。一边歇着去。哲东嫌她碍手碍脚，一脚踢飞了一只酒瓶。酒瓶的溜溜滚着，碰着别的酒瓶哐当哐当响，碰着的酒瓶又撞上另外的酒瓶，满屋子都是酒瓶相互碰撞的声音。他喜欢喝酒，腰带上常挂着布袋子，袋子里装着瓶酒。他的那一脚很有威慑力，九兰乖乖躲到了一边，在他眼里她不过是只大酒瓶，随时都有可能飞起来。

接下来的收拾由哲东独自完成。我和孝朵不想成为小酒瓶，小酒瓶要是飞起来，绝对比大酒瓶飞得更高更远。我和孝朵趁机闪到屋后的某个角落。我有瓦匠张捏的泥人像，是个小人儿，挺着肚子，掏着小鸡鸡尿尿呢，他的头扭着，眼睛朝向某个地方，生怕哪里突然窜出一个人来，他紧张的样子很可笑。瓦匠张说他捏的是我，我见过他躲在废瓦堆背后尿尿的情景，就是这样子。我在背后吓唬过他，趁他不留神在他屁股上拍上一掌，他一下子萎在地上，身体好像被刀刺中了哆嗦个不停，等他站起来裤裆早湿透了。我捧着泥人像就会想起瓦匠张，就会情不自禁发笑。孝朵呢，有九颗石子，绿松石的，圆溜溜，绿莹莹，那是她的宝贝。据说绿松石是宝石，打磨了同金子镶嵌在一起，当戒指戴在指头上。那绿松石是孝朵偶然在山沟里捡到的，九兰花了大半年时间，才将它磨成九颗珠子。别的女孩子见了，蜂拥到山沟里找，却什么也没找到。那九颗珠子是上天赐给孝朵的。九兰钉了只小木盒，用来盛装我和孝朵的宝贝。孝朵的石子用红布包裹，无论怎么颠簸，石子都不会碎。而我的泥人像不能这样草率，九兰教给我一个办法，将稻草用木棍捶碎了捶软了，厚厚包上一层，泥人像绝不可能受损。虽说这样，但我一路上心都悬着，担心泥人像碎了，又怕哲东发现。

收拾的东西码了几大堆，旧衣橱，废木料，桌椅板凳，镰锄犁耙，锅碗瓢盆，都是生活的必需品。乍一看上去,是堆破烂,可少一样使用起来就不方便。村里的手扶拖拉机跑了三趟,才将东西送走。原本说妥了,水门村那边派人来接的,等了三天,鬼影都没见到一个。我和孝朵是最后爬上手扶拖拉机的。九兰靠着栏杆坐在车厢里,她的屁股下面是几只蛇皮袋,那是我们一家人的口粮,几百斤谷子,两袋干薯丝。孝朵七岁,个子太矮,爬了几次都没爬上来,我跳下去顶住她的屁股,九兰在上面拽了她一把,才将她弄上去。车厢的绝大部分空间都让东西挤占了,只有车屁股空出一截,是给我和孝朵留下的。我和她各自拣了个角落坐下。屁股没坐热,哲东又将我们撵起来,让我们爬到九兰身边。孝朵很快爬了过去,挨着九兰坐下了。她向来这么顺从。我忸忸怩怩不想动,哲东在我屁股上拍了一掌,我仍旧不动,他就伸手四处找东西,找不着就扬起了腰间的布袋子。袋子里是只酒瓶,如果砸在脑袋上,脑袋会开花,我只有乖乖地将自己扔到了那堆蛇皮袋上。

同哲东一起上车的是两只羊,鼓着肚子,耸着角。上车时它们咩咩叫了几声,挺不高兴。它们的眼睛里湿漉漉的,蓄了泪,好像不愿意离开。在路上,因为惦记泥人像,我的神情有些恍惚,一不小心从车上坠了下去,刚巧碰着一块三角形的石头,在我脸上刻下了枚戳记。下车时我就恨上了羊,趁哲东不注意时在羊肚子上踢了一脚,那个丑头丑脑的黑家伙委屈地叫了几声,咩咩咩……我也恨上了哲东,在他眼里,我和孝朵还不如两只羊。我发誓,从此以后不叫他爹,而叫哲东。哲东,疯子哲东,酒鬼哲东。

迁居水门是哲东的决定。我们原来住的村子叫樟树村,在一条又长又深的峡谷里,峡谷入口处筑起了高高的土坝。整个村子的人都搬走了,我们是最后一拨。峡谷里空荡荡的,拖拉机响起,到处都是突突声。土坝下的低洼处积满了水,绿莹莹的一片。不久峡谷就要被水淹没,成为汪洋湖泊。

村子里只有我们家迁往水门村。大部分人家都安置在土坝下游,越过土坝就是他们的新家。水门村很远,虽然拖拉机一天可以跑个来回,但已超出了我想象的距离。水门那地方的人都姓樊,天下姓樊的人都是同一个祖先,都是兄弟姐妹。不像樟树村,姓张的姓李的,一个村子七八个姓,说话做事扯不到一块儿。听哲东这么说,我突然想到了个故事,一只大雁离群了,飞呀飞,不停地寻找着队伍。他就是那只掉队的大雁,一直在寻找队伍,找了那么多年他终于找到了,他的队伍就藏在水门村那地方。

出了峡谷，山离得远了，蜿蜒的丘陵起起伏伏。拖拉机在乡间土路上绕来转去，最后停在了小河边。这是我第一次见到水门的河流，河水浑黄浑黄的，河底的沙石都不见了，河床裸露着。河面比峡谷里的河流更宽敞，河水更浅。我有些失望，今后的夏天还不知怎么过。在樟树村，夏天的傍晚哲东总要带着我，到河水里嬉戏，消除一天的炎热。他是条水牛，总是将河水搅起巨大的水花。整个夏天，我都在他的水花中度过。

来接待我们的人叫破絮，他是我见到的第一个水门村人。他穿着爆了花的棉袄，袖着手站在路边，是个矮个子，只够着哲东的肩头，黑而且瘦。我很奇怪他穿着棉袄。都春天了，天气一天比一天暖和，我和孝朵都减了衣服，只穿了衬衣和罩褂。后来证明我的敏感是有原因的，棉袄里的棉花被他掏空了，棉袄成了只大口袋。他就穿着那只大口袋来替我们背粮食。这个秘密当时谁也没有察觉。待清点粮食时，哲东才发现所有的蛇皮袋都被抠了洞，原本鼓鼓囊囊的袋子瘪了下去。破絮是个贼，背粮食时他走在最前面，边走边用手抠着蛇皮袋，粮食从他抠出的洞口漏出来，流入了那只大口袋。九兰在偶然的机会观察过那件棉袄，胸部有个洞，只不过已经被一块补丁掩盖了。

哲东让我和孝朵叫破絮叔。我没有叫。孝朵叫了声，叔。破絮咧开嘴笑了，他的嘴边胡子拉碴的，咧开的嘴就像填不满的老鼠洞。他笑的时候眼睛没离开过蛇皮袋，他的眼珠子骨碌碌转着，瞧瞧这个，又看看那个。他选定的是只旧蛇皮袋，它的一角破了，用截草绳扎着。喝两口吧，哲东摘下酒瓶递给破絮，瓶子里是小半瓶酒，一定是家里没酒了，否则他不会让它空了半截。破絮也不客气，接过酒瓶，仰起脖子，酒就咕咚咕咚灌进了老鼠洞。哲东想着几句劝酒的话，一句也没说出口，破絮还给他的是只空酒瓶。喝过酒，破絮弯下腰，将选定的蛇皮袋扛到肩膀上，等哲东递烟时他早走远了，风将他的大口袋鼓成了巨大的黑气球。

下车的地方离我们的新家有段距离，过了桥，顺着田埂七拐八扭，得走上两里路。哲东给我的任务是牵着两只羊，我不想干，又惧怕他的巴掌。拽紧了，别让它们吃了花草，他将绳子塞到我手上。九兰看出了我的犹豫，打开箱子，将小木盒交给孝朵，让她捧着。孝朵不愿同我一起走，留下来同九兰一起看着蛇皮袋。孝朵不走我也不走。九兰在口袋里左掏右摸，给了孝朵几粒蚕豆，她才抱着盒子跟着我。羊不敢过桥，我在它们的肚子上踢了几脚，它们才犹犹豫豫走到桥面上。

下了桥，我让孝朵打开盒子，我的泥人像躺在稻草里，好好的，我才舒了口气。孝朵的珠子也在，绿莹莹的。两只羊却不老实，趁我察看泥人像时跑到附近的田里啃起了花草，我追过去给了它们两脚。咩咩，咩咩。它们抗议似的叫了起来，哲东走远了，听不到羊的哭诉。我拽着它们上路了，田野上绿莹莹的，是孝朵珠子的颜色，阳光下那只黑气球飘远了，成了个小黑点。想着那只巨大的口袋，我止不住笑了。

若干年后，我才知道，那天哲东让我叫黑气球做叔是错误的，破絮是友字辈，我是孝字辈，曾纯希明哲，孝友启后仁，这是樊姓的辈分排列，他应该叫我叔才对。我不明白是哲东不知破絮的辈分，还是通常的客套。反正，我到水门的第一天，他就乱了辈分，好在我坚持原则，那声叔没叫出口。破絮就是破絮，除了是个贼，连生产队长都不是。

第2章　牧羊奴

我是被迫从哲东手上接过红棕绳的。我不喜欢它，但不得不将它接过来。它是怪异的，一端拴了羊，另一端像蚂蟥一样吸附着我的手。我试图挣脱它，挣扎了几次，绳子越缠越紧，几乎勒得我透不过气来。我只有放弃这徒劳的争斗，让哲东用绳子将我和羊拴到了一起，羊在哪我就在哪。我成了他的另一头羊。

安家的地方是个小山窝，是水门村无数山窝中普通的一个，叫筲箕窝，形状像淘米时用的筲箕。两边是低矮的山坡，中央是垄落差不大的梯田。山坡上长满了草，梯田里空空如也，只见枯败的稻茬和裸露的田泥，再就是野草东一簇西一簇夹杂其间。

新家是几间土坯屋，黄泥黑瓦，屋后搭了个草棚，东头是厨房，西头是猪圈和茅厕。土坯屋只有三间，比樟树村少了两间。哲东睡的木床搭在西边的屋子，东边的屋子空着，那是我的卧室。屋子不大，墙壁被木巴掌拍得平坦坦的，是黄泥的颜色，这是我喜欢的颜色，它同泥人像一个色。我在屋子里翻了个跟斗，双手着地双脚扶墙，倒立着往窗台上看。窗台不高也不矮，我刚巧够得着，窗子是松木的，散发着松树的香味。窗台上有个松树节，像块扭曲的麦芽糖。我将泥人像从盒子里拿出来，压在它的上面，就看不到松树节的丑样了。它挺着肚子，向着屋子里尿尿，一边回过头望着窗外，怕有人看见它。它担心的样子提醒了我，这里不是放泥人像的地方，窗外的人随便一伸手，就将它逮走了。这么精致的泥人像，难免会有人起歹心。

我将泥人像收回盒子里，盒子归了我一个人，孝朵将珠子拿走了。我打量着屋子，想替盒子找个安全的角落。孝荣，羊，孝荣，羊，孝荣死哪儿去了。哲东在窗外叫喊。我慌忙跑出来，两只羊原本系在一棵刚栽的桃树上，现在绳索让他抓在了手里。去，将羊遛饱了。他将绳头扔给我。

我接过羊绳，却不知该往哪走。进山窝的路在东边，我拽着羊往路大的方向走。破絮的屋子也在东边，紧挨着我家。也是几间土坯屋，一样的黄泥黑瓦，不过墙壁斑驳，墙体坑坑洼洼，有堵墙裂了两寸宽的缝隙。他家门前的场地上长满了茂盛的草，屋檐下歪歪扭扭放着几捆柴。羊见着草就迈不动脚步了。如果我偷懒，完全可以在他的场地上喂饱羊，我总觉得有些不妥。一只羊趁我犹豫的空隙，翘起短尾巴拉出一串黑溜溜的羊粪蛋。它不雅的举止让我生气了，往它的脊背抽了一鞭，羊受了痛，咩咩两声，想跑开去，可绳子被我攥紧了，跑不开。就这样拖拖沓沓，我牵着羊，走过了破絮家的场地，又走过了一小块田地，才爬上东边的山头。

我将羊赶到了山顶上。山顶上草多，羊有的是时间，我不愁它们吃不饱，再盛的草也只能一口一口吃。有了草，羊就不说话了，也不东奔西窜，我可以安静做我的事情。山顶上视野开阔，有足够的时间让我东张西望。水门村是个括号形的浅窟窿，括号外都是隆起的山包，只有东南方向的山略高一些，再远处的山可能更高，只能看见模模糊糊的影子。括号中间是条河流，从东南方向的山里流出来，流出水门后在远方拐个弯，再向东流去。河流两边是大片的稻田，一团黄，一团绿，黄灿灿的是油菜花，绿莹莹的是花草。箕箕窝被排除在括号外，是个被人忽视的角落。我曾多次咨询过村里的老人，为什么叫水门，他们都答不出个所以然来。成年后，我琢磨透了，水门之所以叫水门，因为它同娘们的那玩意儿是一个模子里铸出来的。当我悟到这一点时很为哲东悲哀，他寻找到的大部队生活在这么个暧昧的地方。但我始终没有告诉他真相，直到他死我也没说。

羊埋着头吃草，没察觉我的发现，它们的肚子瘪瘪的。站得久了，我的脚有些酸，找了块干净的草地坐了下来。我打开盒子，小心捧出泥人像，将它放在地上。它的个子矮了些，视线被野草挡住了，我便将它托在掌心，这样整个水门村都在它的眼皮底下了。它对这地方一点也不陌生，站在我的掌心向着括号里尿了一泡，边尿边回头向我笑着，做着鬼脸。我被它逗乐了，跟着站起来，对着山下的括号撒了泡尿。

我尿尿时羊突然在背后叫了，咩咩的叫声急切而凄惨，一只羊冲过来撞在我的膝盖弯里。我一个趔趄，朝前跑了两步，才没跌倒。我愤怒地转过身，想教训一下这个莽撞的家伙。我的眼前多了个人，他从山头的另一边冒出来，从远处用石头扔着羊。撞我的那只羊寻求庇护似的躲到了我身后。那只走得远些的羊就惨了，脊背上落了不少石块。它跌跌撞撞奔跑着，想躲避石块，但石块就像长了眼睛，蚊子一样叮咬着它。很快它就让扔石头的人追上了，那人折了根树枝，奋力抽打在羊的脊背上。他一边追打一边咒骂，你这贼羊，竟然跑到我的山上来偷草吃。我打死你，打死你这个贼骨头。

我站着没动，如果在樟树村有人追打我的羊，虽然我不喜欢它们，但我也会同他拼命。它们是我家的羊，除了我家的人，谁也不能戳它一指头。在樟树村，所有的羊都是生产队的，所有的山人人都有份，不存在偷吃草的问题。我怀疑自己闯了祸，不该将羊赶到这个不属于自家的山头来。

羊似乎看出了我的懦弱，叫声里除了委屈，还有对我的不满。它最终躲到了我的身后。我被动地护住了羊。那人追得急了，差点撞在我身上。他是个同我差不多大的孩子，个子同我一样高，头上长了瘌痢，头发有一团没一团的。如果他同我发生战争，不一定能战胜我，虽然没有全胜的把握，但至少不会败得很惨。我努力使自己的身体站得直一些，不让他小瞧我。他手上握着根树枝，因为抽打羊，枝头的嫩叶都脱干净了，有些地方露出了白生生的树骨头。他的脸红得逼人，而且有些扭曲，树枝鞭子被他扬起来，停留在头顶的位置，让我感觉随时有可能抽打在我身上。

瘌痢头比我还愤怒。

你为什么将羊赶到我家的山上来？瘌痢头质问我。他的树枝鞭子落下来，我以为它要砸在我头上，结果却抽在了旁边的野草上。草茎立刻断了，一大截一大截折下来。他没有将我看做羊，或者不敢用树枝鞭子抽我。

这是你家的山么？在樟树村，我一定这样反问，甚至会顶上几句，比如，这是你家的山，你叫它，它能答应你么？而现在，我的语气是种假装不知情的疑问，声音也是低怯的。

不是我家的，难道是你家的?! 你家在水门村？瘌痢头恼了，一翻眼睛，又扬起了树枝鞭。我以为这次他真要抽到我身上了，最后又砸在草尖上，草又折了一大片。我站在那里，不敢说话。羊得到了暂时的保护，又窸窸窣窣地吃草。它们没吃饱，我不能将它们赶下山。如果让它们瘪着肚子回家，哲东会用巴掌扇我的屁股。

你瞧瞧，这些草被羊糟蹋成什么样子了。瘌痢头用树鞭指着草叶对我说。羊只是浅浅吃了层草，看上去并不明显，但我不能说，草生来就是给羊吃的。我低着头，脚下有片断叶，是羊咬下来的，缺了一角。草没了，蝉就没了。他接着说。我注意到他的另一只手，始终没有张开，他的掌心里像握了很要紧的东西。你捉到蝉了么？他摊开掌心，是只蝉，很瘦小，翅膀都没来得及张开，有可能刚从泥土里钻出来不久。

将蝉用火烧了，比烤肉还香呢，蝉肉是一丝一丝的，就像鸡腿肉。他说他吃蝉肉的感受。我没吃过蝉肉，我不捉蝉，只在蝉出没的地方寻找蝉蜕，然后卖到药店里，再去买别的吃的。他窥破了我的不懂，很扫兴，说，下次别让我看见你的羊。他将树枝鞭子砸向羊，羊又被惊得颠起脚，在草丛里乱窜一气。之后他握着蝉跑下了山。

我放羊时哲东什么也没干，躲在屋子里分拣礼物。本来送礼的事都是九兰打点的，他从来不操这份闲心。只要有东西送人家，无论送什么，怎么送，接受的人都是满脸笑容。他笑话过九兰，别人送她根缝衣针，她拿在手上连屁眼都是笑的。但这次送礼的对象同往常不一样，他们不是亲戚，也不是故交，而是水门村的头面人物。哲东列了份名单，太叔公明西、村主任昆生、副村主任哲水、校长海波、赤脚医生杏林，他将他们的名字写在张烟盒纸上，反反复复念了好几遍，末尾添上了一个人的名字，高贵，是个趿半截鞋的。趿半截鞋是樟树村的说法，它的意思等同于地痞加流氓加烂仔的总和。

选择什么样的礼物，哲东煞费了苦心。太叔公明西六十多岁的人，整天端着水烟筒，给他的是包金烟丝，那是烟鬼老七亲手制作的，一两烟丝一斤肉的价钱。村主任昆生是水门村的核心人物，给他的就不是烟丝，而是两包大前门香烟，外加一瓶四特酒。副村主任哲水也有两包烟，爱民牌的，酒是一般的酒，走亲戚时常用。小学校长海波也是个重要人物，天地君亲师，神桌上就有老师的位置，给他的礼物有别于其他人，是支黑色的钢笔。他穿着中山装，上口袋盖留了个孔，专门用来插钢笔。赤脚医生杏林就随便一点，给他的是一盐水瓶火烧酒。高贵就有些特别了，哲东给他备下的礼物也很奇特，是两条肥大的裤衩，马映花布的，红白相间的条纹。平日里高贵就穿着那样的裤衩，光着膀子，在村子里大摇大摆走动。

时间上，哲东也有他的安排。拜见太叔公明西是在半上午，水门村的人起得晚，吃过早饭就是半上午，正是上工的时候。挑粪的，砍柴的，牵着牛下地的，路上人不断。哲东让我抱着烟包跟在他身后。我不乐意，又不敢违抗。孝朵不去吗？碰上不情愿的事情我总想拉上孝朵。她是女孩子，将来拜祭祖堂都没她的份。哲东说。我只好将装着泥人像的木盒子交给九兰，让她替我保管。见了人嘴巴乖巧一点，就说烟丝是你孝敬太叔公明西的。他怕我嘴笨露怯，反复叮嘱我。

我们是朝水门村的心脏走去的。哲东的背影就像堵墙，有一半的阳光让他挡住了。他穿着中山装，左边的上口袋装模作样插了支钢笔，下身是条直筒裤，裤管稍微有点窄，被他的腿绷得笔直，都绷出了棱角。我觉得可笑，不就是见个老头子，有必要这么郑重其事？见了人，还老是想同别人握手。第一次握手出了点意外。对方是个干瘦的老头子，哲东捉住他的手，抖了两下，老头的身子跟着跳了两下，差点摔趴在地上。老头捂着手，脸白得像猪屁股，嘴巴哆嗦着说不出话来。好半晌才憋出一句话，你想谋财害命啊。第二个遇见的人让他遭遇了尴尬，那人扛了犁，牵了牛，对他热情的双手不感兴趣，只是抖了抖牛绳，嘘一声，那牛就蛮横地撞了过来，将他从路上顶了出去。有了这两次教训，他再也不随便伸手了，而是双手抱拳，做个揖，才恋恋不舍让出道路。

接下来的场面有点滑稽。一条狗最先发现了我们，狂吠了一声。很快就引来众多的狗附和。声音此起彼伏。它们一边叫着，一边从四面八方朝我们包抄过来。它们大张着嘴，龇出白森森的牙齿，露出血红的舌头。我和哲东掉进了狗窝里，前后左右，到处都是狗嘴巴，狗牙齿，狗舌头。有两只胆大的狗冲过来，在我们身上嗅了嗅，好像在试探我们的味道，适不适合它们的口味。我揪住哲东的衣角。别怕，它们不会咬人的。哲东捉住我的手，说，这家伙欺软怕硬，你不怕它，它就不敢咬你。我只好强装镇静站着。那些家伙绕了两三圈后转身离开了。我们并不对它们的胃口。它们又不走得太远，就五六步的距离。我和哲东裹挟在它们中间，成了它们的犯人，被押送到太叔公明西的家门口。

太叔公明西的屋子有些像他自己，是屋子们的太叔公。青砖黑瓦，砖是辨不清年月的砖，瓦也是识不出年月的瓦。两只石狮子倨傲地坐在门口的石墩上，四只眼死死盯着我。它们的一只脚踩着球，另一只脚踩着只小狮子。屋子很幽深，从阳光下进去，好像突然掉进了地窖里，阴阴的冷。厅堂里满是柱子，影影绰绰，背后像藏了什么东西。我抱紧烟包，紧挨着哲东的屁股，走过了一根柱子又一根柱子。厅堂里空荡荡的，什么人也没有。我们的脚步声溅起了许多回响，身后像有人追着，我回过头溜一眼，什么也没有，那些押解我们的狗一条都不见了。

屋子的中央是天井，天井的一角挂着线光亮。从那往瓦脊上瞧，瓦面上落满了阳光。在天井的边缘哲东抱起了拳头，瓮瓮叫了声，太叔公。我才发现上厅堂的左边，靠墙的地方坐了个老头，手头端了个水烟筒在吧嗒吧嗒抽烟。他的下巴同羊下巴一样吊着些胡子，只不过羊胡子是黑色的，而他的胡子是白色的。那水烟筒相当精致，有些像我的泥人像，我的泥人像还没有红铜的光泽。我很想将它拿过来，同泥人像较量一番。刚巧太叔公明西抽完一筒烟，将烟斗提起，吹口气，烟屎就飞了出去。那竖立的烟斗让我想到了泥人像翘起的小鸡鸡，有可能那水烟筒的肚子里就是泥人像撒下去的一泡尿。我赶忙用手捂住嘴，怕自己笑出声来。

太叔公明西没听见哲东的叫声，头也没抬，双手忙着装下一筒烟丝。我怀疑他的耳朵让烟屎给堵住了。樟树村有个能人，用鼻子吸烟，烟雾从耳朵里出来。谁不相信，买包爱民牌的香烟给他，他当场就表演给人看。能从耳朵里出烟，耳朵里就会有烟屎。太叔公，您老早啊。哲东将声音提高了八度，双手抱着的拳头并没松开，依旧举在胸前。太叔公明西的手哆嗦了一下，似乎让哲东惊着了。哦，谁呀？他问。我，哲东大侄子。哲东回答说。就是插户的哲东？太叔公明西又问。是。哲东说，来，太叔公尝尝我带来的烟丝。说话间，哲东将烟包从我手上抢了过去，拆开，捏起一撮烟丝，装在水烟筒上。这是烟鬼老七的吧？太叔公明西深吸了口烟，好半晌才从鼻孔里缓缓吐出来。去年昆生就送过一包给我，我都没舍得抽哩。太叔公明西被烟雾陶醉了。这是我孝敬您老的。哲东将烟丝重新包好，塞到太叔公明西的怀里。

没了烟包的负担，我忽然轻松了，有了心情左遛右转，当然，我是坐着没动的，只是眼光在走动。这是个腐败而潮湿的屋子。厅堂的木柱子底下有无数的蚁洞，虽看不见白蚁，但从它们的足迹上判断，比我的泥人像活跃、调皮。厅堂的正中是张高高的神桌，我踮起脚还够不着桌面。神桌中央竖着块巨大的祖牌，黑底金字，比我家那块祖牌不知要高大多少倍。祖牌的两侧立着不少灵位，中间有一尊神像，比我的泥人像要高大许多，瞪着眼，扛着刀，凶神恶煞的。除了这些，我实在看不到有趣的东西。我在想，如果将我的泥人像摆在神桌上，那会是怎样的情景呢。要是让哲东看见了，绝对会将它敲碎的。

我想走开，又走不了。他们的谈话就像蚂蚁，一只一只爬进了我的耳朵。

你是哪个房头的？太叔公明西问哲东。好像是四房的。哲东说。四房？那是贵公房下。太叔公明西扳着指头说，三十二世祖共有四兄弟，荣、华、富、贵，水门村樊姓都是荣公房下，贵公是老四，是一家人了。还请太叔公多多关照。哲东说。那是一定的，今年祭祖你来吧。太叔公明西说，你是哲字辈，昆生和哲水也是哲字辈，你们是兄弟，多同他们走动走动。太叔公明西伸过手，想摸摸我的脑袋，但我离他远，够不着。我想不透，我的祖宗和他的祖宗怎么会是兄弟，就算是兄弟，脑袋也不是随便让人摸的。我这种态度让哲东很恼火，他揪住我的耳朵，将我拽到了太叔公明西的跟前。这是太叔公呢，你哑巴了。哲东骂我。可恶的太叔公明西对哲东揪住我的耳朵半句阻拦的话也不说，只用手在我肩膀上拍了一掌，再也没有别的举动。我挺不情愿叫了声，太叔公。我想，如果我不叫，就必须找到一个洞，像白蚁那样钻进去，不然我的屁股当场就会裂成四瓣。

从太叔公明西家回来，我暗暗发誓，再不跟哲东去见什么人了。很快我就违背了自己的誓言。哲东让我跟着他去见昆生。他将我的书包掏空，将烟和酒塞进去，烟酒体积小，占据的空间有限，书包仍旧空荡荡的。他想让书包鼓起来，寻来找去，没发现合适的东西。出发的时候是在晚上，上半夜，村子里的人将睡而未睡之时。他让我背着书包袋追在他的屁股后面。他佝偻着背，蹑手蹑脚的，像是去做贼。天幕上有几颗星，它们的光亮太微弱了，照不见什么。一切都沉浸在黑暗深处，连哲东的背影离我那么近，我也无法看得真切。四周的狗又咆哮着向我们包围过来。狗是欺软怕硬的，如果它们想咬人，绝对不会找哲东，而是会瞄准我。吃我的肉比吃哲东的肉风险不知要小很多倍。如果我是狗，我也会这么选择。狗吠了一阵子，有几只向我们靠拢，可能是闻过了我们的味道，后来它们不叫嚣了，又悄悄退回黑暗里。

但我对狗的恐惧仍在。哲东真是个疯子，去见人什么时候不可以去，非得晚上，黑灯瞎火的。他带了手电筒，又不摁亮它，好几次我都撞到他的屁股。只不过我的个子太瘦小，撼不动像牛牯一样的哲东。你眼睛长屁股上去了，这么宽的路都走不好，要是摔烂了酒瓶，看我怎么收拾你。他回过头骂了我一句。我才记起书包里的那瓶酒，如果我摔倒在地，碰巧酒瓶子磕在石头上，那它就完蛋了。我像背了个炸药包，后面的路我走得小心翼翼，生怕失脚引爆了炸药，那我就壮烈了。我想起了董存瑞，他去炸碉堡时可能也像我一样，小心翼翼，在黑暗中摸索。我唯一的希望,就是快点到达昆生家。

昆生的家是水门村的金銮殿,坐落在水门村的心脏部位。周围聚集了大片的房屋,形成了一截短短的街道。黑暗中,我们走过学校,走过赤脚医生杏林的诊所,走过村部,后来在堵围墙前停了下来,围墙很高,哲东趴在墙头,踮起足,依然没法窥探到围墙内的情况。有灯光照在墙头上,有几株草,细碎的叶子,看不清楚到底是什么草。哲东转到围墙的门口,门开着,他让我在外面等着。我靠着墙根坐了下来,将书包搂在怀里,像怕有人发觉一样。有只狗闷声不响地靠近我,将我从头到脚嗅了一遍,又一言不发走开了。虽然它没有对我做出什么不轨的动作,我仍吓出了身冷汗。

哲东很快退了出来,要过书包,扭身钻了进去。我想跟上他,等我追到门边时他已经接近灯火了。那是个好大的院子,中间码了堆木料,右边有棵高大的树,有些像枣树。灯光是从一扇窗子里映出来的。有个人影在窗子边闪了一眼就不见了。哲东从光亮处退出来,两手空空的,我以为他将书包塞进了口袋。返回的路上,我忍不住问,书包呢?他愣了一下,没话回答我,他忘记将书包要回来。我停住不走了,那可是九兰的弟弟去当兵,从部队里寄回来给我的礼物。是只黄书包,九兰特意在上面绣了个五角星。他见我没跟上去,回头用手电筒扫了我一下,走不走?你不走就留在这儿过夜。说完他就将手电筒掉过去了。

回到家,九兰也觉得可惜,在要不要将书包拿回来的问题上,她同哲东争执过好几回,都是哲东胜利了。九兰说送礼又不是送书包,哲东说不就一只书包么,值几个钱。书包后来背在了孝男身上,他是昆生的大儿子,胖嘟嘟的,脸阔得像猪屁股,当面叫他小村主任,背地里大家都叫他猪屁股。

第3章　新领地

羊背上的伤让哲东发觉了。他揪住我的耳朵，扯到羊跟前，让我向它认罪。你这王八羔子，下手比屠夫还恶，它同你前世有冤还是今世有仇？他握紧了拳头，骨节嘎嘎直响。他骂我是王八羔子，等于承认他自己是王八。但现实不允许我笑出声，羊满身的树枝鞭印赫然在目，想抵赖也抵赖不了。那不是我干的。我替自己辩解。你放的羊，不是你是谁？他在我额头上戳了一指头，给我留下了枚戳记。是癞痢头，你有本事找他算账去。我委屈得哭了，眼泪在脸上乱淌。谁是癞痢头？他的问话恶狠狠的。我朝东边的屋子努努嘴，暗示他癞痢头就是破絮的儿子。

我以为他会找癞痢头算账，等了好久却不见动静。我有些鄙视他，他同水门村的狗一副德行，欺软怕硬，只会欺负我。是羊吃了他家的花草，还是吃了他家的麦子？他问我。我摇摇头，不想同他说话，羊挨打的原因也不想说。他无缘无故就将羊打成这样？你是个活死人啊，不去拦住他？他又追问我。他就是手痒，无缘无故鞭羊的。我还是不想告诉他真相。总得有原因吧？他对我的话满脸狐疑。如果不是后来九兰问我，说什么我也不会说出来。羊是扫帚星，自从它黏上我，我就成了倒霉蛋。在羊面前，我情愿自己是个哑巴。

九兰怎么告诉哲东的，我不知道。他们喜欢躺在床上说话，商量事情，甚至掐架，那是他们的爱好，我管不着。接下来的一天，哲东将拱着肚子的九兰、我、孝朵，还有那两只羊，一起从家里赶了出来。他牵着羊走在最前面，穿过破絮的场地，走向东边的山头。癞痢头在场地上烧了小堆火，忙着烤他的蝉。我们走过时，他刚巧握了根树枝在手上，我以为他又要鞭羊了，结果让我很失望，他只瞪了眼羊，又埋头他的烧烤了。他也同水门村的狗一样，面对高大的哲东，连屁都不敢放一个。我回过头，朝他做了个鬼脸。他受了气，脸都歪了，头上的癞痢也红了。他将树枝砸过来，可我走远了，树枝气急败坏地掉在草地上。

走了一圈之后，我才明白，筲箕窝是水门村划给哲东的一片独立的领地，是他的自由王国。东西两边的山头，是他们赐给他的自留山。筲箕窝中央的土地分三部分，上面的部分是旱地，只能种些红薯黄豆什么的，中间的水田因为雨水不够，种了早稻就不能种晚稻。只有末端的那几块水田才称得上是真正的稻田，可以种双季稻，碰上干旱，还能从小河里摇水灌田。

假如我早点知道，筲箕窝是属于哲东的，那他的羊也会少吃点苦，少挨几下树枝，至少我不会那么被动，不会丢尽了面子。当时我没主动阻止癞痢头，大半原因就是觉得自己真像他说的那样，是个贼，是我怂恿羊偷吃了他家的草。羊似乎也听明白了，山头上的草是它们的专利，它们比谁都要欢悦。它们撒开蹄子，在山头上奔跑着，跳跃着，追逐着。啃几口草，咩咩几声，又啃几口草。它们在告诉同伴，哪儿的草嫩，哪儿的草肥。那只母羊是最可笑的，居然想引哲东吃几口草，跑回他身边，用身体在他小腿上磨蹭着。有可能磨蹭得舒服了，哲东站着没动，任凭它胡作非为。只有那只公羊干着急，咩咩叫着，想唤回母羊，母羊就是不过去。这狗日的胆子也太大了，它忘了九兰就在旁边。她看不入眼了，忍无可忍，在羊肚子上踢了一脚，才将母羊赶走。你也不嫌脏。只有她有这个权利，踢走了羊，又嗔怪了哲东一句。哲东横了九兰一眼，对她踢走羊有些不满。

羊是哲东的宝贝，是他的梦想，是他的双腿。他对羊的紧张也传染给了我，我不得不陪着十二分的小心，生怕哪儿会伤害了它们。羊吃了草就会上膘，就会相爱，就会有小羊，小羊之后是更多的小羊，将来筲箕窝就是羊的天下，是个大羊圈。等羊将山头上的草啃净了，就栽树，树种都选好了，外围的山坡东边种上南竹，西边植杉树，内侧是桃树，油桃、水蜜桃、大白桃，春天里桃花盛开，漫天桃红，筲箕窝就是桃源仙境了。哲东的梦想也让我充满憧憬，如果在桃树下放羊，口渴了，就摘颗桃子，那么多的桃子想吃多少就有多少，想吃哪颗就吃哪颗。还可以砸桃仁，将桃核烧熟了，又香又脆。最好还栽上杨梅，梨子，橘子，石榴，葡萄，无论哪个季节，都有鲜果，应有尽有。

但他忽略了一个地方，筲箕窝并不是他独立的王国。无论他怎样规划，可没法更改破絮的那幢旧房子，还有屋后破絮的几亩菜地。那是一块抹除不掉的疤痕。

对于筲箕窝的改造，哲东从搬过来的第三天就开始了。他扛着锄头，挑着土箕,在那片旱地上热火朝天干上了。土地像是他的杀父仇人。他将锄头扬到半空,再落下来,一锄一锄砍进泥土深处。土地被他捣翻了,露出新鲜的伤口。九兰以为他要种黄瓜豆荚,将瓜筒里的种子全倒出来,送到地头上。他以前锄地时就是这么干的。但收工时,种子原封未动拿了回来。

九兰决定到现场看个究竟。她挺着肚子,左脚一划拉右脚一划拉,像只鸭子一样踱到了旱地里。出现在她面前的是个半人深的土坑,挖出来的土倒在旱地边缘,垒成了堵矮墙。土坑的面积不宽,过一天,它就扩展了,成了片小池塘。她又犯了个错误,以为那是用来养浮萍或水葫芦的,在樟树村就养了浮萍,是喂猪用的青饲料。又过一天,旱地边的土墙继续往两端延伸,一点也没有停住的意思。土墙在加厚加高,哲东挖的不是池塘,而是小水库。有了水,旱地就不是旱地,它成了稻田,原来种单季稻的地方也能种双季稻了。

哲东还在往深处挖。他碰上从未翻转过的顽土,锄头不顶用,它的舌头卷了,只能改用铁镐。铁镐就像狗的獠牙,凶狠地咬下去,却只有一小块泥土脱落。他那样玩命似的往下挖,我疑心土地的血管都让他砍断了,泥土的血腥气弥漫到空气中,老远就能闻到一股浓烈的泥腥味。他是个疯子,如果任由他继续砍砸,有一天连泥土的骨头也会挖出来。

事情的进展没有哲东想象的顺利。因为高贵来了。高贵来了!最先发现他进入筲箕窝的是瘌痢头,他在埋头他的烧烤,偶然间抬起头,就瞧着高贵了。高贵来了!瘌痢头叫喊着,屋子里没人答应,也不见有人走出来。高贵来了,没有人出来迎接,瘌痢头握着烤熟的蝉屁颠屁颠向高贵跑去了。他要将蝉送给他,送给心目中的大英雄。也许跑得太急,瘌痢头摔了个跟斗,啃了一嘴的泥,但他很快爬起来接着向高贵奔过去了。

高贵始终是高贵的,穿着上就比别人高贵一大截。永远的马映花布大裤衩,比常人的裤头长上半截,到膝盖了。裤管特别粗,像两条没封底的大口袋。关键时刻或许真能派上用场,扎上绳子,就是两条口袋。据说他还穿了条小裤衩,被口袋遮蔽了,谁也看不见。就算脱了口袋,他也不会露丑。他喜欢剃光头,脑袋上一发不留,像覆了只瓜皮。嘴上咬着只红铜烟嘴,他曾用它将一个过路人的眼珠子挑了出来。他身后跟着一个人,一样的大裤衩,一样的光头,就连脚板上的拖鞋也是一样的,踢踢踏踏,只是少了嘴巴上的烟嘴。活脱一个小高贵,村里人也就这么叫。

癞痢头的蝉终究没能送到高贵的手中,小高贵窜出来,一掌扫飞了。狗屎。小高贵说。高贵朝癞痢头努了努嘴,说,带路。送蝉的沮丧很快忘得一干二净,癞痢头融入了队伍又屁颠屁颠跑开了。癞痢头和小高贵像抬着一顶轿子,高贵则晃晃悠悠坐在轿子上。

哲东根本没注意到高贵的到来。他佝偻着背,全力对付一块趴在土坑底部的石头,他要将它弄出来,砌到长堤上。他用铁镐在石头旁边凿出了个小土坑,想将它撬起来,石头像生了根,纹丝不动。有水柱撞在石板上,臊臊的,溅了他满脸。哲东抹了一把脸,仰起头,才发觉高贵正端了家伙,朝水库里撒尿呢。高贵眯缝着眼,烟嘴往上翘着,排泄给他带来了不尽的惬意。这同我的泥人像不一样,我的泥人像是胆怯的,紧张的,脸上掩不住怕人发现的惊恐。我为我的泥人像感到羞愧。

哲东没有动,耐心等待着,可高贵那泡尿实在太猛了,将石头旁边的小土坑都灌满了,水位还在高涨,快要漫过哲东的脚掌了。高贵的旁边,小高贵绷着一张脸,什么表情也没有。癞痢头先是惊愕了一下,很快捂着嘴笑了。小高贵瞪了他一眼,他才收住笑,愣在那儿,脸上却不知该用什么表情。水柱最终断了,高贵抖了两下肩膀,收起了家伙,一截烟灰从烟嘴上断落下来,散碎在风尘中。

外乡佬,掘坟啵?高贵将烟嘴摘在手中,眼睛刹那间睁圆了。他的眉毛跳了跳,划过两道闪电。

哲东很平静,看不出半点愤怒,甚至有些许的笑容。他扔了铁镐,擦干净脚板上的泥土,想从土坑里爬出来。

你站着别动,先把话说清楚。高贵不让他爬上来,用烟嘴瞄准哲东的眼睛,只要哲东胆敢爬上来,他就将烟嘴扎下去。

高兄弟,好说话。哲东的眼睛里有了雾,不知高贵要他说清楚什么。面对气势汹汹的高贵,身强体壮的哲东有些蔫了,像霜打过的草,软绵绵的,表现不出半点精神。我没错看他,他同水门村的狗没什么两样。我有些替他悲哀。高贵最终放过了他,让他爬上了长堤。可哲东没站稳,高贵又让他下去将锄头拿上来。填了它。高贵说。高兄弟,不能啊。哲东握着锄头,头摇得像拨浪鼓,声音里有了哭腔。你不填,难道要我帮你填?高贵趿着布拖鞋,走近哲东一步。高兄弟,别这样。哲东似乎敌不过他的气势,后退了一步。你别高兄弟高兄弟的叫,我不是你的兄弟,昆生才是我的兄弟,要不是他发了话,你挖坑也好,掘坟也罢,都不关我的事。昆生说了,我不敢不来,我来了,你也怪不得我。高贵又迫进了一步,挥动着空烟嘴。哲东去掏烟,可他同高贵一样只穿了条裤衩,摸不到放烟的地方。摸来摸去,只摸着自己的大腿。高兄弟,这是分给我的土地呀。他替自己叫屈。那是分给你种的,不是让你来挖坑的。高贵说,好端端的一块地,活活给你糟蹋了。哲东想辩解,又不知如何开口,像个犯错的孩子,一动不动待在那儿。给我。高贵将烟嘴咬回嘴上,伸手去抓锄头。哲东搂着锄头,给不是不给也不是。高贵没抓着锄头,脑门都染上了猪肝色,青筋暴突,他跳过去,抢过锄头,将长堤上的泥土直往土坑里翻倒。长堤被他扒了个大缺口,像缺了颗门牙。有可能倒腾得累了,高贵扔了锄头,说,限三天,将土坑填了。瘌痢头像只蛤蟆一样在旁边跳来跳去,头顶上的瘌痢像鸡冠一样红透了,见高贵丢了锄头,他立马扑上去,抡起锄头在缺口处扒开了。小高贵却由不得他放肆,对着他的屁股踢了一脚,呵斥说,你逞什么能,滚一边去。瘌痢头就哎呀一声,骨碌骨碌,连滚带爬,落进了土坑里。

哲东的宏伟计划眼看就要从高贵扒出的缺口东流了。他摸不准高贵到底是听了昆生的吩咐,还是主动来找事。哲东的脸上黑一团白一块,像染了锅灰来跳神的神汉。如果在樟树村,有人胆敢来填他挖出的土坑,他早用锄头将别人的脑瓜开瓢了,红的白的涂了一地。现在是在水门村,来填坑的不是别人,而是高贵。他是敌不过的。高贵丢了锄头,让他看到了一线希望。他敏感地察觉到,高贵是在给他一个机会,特别是小高贵那一脚提醒了他。他们都是从括号里跑出来的,来之前肯定商量过,小高贵虽然没说话,但隐约觉得他唱的是白脸。高兄弟,喝杯茶吧?哲东将脸上的锅灰抹去了,脸上是讨好的笑,以前没见过。高贵没答话,扭转身,带领小高贵直往回走,哲东赶忙追了过去。

说是喝茶,摆上桌的却是火烧酒,浸过金樱子,酒就有了甜味,喝起来很上口。我以为酒都让哲东喝干净了,谁知他还藏了一坛,用黄泥封着,揭开泥土,满屋子都是酒香。酒上了桌,高贵也不客气,端起酒盅,一仰脖子,一盅酒就下了肚。小高贵坐着没动,连酒盅也没碰,好像那是个脏物,怕污了他的手。瘌痢头没敢进门,从斜刺里闷声不响溜了。你会划拳吗?高贵问哲东。不会。哲东说。你会唱酒歌吗?高贵又问。也不会。哲东让他问着了尴尬,脸上不自然了。吃个花生吧。他想搪塞过去,高贵不饶,将酒盅重重顿在桌子上。没劲。高贵说,水门村怎么来了你这么个落脚货,真他娘的没劲。哲东讪讪笑着,搓着手,对付我的那副凶狠相不见了。我就给你唱个十杯酒吧。哲东豁出去了,仰起脖子灌下一盅酒,红了半张脸,扯破嗓子唱开了。

哲东唱,一杯酒来劝青哥,姐劝青哥莫懒惰,世上只有耕作好,半年辛苦半年闲,少年不做老来难。二杯酒来把话提,姐劝青哥莫嫌妻,自己妻子长流水,别人妻子瓦上霜,太阳一晒不久长。唱过二杯酒,高贵连酒杯都没碰,脸上不咸不淡,看不出什么表情。哲东只有硬着头皮往下唱,三杯酒来劝三盅,姐劝青哥莫远行,赌博场中切莫去,先卖妻子后卖田,脚头妻子不长远……

十杯酒唱下来,哲东已是声嘶力竭。高贵却不见好脸色,脑门子又是紫胀一片,青筋暴突,眼见雷电交加了。唱呀,接着唱呀。高贵将酒杯"叭"一声扣在桌子上,用烟嘴指着哲东的鼻梁说,我听你怎么唱下去,你这是变着法子骂老子呀。高兄弟,你误会了,我哪敢骂你?哲东慌乱地摆着手,脸上的红潮随之褪了下去,又一团红一团白了。来,抽支烟吧。他拆了包爱民牌的香烟,抽出一支要替高贵插到烟嘴上。我不抽烟,就听你唱。高贵不将烟嘴给他,后来小高贵接过去才将烟点上了。唱呀,唱呀。高贵咬着烟嘴,催促说。我就会唱一个。哲东说。就会一个骂我的?高贵吐出个烟圈,烟圈不停地翻滚,翻滚,撞在哲东脸上才碎了。那我给你出个题目,十八摸,就唱十八摸。高贵说。

哲东清了清嗓子,真就唱开了。在樟树村闹洞房时就唱十八摸,不过我从未听哲东唱过。高贵斜着两个眼珠子,脸上笑得很暧昧,但往后他的神情慢慢变了,有可能哲东的歌声感动了他,他重新端起了酒杯,仰起脖子倒下了一杯酒。哲东唱,伸手摸姐乳头上,出笼包子无两样。小高贵又满上了酒杯,高贵又仰起脖子干了。几杯酒下肚,高贵闭了眼摇头晃脑沉在歌声里,右手支出根手指头,挺有节奏地敲着桌沿。哲东接着唱,老年听见十八摸,少年之时也经过,后生听见十八摸,日夜贪花哭老婆,寡人听了十八摸,抱起枕头哭老婆,和尚听了十八摸,搂着徒弟呼哥哥,尼姑听见十八摸,睡到半夜无奈何,尔们后生听了去,也会贪花讨老婆。高贵叫了声,好,一掌拍在桌子上,酒杯弹出去老高,酒花泼溅。八十四句歌词唱下来,哲东总算捡回了点面子,酒桌上的气氛渐渐好转,小高贵也加入了喝酒的圈子,三盅两盏,一瓶酒见了底。哲东让九兰再拿一瓶酒来,高贵摆了摆手,说,不喝了,留着下次喝,下次再来听你唱十八摸。哲东又让九兰拿出那两条马映花布的大短裤,说,高兄弟,你的短裤脏了,换上吧。高贵接过短裤搭在肩膀上,不再说什么话,只向小高贵招了招手,扭身离开了。

第4章 仪 式

水门村小学四年级一班是个高干班，昆生的儿子孝男，也就是猪屁股，哲水的儿子胖头，妇女主任香莲的女儿翠翠都在这个班。还有昆生家的皇亲国戚的王子公主，哲水家的七大姑八大姨的子孙，以及水门村十七个村民小组组长们的后代。我能够混迹于贵族子弟中间，完全是那支钢笔的功劳。它骄傲地插在校长海波的口袋里，经常在课间操时同它的新主人一块站在石墩上朝我们训话。校长海波是个矮个子，有了石墩垫脚，就很高大了，我们必须扬起脖子才能看清楚他的脸面。那支黑色钢笔有个银白的笔扣，在阳光下光芒四射，让我们不敢正视。校长海波在我们眼里始终戴着这样的光环，他肚子里的文化知识就像那支钢笔一样高深莫测。

我是校长海波亲自送进教室的。他绞着手，踱着方步，让我跟在他的屁股后面。我早习惯了将别人的屁股当路标，去太叔公明西家送烟丝，去昆生家送烟和酒，我都是跟在哲东的屁股后头。校长海波的屁股没有哲东的屁股结实，是个瘪屁股，裤子下面空空荡荡的，没什么肉。临近教室时他放了个响亮的屁，我被吓着了，好大一会儿都没敢跟上去。快点进教室。他似乎瞧出了我的胆怯，回过头向我拧紧了眉头。他是张黑脸，盯人时眼睛里的威严和钢笔扣上的光芒同时扎过来。我赶紧跑了过去，在教室门口迟疑了一会，他在我背后猛然推了一掌，我站立不稳，一个狗吃屎栽了进去，教室里轰然炸开了笑。

我坐在靠墙的角落，不靠近窗子，一张桌子就我一个人占着。这有点像筲箕窝，被水门村扔在了个死角落。不过我比较喜欢这个角落，安静，不受打扰。我看黑板，看到的是大片后脑勺，方的圆的，尖的扁的，分不清谁是谁的，哪个是王公贵族的子孙，哪个又是宰相重臣的后代。我坐在这样的位置，也有可能同哲东有关系，他给校长海波送了钢笔，可忽视了我的班主任，一个瘦削的中年女人。她的声音尖尖的，细细的，说起话来就像用针扎着我的耳朵。是昆生家的什么亲戚？她笑着问我。我说，不是。那是哲水家的亲戚？她收住了笑。我说，也不是。那你是怎么来到水门村的？她的脸色阴沉了，拧得出水。一番盘问之后，她就将我扔在角落里，不闻不问。她有权这么做。

下课铃响了，那些后脑勺就像听到了口令，一起翻转过来变成了一张张猴子脸，将我彻底包围了。他们像玩一副扑克牌，所有牌的背面一律都是后脑勺。他们一步步逼近，包围圈一层层缩小，我想后退，身后的墙将我堵死了，我想逃跑，距离门口又那么遥远，我绝望了。他们的神情让我想起了黑夜中的狗，它们就是这么一步步包围我的。它们大张着嘴，舌头像火焰一样翻卷着，牙齿闪着寒光。如果那天我不是追随在哲东的身后，早就成了它们的美食。哲东是通狗性的，他的气味它们闻得到。

我老老实实坐在自己的位子上，双手死死抠住桌子下面的横杠。我跑不了，也不能跑。哲东说过，你要是逃跑，狗就知道你怯了，它会追着你咬，咬你的小腿，咬你的屁股。最先压过来的是猪屁股，握着一截用铿树刨成的木棒，用红墨水染过，木棒通体散发出红亮的光。他的眼睛里长了刺，扎得我的脸生痛。他边走边用短木棒敲打他的手心。他盯着我，我也盯着他，他在我的桌子上敲了一木棒，将我的目光敲了下来。我低头发现他敲过的地方留下了一条伤痕，靠近我的那端凹下去个深坑。

你是怎么进一班的？猪屁股抬起屁股坐在我的课桌上，用红木棒指着我的鼻子问。

我沉默着，不知他们会怎样对我。孝男的身后脸挨着脸，嘴靠着嘴，是水泄不通的人墙。有人放了个屁，角落的空气污浊不堪。谁放的狗屁？有人问。人堆里立刻涌起了一堆笑。不许笑。说话的是哲水的儿子胖头，长了草鱼样的身子，黄瓜样的手臂，声音瓮声瓮气的。他是副班长，他开了口就没人敢作声了。老实交代。代替孝男催促的是民兵连长的儿子钢宝，身子圆滚滚的，脑袋长而瘦小，就像颗手榴弹。我没话来回答他们，总不能将哲东送钢笔给校长海波的事说出来。

不说是吧？孝男又用木棒将桌子挫出了个坑。给他点颜色瞧瞧。立刻有几只狗扑上来，扯住我的胳膊，想将我从座位上拽起来。我死死抠住桌子下的横杠，桌子也被掀动了，孝男溜下地，亲自加入了对我的战争。他用木棒抵住我的下巴，一只手伸向我的裤腰，想将我的裤子脱下来。我不得不撤回一只手护住裤子，拼死抵抗着。混乱中有人说，矮子的钢笔是不是你送的？他们说的矮子就是校长海波。我没说,那是你们说的。我拼命摇晃脑袋,否认他们的说法。矮子原来是只红钢笔,你来了就换成黑色的了。胖头说。坦白从宽,抗拒从严。钢宝一边扳住我的脑袋不让我晃动,一边喊着口号。就在孝男快要取得突破性进展的时候,上课铃响了,他们只好悻悻然撒手了。

我要告诉我爹,将矮子的钢笔收缴了。离开时孝男用木棒在桌沿上敲了一个回合,留下个缺口,说,走着瞧,你这个外乡佬,看我怎么收拾你。

我和孝朵成了自由进出水门村心脏的人。进和出是两种不同概念的恐惧。进入水门村时,那些狗同那个晚上一样,朝我和孝朵包抄过来,虽然不再咆哮,但它们的眼睛一丝一刻也没有放松警惕。孝朵怕狗,我让她走在前面,她不肯,她恐惧那些挡道的狗,我让她走在后面,她又不答应,怕狗偷袭她的屁股。我只好蹲下来,让她爬上我的背,走了没几步,她挣扎着要下地。我不放她下来,她就骂我自私,我背着她纯粹是为了保护我的屁股,而将她的屁股悬在狗嘴边。我让她折腾得有些晕了。后来我捡了根树枝做武器,让孝朵走在前面。狗们并不惧怕我的树枝,依然恪守它们的职责前后左右包围着我们,一直将我们押解到校门口才散去。

出水门村时又是另外的情形。我和孝朵表面上走得很镇静,其实巴不得一步从狗窝里逃出去。我们就像两条不受欢迎的精子,偶尔游到了水门村的括号里,他们拼命将我们挤出体外。瘌痢头跟在我们身后,他也无处可去,只能回到筲箕窝。他们的欢送仪式从离开校门的那一刻开始,孝男,胖头,钢宝,还有翠翠那个瘪嘴巴的女孩,他们站成一排,齐声高唱着一则顺口溜,一头一捆秆,中间是个红心卵;一头一箩糠,中间站个碑树桩;一头一条狗,中间是个婊子崽。所有的顺口溜全都是冲着我来的,孝朵走在前,我在中间,瘌痢头有意放慢步子落在后面。我就成了他们顺口溜中的红心卵、碑树桩和婊子崽。孝朵和瘌痢头也没有好果子吃,他们成了禾秆、米糠和狗。起初我不明白碑树桩的意思,后来才弄清楚碑树桩就是木头,呆头呆脑、笨头笨脑、痴呆等一类词语的混合义。

顺口溜只是欢送仪式的第一幕,第二幕由瘌痢头单独完成。他尾随在我们身后。先前我并不知道他生了张怪嘴,很会模仿狗叫。他从来没正面朝我叫唤过。汪汪,汪汪汪。这是条疯狗的叫声,凶狠而锋利,由远而近,冲着我们的屁股飞奔而来。孝朵听到狗叫，身子筛糠似的抖个不停，很快她就亡命地奔跑起来。狗叫时是不能奔跑的，否则会真的招来狗咬。孝朵，别跑，有我在。我大声劝阻她。她不听我的劝告，发了疯似的往前窜。狗的叫声越发激烈了，似乎就要张牙舞爪扑上来。路面颠簸不平，孝朵跌跌撞撞，一个趔趄仆倒在地。身后的狗叫声更为疯狂了，声音里挟带了尖锐的锐音。我真担心它会扑上去，摁住孝朵，撕咬她的屁股。我不能再犹豫了，迅速拧转身来，我不一定敌得过水门村的一条狗，但我有树枝在手上，多少可以抵抗一阵子。我豁出去了。

我握紧树枝站在路中间。我看见的不是狗，而是癞痢头，他正噘起嘴巴，发出疯狂的狗叫声。他闭着眼，表情迷醉，沉浸于自己的表演之中。可能他察觉了什么，突然将声音收住了，睁开眼睛。也许是我握着树枝的样子让他害怕了，他立在那儿，不敢靠近我。癞痢头模仿的狗叫声住了，无数的狗却猛然狂叫起来，狗声浩荡，从四面八方狂奔而来。它们是来声援癞痢头的。癞痢头又噘起嘴巴，狗的叫声更为激昂了，像吹响了冲锋号，要对我和孝朵实施致命的最后一击。趁群狗尚未接近，我赶忙扶起孝朵，在波澜壮阔的狗叫声中落荒而逃。

好长一段时间，孝男的顺口溜，癞痢头的狗叫声，群狗激昂的咆哮声，构成了每天欢送我和孝朵的固定仪式。奇怪的是，明知癞痢头的狗叫是假的，可我和孝朵每一次都被他愚弄了，每一次都在狗叫声中节节败退，丢盔弃甲。他的狗叫声太逼真了，我怀疑他是狗变的，是条混迹于人群中的狗。

我终于替我的泥人像找到了安全的藏身之所。我的床铺是临时搭起来的，用两条高凳搁上几块木板，再铺上稻草席子，床就成了。高凳下有个工字形的架子，用来固定凳脚。我将装了泥人像的木头盒子放在它靠墙的那一端，是丁字形的正中。从床头往床底下瞧，盒子刚巧被凳脚挡住了。虽然藏得如此隐秘，可我仍止不住担心，它会不会被哲东发现，或者被人偷了去。放羊归来，或者从学校回家，第一件事就是检查盒子，看看泥人像在不在，有没有破损。我必须装作若无其事，不能让他们特别是哲东窥破我怀有什么心事。

孝朵比我自在，一点不担心她的珠子。我试图找过她的珠子，翻遍了她的床头，枕头下，被窝里，我没发现它们。我以为她将珠子交给九兰收藏了，那样的话才找不到，有许多地方是禁区，她用老挂锁封锁了，除非将锁撬掉，可要我撬掉一把锁比砍去我的脑袋还困难。我忽视了一个地方,那就是孝朵的书包袋,她将珠子放在书包袋里随身带着。有次她被狗叫声追急了崴了脚,我背着她逃跑时碰到她的书包袋,那九颗珠子就藏在书包袋的角落里,硬邦邦的。以后别将珠子带到学校去。我劝她。我不。她坚决地回绝了我的劝告。我见过她用九颗珠子同几个女孩子一起玩着抛子的游戏。她想用它们博取她们的好感,拉拢她们。

无论我如何小心,我的秘密还是被一个人窥破了。有一天放学,我还没出校门,就被孝男和胖头堵住了。那天的欢送仪式增加了一道程序。听说你有个宝贝,明天拿过来让我瞧瞧。孝男一手搂着我的肩膀,一手用木棒在我的胸口上顶了顶说。我没有宝贝。他的木棒将我的胸口顶痛了,我用力将木棒拨开。我看你就是不老实。钢宝不知从什么地方窜出来,抱住我的腰,将我掼到地上。我还没来得及爬起来,孝男的一只脚就踏到了我胸口上,用木棒敲了一下我的脑袋,说,你想抵赖,瘌痢头都看见了,你有个泥人像。要是明天没拿过来,我敲碎你的脑袋。

这该死的瘌痢头,是个暗探,是个小人,是个告密者。我真想将泥人像放在他的头顶上撒一泡尿,浇他个狗血淋头。我只将泥人像在窗台上放过一回,因为它身上黏黏糊糊的,受了潮,我要风干它的身子。他有可能经常在我的窗外游走,伺机窥探,只是我没有察觉。原来我也想过用泥人像去拉拢孝男他们,但我只有一尊泥人像,只能给一个人,给了孝男就会得罪胖头,给了胖头得罪孝男就更麻烦了。我铁定心不将泥人像拿出来,无论他们怎么对我,哪怕敲碎我的脑袋。我没有,谁看见叫谁拿。我在孝男的脚下嘶喊着。你这个外乡佬,还挺强的。孝男又用木棒在我脑袋上敲了一下,这下有些狠,我的脑袋上立刻隆起了个肉包。

回到家,我将泥人像交给九兰,让她锁到柜子里。她见到我额头上的包,问我怎么回事,我回答她不小心摔的。九兰撩起衣角,在我额头上轻轻揉了好几个圈,我也没将事情告诉她。

接下来平静了好几天,孝男没要到泥人像也不见有什么动静,我以为老天开眼了,让他们放弃了。但我没想到他们会盯上孝朵的九颗珠子。那天放学后我左等右等,都不见孝朵从教室里出来,我寻过去,教室里空空的,只有她一个人趴在自己的座位上哭泣。哥,我的珠子不见了。她抽泣着对我说,我就去了一次厕所，回来就不见了。我脑子里咯噔了一下，她的珠子找不回来了。可我不能将我的预感说出来，为了安慰她，我问，你问过同学吗？问过了，她们都说没看见。那你找了没有？上哪去找啊，珠子就放在书包里。书包里的书全被她掏了出来，书包空空的，什么也没有。可能是同学开玩笑吧，她们想借你的珠子玩玩，明天就还给你了。我连哄带骗将她劝出了教室。

走出校门时，我和孝朵又被孝男他们堵住了。孝男用木棒挑着孝朵装珠子的布袋子，挡在路中央。我的珠子。孝朵尖叫一声向孝男扑了过去。孝男一闪身，孝朵落了空仆在地上，爬起来时鼻子蹭破了，血将鼻头都染红了。想要珠子吧？拿泥人像来换。孝男将珠子收在手上，扭身扬长而去。他肥壮的屁股在围墙边拐个角，转眼就不见了，连欢送仪式也免了。孝朵眼巴巴地看着我，我不看她，转眼别的地方。

春天的水门村是骚情的，草在长，鸟在飞，连那些阴险的狗也在相爱。我和孝朵都不说话，一路上走得死气沉沉的。我想着了孝朵的九颗珠子，像绿水晶一样的珠子，它们落到了孝男手上。我将泥人像从九兰手里拿回来放在窗台上，现在已经没什么可隐瞒的了。它依旧是那副调皮的样子，挺着肚皮向着窗外，一边回过头来看着我，生怕我将它从窗台上推下去。犹豫再三，我决定用泥人像去交换孝朵的珠子，一切都因它而起，如果不是它，他们就找不到偷走珠子的理由。我捧着盒子走出家门时孝朵将我拦住了。哥哥，不要。孝朵说。她的眼睛红红的，鼻子上的血迹让九兰洗干净了。九兰问是不是有人欺负了她，孝朵也撒了谎，说是不小心摔着的。

我不去理会孝朵的阻拦，捧着盒子出了筲箕窝。我的决定在孝男的掌握之中，我没进校门就被他们截住了。他们迅速散开形成包围圈，孝男和胖头挡在前，钢宝和瘌瘌头守在后，翠翠猫在一边，虎视眈眈盯着我，孝朵的珠子在她手头上攥着。他们都是一副狗脸，张着嘴，露出锋利的牙齿。我打开盒子，捧出泥人像。胖头跳过来一步，从我手上抢过泥人像，转手交给了孝男。孝男用指头夹住泥人像，翻来覆去瞧着，他的眼睛先是睁成了猪奶子，很快又眯成了一条线。就这么个破玩意儿？他晃着泥人像问瘌瘌头。可能是他夹得紧了，泥人像在他手间挣扎着。就是这个。瘌瘌头回答说。我当是什么宝贝。孝男一脸不屑，就在转换表情的瞬间，他将泥人像掷到了地上，谁也没来得及阻拦。我傻眼了，几乎不敢相信这是真的，等我清醒过来时，泥人像已经四分五裂，断胳膊断腿的，散落在地上。孝男又抬起他的猪蹄子对准泥人像碾了几脚，碾成了一堆碎细的泥土。我嚎叫一声，向孝男扑了上去。孝男有可能被我的凶相吓着了，来不及躲闪，被我一把拦腰抱住。我们两个人扭在一起，他用短木棒挫着我的脊背，我咬住了他的胳膊，他哀号了一声，胖头他们一拥而上将我掀翻在地，将孝男解放了。等我爬起来时他们一溜烟跑得不见了影踪，翠翠也趁着混乱带着孝朵的珠子跑了。

第5章　牙　祭

落户筲箕窝的那年，水门村的人分小组劳动，一声哨响，劳力们争先恐后从各自的屋子里钻出来，聚集在一块听候小组长的分工。他们有固定的聚集地，或在晒谷场，或在组长家门口。有的扛着锄头，有的握着镰刀，有的挑着土箕。组长说，谁谁去犁田，谁谁去砍青，谁谁去挑粪。一声哨响就开工了。拿错了工具的回家换过，犁田的牵了牛往田野上走，砍青的队伍三个一伙五个一群上了山。吃饭在各自家里吃，只有重大的农事活动才聚在一块打牙祭，比如第一天插秧，双抢的开始，逢时过节。大盆的豆腐，大碗的肉片汤，香喷喷的白米饭，那是我对樟树村打牙祭的记忆。

遇上打牙祭学校下课特别早，就算不下课也没法上课了，大半的人早溜了，谁也不愿意为几十分钟的课而错过一次丰盛的牙祭。只有我和孝朵是幸福而忧伤的，幸福的是，因为打牙祭他们取消了欢送仪式，连狗们也不见了，它们闻着肉香，早就守候在灶前屋后。忧伤的是，不会有牙祭在家等着我们，大盆的豆腐，大碗的肉片汤，香喷喷的白米饭，它们与我们无缘。我们什么时候打牙祭？我问哲东。搬家时九兰从樟树村带来了大袋的干萝卜、干酸菜和干苦瓜片，就这三样轮换着吃，屋子里满是干霉的气味，熏得人直想吐。哲东被我问得一愣一愣的，好半天没话回答我。末了他捡起根树枝，对准我的屁股抽了一鞭，说，吃，就知道吃，饿不死你。抽过我，他又从腰间摘下酒瓶子，咕咚咕咚灌了几口老猫尿，两只眼睛顷刻就像狗眼睛一样烧红了。

哲东在樟树村是个小组长，有枚哨子，银闪闪的，像个逗号的那种，他搓了根细细的苎麻绳，将哨子穿了吊在胸前。哨子是种身份，就像校长海波的钢笔一样，那不是谁都可以拥有的。他的胸挺得特别高，如果恰好有阳光照着它，那同校长海波的笔扣一个样，会发出耀眼的光芒。那枚哨子到了水门村就退居了二线，成了床头的装饰。哲东在床的屏风上钉了根钉子，哨子就挂在那儿。虽然成了装饰，可谁也不敢贸然去碰它。我想过用它去放羊，吹声哨子羊就出发了,待羊们吃饱了,再吹声哨子,羊们就乖乖回来了,乖乖进了圈。没想到哲东比羊还灵敏,我牵着羊,才吹了声哨子,他就听见了。当时他正在豆子地里锄草,听到哨声就扛着锄头跑了回来。他满脸红通通的,跑得上气不接下气,见了我,将哨子从我嘴里抠了出来,然后甩给我一巴掌,我被他扇晕了,嘴角都渗出了血。这也是你能吹的?活见鬼。他瞪着双牛卵眼,死死盯着我,像要活吞了我。

有段时间,哲东幻想会有人通知我们去打牙祭,好歹都是水门村人了,没理由撇下我们一家。等来等去,牙祭打了三四场,就是不见半个人影来。连破絮的拐脚老婆也捧着碗,一颠一颠跟在破絮的屁股后面,去打牙祭罗。他们一边拐拐扭扭走,一边前呼后喊着。他们是故意喊给哲东听的。哲东果真沉不住气,扔了锄头,换上的确良衬衫。他不带烟也不带酒,只将哨子擦亮了,端端正正挂在胸前。他要去见昆生,向他讨个说法。水门村的田野是安静的,空气里飘着豆腐的香味,汗从脸上流下来是肉片汤的味道。哲东一个人走在通往水门心脏的路上,没有谁来骚扰他,就连狗也不见了影子。哲东将步子迈得很悲壮,每一步都踏出了一声脆响。他穿的是九兰纳的硬底布鞋,磕在干硬的泥土上嚓嚓嚓地特别响亮。他去得不是时候,昆生不在家,他家的门敞开着,院子里不见半个人影。

哲东有些沮丧,他去了两次昆生家,他都不在家。第一次偷偷摸摸去,又偷偷摸摸回,像是做贼。别的贼是偷东西回来,他做贼却是送东西出去。围墙边有棵柚子树,他躲在树荫里,想守到昆生回来。他的腿蹲麻了,直起身抖抖腿又蹲下了,蹲了老半天,依旧不见人影。他想找个人问问,又觉得不妥。后来两条狗启发了他,它们一前一后朝一个方向蹿了去,连瞧他一眼都顾不上。肉片汤的香味就是从那个方向飘来的。他心里一动,从树荫里奔出来跟上了那两条狗。它们抄了近道,从田埂上直接冲向一片屋子。他只能顺着道路走,绕了好大一个弯。

见到昆生时,他正端了个大海碗在喝肉片汤。哲东看不见他的脸,只见着圆形的碗底,以及像蚂蟥一样吸附在碗底的几根粗壮的指头。它们从碗底吸足了血,肚子鼓鼓的。昆生的上身是赤裸的,胸脯像女人一样鼓着两坨肉,而且淌满了油亮的汗液,一滴一滴,圆滚滚的,晶晶莹莹往下掉。他的旁边站了个瘦小的男人,用一把蒲葵扇卖力地朝昆生扇着风。昆生哥。哲东舔了舔嘴唇,朝碗底叫了一声。声音让碗底阻隔了，昆生没听到，直到碗底朝了天，才将碗放下来。昆生打了个饱嗝，长吐了一口气，从瘦男人手中接过扇，自己扇了起来。瘦猫，去吃吧。昆生向瘦男人说。瘦男人斜了一眼哲东，从桌子上捡过昆生的碗走了。昆生哥。哲东又叫了一声。喔，是哲东呀，来得正好。昆生像是才看到他，扭头向里屋喊了一声，瘦猫，叫厨房端碗肉片汤来。昆生哥，我不是来喝汤的，我找你有事。哲东说。说吧，什么事？昆生皱了皱眉头。昆生哥，承蒙你照顾，让我在水门村落了户，能不能再请你关照一下，将我们一家落户到组上？哲东说。想打牙祭了？昆生用手在胸口抹了把汗，朝哲东笑了一眼，又沉默半晌才说，筲箕窝的左边是三组，右边是四组，不三不四的地方，要不这样吧，你去问问三组和四组，看看哪个组愿意接纳你们一家。昆生一眼窥破了他的心思，哲东的脸腾地涨红了，他本想说破絮在哪个组他就去哪个组，可想到同一个贼在一块，心里头就不痛快。只有依照昆生的话去做了。

三组的组长叫水生，比哲东矮一辈，是孝字辈的。对哲东还算客气，说话却是弄堂里扛木头，直来直去的几句。水生说，哲东叔啊，不是我不答应，三组就这么点田亩，多个人就多一份吃食，就算我答应了，三组的乡亲也不会答应，你还是去找四组吧，他们的田地多，多个把人不成问题。四组的组长叫淼生，是同辈的，比哲东年长一些。淼生几句话就将哲东踢回了三组。淼生说，哲东老弟，筲箕窝本来就是三组的，破絮也在三组，你落户到三组是灶王爷进厨房，不去那还能去哪。再说呢，我算鸟组长，你问问左邻右舍，如果他们答应了我举双手欢迎。

水生左一脚，淼生右一脚，哲东像皮球一样的溜溜滚回了昆生那儿。咦，怎么回来了？昆生见了哲东，长长咦了一声。哲东将经过说了一遍，昆生听了骂了一句，这帮狗崽子，就再没话了。之后，也许是哨子的光芒刺着了他的眼睛，昆生从哲东脖子上取下哨子，叼在嘴上吹了一嗓子，哨声凄厉。很不错的哨子。昆生将绳子勾在指头上，抖起了圈，哨子绕着他的指头旋转着，划出一个一个银亮的光圈。你当过组长？昆生问。哲东的脸辉煌了一下，转眼黯淡了。要不这样吧，筲箕窝单独做个组，十八组，你就是十八组的组长。昆生说。说话间，昆生的指头没勾住，哨子脱手而出，直冲上了天。

当上十八组的组长后，哲东像被狗咬了，变得神经兮兮的。有点像孙猴子，不知弼马温是多大的官。他制定了时间表,早晨六点半起床出早工,七点半吃早饭,八点准时出上午工,十二点吃午饭,下午二点出下午工七点收工,八点晚饭,十点钟睡觉。这张时间表同水门村的十七个村民小组是同步的,同一时间吃饭,同一时间出工,就连上床睡觉搂着女人亲热也是同一时间。

那枚哨子重新派上了用场。从水门村的心脏回来,哲东将哨子的绳子拆了,换上九兰搓的线绳。哨子也不再挂在床头,而是整日含在他的嘴里。他每天要吹八次口哨,每次三声,二十四响,一声不多一声也不会少。他在樟树村就是这么吹的。从早晨六点半开始,三声哨响过后,就听到他在窗外自言自语,十八组的,早晨砍青,说完他就夹着镰刀上山了。吃过早饭,又是三声哨响,哲东又说,十八组的,上午锄地,说完他就扛着锄头下地了。之后是午饭,出下午工,晚饭,晚上十点他又准时吹响哨子。如果我和孝朵的房间还亮着灯光,他马上就会呵斥,十八组的,关灯,睡觉。

九兰听不惯哲东的哨音,每次哨响她都用双手掩住耳朵,躲在房间里不出来。你这么鬼嚎似的吹,孩子的耳朵都被你吵聋了。她抚着隆起的肚子,找到了压制他的办法。哲东却不理会,该什么时候吹就什么时候吹,该吹几声就吹几声,一点也不马虎。什么十八组,还不是你这只蛤蟆在古井里瞎呱呱。九兰恼了,话语里有了刺。你,蛤蟆的儿子,你,蛤蟆的女儿,你,蛤蟆的老婆,还有你肚里的小蛤蟆,都是十八组的组民。哲东嬉皮笑脸的,一点也不在意九兰的刺,甚至还在她肚子上摸了一把。在他眼里十八组的形势一片大好,人口在稳步增长,羊儿在幸福地吃草,将来的筲箕窝必然果树成林,羊儿成群,前途一片光明。他的轻佻让九兰哭笑不得,她的脸色铁青了,哽在那儿好半天说不出话来。你神气什么呀,有本事叫别人也听你的。她朝东边努努嘴,这一嘴努中了哲东的软肋。总有一天他会听我的。哲东被她的话戗住,从墙角拿过锄头,说,十八组的,下午刨田坎。

昆生的话是含糊的。他说筲箕窝是十八组,如果仅仅指筲箕窝这片土地,破絮一家除了几亩菜地外口粮田并不在筲箕窝,那他们不能算十八组的组民。如果指居住在筲箕窝这片土地上的人,那无疑又包括破絮一家。哲东的理解却不是这样,如果按土地划分,菜地也是地,破絮也是十八组的,如果拿人头划分,那就不消说了,不管是羊也好贼也罢,就是乌龟王八蛋,只要生长在筲箕窝的土地上,那也是十八组的,都归哲东管,得听他的哨音行事。

什么十八组，十八个屌，给他根针他当棒槌了。对于哲东的想法，破絮一连串的白眼，说话声就像狗吠，是一连串尖锐的哮音。我是三组的，他一个上香的管起方丈来了。破絮愤愤然，将他同十八组扯在一块好像是莫大的耻辱。

破絮不从，哲东只有迁就他了。人活在世上，人要敬三个鬼，也要敬三个。破絮是个贼，贼比鬼难缠，鬼玩虚的，贼可是实实在在，顺手牵羊，眨个眼你就会实实在在丢了东西。这贼谁也得罪不起。况且筲箕窝是发展的初级阶段，很多东西紧缺，有羊没牛，有犁没耙，哲东指望破絮能帮个忙。屌毬，安排我做事来了。哲东说话，破絮头也懒得回。筲箕窝是十八组，这话可是昆生说的，你不做事，忙还不能帮个？他搬出昆生以为能镇住破絮，可他错了，破絮根本不拿他的话当回事。你叫昆生当面同我说。他一句话将哲东叉上了墙。

开田的那几天，哲东无心吹哨子了，三天两头总拿热脸去靠破絮的冷屁股。他们之间终于达成某种默契，破絮趁着早晨放牛或晚上收工时偷偷将牛牵过来，哲东就起早摸黑将田犁了耙了。破絮牵一次牛，哲东借给他两升米，扛一次犁，再借给他一升米。牵了二次牛，破絮就不愿干了，嫌米太少，借一次米吃不了两三餐就没了。你当是打发叫花子呢。破絮很是不满。哲东用撮箕盛了五升米送给他，破絮拢着手，不接撮箕。干脆点，你就借两石谷子给我。破絮说，要不你自己去牵牛。讨价还价之后，哲东咬咬牙，借了一石谷子出去。那些谷子是樟树村修水库时上面补给我们家的口粮，也就三五担谷子。撮谷子时破絮用一石穿了底的箩筐，筐底用布缝着，将箩筐提起来，箩筐下像是吊了只布袋。

插秧的前几天，哲东决定十八组打牙祭。他换上的确良，挂上哨子，去请昆生来打牙祭。每次进入水门村的心脏，他都是很隆重的。他一直保持这身打扮，一根皮带束着腰，腰间原来晃荡的酒瓶也不见了。

哲东不单请了昆生，还请了哲水。其他小组打牙祭，都只请昆生，哲东有些破例了。原想将高贵也请过来，但想到他同昆生哲水同桌吃饭喝酒，吆三喝四的，哲东有所顾虑，抬高了高贵不说，还有损昆生和哲水的身份。破絮也没有叫，既然他自己都不承认是十八组的，叫过来也没什么意思。而且哲东心痛那一石谷子，说是借，恐怕老虎借猪头有借无还了。

十八组的牙祭是丰盛的，有肉有豆腐有酒。九兰挺着肚子下厨，有些不方便。哲东早早收了工，到厨房里帮衬着。烧火，切菜，嘴里哼哼呀呀的，不知唱着什么。他的头发上抹了水，一根根竖着，像田里的稻茬，很精神。哨子也来凑热闹，不停地在他胸前晃来荡去，他嫌它碍手碍脚，暂时将它收进了口袋。灶膛里的火也喜欢捣蛋，呼呼笑着，时不时蹦出个火星，如果不是躲闪得快，哲东的的确良衬衫早就炸出无数个小窟窿了。最后上桌的菜是八大碗，砧板腊肉猪耳朵，米细豆腐东坡肉，吊浆米果荷包蛋，落在后面的是泥鳅钻豆腐，泥鳅是哲东耙田时捉的，放在清水里养了好多天，肚子里的泥巴都吐干净了，外加一碗肉片汤，从上面看只不过几片肥肉浮着，并没有什么不同，但它深藏不露，底部是厚厚的一层瘦肉。这也是哲东的主意，十八组嘛，就是碗肉片汤也要与其他组有所不同。

菜上桌了，还不见昆生和哲水的人影。狗却来得比谁都快，先是两只狗在筲箕窝的入口处转悠了一圈，朝筲箕窝的底部嗅了嗅就消失了。那是两条探路的狗。很快水门村的心脏就狗声浩荡，各路的狗狂吠着，呼朋引伴，直奔筲箕窝而来。它们有的从入口处直接闯进来，有的翻过山头往下压。门前的场地上水泄不通了，屋后也传来狗的叫声。哲东让我将羊牵进来，将屋后的门关严了。他握着把锄头在门口走来走去，眼睛不离筲箕窝的入口，有几次他将哨子叼在嘴边想吹上几响，之后却一声不发放下了。他想爬上东边的山头，朝水门的心脏看看，又不敢离开。狗们等得不耐烦了，一只狗朝哲东张开了嘴，溜出了血红的舌头。群狗仿佛受了感染，一起张开嘴，狂乱地叫喊起来。它们对哲东握着锄头堵住门口很是不满。

昆生就是这个时候进入筲箕窝的。他挺着胸，背着手，走得慢慢悠悠，一边走一边转动眼珠子。哲水跟在他的后面，佝偻着背，完全陷进了昆生的影子里，不注意还以为就是昆生一个人。昆生兄。哲东向他们招着手，可他的声音被狗叫声盖住了，传不进昆生的耳朵。直到昆生近了，咳嗽了一声，群狗才突然收住声音，一条狗闷声不响走开了，又一条狗闷声不响走开了。很快它们纷纷离去，只留下几条胆大的狗坚守在场地上。

有条狗同昆生亲热了一下，在他裤管上嗅了嗅，摇了几下尾巴。昆生用蒲葵扇抚了抚它的脑袋，狗尾巴摇得越发欢了，嘴里满是低低的欢吟声。哲东也露出了狗相，想去握昆生的手，昆生却没理会，自个儿在上座坐了。哲东老弟，若是你个人请我吃饭，我是不来的，可十八组打牙祭，我就不能不来了。昆生摇着蒲葵扇说，十七个组打牙祭我都去了，不能落下你这个外来户。哲东一边嗯嗯支应着，一边将蒲葵扇抢了过来，塞到了我手上。我极端不情愿，可还是接过了蒲葵扇，替昆生扇了起来。那一桌八大碗彻底同我无缘了，荷包蛋一个一个被夹到了昆生和哲水的碗里，肉片汤也被舀成了两半，上面那一半进了哲水的肚子，下面那一半流入了昆生的嘴巴。喉咙里有口水汩汩响着，我只有死命闭住嘴，我担心它们不老实，会趁我张开嘴巴时喷出来。喷在地上倒没什么，如果喷在昆生身上那就糟了。桌子上的肉是没有骨头的，骨头早让哲东剔除了，因此场地上的狗同我一样什么也没捞到，它们焦急地转着圈，眼巴巴朝屋子里张望着，就是不见有东西扔出去。后来它们冲着屋子咆哮起来，发泄了一通不满，才悻悻离去。

吃了肉，喝了汤，接下来是喝酒。昆生喝酒红脸，几杯酒下肚，他的眼珠子红了，鼻子尖也红了，脑门上爆出来的全是大汗。可能牙祭打得太多了，他的身体圆滚滚的，两只乳房比九兰的还硕大，而且红透了。听说你会唱酒歌？昆生问。昆生哥，我不会唱啊。哲东装出一副唱不出口的憨相。给高贵唱得好好的，现在就成哑巴了？昆生拧紧了眉头，脸上有了愠色。唱吧，唱一个吧。哲水帮上了腔。那就从命了，我唱个十醉吧。不过有个条件，我唱一醉昆生哥得喝一杯酒。同高贵唱过那一回后哲东的嗓子眼都痒痒了，只差屁眼没长嘴。哲水哥，你也得帮我陪上一杯。他又给哲水下了套。唱吧唱吧，唱得不入耳我可不喝。哲水催促说。

哲东就从座位上站起来，挺直身子，摆正哨子，唱开了。他唱的是十醉，一醉和尚跑进了尼姑庵，二醉青哥上错了姐的门，三醉嫂姐搂住小叔子直唤郎，四醉鳏公半夜爬上了墙，五醉寡妇人湿了裆，六醉亲家亲母对错了嘴，七醉公公进了小媳妇的房，八醉青姐梦见狗长了八条腿，九醉十醉光棍汉最倒霉，八辈子才碰上一石女。昆生先前晃着脑袋，后来哼哼哈哈的，嘴巴一开一合也唱上了。他唱的差劲得要命，走腔跑调的，几次都将哲东拐调了。酒一杯一杯下肚，哲水没插嘴，只用手敲着桌子，滴滴答答的，脑袋摆得像吊瓜。唱到八醉，昆生一口酒喷了出来，大张着嘴，吭吭哧哧的，就像狗吃了辣椒半晌都说不出话，只用手指着哲东。八条腿，一条狗八条腿，嘀嘀，八条腿。昆生笑得花枝乱颤，两只乳房像两片树叶子一样摆动着，整个身子都荡起了波纹。

最后昆生是哲水扶着走的，哲东坚持要送，哲水不让。我进来时看了，筲箕窝变化不一般，我就交给你了，水门村就是你的家，有什么困难尽管同我讲，好歹我们是一家子。临出门时昆生说。他的唾沫星子溅了哲东满脸，哲东一点也不恼。昆生哥，你就放心吧，我保管将筲箕窝建设得有模有样。哲东说。

第6章 游 村

哲东对于水门村的心脏是向往的。不过这种向往很少有人知道,九兰也不清楚,我是从他进出水门心脏的次数猜测的。他就像条发情的公狗,总爱往狗堆里扎。他找了各种理由,有时为了买盐,有时给自己买包烟,有时为了九兰,她的顶针不见了,需要再买一个。她正在缝制小孩子穿的衣服,她的肚子足够大了,一个新生命随时会降临筲箕窝。本来这些事情可以交给我和孝朵,可他不,非得自己跑来跑去。

我猜不透他向往什么。我和孝朵被群狗包围的时候,他会突然出现在身后,替我们驱散狗群。他不知用什么办法贿赂了狗们,它们对他并不怎么敌视了。他仍旧那身打扮,白色的确良衬衫,锃亮的口哨吊在脖子上,直筒裤紧绷绷的。可能是裤子窄了的原因,他的屁股相当壮观,像两扇石磨。他走得雄赳赳气昂昂,眉毛向上跳,嘴角向上翘,比一条猎情的狗还豪迈。有次我偷偷跟在他身后,他总是沿着一条固定的线路行走,走到门前有棵枣树的屋子前就不再往前走了,折返身顺着原路回来。跟踪了两三次,我发现那栋屋子里有个长相挺妖的女人,名字叫美儿,水门村人说话美和米是一个音,所以别人都叫她米儿。米儿长了张狐狸脸,腰软得像鲶鱼,两只眼睛像猫头鹰眼,滴溜溜转得飞快。我听孝男说过,一看米儿就长了偷人的相。我怀疑哲东去那就是为了偷窥米儿。

不过我没看见他进过米儿的屋子。他,谁的屋子也不进,像一条丧家狗一样在路上走来走去。有一次碰巧米儿从屋子里出来,她向他敞开了狐狸脸,眼睛眯成了一朵花。哲东却慌乱了,没有对上米儿的笑眼,而是白了张脸,赶紧低头走开了,好像做了什么见不得人的事。之后不久,他再次从米儿屋前经过时,真就抬不起头脸了。他敲着铜锣,脖子上挂着纸板,就像个耍把戏的,在孩子和群狗的押解下哐当哐当走过。

哲东被罚打锣游村了。原因很简单,水门村人插秧都是用木轮车在水田中滚出一个个方格,秧苗就插在方格的十字架上。方格是固定的,一晚用的是三七寸，横三竖七，早稻和二晚是四六寸，横四竖六。在樟树村，插秧也是划方格的，可能打牙祭酒喝多了，哲东完全将划方格的事抛到了脑后。插秧时他绕着田边转圈，慢慢转到田中央，一块田就绿了。因为没划方格，禾的行间距就参差不齐，歪歪扭扭的，不便于通风。每年插秧时分，村干部都要下到各组去检查，发现转圈插秧的，必须将秧苗拔起来划过方格重插，违反者还得打锣游村。用昆生的话说，杀鸡给猴看。至于谁是鸡谁是猴，那就看各人的面子和运气了。

筲箕窝本来被检查组遗忘了的。他们去了十七个组，就是没到十八组。昆生说筲箕窝是十八组，可在其他人的耳朵里那不过是句玩笑话，是用来搪塞哲东的。筲箕窝就是筲箕窝，谁也没将它上升到村民小组的位置。秧苗都下田半个月了，一直风平浪静的，什么事也没有。可有一天钢宝爹和香莲突然进了筲箕窝，钢宝爹个子不高，矬头矬脑的，两条腿却风风火火，以急行军的速度直扑稻田。香莲的腰有些粗，为了证明她的柔软，她尽可能将腰肢摇摆起来，就像钟摆，吊坠动了，吊杆却是直的。而且田埂太窄，妨碍了她的摇摆，她不无遗憾地在田头收住脚步，用一条红红绿绿的手绢给自己扇着风。一条狗嗅到了什么味道，从田埂上跑过来，围着香莲缠来绕去。

检查的结果一目了然，不容哲东狡辩，证据明摆在那里，想抹也抹不掉。钢宝爹让他去一趟村部。钢宝爹说这话时脸上笑嘻嘻的，哲东以为遇上了什么好事，屁颠屁颠跟着去了。事情是昆生处理的，虽然打了十八组的牙祭，可在铁的事实面前，他帮不了哲东。死罪可免，活罪难逃，秧苗不能再拔起来了，打锣游村是免不了的。还要罚半天的工分。钢宝爹补充说。哲东没工分可罚，改罚一斗谷交到村部。

哲东疑心破絮告了密，其实也无所谓告密，破絮不说，那几亩稻田也藏不住任何秘密。有段时间他还为打牙祭的事而得意，殊不知问题就出在打牙祭上，如果当时叫上钢宝爹和香莲，叫上破絮，不就什么事也没有了。

锣是钢宝爹交到哲东手上的，是面黄灿灿的小铜锣，提手上系了根红布条。敲锣的是根小棒槌，棒槌的一端是个荞头头，握手的一端也系了红布条。从村部出来时，钢宝爹还给他脖子上挂了块空纸板，刚好将哨子遮住了。水门村的阳光有些炽烈，哲东不敢挺胸抬头，头抬得高了，阳光就扎到眼睛里。他也不敢低头看地，阳光照在铜锣上，一样刺得他睁不开眼睛。你敲锣呀，敲锣呀。钢宝爹在后面催促着。哲东就用棒槌揍了一下锣的脸，锣哐当一声哭了，声音拉得好长。再揍，锣就杀猪似的嚎叫起来，哐当哐当响个不停。锣乱七八糟哭了一阵，被钢宝爹阻住了。不能只敲锣，你还得喊。钢宝爹说。喊什么？哲东不解。你说喊什么，难道还要我来教你？钢宝爹横了双眼，不耐烦了。哲东是聪明的，马上就知道要喊什么了。樟树村的人打锣时就叫喊的。他又将锣敲得震天响，嘴巴不停地开张着。钢宝爹只见到他的嘴巴一开一合，却听不到他喊了什么，满耳朵的当当当，声音全被锣响盖住了。你不能这样敲。他将锣从哲东手上抢了过去，问，你刚才喊什么来着？哲东回答说，大家莫学我个样哦，不划方格就插秧哦。当，哲东的喊声刚落，钢宝爹恰到好处敲了一声锣。喊一声敲一下锣。钢宝爹将锣还给了哲东，又从背后推了他一把说，去吧。

大家莫学我个样哦，不划方格就插秧哦。当，当当。

水门村的心脏突然喧闹起来。下地的不下地了，扛着锄头站在路边，候着哲东。田中劳作的，蚂蟥都吸住了腿肚子，依然伸长脖子朝村道上张望着。奶孩子的忘了盖住衣衫，奶子白晃晃地在外面招摇。老婆子耳背，行动迟缓，新媳妇朝屋里叫喊，外乡佬打锣了，老婆子才慢吞吞挪出来，可哲东走远了。他一点也没给她面子。最敏捷的是狗，第一声锣响它们就从四面八方赶来了，拖儿带女，前前后后将他围了起来。一条狗直起身，伸出爪子拍了拍他的屁股，哲东赶紧捂住了屁股，锣就当啷一声掉在地上。他回过头，那条狗忽闪忽闪看着他，眼睛里满是嘲讽。它将他的屁股当锣了。

敲了段路，哲东慢慢找到了感觉。他的语调渐渐变了，变成了酒歌的唱腔。他用的是十醉的唱腔，一醉和尚跑进了尼姑庵，二醉青哥上错了姐的门。——大家莫学我个样哦，不划方格就插秧哦。当，当当。锣声就不再单纯是锣声了，而是成了一种伴奏。有了伴奏，打锣就成了饶有兴致的事情。他的这种兴致没能维持多久，很快被孝男他们搅乱了。他们比狗晚来一步，不过狗见他们过来早就让开了道路。哲东敲一声锣，孝男就用短木棒敲一下哲东的屁股，哲东的屁股肯定比锣阔。胖头和钢宝则模仿着哲东酒歌的腔调，他唱一句，他们跟着唱一句。后来他们让瘌痢头做裁判，听谁学得更像一些。瘌痢头听来听去分不出高下，胖头和钢宝就争执起来，先前只是嘴上功夫，很快胖头就扼住了钢宝的喉咙，钢宝顺手揪住了胖头的耳朵，两个人扭在了一起。瘌痢头钻了空子，不知从哪捡了根树枝，从哲东的腋下探过去，将锣敲出一团乱糟糟的混音。

锣敲不成了，酒歌也走了调。路过米儿屋前时，哲东抬不起头，不敢朝屋子那边看。后来米儿赖在哲东怀里说起这段往事时，捂着肚子笑个不停。你呀你，你真是个外乡佬，坏透了。米儿媚笑着说。

游村之后哲东就蜷缩在筲箕窝，哪儿也不去，打锣将他的腿打折了。他也没地方去，出了筲箕窝就是水门村的心脏，去哪都要从那里经过。原以为他是受了游村的打击羞于见人，后来发现他并不是我想象的那样，他的脸皮没那么薄。他不去水门村的心脏是农活的原因，豆地长了草，稻田也长了草，他在发动一场对草的战争。他依旧斗志昂扬。每天清晨，三声哨响过后，他就在门前的场地上叫喊，十八组的，下地锄草。他的中气十足，唱过酒歌之后喊叫声里有了一种特别的韵味，窗子都被震得嗡嗡直响。

哲东是耐不住寂寞的。有几次他都走到了筲箕窝的入口处，盯着水门村的心脏出神。他燃了支烟，像条狗一样追着自己的尾巴转着圈。我以为他会走出去，可转了几圈又折回来，爬上了东边的山头。他的身子在筲箕窝，心却在水门村的心脏东游西荡。那里不知有什么东西令他迷醉，令他魂牵梦绕。一样的稻田，一样乏味的绿色，水门村只不过是个面积更宽点的筲箕窝。而且有狗，像幽灵一样冷不防从你的身后窜出来。如果不是要上学，我一辈子不踏进水门村中心也不会有遗憾。

但我拒绝不了水门村。明知道有狗，有孝男，胖头和钢宝，每天一次的欢送仪式，我还得硬着头皮进去。我的泥人像，一直陪伴在我身边，也被他们残忍地砸碎了。我收回来的只是一捧土。我用筲箕窝的水将土和了，想重新捏一个泥人像。无论我怎么努力，泥土总没法黏合到一块，勉强凑合了，放到窗台上没两天裂缝就出现了，而且越来越深，越来越宽，又碎裂了。一个地方的土和另一个地方的水如此难以结合到一块。我为我的泥人像深深的悲伤。而孝朵呢，每天放学后就去后山转悠，那九颗珠子落入翠翠的手中后就再也没出现过，彻底失踪了。她在寻找绿松石。她寻找得极其细致，每一簇草丛，每一棵树下，都留下了她的脚印。每次回来她都是两手空空，满脸沮丧。我想劝她不要浪费时间，绿松石不是筲箕窝能找到的。我说不出口，不能朝她的伤口上撒盐。

哲东却不顾及我和孝朵的悲伤。他没见过我的泥人像，也没见过孝朵的珠子，也没法理解我们的悲伤。他只关心水门村的心脏。每天晚饭后的时光成了哲东审问我和孝朵的固定时段。他先是问学校上了什么课，是哪个老师教的，听不听得懂。校长海波每天都干些什么，对我和孝朵怎么样。虽然我们对他的热情表示怀疑，但怕他瞧出我们的破绽，所以我和孝朵都一五一十告诉了他。上了语文课，写了作文，题目叫我的村庄。校长海波的钢笔还插在他的上衣口袋。他站在石墩上训话时笔帽一闪一闪的，放着铮亮的光。哲东对我的作文很有兴趣，问我都写了什么。我背诵了一遍我的作文，我的村庄叫樟树村，我爷爷生在村子里，我父亲生在村子里，我也出生在这里。如果不是村子里修了水库，我们会一辈子生活在这里。村子里有一群老樟树，树干很粗，几个人都抱不过来。村子里的泥土很细腻，可以做瓦，也可以捏泥人像。泥土里还能找到绿松石，据说是用来做宝石的……我还要往下背诵，哲东挥挥手将我阻住了，他抓起酒瓶，灌了口酒，好长时间都没话了。

沉默了半晌，哲东又开始问话，看见昆生么？我摇摇头，我没见着昆生，却每天必须面对昆生的儿子孝男。他组织了合唱队，领唱的是翠翠，队员有胖头钢宝和瘌痢头，胖头不知从哪找来了破锅盖，将它当锣敲。欢送仪式又增加了一道程序。他们摆开阵势，拦住我和孝朵，让我们充当他们的观众。他们模仿哲东的唱腔，放声高歌。大家莫学我个样哦，不划格子就插秧哦。当，当当。他们的歌唱对我和孝朵是一种羞辱，羞辱的根源来自于哲东。我走不开也逃不脱，他们像狗一样形成包围圈。那时候我的内心满是愤怒，恨不得哲东也来听听。除了游村的唱词，水门村流行唱酒歌了，有时走在路上，田野中央会突然飘来一声酒歌，一醉和尚跑进了尼姑庵，唱的是走腔走调的十醉，但一点也不妨碍歌唱者的沉迷。有时是路边的屋子里，一个酒醉的男人卷着舌头结结巴巴，唱的是十八摸，伸手摸姐屁股边，好似扬扬大白绵，伸手摸姐大腿儿，好像冬瓜白生生。所有这些我都没告诉哲东，也不想告诉他，这种猥亵的歌词让我满脸羞红，无地自容。

看见哲水不？哲东又问。他看着我，我看着孝朵，孝朵摇了摇头。接下来他问钢宝爹和香莲了。他晃了晃脑袋，又喝了口酒，不再问话了。我和孝朵如释重负，趁他扬起脖子喝酒的空隙赶紧溜了。我和孝朵的脱逃只是暂时的，过一天相同的问题又会出现。这样的问话一点意义也没有，真不知他想听到什么。哲东似乎很幼稚，我和孝朵每天待在学校里，昆生和哲水能上学校去么，即便去了他们又能做什么。水门村的心脏平平静静的，没失火也没人打架，下地的在下地，走路的在走路，谁也没闲着，什么事也没发生。后来我和孝朵被他弄烦了，在他没开口之前，我就一口气说出了答案，昆生哲水统统没见着，校长海波又训话了，让我们好好学习天天向上。其实我碰见了高贵，他穿着哲东送的大裤衩，光着脑袋，赤着上身，大摇大摆走在路中间。他的后面是小高贵和一条摇着尾巴的狗，小高贵没拿正眼瞧我，狗却在我的裤管上嗅了嗅，试了试我的味道。我跳到路边的石墩上，等他们轰轰烈烈走远了，才离开。

狗崽子，问你几句话就不耐烦了。哲东揪住我的胳膊，抽出皮带，要抽我的屁股。孩子家能懂什么，你又不是没长腿，想知道还不如自己去看。九兰张开手臂，像母鸡护崽一样将我护住了。

我又于心不忍，他问了那么多次，我和孝朵一句有用的话也没给他。他就像个吵着要零食的孩子，哭闹了许多回，却粒瓜子也没得到。后来我就多了个心眼，四处留意着。虽然我不喜欢做贼一样到处窥探，但我对自己说，我是替哲东在看，我是他的一双眼睛，我是筲箕窝潜伏在水门村的暗探。有一次我在路上溜达时看见昆生在米儿屋子前东张西望，我眨了下眼睛他就不见了。我疑心他钻到了米儿的屋子里。这件事要不要告诉哲东呢，我想了很久，还是没说给他听。还有一次，几条狗在路上追赶一个陌生人，就像当初围攻我和哲东一样，那人被狗逼急了，一个跟斗栽在路上，爬起来屁滚尿流地逃了。我有些丧气，遇到的总是这类琐碎的事情。

后来的一天，有一件事引起了我的注意。那天体育课，我在学校附近的田边走来走去，寻找捏泥人像的黄泥。自从泥人像被孝男砸碎后，我一直在找寻那种黄泥。我的运气很坏，我要的泥土总是不见踪影。我又一次无功而返了，但我不甘心。就在我灰心丧气的时候，水门村的心脏突然骚动起来，鸡在飞，狗在跳，连稻田里的泥鳅也受了惊，跳上了岸。钢宝爹带了几个人，像几条饿狗一样闯进了一家人的屋子。他们进去后屋子里就炸开了锅，女人叫天叫地，孩子破了嗓子号啕大哭，锅碗瓢盆乱响，有猫从灶房里逃出来，一溜烟逃得不见了影子。很快他们两手空空出来了，又闯进另一家。另一家的屋子立马闹腾开了，比上一家还要沸腾，连屋顶上的青烟都像疯狗一样翻滚着。他们在找寻什么东西，一头猪跑了还是一只鸡不见了，这么兴师动众的。我猜不出他们要找的东西。

回家后我将事情说给哲东，不过我没钢宝爹那么激动，说得轻描淡写的。他却坐不住了，直起身，双手反在背后，在屋子里走来走去。他们在找什么呢。他自言自语。也许是厅堂的空间太窄了，他走了几个来回就跑到门前的场地上，继续晃荡。转了几圈，他在自个的大腿上拍了一掌，说，丢东西了，他们一定是在找东西。他在门槛边停住了，脸像喝过酒一样红透了，两只眼睛炯炯有光。

也许是在水门村的心脏没找到他们要找的东西，钢宝爹他们又气势汹汹冲进了箸箕窝。他们在东边的屋子翻箱倒柜找了半天，灰头土脸出来了。丢了什么东西？哲东堵在门口问钢宝爹，钢宝爹铁青了脸没搭理。搜查是彻底的，屋子里被搅得翻天覆地，所有能藏东西的地方都不能逃过他们的眼睛，连坛坛罐罐都揭开了，九兰挂了锁的箱子更不例外。他们又颗粒无收。他们似乎不甘心，连茅房和羊圈也没放过。可意外的是，就在羊圈的一堆柴草下，他们找到了铁皮油桶，油桶的外表锈迹斑斑，肚里空空如也。掷在地上，咚咚直响，残存的几滴菜籽油撒在地上，立刻有了狗掌大的一团污渍。菜籽油的香味也在屋里弥漫开来。

哲东是作为贼带走的。油桶翻滚到脚边时，他的嘴巴大张着，惊愕得说不出话来，脸上罩上了层死白。这怎么可能。他喃喃说着话，可没人搭理他。屋子里进行了一次更彻底的搜查，所有东西都被翻了个底朝天，最后什么也没搜出来。厨房里有只瓦坛，盛了半坛的茶籽油，被抱出来放在桌子上，他们像狗一样一个个吸溜着鼻子，轮换着嗅了一遍，也没嗅出半点菜籽油的香味来。你这贼骨头，东西藏哪了？钢宝爹瞪着牛卵眼问哲东。这怎么可能。哲东没听到钢宝爹的呵斥还在重复那句话，这怎么可能。你是死猪不怕开水烫吧？带走！钢宝爹说。跟随钢宝爹的几个人跳过来，扭住哲东的胳膊，从羊脖子下摘下红棕绳绑了，推推搡搡出了箸箕窝。作为罪证的铁皮油桶拎在钢宝爹的手上，他一摇一摆走在队伍的最前面，就像得胜回朝的将军。

没了绳子的束缚，羊就自由了，咩咩叫着，堂前屋后跑个不停，我追着它们的屁股跑，不能让它们有偷嘴的机会。哲东不在家，这项重任就落到了我的肩上。羊因为我的追赶反而更欢愉了，它们碰碰脑袋，抖抖胡子，撒开蹄子，一只向左一只向右。我慌了神，不知该追哪一只，就在我犹豫的间隙两只羊不见了踪影。后来一只羊是破絮的拐脚女人用树枝抽回来的，羊跑得快，她追得急，可再急也追不上羊。她不解恨，只能骂，你个贼骨头，连养的羊都是贼。羊跑远了，只有我在替羊挨骂。就那么短暂的工夫，它将拐脚女人的空心菜地踩了个来回，估计地角上少不了一泡羊粪蛋。

后来我也顾不上羊了。九兰要去看望哲东。她挺着肚子，领着孝朵径直出了筲箕窝。我赶紧将羊赶进羊圈关了起来，追随在她们身后。九兰很少进入村中心，狗们对她还很陌生，一路上狂吠个不停。九兰低着头，不理它们，她的肚子是个沉重的包袱，每一步都得小心翼翼。她的样子唤起了母狗们的同情，一条瘪着乳头的狗怜悯地叫了几声，之后群狗才无话了。它们并不因此放松警惕，一条狗盯了九兰的肚子很久，疑心她的肚子里藏了什么东西。九兰走路的样子也有些畏缩，更让人增添几分疑问。所以狗们坚守它们的职责，将我们押送到村部才慢慢散去。

哲东被关在村部的一间空房子里。门口站了两个放哨的民兵，一个操着猪屎箢，一个握着粪勺，两个脑袋凑在一块，正下着脱裤棋。棋盘是个冈字，棋子是四粒石子，每人两粒。那个握着粪勺的突然跳了起来，你输了，狗日的，脱裤脱裤。输了的那个也跳了起来，用猪屎箢指着九兰，退回去，不许看，贼骨头有什么好看的。他不是贼，他是我男人。九兰说。他是你男人？你脑子不蠢，眼睛不花，耳朵不聋，怎么就嫁了个贼？可惜呀可惜呀。操猪屎箢的那个用眼睛上上下下扫了一遍九兰的身体，晃着脑袋说。他不是贼。九兰边说边朝门口走去，她的肚子快撞上猪屎箢了，操猪屎箢的赶紧缩了手，将猪屎箢落在地上。

门是锁着的，进不去，只能隔着窗户看。哲东被反捆着双手，绑在中央的一根柱子上。脖子上吊了片石磨，他听见说话声想抬起头来，可石磨的重量压迫着他，只能将眼睛极力往上翻，眼睛里满是白眼珠。他的脖子上青筋暴突，额头上满是玉米粒似的汗珠。九兰嘤嘤哭了，她想抓住窗子上的栏杆，拱着的肚子妨碍了她。她只能掉转身子，将背部靠紧窗户，那样才不至于将身子软下去。别哭，当心身子，我没事。哲东反过来安慰九兰。他笑了一下，可头埋得低，没法瞧清楚他的笑容。回去吧，回去吧。哲东说，家里有羊有鸡呢，可别丢了。来，将羊绳拿回去。我才发现绑哲东的绳子换过了，那根羊绳弯弯扭扭丢在地上，像条冻僵了的蛇。那是我的职责，门是不可能打开的，我斗胆借了猪屎箢才从窗户里将它挑出来。

离开村部，九兰没回筲箕窝，而是领着我和孝朵去了昆生家。一条狗横在院子中间的场地上朝我们咆哮着，死畜生，里面有人呵斥了一声，它才安静下来放我们过去。那是条狼狗，黄毛倒竖，长相凶残。我想起同哲东来这里的那个晚上，它嗅过我的身子，我的腿肚子就止不住颤抖。我几乎倒退着进了昆生的屋子。昆生的屋子很阔，厅堂比我们的教室还宽敞。昆生敞着肚子坐在厅堂里，手上是把大蒲葵扇，见了我们头也没抬，自顾扇着。昆生哥。九兰叫了一声。哲东家的吧？昆生这才抬起眼，用蒲葵扇指了指旁边的竹椅子，坐吧坐吧。哲东他不是贼。九兰开始抹眼泪了。是不是贼现在很难说，至少油桶是从你家找到的。昆生的话不置可否。九兰就嘤嘤哭开了。哭什么嘛，是贼哭也没用，回去吧回去吧，村里会查清楚的。昆生皱起了眉头，脸上有了不快。是贼谁也帮不了他，回去等着吧。九兰收起了哭声，又领着我们退了出来。出门时那条狗又向我们咆哮了一声，这回没人来阻止它。

哲东关在村部没能回来。九兰做了饭，让我送给哲东吃。我仍旧被那两个握着猪屎筢和粪勺的人挡在了门外。我央求他们放我进去。握粪勺的那个一脚踢飞了装有饭菜的篮子，还想吃饭，吃屎去吧。饿死他，好让他长点记性，那桶油到底藏什么地方了。那个操猪屎筢的也帮腔。我从窗户里偷偷看见，哲东脖子上吊着的石磨不见了，换成了空着肚子的铁皮油桶。钢宝爹握了截茶树棍，立在哲东的旁边。你将油藏哪了？钢宝爹往哲东大腿上抽了一棍，又在铁皮油桶上敲了一下，铁皮油桶就嘭的响了一声。我没偷油。哲东的身体抖了一下，声音是从牙缝里咬出来的。那你偷了什么？钢宝爹又敲了哲东一棍，铁皮油桶又尖叫了一声。我什么也没偷，我不是贼。哲东扬起了脸，铁皮油桶也随之扬了起来。

三天后哲东被放了出来。他没能说出油藏在什么地方。那么香的菜籽油，炒的菜一定非常香。我在内心隐隐渴望，有一天能够吃到那么香的东西。我家的饭桌上不论之前还是之后，都没出现过那样的香味。因为菜籽油，哲东连带油菜也恨上了，所有开黄花的植物都成了他的敌人，都成了他的刀下之鬼。哲东出来后找过昆生，昆生却不想见他，托钢宝爹转了句话，没事不要到水门村来瞎跑，我们没那么多眼睛来盯着你。钢宝爹过话时还添了句话。昆生说的水门村就是水门村的心脏，哲东通往心脏的道路被昆生一句话堵死了。虽然没找到做贼的证据，但洗脱不掉贼的嫌疑，水门村的心脏是不欢迎一个贼的。

我怀疑哲东会不会将油暗暗送给了米儿。我的猜测没有根据，他不可能是贼，有油也不会送给米儿。后来的日子，倒是东边的屋子经常飘来菜籽油的香气，整个筲箕窝都被那种奇特的香气笼罩。瘌痢头还说漏过一次嘴，说是油煮饭吃了肚子痛，让他拉了好多天稀。别人用眼睛盯着他时，他就闭了嘴，后面的话被他吞到肚子里拉稀拉掉了。

第7章　末　日

哲东的脖子成了狗脖子。它让石磨吊出一条深深的沟，绕了脖子大半周。脖子折了就怠工，本来头是由它顶着的，它不干了，头就垂下来，像狗脑袋那样悬着。他只有仰躺在床上，将脖子抻得笔直，两只眼直勾勾地盯着床顶。他用这种姿势来惩罚他的脖子，教育他的脖子，不让它怠工。可躺了没几天，他不得不爬起来，将床让给九兰。因为铁皮油桶，她可能动了胎气，隆起的肚子瘪了，一个男伢趁机溜了出来。哲东抱起他时脑袋就勾到了男伢脸上，他的胡子扎着他了，男伢哇的一声哭开了，声音洪亮。他只得将男伢放下来，爬到九兰身边躺下继续修理他的脖子。就叫孝强吧。哲东对着床顶说。床顶上有只蜘蛛，吊在一根蛛丝上荡着秋千，很快乐又很悠闲。

孝强的出生冲走了哲东内心的幽暗，口哨声又悠扬起来。筲箕窝仍是筲箕窝，地盘不见宽广，可他管辖的组民在增多。这是好兆头。我叫孝荣，现在又多了个孝强，孝荣孝强加在一块，筲箕窝必定繁荣富强。

哲东又斗志昂扬了。先前小水库被高贵搅黄了，他一直未弄清楚到底是不是昆生的授意，但这丝毫动摇不了改造筲箕窝的决心。高贵扒出的缺口让他堵上了，蓄了水，放上浮萍，土坑就成了青青翠翠的水塘。河里涨水时，他用网兜捉了几尾鲫鱼放在水塘里。两只羊受了他和九兰的感染，连吃草时都缠缠绵绵，脑袋碰脑袋肚子捱肚子，不多久一只羊的肚子就鼓了起来。可他嫌羊的肚子鼓得太慢，太不见动响，不知从哪又抱来了两只小羊羔。一只纯黑的，叫小黑，另只的脑袋上居然有团狗眼睛形状的白，就叫小白。放羊的任务摊派到我和孝朵头上，两个大腹便便的家伙归我，小白和小黑跟了孝朵。我喜欢小白和小黑，想同孝朵交换，孝朵说什么也不答应。我决意捉弄一下两个大家伙，将它们往草稀的地方赶，草盛的地方留给小白和小黑，两个大家伙气得嗷嗷叫。它们的脖子上套了竹鞭做的项圈，绳子拽在我手上，想跑也跑不掉。

草稀的地方泥土裸露，我不费任何气力就能观察到泥土的颜色，粗细以及黏合的程度。我始终没有放弃寻找一种合适的泥土，能够塑造一个新泥人像。有一天我突发奇想，偷偷从油罐里舀了一匙茶油，掺和到泥土里。用油和出来的泥土细嫩而软滑，我躲在屋后的阴沟里，用了整整一下午，终于捏了一个泥人像。我将它放在窗台上风干，一个晚上过去，泥人像竟然面目全非。它的身体上满是老鼠的牙印，两条胳膊，翘着的小鸡鸡都被啃断了，散落在窗台上。

我做梦都想回一趟樟树村，只要回到那里，就不愁没泥土没水了。可我找不到回去的借口，也没人领我回去，九兰的心思全在孝强身上，哲东就更不可能了。孝朵倒是乐意同我一起去，哲东不开口，我的想法只能烂在肚子里。

就在我漫山遍野寻找泥土时，哲东也扛了锄头，在山头上疯走。他先是在山脚下挖出一个个土坑，后来沿着山体慢慢往上挖。他光着膀子，哼着酒歌，像个疯子一样干得热火朝天。他埋着头，正好掩饰弯曲的脖子。他还带了酒瓶，挖累了，就仰起脖子灌两口，再接着挖。土坑一天一天增多，接近山顶时就不是土坑了，而是壕沟。整座山被他挖成了老头像，山顶上的壕沟成了额头上的皱纹，山体千疮百孔。挖完了东边的山头，他再次吹响口哨，转过身向西边的山头进攻。

谁也不清楚他在干什么，他的举动很容易让人误会他是个不折不扣的疯子。就连羊也不理解，在山坡上吃草，一不小心就栽进了土坑里。挖这些土坑纯粹就是破坏，是吃饱了撑的。羊们咩咩叫着，向哲东表示了不满。我很担心他这么干会招来麻烦。有次我赶着羊经过东边的屋子时，察觉窗户背后有两双眼睛，阴阴地盯着山头上的哲东。见了我，它们一闪就避开了。狗好像也嗅到了什么，它们中的一两条，经常在土坑边转悠，在新鲜的泥土上嗅来嗅去，它们似乎想嗅出什么。对于这些，哲东丝毫没有觉察，完全沉浸在他自己主宰的战争中，他的敌人就是山坡上的泥土和泥土中的石头。他要打败它们，将它们翻转过来。他将石头搬回家，用来加固羊圈。羊多了，羊圈就单薄，难以抵挡羊的调皮和冲动。

水门村的心脏很快有了传言。最初的传言是哲东想在山坡上种树，后来传言慢慢转了向，说是哲东挖到了宝贝。有人亲眼见他偷偷抱着一只瓦罐溜回了家。至于什么宝贝，说法不一，有人说金菩萨，有人说银圆，也有人说铜角子。哲水的爹就挖到过铜角子，他本来是去挖树蔸，一锄头下去，砸开的是只瓦罐，瓦罐里满满一罐铜角子，倒出来装了一撮箕。哲水爹用它们打了把烧水的铜壶,黄灿灿的,现在还在用呢。是谁将宝贝埋在土里,说法不一,有的说樊家的财主,有的说当年苏维埃政府来不及转移的银圆。他们说得有鼻子有眼睛,总之这笔横财有可能落入了外乡佬的口袋。

筲箕窝的夜晚突然变得神秘莫测。原有的宁静被夜行者的脚步踩碎了。有人蹑手蹑脚进了筲箕窝,又蹑手蹑脚爬上了山头。压抑的锄头声一直响到天亮,偶尔夹杂着铁器砸着石头的脆响。半夜里,我被尿憋醒了,透过窗户望去,山头上鬼火明明灭灭,这儿一星,那儿一点,忽闪忽闪,透着绿,有几分像孝朵丢失的珠子,眨一下眼睛它们又不见了。等你放弃时,它忽然溜到了远处,忽隐忽现。水门村的心脏,狗彻夜狂吠个不停,它们有可能先知了夜晚的异样。天亮过后,山头上似乎看不出什么变化,待走近了才发觉,哲东挖的那些土坑都成了兔子嘴巴,缺的缺残的残,没一个是原样的。有人对它们动了粗,将它们狠心修理了一番。

传言像长了翅膀,飞得红红火火。据说有小孩在筲箕窝捡到了银圆,有袁大头也有蒋光头,噘起嘴巴一吹,放在耳边铮铮响。那可是真家伙。太叔公明西早年去武汉贩私盐时就是这么辨别真假银圆的。消息灵通的人士趁着黑夜蜂拥进筲箕窝,擎着火把,打着手电筒,扛着锄头铁镐直奔两侧的山头。一时间山头上灯明如昼,人声鼎沸,女人被草丛里的蛇吓着了,夸张的尖叫,孩子扭了脚,放肆地哭喊。因为争抢地盘,几个男人打在了一起,锄头碰着了锄头,铁镐撞上了铁镐,谁也不退让。狗嗅出了空气中的火药味,咆哮着,替主人助阵。很快它们也撕咬起来,落了败的狗就哀号着。到最后才达成妥协,各自分得了一小块地盘,各家的狗也归到了各自的身边。

这个晚上的发掘是彻底的,没留下任何死角。山的衣服被干净地扒掉了,树倒了,草被翻转了过来,泥土的肌肤裸露着。地上满是脚印,光脚丫的,草鞋的,解放鞋的,光脚丫踩着光脚丫,草鞋叠着草鞋,那么多的脚印堆积在一块,谁也分不清谁是谁的。有只老鼠在泥石间跑得跌跌撞撞,看样子它是迷路了,找不着北。它的踪迹被一条浪荡的狗嗅到了,狗扬起爪子,颠动身子,向老鼠扑了过去。这只倒霉的老鼠落进了狗嘴里。

这个晚上的战果是辉煌的,有金戒指金耳环,也有玉手镯。有几个孩子拾到不少铜角子。据说昆生的女人菜花手腕上的那只绿手镯就是别人挖到送给她的。那些反应迟钝的人才恍然醒过来,筲箕窝原来藏了这么多值钱的宝贝。

他们扛上锄头，踩着别人的脚印，又将筲箕窝的山头重新掏了一遍。结果可想而知。他们后悔自己知道得太晚，不然也许能挖到银圆什么的，又咒骂那些挖宝贝的人太贪心，什么也没给他们留下。他们不甘心空手回去，趁着黑夜，将筲箕窝的旱地刨了个遍，哲东的红薯豆角，花生玉米，全成了锄头下的冤魂。有人窜到屋后的羊圈，将羊圈的石头拆了个干净。就连厕所里的一堆茅灰，也被扒得满地都是。钢宝爹借口搜查菜籽油，带了伙基干民兵，对筲箕窝突击清洗了一次，翻箱倒柜的，连墙缝都用树枝掏过一遍，就差没掏人的屁眼。

挖宝事件的后果是严重的。水门村的心脏有份统计报告，有三个人砍伤了脚趾头不能下田，五个人崴了脚不能负重，七个女人让人在黑暗中摸了屁股，八个小孩耽搁了瞌睡不能上学。这份报告是昆生在村民组长会上公开的。会后，昆生指示钢宝爹在筲箕窝的入口处立块牌子警告村民，牌子上用油漆刷了一行血红的字：凡在此挖山采石者罚款二百五十！昆生还让钢宝爹给哲东捎了话，让他老实在筲箕窝待着，不要滋事生非，否则逐出水门村。那块牌子虽然镇住了锄头铁镐，但每逢暴雨都会有人爬上山头，趁着雨水的冲洗寻找着什么。暗夜里我总感觉窗户外有人蛰伏着，不说话，阴阴地，鬼魅一样盯着屋子，偷窥什么。

山头上的草没了，羊就没了粮食，我和孝朵没法放羊了。羊饿着肚子，咩咩哭着，咬着我和孝朵的屁股转，小白和小黑的声音叫得最惨。只得将羊交还哲东。他不能将羊赶出去，出了筲箕窝就是水门村的心脏，羊没地方去。他自己也出不去，只能像羊一样蜷缩在筲箕窝。原以为筲箕窝是他的天堂，谁也没想到成了羊圈，哲东成了囚在羊圈里的另一头羊，领头的羊。他起早摸黑，翻过西边的山头，潜入到另一个村庄打草，一捆一捆背回来。他成了羊的奴仆，他的主子越来越多，那只吊着肚子的母羊又给他生了三个小主子，清一色的黑家伙。

打了草，哲东就坐在羊圈边唱酒歌，他从腰间摘下酒瓶，灌口酒，咂咂嘴巴就唱开了。打草是偷偷摸摸的，他真成了贼，偷草的贼。所以不能吹口哨，他将口哨从脖子上摘下来，挂在床边的钉子上。哲东唱，娇莲住在对门边，三天没出大门来，一不打前门挑担水，二不打后门抱捆柴，一定是娇莲解了怀。这歌是唱给那只母羊听的，他喝了酒，声音里有了怜悯和痛惜。他接着唱，不管解怀没解怀，回家捉只阉鸡来，阉鸡放在踏凳下，解开帐子看乖乖，乖乖半月没起来。他给母羊的不是阉鸡，而是新鲜的草食。他是它们的父亲，必须保障它们的幸福生活，夏天不热，冬天不冷，不饿着也不能撑着。

出不了筲箕窝，日子就漫长了。有一天，哲东可能心血来潮，用木炭在墙上画画。起初并不知道他画的什么，画的时间长了，画面渐渐清晰。他画的就是筲箕窝，山头内侧布满了十字架，十字架的中央圈了两个字：桃树。山头的外侧，东边画的是叉，叉中间圈了两个字：杉树；西边是许多的小圆圈，代表的是南竹。筲箕窝的底部，旱地上密密麻麻的黑点儿，画的是树苗。还有歪歪扭扭的房子，以及奔跑的四脚动物。他的画技太拙劣了，那四脚的动物似羊非羊，似牛非牛，完全是个四不像。如果让我的美术老师评分，连本子都会被撕掉。他自己也可能瞧着不顺眼，又将十字架擦掉，干脆画成了树，鹿角一样的枝丫，枝丫间是五个一组的小圆圈，那就是桃花。房顶画有烟囱，他将它改成旗杆，一面黑旗子在旗杆的顶端迎风招展。

整面墙都被弄得黑乎乎的。从墙边经过，一不小心白褂子就成了黑褂子。我和孝朵好气又好笑，本来在墙壁上涂鸦，这应该是我和孝朵的天性，却被他抢了去。我偷偷在画的左下角加了个四方形，四方形中间是两个字：羊圈。孝朵也跟样，在右下角画了几朵向日葵，向日葵的下面也写着两个字：梦想。我和孝朵的涂鸦叫哲东发现了，他叉着腰，偏着脑袋，左瞧瞧右看看，最后对我说，我怎么忘了画羊圈呢，又转头对孝朵说，是得种几棵向日葵。孝朵吐了吐舌头，朝我做了个鬼脸，满脸的得意。

因为画了羊圈，哲东奖励我一个本子，蓝色塑料皮，横格子的。说是奖给我，又不让我拿到学校去，而是在本子上钻个孔，穿上绳子挂在厅堂的墙壁上。他要求我记日记，将每天看到的听到的事情都记下来。那一瞬间，我明白了他希望从我的日记里看到什么。贼的黑锅，血红的告示牌，都没能阻挡他对水门村的心脏贼心不死。这是一种耻辱，日记的耻辱。何况我的眼睛不是他的眼睛，我看到的不等同他看到的。我情愿去打草填饱羊的肚子，也不想记这些无聊的东西。可我逃不脱哲东的鞭子和巴掌，就像孙猴子怎么也跳不出如来佛的手掌心。不过，我有另一种逃避的方式，那就是消极的记录。

——9 月 23 日，太阳从东边升起，从西边落下，地球自转了一周。

——9 月 24 日，太阳又从东边升起，又从西边落下，地球又自转了一周。

第三天，我翻开本子时，在前两天的日记后面见到了两个重重的叉号，就像老师批改作业的叉号一样触目惊心。它让我想起了哲东扬起的巴掌，举起的树鞭，腰间的酒瓶。我的身体抖了抖，打了个冷战。

——9月25日，高贵在路上行走，遇到一个贩檀香的外乡男人，打落了挑檀香的两颗门牙，一条狗趁机往檀香上射了几滴尿。檀香是封建迷信的东西，被送到村部没收了。高贵抱了大把檀香到小卖部换了两条爱民牌香烟，还在小卖部的女售货员荷花屁股上揪了一把。（整件事都是听猪屁股说的，我没亲眼看见。）

——9月26日，天气晴朗，碧空万里无云。今天的狗都在笑，因为太叔公明西六十三岁寿辰，它们聚集在他家屋门口，摇头摆尾等着骨头。他的曾孙女小米粒读二年级，第三节课（体育课）只上了一半就溜了，她要早点回去向她的曾祖父祝寿，吃长寿面。听她吹牛，她家摆了十桌宴席，每桌八大碗，共是八十大碗。村主任要去他家祝寿呢。

——9月27日，十三组的人打牙祭。一头野猪被狗从山沟里赶出来，死在十三组人的锄头下。他们在场地上摆了口大铁锅，男女老少围着铁锅吃野猪肉。孝男说野猪肉不好吃，嚼不烂，还像鱼一样有股腥味。听他说话的人都咂嘴巴，像在嚼着野猪肉。我是偷偷听到的，我的嘴巴变得湿湿的。那样的场面不雅观，昆生没有去，他们送了块野猪肉给他。狗们分得了很多骨头。

这四天的日记换来了三个符号，高贵的后面是个红色的惊叹号，太叔公明西是个大大的问号，野猪二字下面画了两个小圆圈，像两只酒醉的小眼睛。哲东让九兰用红纸封了包面，加上一手巾鸡蛋，送给太叔公明西。后来的一天，我突然想着要捉弄他一回，这种想法折磨得我难以忍受，我终于在本子上虚构了一天。我将时间混淆了，将以前见到的事情放到现在。我渴望看到他的笑话。

——10月5日，空气里有股扑鼻的香味。昆生穿着中山装，上口袋插着钢笔，拎着皮袋子进了米儿的屋子。他先是在门口转了两圈，趁着没人就钻了进去，门很快关得死死的，没人看见他什么时候出来。我是听翠翠在学校里传言的。我怕哲东会揪我的耳朵，质问我怎么会看得见，所以我借了翠翠的眼睛，在末尾添上这么一句。另外孝朵的珠子在翠翠手上，我想让哲东也跟着恨上翠翠。

将本子放回原处后，我就留意哲东的举动，看他什么时候会去取本子。我等了很久，眼皮子开始打架，始终不见他有动静。我终于敌不住瞌睡，怀着遗憾上了床。第二天早上,我翻开本子后却怎么也找不到那页记录了,本子齐齐整整的,不见任何破绽,就好像我从来没有记过那一页。它被他不留痕迹地撕掉了。接下来我注意他好几天,也不见他有什么异常的表现。他搂着酒瓶子,进进出出都哼着那首唱给母羊听的酒歌,连草捆子压在脊梁上也闭不住嘴。娇莲住在对门边,三天没出大门来,一不打前门挑担水,二不打后门抱捆柴,一定是娇莲解了怀。

我很是失望。

——11月13日,有人扛了弓尺在田野上走来走去测量土地。扛弓尺的被一群人紧紧包裹着,一窝蜂一样一会飘在这头,一会又飘到那头。有人大声喊叫着,五米五,另一边有人应声,五米五,接着用笔在本子上记下来。又有人喊,四米三,又记在本子上了。人群之外是狗群,田野上干净了,它们正好嬉戏,摇头摆尾,相互追逐,假意撕咬,想尽一切办法取悦它们的主子。

我是怀着嘲弄记录下这段文字的。他们再怎么丈量,水门村的心脏仍旧是巴掌大的一块地方,能收五石谷子的地方长不出六石谷子。他们就像水门的狗一样愚蠢得不可救药,无论怎样取悦于主人,狗最终都会死在主人的手上,没一条狗逃脱得了。哲东也在文字的后面打下三个问号,一个比一个牛,末尾的那个就像把硕大的水勺。后来的一天,他终于按捺不住爬上了东边的山头,朝水门村的心脏张望。

水门村的心脏已是热火朝天了。更多的人扛着弓尺走上田野,测量的队伍这儿一群那儿一伙,到处飘荡。我并没意识到我记录了一件重要的历史事件。有人传言,要分田地了。传言就像狗一样,在水门村的心脏四处游走。我是从孝男嘴里听到的。他并不是要说给我听,而是在胖头、钢宝以及翠翠面前放猪屁,我偶尔偷听到了,将传言记在本子上。这是我第一次记录传言,虽是传言,字却端端正正,一笔一画,一点也不马虎。哲东从床头取下口哨,用手巾擦亮,含在嘴里,想吹却没吹响。后来口哨被他用手巾包着藏了起来,之后再也没响过。

接下来的记录全是打牙祭。水门村的心脏一派末日狂欢景象。鸡在蹿,猪在哀号,他们逃脱不了被宰杀的命运。狗是最兴奋的,它们呼朋引伴,拖儿挈女,今天在东家啃了骨头,明天又去西家。路边不时有烂醉如泥的男人,像狗一样瘫软在地上。破絮就倒在筲箕窝的入口处,一条狗围着他转,它将他吐出来的那些脏东西食得一干二净。狗也倒在了路中间。它将头枕在破絮的肚皮上，身体搁在破絮的双腿上。我朝它的肚子踢了一脚，狗睁开眼睛，嗯嗯两声，想挣扎起来却又动弹不了，只能恨恨地将脑袋放回原地。

这是幸运的狗。狂欢的牙祭快近尾声时能杀的鸡杀了，能宰的猪也宰了。想吃肉，只有杀狗。水门村有的是狗。杀狗的人拿了绳套，握了铁叉，朝狗扔块骨头，狗就上当了。骨头刚到嘴边，绳子就套死了脖子，再挣扎，铁叉又卡住了脖子。朝水塘里一扔，冒不了两三个泡，就呜呼哀哉了。烧一堆稻草，燃尽了狗毛，狗肉的香味立马在村子里飘荡。一条狗死了，很快就有人效仿，村子里到处都是狗的哀号声。到后来狗都不敢见人了。那些押解我们的狗，也离得我们远远的，只要是人都是它们的敌人。有了狗肉就有了下酒菜，牙祭的内容就丰富了。有人醉了就笑，发疯似的笑，有人醉了就哭，死了亲爹亲娘似的号啕，也有人趁着酒劲唱起了酒歌，唱的是哲东唱过的十八摸和十醉。也有粗俗的，公公昨夜湖北来，媳妇在家敞开怀，声嘶力竭的。

酒醒了，梦也醒了，破絮从地上爬起来，一抬眼就见哲东站在山头上，朝水门村的心脏伸长脖子，不知在干什么。破絮没进筲箕窝，而是转过身，歪歪扭扭往水门村的心脏去了。他要向昆生报告，哲东狗胆包天又上了山。

村部也被狗肉的香味和酒的香气包围了。昆生、哲水、钢宝爹、香莲，还有炳德，围坐在一张桌子边，同外围放肆的狂欢相比，这一桌死气沉沉。昆生不说话，就没人敢开口。破絮长了个狗鼻子，嗅出屋里的气氛不对，站在门边犹豫再三终究没敲门，悄无声息地离开了。大家都埋着头嚼狗肉，一大盆狗肉很快底朝天了。因为是吃狗肉，所以没狗来抢骨头。屋子的外面也是静悄悄的，憋屈得慌。

妈的，半辈子没下田，又得下田了。昆生仰头倒下一杯酒，将酒杯磕在桌面上。他的脖子不长，而且肉厚，仰头时肩膀跟着抬上去。那吃相，比挑了担粪桶还吃力。

不就几亩田吗？包在我身上，包管不湿你的脚。钢宝爹拍着胸脯对昆生表忠心。村主任，来，我敬你一杯。拍过胸脯，他端起酒杯去碰昆生的杯子。来吧，喝酒吧。哲水也将杯子凑了过来。喝就喝，喝死一个是一个。昆生扯起杯子，仰起脸，一杯酒又倒到了嘴里。香莲不动，只拿眼睛觑着他们。喝呀。钢宝爹见她没动杯子，嘴角翘了翘，暗示她去敬昆生的酒。我喝不得呀。香莲嘟起了嘴巴，她的嘴唇肉乎乎的，翘起来成猪嘴巴了。喝不得也要喝。钢宝爹将酒杯塞到她手心。喝吧喝吧，陪昆生哥喝一杯。哲水也在旁边催促。我真喝不得呀。香莲又将酒杯放回桌子上，一边拿眼睛觑着昆生。昆生没接她的目光，几杯酒下肚，他已经脸红脖子粗，瞪着眼望着窗外发呆。村主任，你发句话，香莲喝还是不喝。钢宝爹没能将香莲的酒劝下去，想搬出昆生来压压她。昆生这才醒了，向香莲看去，香莲的目光黏黏糊糊的，像被酒浇过一样。你不喝酒也成，能不能给我们找个乐子？昆生乜斜着眼睛说。那，我唱首歌吧。说着，香莲就唱上了桃妹饮酒，奴在房中闷啊闷，忽听外面叫开门，奴家这就去开门。换过一首，换过一首。刚唱了两三句，哲水就叫停。那我唱个想郎歌吧。香莲拿眼睛瞟了一眼昆生，昆生的目光又转向了窗外，没回答她的目光。香莲唱，打个呵欠泪汪汪，今日那甚格想郎，昨夜梦郎挨了打，今想郎又受了伤，眼泪未干又想郎。昨夜约歌来试鞋，等到天光哥冇来，不是情哥心变卦，只怪爹娘太不该，铁狗看门门难开。香莲的歌还没唱完，哲水就丢了眼昆生的脚掌，昆生的脚上是千层底，灯芯绒的鞋面，像两条狗一样软塌塌趴在地上。

第8章 走 灯

哲东在山头上转悠着，横过来又直过去，转着圈。九兰让我去瞧瞧他是不是丢了什么东西，如果是正好帮着找找。他的酒瓶在腰间晃荡，口哨不知藏哪去了，胸前空空的，还能有什么东西丢，除非是失了魂。我还是爬上了山。他在楔木棍，他的脖子被石磨吊弯了，头就只能佝着。他断了一大堆小木棍，每走几步就要楔下一根小木棍。我上来后他就将木棍扔给我，让我跟在他后面，他跺跺脚，我就在他跺脚的地方楔下一根木棍。

他在丈量山头上的土地。没有弓尺，也没有人替他记数，怎么看着也不像。后来我才弄明白，他在规划桃园，一根木棍就是一棵桃树。木棍楔下了，他就开始挖坑，因为挖宝事件，山头上的土地被彻底翻了个身，所以挖起来一点也不吃力。山头上很快遍布土坑。

刚开始，我还替他担心，他会不会惹麻烦，再闹出一幕寻宝的事故来。我的担心是多余的。水门村的心脏已鸡飞狗跳了，他们自己的麻烦不断，没谁来关注哲东。因为田地的肥瘦，刚才还坐在同一张桌子上喝着酒啃着狗肉的人们，转眼摔了酒杯，掐成了一堆。先前只是脸红脖子粗的叫骂，没多久就有人摩拳擦掌真刀真枪干了起来。到处都是战场，每天都有战争爆发。有人的胳膊被镰刀砍伤，血将袖子都染红了。有人伤在了脸上，被女人挠过的，五根指头挠过去就是五条蠕动的蚯蚓。也有人一瘸一拐的，砸伤了腿。赤脚医生杏林的诊所挤满了人，洗眼睛的，吊胳膊的，包扎屁股的，连屋檐下都是站着打点滴的。盐水瓶挂在窗子的栏杆上，像结满了吊瓜。有两个还没掐过瘾，一个趁着另一个躺在竹榻上，操起门杆砸了下去，诊所又成了战场，掐架的同劝架的挤成一团，谁也分不清谁的手，有很多人趁机朝自己的敌人揍出了许多暗拳。连药柜子都掀翻了，细玻璃瓶子滚得满地都是。杏林气红了眼，操起铁铲一阵乱扫，不管打人的还是被打的，一并扫了出来。杏林在诊所门上贴了张告示，凡在诊所打架闹事的，不管是谁，一概不予治疗，才没人敢在诊所里撒野。

人掐过了，狗接着掐起来。这些幸存的狗因为惧怕被剁成狗肉，谁都想在自家的主子面前表现一番，所以掐得格外的凶狠。一条狗的尾巴生生咬断了，另一条狗的脖子揭去了一块皮，像面旗帜一样招摇着。最惨的狗是肚子被抓破了，肠子什么的流了一地，它躺在地上，开始嗷嗷叫着，声音慢慢低了下去，最后脑袋贴近土了，才静了下来。肇事的狗已经跑了，它的主人只好将狗的尸体拖回去，用稻草烧了毛，炖了一锅狗肉汤。

人掐过了，狗也掐过了，可田肥地瘦并没掐出个结果来。没掐出结果的人就去找村民组长，村民组长碍情碍面，嘴巴里像含了个卵，从头到尾都没句明白话。掐架的人只得去找昆生，村部没法待了，里三层外三层围着，昆生找个借口溜回了家。家里也不清静，掐架的人左等右等不见他回去，他们又你拽住我的胳膊，我掐住你的脖子，扭扭结结，将昆生的院子围了个水泄不通。那条狼狗吠个不停，后来人渐渐多了，狗的声音也慢慢低了，最后一声不吭，夹着尾巴躲到了柴垛背后。

昆生困了三四天，胡子眉毛都蔫了。找个机会从后门溜了，再寻他就没了影，问他的女人，她也懵懵懂懂的，不知他跑哪去了。没人做和事佬，架就没法接着掐，再掐也是个混沌架，分不出个青红皂白，只有自个将自个的火灭了，气喘匀了。一段时间之后，肥的地分了，瘦的田也有了主子。再闹腾，昆生就几句话顶了回去，当初干什么去了？你屙血，有事不早说。挨了骂的人嘀咕，前些日子总是找不见你。我是上天了还是入地了？哪天不在水门村待着？昆生吹胡子瞪眼睛，将人顶上了墙。事情不但没能理论出子丑寅卯，反而挨了顿臭骂。人家是村主任，就算吃了亏，也只能捏住鼻子吃臭屁，狠狠心吞到肚子里。

昆生躲进了筲箕窝。那些掐架的人将村子找遍了，就是没想过他会将筲箕窝当作避难所。他们在院子里死等时，昆生早就坐在我家厅堂里，有一口没一口喝着茶。他的到来让哲东很是意外，以为自己又犯了什么错。他盯着昆生的脸，希望能从他脸上看出些端倪。昆生什么表情也没有，有的只是满脸倦怠和厌烦。喝过茶，哲东摆上了酒盅，酒是新酿的火烧酒，那股辣劲还没酵下去，一杯酒下肚，喉咙里像着了火。下酒的是炒黄豆和干薯片，本来会有花生，可花生没结子就被挖宝的人刨掉了。幸存的几颗，哲东舍不得吃，那是要做种子的，指望来年它们生儿育女。

想唱酒歌助兴,可昆生一言不发,见不着半点喜色,哲东就不敢造次了。一瓶热辣辣的酒硬是没喝出热辣辣的滋味。昆生说,哲东老弟是有野心的。他见了厅堂的壁画,用眼睛罩着哲东说。那是小孩子画着玩的。哲东的额头冒汗了,将罪责全部推到了我头上。孝荣,你鬼画桃符,还不擦了去。他向我呵斥。我用稻草扎了个刷把,搬个凳子,左一刷把右一刷把,桃树不见了,那四不像的动物也不见了,整面墙都抹成了锅底。哲东还不罢休,又让我将刷把浸了水,再在墙上扫一遍,将木炭的灰烬刷尽了才放了我。

酒没喝出滋味,饭就不能埋汰了。在水门村,昆生就是皇帝,哲东可不想怠慢了他,村主任驾临筲箕窝,那是他的荣幸。没有肉,就宰了鸡,没有鱼,就磨豆腐。哲东弓着身子,推着石磨,嫩黄的豆沫从石磨里流出来,羊就欢了,一只一只在哲东的大腿上摩挲着,趁他不留神,舌头一卷,就是满嘴的豆沫。得了便宜,它们叫得更欢了,咩咩围着他转个不停。他终于发现了它们的偷嘴,特别是那只母羊胆子最大,赖在石磨边不动了。他在它脑门上拍了一掌,它受了委屈,收了媚态,咩咩哭着,抖动着短尾巴跑开了。羊是哲东的心肝宝贝,可这是给昆生吃的豆腐,容不得羊放肆,万一豆腐染了羊的膻气就枉费心思了。

羊是顽皮的,才挨了哲东的巴掌,不过几分钟又忝着脸蹭了过去。羊是聪明的家伙,豆沫比草细嫩,如果我是羊,也愿意吃豆沫。羊咩咩叫着,声音是温顺的,哲东舍不得再拍它们巴掌。孝荣,孝荣,死哪儿去了,将羊牵走。他粗着嗓子唤我。听他的语气,我还不如一只羊。我慢慢吞吞去牵羊,肚子里是不乐意的,我要记日记,又得放羊,我的泥人像还没有着落。我抓住羊绳,将它们拽出来。小白和小黑还没来得及拴绳,很乖觉地离开了屋子,那三个小家伙追在母羊的屁股后,稚声稚气叫着,生怕落了单。只有那头公羊是个野蛮的家伙,我拽住它的绳子,它就冲过来用角挑了一下我的大腿,我猝不及防,被它顶过了门槛。我有些恼了,用树枝在它背上抽了一鞭。羊就夸张地叫喊起来,是叫给哲东听的。

羊的叫声哲东没听见,却引起了昆生的注意。我拽着羊穿过厅堂时,他的眼睛一眨不眨地,目光黏在了羊屁股上。他是只红毛野狗,毛是红的,眼珠子却是绿的,就像孝朵的绿松石珠子。羊被昆生盯上了。我赶紧将它们赶出了门,我担心他的目光会污脏了羊。我走出好远,可我的脊背生凉生凉的,我能将羊赶出门，却没法逃脱昆生的目光，它就像蚂蟥一样吸附在羊屁股上。可恼的是，那只母羊什么也没觉察，边走边卖弄它浑圆的屁股。我气不过，对着它的屁股踢了一脚，它才咩咩叫着，撅着短尾巴跑开了。

羊进了昆生的眼睛就走不出来了。你这个外乡佬真有一手，挺会养羊的。昆生说。可能饭菜的香味激起了他的兴致，他的眼睛里满是羊的影子。养得不好，养得不好。得了夸奖，哲东不知说什么好，脸上是藏不住的笑。羊屁股都像女人一样硕圆了，还能不好？该挨刀子了。昆生的话是猥亵的，却瞪圆了眼睛来否定哲东的谦虚。还早得很呐。哲东愣了愣，听懂了昆生的意思。你不会将羊养成牛吧？昆生脸上有了失望。要是昆生哥养，肯定能养成牛。哲东的狗性又露出来了。来吧，为你的羊喝一杯。昆生端起了酒杯。几杯酒下肚后，哲东拍着胸脯，说，明年送只小羊给昆生哥，年底就是一头牛了。昆生将酒杯蹲在桌上，说，我只要羊，不要牛。

昆生的脸有些挂不住，可羊是哲东的心头肉，他白想了，谁打它们的歪主意哲东还不同他拼命。哲东叮嘱我，不要将羊牵走厅堂经过，赶早点从屋后赶出去，再晚点赶回来。厅堂里坐着红毛野狗，羊就不安全了。哲东的草房毕竟不同于自家的金銮殿，几天工夫昆生的脸上就燥起了层红疙瘩，再待下去会憋出病不可，他离不开水门村的心脏，水门村的心脏也离不了他。他只能乖乖地回去了。哲东舒口气，对母羊哼起了酒歌，娇莲住在对门边，三天没出大门来，一不打前门挑担水，二不打后门抱捆柴，一定是娇莲解了怀。他一个劲地希望羊能成为解怀的机器，解怀，再解怀。

昆生走了，不等于羊没人惦记了，只不过惦记的人不是昆生，而是太叔公明西。临近年关，一年一度的祭祀开始了。这是水门村的惯例，也是太叔公明西的专利，谁去谁不去都由他那张嘴说了算，谁也说不上话。东家出米，西家出油，张三放鞭炮，李四烧火纸，这都是早就编排了的，连昆生也得听他的。也许是太叔公明西心血来潮，这一年的祭祀增加了一道程序，就是杀羊祭坟。樊家的祖坟在凤凰窝，两座山就像两对翅膀，坟就埋在山间的鸟头上。每年的祭祀除了在祠堂摆上供品焚香点烛热闹一番，还要将祖坟上的杂草清除干净，让祖宗过个清清爽爽的年。

因为打牙祭的狂欢，水门村的心脏不要说羊，狗也不多见了。狗是六畜之一，却不能上神桌，狗是吃屎的，是脏东西，脏东西当然不能敬奉给祖宗。祭坟的重任就落在羊屁股上了。羊不能是母羊,也不能是老公羊,半大的公羊最合适。挑来选去,小黑就难逃厄运。太叔公明西派了钢宝爹来牵羊,钢宝爹屁都没放一个,用绳子套了羊就走,没走出多远,就让哲东堵住了。他拄着锄头,头搁在锄头柄上,横着脸站在路中间,钢宝爹想绕也绕不开。他们就像两只斗架的羊。这是太叔公要的。钢宝爹说。就是太上皇要也不给。哲东的眼睛瞪得像两个羊卵子,就差没掉出来,羊是他的命根子,要了羊就等于要了他的命。不是白要你的羊,太叔公说了明年还你一只羊牯。钢宝爹说。还头牛牯我也不给。哲东的语气异常坚定。你不姓樊了?钢宝爹有些气急败坏,指着哲东的鼻子问。哲东哽住了,一时没话来回答。钢宝爹牵了羊想从旁边绕过去,哲东一横锄头将他挡住了。

钢宝爹最终空着手走了。他走了没多久,高贵和小高贵就闯进了箩箕窝。他们气势汹汹进了屋子,又气势汹汹进了羊圈。小黑嚼着干草,在羊圈里溜达,见了高贵竟然吓得哭了。它咩咩叫着,想找个躲藏的地方,可羊圈空荡荡的无处藏身。羊被小高贵套着拖了出来。小黑用几只蹄子死死抵住地面,挣扎着不愿走。它拗不过小高贵,等哲东赶来时羊已经拉到场地上了。他同高贵干了一架。打架他根本不是高贵的对手,他扬起锄头要锄高贵的脑袋,高贵是阴损的,朝哲东裤裆里踢了一脚,哲东捂着裤裆瘫在了地上,身子缩成一团。那一脚差点让他做不成男人了。

小黑回到箩箕窝时只剩下颗光秃秃的头颅。小黑的眼睛是闭着的,它已经认命了。头颅上的毛剃得一干二净,裸露的皮肤是惨白的,只有下巴上的胡子翘着。羊头是哲东要回来的,他将它洗净了,腌了盐,用篮子装着吊在灶台上。灶台上烟熏火燎的,时间长了,小黑的眼睛肯定被熏坏了。

不知哲东要回羊头干什么,那么瘦小的家伙,割不下几两肉。他总是让人费解。直到正月里舞龙灯的那一天,哲东将羊头摆上神桌,我才明白那是用来敬神的。水门村是舞龙灯的,樟树村也舞龙灯,不过是白天,龙是布扎的,金黄的布,金黄的龙。水门村舞龙灯却是晚上,龙也有区别,是用篾片扎的,上面糊了透红的纸,龙肚子里燃了红烛。蛟龙漫游,鲤鱼翻身,龙摆尾,蛇蜕皮……每个动作都有一个好听的名字,响亮而且形象。舞龙灯有很多规矩,比如亮灯,那不是随便谁家都可以的,必须是水门村的头面人物。

正月初一发灯，十五团灯，水门村的心脏比打牙祭还欢腾。狗从初一吠到十五，嗓子都哑了，只能拼命摇尾巴。龙灯是挨家挨户舞的，从昆生的金銮殿出发，绕着村子转一个大圆圈，狗也追着人群，转着大圆圈。这时候它们不用担心自己的性命，敬神不用狗肉，更不要狗头。有两条狗屁股黏着屁股，拉拉扯扯，一起追着龙灯跑。筲箕窝是龙灯的最后一站。首先是唢呐声，像狗一样叫嚣着，之后是乒乒乓乓的锣鼓。一条调皮的狗夹杂中间，它的嗓门特别浩荡，锣鼓响几声，它也喊几声。得儿锵，得儿锵，汪，得儿锵，得儿锵，汪汪。狗声挨近了，它是昆生家的大狼狗，张着嘴，伸着长舌头，眼珠子都被烛火烧红了，旺旺的，像两只小灯笼。

龙灯进了东边的屋子。哲东点了檀香，撕了火纸，剪了十挂老鼠嘴的小鞭炮。九兰上了供品，添了茶水，用小桌子摆了果子，放了酒杯，这是给舞龙灯的人准备的。一切弄妥了，哲东拿了鞭炮和香火立在门边。钢宝爹在敲锣，是面米筛样的铜锣，由两个人抬着，他夸张地舞动木槌，锣声就震天响。孝男和胖头也夹杂在人群中，他们手上挑了花灯，脸蛋红得像猴子屁股。瘌痢头没有花灯，空着手在龙灯下穿来钻去，头上的瘌痢也放着红光。可热闹总在东边，不见过来。孝朵等不及了，一个人不知不觉溜到了场地中央。朵儿，你给我滚回来。哲东在后面呵斥她。孝朵不情愿，可依旧乖乖折回来了。孝强还不会说话，但他的眼睛里有了光，追着龙灯转。

龙灯只是在东边喧闹了大半天，没转到西边的屋子就出了筲箕窝。首先离开的是一个半大的孩子举着的牌坊，牌坊是纸扎的，上面书了个巨大的灯字。后来是唢呐锣鼓，落在后面的是龙灯。哲东的老鼠嘴一个也未响，火纸一张也没烧。屋子里静静的，只有烛火燃烧的哔剥声在炸响。

哲东丢了老鼠嘴，从桌子上操起酒瓶灌了几口酒，黑着脸闷声不响出了门。他摸黑去了水门村的心脏。九兰让我跟着，怕他惹出什么麻烦事。他找的是太叔公明西，我进去时哲东就像棵树一样笔直立在火炉前，太叔公明西则躺在躺椅上。你放了爆竹吗？太叔公明西问。没有。哲东回答。烧了火纸没有？没有。那香点了不？也没有。那是你们不恭敬。太叔公明西咳嗽了两声，吐出一口痰，说，神是不进不恭敬的人家的。我摆了羊头。哲东说。还是那颗羊头？太叔公明西皱了皱眉头，问。哲东没说话。祖宗吃过的东西怎么能给神吃？太叔公明西说，神是不进陌生人的屋子的，明年吧，等明年吧。

从水门村的心脏回来，哲东的脸黑得像锅底。他在山坡上挖了个坑，将羊头放进坑里，用土填了，踩上几脚，地面平平坦坦的，像是从来没人动过。哲东拍了拍巴掌往回走了，走了没几步又返转身，在羊头的上方压了块石头，有可能防止野狗吧。

第9章　开　春

龙灯的烛火将哲东仅有的热情燃尽了。正是走亲访友的时间，他埋在箩箕窝哪儿也不去，连九兰的娘家也没去。九兰催促了好几次，他不闻不问，整天搂着酒瓶，歪东倒西的，满屋子都是熏天的酒气。箩箕窝却安静不了，瘌痢头不知从哪拉了一帮野孩子，用稻草扎了条草龙，敲着破铜烂铁，在东边的场地上嬉戏着。他们模仿着唢呐的调子，大呼小叫的，像群疯狗一样将箩箕窝的平静搅得支离破碎。

哲东被他们的喧嚣搅昏了，好几次跑到大门口朝东边扬起了酒瓶，终究没敢扔过去。他只能掩住耳朵躲到灶房里。他刚转过身，他们就唱起了顺口溜，一个孩子唱，外乡佬，外乡佬，头上顶个北瓜鸟，北瓜鸟，嘴巴大眼睛小，鼻孔朝天像荞头。这个孩子唱完，另一个孩子立马接了上来，外乡佬，外乡佬，腰里结个葫芦鸟，葫芦鸟，屁股大脑袋小，抱住狗腿叫舅佬。最后唱的是瘌痢头，外乡佬，外乡佬，胯里夹个狗儿鸟，狗儿鸟，血红红溜溜尖，见了母狗汪汪叫。后来是他们的合唱，外乡佬，爬狗背，一窝生了一个狗儿鸟，二窝生了一个狗儿鸟，三窝又是狗儿鸟。

他们一边唱，一边朝西边挤眉弄眼，扮着狗脸，生怕哲东和我不懂他们的意思。我很想冲过去揍他们一顿，又担心自己打不过他们。有过同孝男较量的教训，我轻易不激动了。我寄希望于哲东给他们点颜色，或者驱散他们。我左等右等不见他出来，瘌痢头的顺口溜没能进入他的耳朵。也许他的耳朵让酒灌聋了，什么也听不到。我对他失望了，在心底骂了他一遍，软巴蛋，我就是这么骂他的。哲东软巴蛋。我不解恨，因为他听不到，他搂着酒瓶瘫软在灶角里。

几天后哲东的酒醒了，从灶角里爬起来就往外跑。他要回樟树村。他的样子像溃败的逃兵，蓬头垢面的，没点人样。我想他叫水门村打败了，叫水门村的狗咬怕了，他要逃回樟树村去。他没有收拾任何东西，仅捡了两只空蛇皮袋夹在腋下，酒瓶吊在腰里。他同九兰都没招呼，只让我跟着他，这是我渴望的。我早梦想着回樟树村，寻找捏泥人像的黄土，还想找到瓦匠张，让他给我重新塑造一个泥人像。孝朵也想去，她惦记着绿松石，那九颗珠子落入翠翠手中后就再也没拿出来过。她还没开口，哲东的眼睛就瞪成了牛卵子。去什么去，给我老实待着。哲东说。

樟树村成了一片汪洋。原来的房屋田地都被水吞没了，水已经漫到了半山腰。我想挖的泥土也埋葬在水之下。除非我变成鱼，潜入水底，否则我永远也挖不到想要泥土。我彻底绝望了。早知这样，我情愿不回樟树村，孝朵是幸运的，至少她可以保持对绿松石的幻想。哲东是残忍的，断绝了我对黄土的念想。

哲东没察觉我的绝望。他回樟树村有他的目的。他没跑东窜西走亲戚，只在一户熟悉却扯不上半点亲戚关系的人家借了个抓筢，就钻进了林子里。樟树村的山是茂密的，随处可见松树和杉树，树上吊满了蛋蛋。他就是冲着它们的蛋蛋来的，他用抓筢将蛋蛋扒下来，我负责将蛋蛋装进袋子里，松树的蛋蛋装一袋，杉树的蛋蛋另装一袋。扒蛋蛋我是熟悉的，在樟树村的冬天我和孝朵经常扒蛋蛋，有客人来访时就扔一把蛋蛋在火炉里，蛋蛋烧出的火势旺，不会有烟雾。可现在冬天已经过去了，这些蛋蛋能有什么用。

我想不透，也不愿去多想。他是个疯子，疯子的举动没人能猜得透，猜透了自己也就成了疯子，像哲东一样的疯子。拾蛋蛋的间隙，我没有放弃对泥土的找寻，我用脚拂去松针，用树枝撬开泥土。挖到手的泥土粗糙不堪，夹杂了许多碎石，硌得手生痛。不要说捏泥人像，想捏个泥团子也不可能。后来我将目光转向了石头，也许我能替孝朵找到绿松石。我在撬动一堆碎石时真就找到了一粒绿色的石子，只有绿豆那么大，但毕竟给了我希望。我用树枝接着往深处挖，挖出了一片脚盆宽的土坑，却再也没绿色的石头了。我在土坑边做了个记号，也许将来孝朵有机会接着挖下去。

我们在樟树村逗留了一个下午，就返回了筲箕窝。我以为哲东想逃回樟树村，我的判断是错误的，他回去的目的只是为了那两袋树种。他将蛋蛋晒干了，用棒子砸碎了，收集了一撮箕树种。筲箕窝多了一片树苗，再之后筲箕窝的山头上就多了很多的树。

从樟树村回来，哲东不知从哪抱回一条狗，黄色的，长了满身的箭毛。孝朵给狗取了个名字，叫欢欢，狗不乐意，她一叫，它就龇牙咧嘴对着她直嚷嚷。她就不理它了。我叫的是另一个名字，黄毛。我叫黄毛，狗就更不高兴了，它竖起身子,向我咆哮着,还抱住我的腿撕咬我的裤管。我蹬了一脚,将它踢开了。水门村是个狗窝,哲东也许想用黄毛来对付水门村的狗。黄司令。他是这么叫狗的。他一叫,狗就绕着他,点头哈腰的,向他媚笑着,十足的狗腿子,狗奴才。

开春时分,水门的心脏突然乱了套,那些本要下地的人们没下地,而是东奔西窜,像一群无头苍蝇一样嘤嘤嗡嗡的。地分了,下什么种没人管了。问村民组长,他们也发愁,不知该种什么,往年下种都是由村上定的。他们就去问昆生,昆生的回答很简单,种什么我不管,我只管公粮余粮,一粒也不能少,少了我就牵他的牛赶他的猪。村民组长将昆生的原话转给村民,村子里立刻炸开了锅,他们没想到自家的几亩几分地该种什么,可不管种什么,地总是要耕耘的。夺犁抢耙的,争水牵牛的,闹做一团。又像争地一样,生出了不少是非。这一闹,狗也茫然了,不知该咬谁,又不该咬谁。狗们也没了方向,低声吠着,绕着扭成一堆的人们转着圈。吃了败仗的就将火发在它们身上,对狗们一阵穷追猛打,滚滚滚,狗骨头。狗就哀号几声,夹着尾巴灰溜溜跑了。

水门村的心脏吵得像锅稀粥时,哲东在山坡上栽桃树。树苗是从镇子里挑回来的,两大捆,小拇指粗。冬天里他烧了很多火土灰,有了火土灰,桃树就有了肥力。黄毛也很勤勉,寸步不离哲东左右。他挖坑,它就将尾巴当扇,替他扇着风。埋灰时他将它支开了,怕灰尘脏了它一身黄毛。一棵桃树栽妥了,它就跑回来,抬起腿子,射上几滴尿。他搂着酒瓶蹲下来时,它就跑得远远的,很警惕地盯着山下,提防他的酒瓶被别人抢了去。碰巧破絮从山坡下经过,它冲着他的背影吠叫了几声,像是驱赶,又像是警告。

破絮又是去告密的。他穿着那只巨大的口袋,像只黑气球一样飘飘荡荡。口袋比以前更破旧了,像被狗咬过,四处都是爆花的口子。它的破旧并未影响主人的心情,告密者的脚步急切而又豪迈,像赶赴一场盛宴。破絮找到钢宝爹,山头上那块血红的告示牌就是他立起来的。钢宝爹正在履行自己的诺言,忙着替昆生犁地,没时间搭理他。我自家的地还没犁呢。钢宝爹嘘着牛,瞧都没瞧他一眼,用鼻子哼哼说,你去找村主任吧,牌子是他让我立的。破絮碰了钉子,不甘心又去找昆生,昆生不在他的金銮殿。他在村部陪了两个干部模样的人,一个是中年的胖子,另一个年轻些,清清秀秀的像个书生。他们在谈着工作,破絮进去时话头就断了,六只眼睛一起罩住了他。外乡佬在——在栽树。破絮是

第一次见干部，嘴巴里像含了个鸟，结结巴巴的。昆生拧了拧眉头，满脸的寒霜。你管他栽什么树，山都分给他了。昆生说。他转脸对胖干部笑了笑，一个不争气的东西，贫困户。胖干部上上下下打量了破絮一番，似乎对他有了些兴趣。田犁了么？胖干部问。破絮支着眼，懵懵懂懂瞪着干部，好像没听清他说什么。刘副镇长问你话呢，哑巴了？昆生火了，瞪了破絮一眼。还没呢。破絮嗫嗫嚅嚅说。连地都没犁，你说个屁。昆生的火焰炽了，鼻子都冒了烟。牛不空，水生占着牛呢。破絮又说。你，你给我滚蛋。昆生指着破絮的鼻子说。破絮缩了缩头，袖了手，倒着往门外退，刚退到门边，昆生又说，你给我回来。破絮的脚步就收紧了，迷糊着眼对着昆生。你去将牌子给我扛回来。昆生踱了两步，又用手指戳了一下破絮的鼻子。

破絮挨了昆生的训斥，并不去扛牌子，那块牌子也就一直立在那里。筲箕窝彻底平静了，无论哲东在山坡上干什么，再没人去报告昆生。谁也没那么多闲工夫，种了豆，插了禾，又得锄薯地，田地的活都不让人直腰。筲箕窝暂时没了故事，偶尔谁家的牛挣脱了绳，到筲箕窝偷了几口嘴，被发现了。谁家的狗进来溜达一圈，受到黄毛的攻击，眨眼又夹着尾巴溜走了。黄毛是个恪尽职守的家伙，块头不大，掐起架来却异常凶狠，十足的亡命之徒。黄毛还同野狼掐过一回。野狼是高贵的狗，有点类似昆生的狗，嘴巴乌黑乌黑的，眼睛里像藏了两把刀子。它同它的主人一样高傲地扬着头，对筲箕窝不屑一顾。黄毛似乎见不得它的得意，闷声不响窜了过去，像钳子一样钳住了野狼的脖子。刚开始，高贵饶有兴趣盯着野狼和黄毛，瞧瞧这个，看看那个，蛮有自信的，慢慢地，他的脸由红而白，后来成了一片铁青色。野狼甩着脖子，将黄毛摔得左右翻滚，无论它如何摔打，黄毛就是不松口。野狼支撑不住，慢慢就瘫软了。小高贵用锄头把摁住黄毛，想将它的嘴巴撬开，可黄毛的牙齿就像钉子，怎么也撬不动。小高贵慌了，瞪了哲东一眼，哲东才亲自上前，用手掰开了黄毛的嘴巴。好半晌，野狼才歪歪扭扭爬起来，埋着头，夹着尾巴，像做了什么亏心事。高贵的脸让黄毛掴了一掌，没了半点好气色，他朝野狼的屁股狠狠踢了一脚，它受了重击，又不敢吱声，只有灰溜溜走开了。

黄毛是个阴险的家伙，得了便宜，又向哲东摇尾乞怜。吃饭时他奖励了它一块骨头，它的尾巴摇得更欢了。我看不惯那副狗相。高贵很长时间没光顾筲箕窝，他的狗让他丢尽了面子。筲箕窝成了一个独立的安静王国。草在长，莺在飞，一切都在欣欣向荣。哲东的画没了，可筲箕窝正按照图画在生长，山坡上的桃树开了枝散了叶，从樟树村挑回来的那些蛋蛋也抽了苗。最繁荣的是羊，那只老母羊又生产了，是三只小羊。就连小白也做了妈妈，产下了两只小羊羔。加上哲东后来牵回来的两只种羊，一共有了十只。筲箕窝成了名副其实的大羊圈，如果小黑还活着，说不定也当爹了。

有了羊，哲东就长了翅膀，逮着空闲就往水门村的心脏飞。他穿着蓝色的中山装，直棱棱的直筒裤，行走在水门村心脏的道路上。他的手闲着时在背后绞着，逢了人就拿出来抱了拳，之后就是递烟。他的口袋里藏了两包香烟，一包爱民牌的，在左边口袋里，一包大前门的，在右边口袋里，碰上昆生和哲水，抽出来的就是大前门，换了别的人，只有从左边口袋摸出爱民牌。黄毛是忠实的，哲东上哪它就跟到哪，有了它水门村的狗就不敢造次了，它们目睹了野狼的下场。它们都躲得远远的，好像一不小心就会沾染上野狼的霉气。野狼终究让高贵扔到水塘里溺死了。哲东因此走得雄赳赳气昂昂，路过米儿屋子时胸脯挺得比山还高，甚至哼着快活的酒歌。米儿并不出来见他，偶尔会躲在他背后偷偷笑。她的笑哲东是瞧不见的。而我呢，情愿黄毛再咬死一条狗，那样哲东就更有理由趾高气扬，我也用不着记那些无聊的日记。

第10章　粉　红

三年后的春天，下了一场粉红的雪，筲箕窝彻底被覆盖了。到处都是盛开的桃花，一层压着一层，一树胜过一树。那些桃树长出了无数的手臂，相互搂抱着，手拉着手，织成铺天盖地的网，网眼里漏出的都是桃花。走在桃树下，哲东的身体是粉色的，脸是粉色的，眼睛是粉色的，腰间晃荡的酒瓶子也是粉色的。就连他嘴里吐出的烟雾都像是桃花在飘动。羊在山坡上吃草，它们的背上落满了桃花，它们的眼睛里挤满了桃花。受了桃花的蛊惑，羊们就放荡起来，母羊媚声媚气咩咩着，公羊就扬起蹄子，将母羊的脊背当成了草地，无比雄壮地跨了上去。这场羊们的婚事是浩大的，五只母羊受了孕，秋天时筲箕窝多了十三只小羊崽。

黄毛也在桃园巡视着。它的身体裹了层粉红的柔光，让人误以为它并不怎么凶狠。它的眼睛因为桃花的映衬，甚至显露出许多的温柔。它是条成年的公狗，块头比昆生家的狗更高大，样子更威猛。可能是羊的诱惑，它对筲箕窝外的母狗总是怀着无比浓厚的兴趣。母狗们闯入筲箕窝，它只是虚张声势嚎叫几声，并不真的驱逐它们。有时还在它们的屁股后面转着圈，被它们黏住了，怎么也走不开。后来是哲东的呵斥，它才三步一回头地折回来。那样子是相当的不情愿。我怀疑有一天它会追随那些野狗跑掉的，哲东养了条黄眼狗。

黄毛终究没有跑。因为这场粉红的雪，筲箕窝空前热闹了。挖宝时也热闹过，可那种热闹是寂静的，见不得光亮。水门村的心脏空了，他们拖儿带女，呼朋引伴，涌入筲箕窝观赏桃花来了。九兰烧了一大锅水，洗净茶碗，等着给赏桃花的人喝茶。哲东备了香烟，酒瓶灌满了酒，等着递烟敬酒。他一边低声哼唱着什么，像在温习酒歌，有可能打算给他们高歌一曲。

哲东和九兰的想法落了空。虽然有个别的人进了屋子，喝了茶，接了烟，饮了酒，赏桃花的大部队却直接奔上了山头。桃树下人头攒动，孩子被人群冲散了，娘在呼儿唤崽。有女人是结伴来的，一个女人在一棵花团锦簇的桃树下喷啧咂着嘴，跺着脚，大呼小叫着，吸引同伴。而她的同伴被挤到另一个角落，想钻过来又找不到缝隙，急切的声音里就有了哭腔。也有女人故意将脸藏在桃花后，向着某个男人猫头鹰一样骨碌碌转着眼珠子。女人的脸是桃红的，男人的眼睛也就桃红了，不需要找任何借口，桃花就是现成的理由。男人急不可耐，而又磨磨蹭蹭，一步一步钻到了桃花背后。哲东的桃园成了他们偷情的乐园。

黄毛是恪尽职守的。它是哲东的另一双眼睛，他用它监视着桃园的一举一动。有了它，观看桃花的人就不敢轻举妄动。黄毛是不安静的，始终在桃树下奔跑，移动，从这边飘到另一边。它卷起的风是冷冷的，刮到人们脸上冷不丁就打个寒战。他们谁也不敢阻挡它，所到之处都给黄毛一条自由的道路。有人将手偷偷伸向桃花，被黄毛瞥见了，它瞪了他一眼，他的手像被蜇了一下，眨眼缩回了衣袖。有孩子爬到桃树上，扮着猴子脸，黄毛只咳嗽一声，孩子就从树杈上跌了下来，捂着屁股瘫在地上好半天都爬不起来。孝男也混在人堆里来看桃花了，趁着黄毛不在，折了枝桃花。他想将桃花藏起来，又没地方藏，只能拿在手上。那一刹那，黄毛几乎飞了起来，四爪腾空，从人们的头顶飞越而过，朝孝男扑了过去。它大张着嘴，吐出血红的舌头，露出白森森的牙齿。没发出任何警告的咆哮，它凌厉的样子就像个恶鬼。孝男拼命狂奔起来，桃枝划破了他的脸颊，裤管撕破了，鞋也跑掉了，可他顾及不了自身的狼狈，因为黄毛咬紧了他的屁股怎么也摆脱不掉。那枝桃花攥在他的手上，花瓣已经掉光了，只剩下光秃秃的枝丫。丢了桃花，丢了桃花。有人大声叫喊着。慌乱中，孝男将桃枝扔在了地上。黄毛却没有停止追赶，反而趁他减慢脚步的机会，扬起爪子，将他扑倒在地。孝男叫了声娘呀，他的裤子被黄毛撕烂了，爬起来时两瓣白生生的屁股全裸了出来。

猪屁股是在哄笑声中逃离笥箕窝的。黄毛没有穷追猛打，而是转过身回到了桃园，哲东给它的任务就是看护桃树。它耸着满身的箭毛，威风凛凛站在桃树下。刚才笑得波涛翻滚的人们突然噤了声，脸色随之变了，是桃花遮掩不了的惨白，身体哆嗦，腿肚子打战。黄毛咧开嘴笑了笑，人群便轰然一声散开了。黄毛纳闷了，瞪着眼，懵懵懂懂觑着后退的人群。它显然不明白他们为什么撤退。它朝前追了几步，人群彻底乱了，有人亡命似的奔跑起来。落在后面的慌不择路，从山坡上滚了下去。混乱中有人撞在了桃树上，也有人跌进了壕沟里，哭爹喊娘的，呼儿唤女的，喧嚣一片。黄毛越发兴奋了，撒开爪子，追着人们的屁股跑了起来。一边追赶一边咆哮着，到箩箕窝的入口处才收住脚步。

残局是哲东收拾的。他有意放慢了自己出场的时间，直到人群逃得没了影踪，才慢慢吞吞爬到山坡上。桃树下一片狼籍，套种在空地上给羊吃的鹅菜，全都趴塌在地上。到处都有跑丢的鞋，布鞋，解放鞋，塑料凉鞋，甚至有婴儿穿的棉绳鞋。这些丢弃的鞋子装了满满两箩筐。还有老头戴的猪耳帽，顶尖扎了红绣球的婴儿帽，姑娘家的桃花色的手绢，装烟丝的铁皮盒，竹蔸挖的烟筒。有的桃树上挂着衣服的碎片，有一条红纱巾卡在树杈间，旗子一样飘扬着。哲东花了整整一天时间，才找到它们各自的主人。还赔了孝男一条裤子，裤子是请裁缝做的，哲东赔着笑脸送到了昆生家，就差没亲手给孝男穿上。黄毛捅了这么大的娄子，免不了会招来一场暴打。可哲东不但没惩罚它，还带回一小块泡皮肉作为奖赏。有一回他竟然借黄毛来教训孝朵，做人就要像黄司令一样，别动不动就哭鼻子。

黄毛一战成名了。有了它，箩箕窝就安静了。破絮出门都要左顾右盼，生怕黄毛就在门口等着。瘌痢头更是小心，每次都操了根木棍，只要黄毛一出现，他就将木棍攥得紧紧的，汗水就顺着木棍往下流。黄毛就像枚炸弹，将水门村人脆弱的神经炸得崩溃了。到处都在谈论黄毛，有人说黄毛是个吃肉不吐骨头的家伙，也有人说黄毛的块头像牛犊，是牛同狗杂交的，马上有人反驳，说牛太温顺，黄毛肯定是红毛狗和野狗的私儿子。水门村这地方没狼，很难将狗和狼扯到一块。虽然有很多人没来观看桃花，但因为惧怕黄毛，所以不敢靠近箩箕窝，就连小孩子出去玩大人都这么叮嘱，别去箩箕窝，当心外乡佬的红毛狗。有时小孩子调皮，也是这么恐吓，再哭，外乡佬的红毛狗来了，它咬掉你的屁股。

对黄毛的恐惧是种传染病，一旦上了身就很难祛除了。黄毛虽然没咬烂孝男的屁股，可他被它吓坏了，轻易不敢走出屋子。他和我、胖头、钢宝、翠翠，都在镇上的中学读初二。每次在路上遇着，他总是紧张地盯着我的身后，好像黄毛就在我背后的什么地方藏着。到后来，他不敢随便靠近我了，始终同我保持一截距离，而且做出随时逃跑的姿势。孝男的态度很快传染给了胖头和钢宝，他们也不敢走近我，甚至也不敢给我乱扔眼色了。我突然想起了在水门村的心脏，每次放学时的欢送仪式。我恶作剧似的模仿了黄毛的咆哮声，嚎嚎，嚎嚎，我的模仿谈不上惟妙惟肖，担心他们会识破，所以只短促地喊上两声。但孝男丧失了分辨能力，听到我的叫声就抱头鼠窜，亡命似的奔跑起来，连头也不敢回。他一跑，胖头和钢宝也跟着跑。到最后才发觉是我在使坏，他们白了脸，鼻子嘴巴扭在一块就是没话说。

黄毛成了一枚钉子，不拔掉它，水门村的心脏寝食难安。他们先是寄希望于水门村的狗，它们容忍不了黄毛。可结果让他们失望了，它们见了黄毛就像老鼠碰着猫，都是脚底下抹油溜之大吉。软巴蛋。他们愤愤骂着。可骂不管用，有几个风骚的家伙向黄毛摇起了尾巴，一副讨好卖乖的媚相。一条刚成熟的草狗更过分，赖在黄毛身边不走，磨磨蹭蹭的，还用舌头舔着黄毛的大腿。骂的人气蒙了，操起锄头砸向草狗，草狗躲避锄头又是灵动的，一闪身子锄头就砸在了地上。

狗们指望不了，他们就自己披挂上阵。黄毛偶尔会溜出筲箕窝，他们就想方设法拦截它，对它围追堵截。他们是全副武装的，厚棉鞋，厚棉裤，还用稻草扎了裤管，手上戴着帆布手套。武器五花八门，锄头，猪屎篼，粪勺，石头，小孩子玩的弹弓，用牛绳做的绳套。刚开始黄毛斗志昂扬，咆哮着，冲向围攻的人群。他们被它的气势镇住，包围圈很快崩溃了，他们纷纷后撤，给黄毛让出了道路，眼睁睁看着它扬长而去。但之后他们分析了失败的原因，总结了经验教训，拿来了米筛薯箦当盾牌，排兵布阵，死死将黄毛困住。他们一步一步缩小包围圈，彻底断绝了它的退路。黄毛左冲右突，就是没法摆脱困境。它的背上落了不少石头石子，腿上挨了一猪屎篼。最后它终于觑到了一个破绽，长嚎一声，一跃而起，从一个低矮的角落飞越而过，跳出了包围圈。

经受了这次打击，黄毛轻易不出去了。它沉在筲箕窝，只有哲东出去时它才跟着。它成了他的影子，它和他就像兄弟，挚友，父子。甚至不只是挚友兄弟，不只是父子，它就是哲东，就是他本人。它和他原本是一体的，后来劈成了两半，一半是哲东，一半是黄毛。如果不是形体的区别，谁又能分辨得清谁是狗，谁是人。

黄毛不出去，水门村的心脏就拿它没办法。他们想引诱它出去，可用什么做诱饵是个大问题。他们找来了那条刚成熟的草狗，让它在筲箕窝的不远处兜着圈，搔首弄姿的，朝黄毛媚声媚气叫唤。黄毛听到叫声，扬着尾巴，也兜起了圈子，可就是不走出半步。草狗耐不住了，一步一步朝筲箕窝靠了过来，竟然偎到了黄毛身边。水门村的心脏简直气炸了，可又不敢明目张胆闯进来。

后来黄毛还是中了暗算。他们不断变换招式,将药死的老鼠偷偷扔进筲箕窝,黄毛是不吃死老鼠的,有段时间山坡上,田地边,到处都是死老鼠的恶臭。一招不灵,他们又换了一招,将泡皮肉炸了,涂上鼠药水,扔在黄毛必经的路上。终有一天,黄毛哀号着歪歪扭扭走了回来,还没进门就瘫倒在场地上。它有可能吃了泡皮肉。哲东用竹筒灌了它一大桶水,将肚子里的东西洗净了,它才活过来。遭了这一劫,黄毛更警觉了,除了哲东给它的东西,谁给它东西都不吃。饿了就去捉老鼠,甚至捉青蛙。

第11章 争 脸

桃子终于压满枝头。看护桃园成了头等大事，哲东在山顶上扎了两座草棚，东边一座西边一座，晚上他和九兰就睡在草棚里，他守着东边，九兰抱了孝强守在西边。黄毛就东西两边来回奔跑着。

有了黄毛，桃子们就安然无恙，茁壮成长。它们就像水门村人的眼珠子，先是被黄毛气青了，后来又被桃子引诱得吐了红。桃子是放肆的，赤裸裸地挂着，圆圆滚滚的，粉粉嫩嫩的。它们又是淘气的，在水门村人的脑门上跳着舞，晃荡着，可用手一拍，它们又飞走了。定了眼睛细看，它们又跳上了树，一个一个笑红了脸。水门村人的脸青了，鼻子歪了，嘴巴裂了。可恐惧着黄毛，又只能抓耳挠腮的干瞪眼。也有个别胆大的，偷偷摸摸靠近了桃树，那狗卵样的桃子还没到嘴边，黄毛突然从草丛中扑了出来。黄毛是哲东训练过的，专门撕咬人的裤子。它发了狠，偷桃子的人就没好果子吃，一个个光着屁股，屁滚尿流的，恨不得爹娘多生几条腿，跑出了筲箕窝。

其实谁也受不了桃子的诱惑。我观察到，那靠近棚垛的几棵桃树桃子稀稀落落的，被谁采摘过。九兰，孝朵，甚至哲东自己，都偷吃过桃子，虽然他们将桃核埋了，可桃树的枝丫泄露了他们的秘密。九兰吃桃子很特别，将桃子握在掌心，一小块一小块抠着吃，好像桃子的心脏藏了什么神秘的东西，她不得不小心抠着它，直到抠净了才发觉是颗桃核。孝强够不着，可他有九兰帮忙，不愁没桃子吃。我也偷偷摘了颗桃子，哲东没见着却让黄毛撞上了，它冲我汪汪叫着，我对着它的肚子踢了一脚，让它闭嘴，它真就闭嘴不叫了。桃子的味道很上口，咬一口水汪汪的，甜腻腻的，满嘴都是鲜美的桃汁。吃了桃，我也学着他们的样，挖个小坑，将桃核埋了。

有了桃子，哲东的腰杆就直了，像一棵挺拔的桃树。他弯着的脖子没有因为桃子的重量下垂，他的下巴反而让桃子垫高了，头就仰了起来。这棵桃树在水门村的心脏飘来荡去，遇着钢宝爹，钢宝爹挑了两只猪崽，汗一把水一把走着。哲东拉住他的扁担说,桃子熟了,上我家吃桃子去。让开,我没那闲工夫。钢宝爹用箩筐顶了一下他的膝盖,一脸的不屑。让过了钢宝爹,他又遇上了香莲,她提了只手巾包,拐扭着腰。他不敢拉她的袖子,只得笑了一张脸,说,桃子熟了,上我家吃桃子去。香莲却横了他一眼,沉了半张脸,说,你什么意思?在路上拦截女人吃桃子。他说不出什么意思,只有将路让开了。再后来,他遇着的是米儿,米儿穿了身桃红,在竹叉边晾衣服。他看到的是她的背影,一朵盛开的桃花,艳红的背脊,细软的腰肢。他的脚像被什么黏住了,怎么也走不开。米儿转过脸,嗔怒了他一眼。桃花,不,桃子,上我家吃桃子去吧。哲东语无伦次了。我不吃酸桃子。米儿一本正经。不酸的,是甜的。哲东慌了手脚,双手摆得像狗爪子。甜的?我怕甜掉牙。米儿径自进了屋,临进门时回过头朝哲东扑哧笑了一声,留给他一个窈窈窕窕的背影。

没人吃桃子,就连米儿也不乐意,哲东的热脸凑在冷屁股上了。他弯着脖子,吊着头,离开了水门村的心脏。哲东老弟呀,怎么不请我吃桃子?哲东前脚刚回,昆生就满脸阳光进了筲箕窝。哲东的确没请昆生,脸上有了掩饰不住的尴尬,慌忙铺桌子摆酒杯,一边吩咐九兰沏茶。不喝酒,我是来吃桃子的。昆生用手按住了酒杯,不让倒酒。桃子是哲东亲手摘回来的,满满一竹篮,一个个粉嫩粉嫩的,像姑娘的脸蛋,用指甲一掐就能流出水来。咬一口,一个桃子就去了半边,再两口,就剩赤裸裸的桃核。接连三个桃子下了肚,昆生才喘了口气,说,狗日的,这仙桃啊。哲东就咧开嘴傻笑,嘴角都扯到了后脑勺。吃了桃子,场面也轻松了,昆生在哲东胸口上擂了一拳,说,你小子有福,刘副镇长要来视察你的桃子。他想吃桃子?哲东问。是视察,不是吃,就知道吃。昆生瞪了哲东一眼。说话时,黄毛躲在旁边,见了昆生的拳头和眼色,冷不防蹿过来,张嘴就要撕扯他的裤管。畜生。哲东呵斥了一声,它才收住嘴,夹着尾巴满脸无辜地退去。若不是昆生避得快,他的裤子早开裆了,脸上仍是吓出了一层死白。好半天昆生才定下神,警告哲东,将狗拴住了,千万别让它伤着刘副镇长。记得管住自己的嘴巴,该说的话就说,不该说的话可不要乱说。他又补充了一句。

昆生扔给了哲东一颗桃核,提着那一竹篮桃子走了。什么话该说,什么话不该说,哲东抓耳挠腮的,怎么也琢磨不透。琢磨不透索性就不琢磨了,虽然没见过刘副镇长,可人家是镇里的大干部,管着昆生呢,总不能怠慢了。割了肉,到水塘里捞了鱼,磨了水豆腐,一切准备就绪了。还没忘将黄毛拴到羊圈里,狗和羊挤在一块，羊就咩咩叫，闹了一阵狗和羊混了个脸熟，两者才相安无事。

刘副镇长是个胖子，个子不高，有几分像场地上的石头墩子。脑门上光秃秃的，掉了不少头发，像顶了半个桃子。他由昆生领着进入筲箕窝。昆生本来是背着手，挺着胸，走得慢慢悠悠的，这是他的一贯姿势。这回他的脊背却佝偻了，脑袋都掉到了裤裆里，好像刘副镇长是座山，让他不堪重负。光光鲜鲜的是刘副镇长的那半个桃子，像瓢一样浮了过来。

哲东是胆怯的。他端了烟守在门口，脸灿烂得像个桃子。因为慌乱，他的手哆嗦着不听使唤，抽了好几次才抽出支烟来，还被弄得皱皱巴巴的。刘副镇长是不抽烟的，烟便给昆生接了过去。刘副镇长的手想找点苦头吃，想同哲东握手。他的手胖嘟嘟的，有几分小姑娘的细皮嫩肉。哲东的巴掌合上去，刘副镇长的手立刻被吞没了，脸也歪了，嘴角抽搐着，像中了风。哲东慌忙撒了手，不幸的是刘副镇长的手背早被啃出了几根手指印，像红蚂蟥一样吸附着。

刘副镇长不抽烟，可不会不吃桃子。桃子用脸盆盛着，摆在厅堂的桌子上。桃子溜尖的，像女人的奶子。哲东操起只“奶子”塞给刘副镇长，刘副镇长接在手上却不送到嘴边。吃桃子吧，刘镇长。哲东说。刘副镇长的手还在打着战，桃子忽上忽下哆嗦个不停。他费了好大的劲才将桃子举起来，桃子在嘴边跑了好几个来回，嘴巴才将它咬住。这一嘴咬得有些过了，大半个桃子将嘴巴卡住了，怎么也脱不口。桃汁趁机钻了进去，顺着喉管一直往里钻，刘副镇长呛着了，一声喷嚏，桃子就炮弹一样射了出去，咚的一声落在地板上。刘副镇长的脸蛋憋得通红，好半天才缓过来，将气喘匀了。呛死我了。刘副镇长拍着胸口说，去看桃子吧。

桃子是调皮的，知道刘副镇长不会登高，它们便一个劲地往山坡上跑。他追着它们的屁股往上爬，脸红透了，气也喘得粗音粗调的，脑门上的汗珠玉米粒似的，一粒一粒滚落。窥见了他的狼狈相，桃子们都放肆地笑了，一个个从树叶下冒出来。他好像并不在意它们的恶作剧，而是饶有兴趣地左瞧瞧右看看，他的目光被它们黏住了。多好的桃子啊。刘副镇长说，你个外乡佬，真有你的。听了赞美，哲东的手都不知往哪放了，他使劲绞着它们，可能是绞痛了，又换了手势，将手掌叠起来使劲搓着它们，可搓了一阵什么也没搓出来。他觉得自己愧对了这份赞美，从桃枝上掰下颗桃子，塞给刘副镇长。刘副镇长接了桃子，却没入嘴，有可能被桃子吓着了，心有余悸。他将桃子托在掌心掂量着，抛起来又接着，再抛起来再接着。四个桃子怕有一斤吧？他问哲东。我称过的，刚好一斤。哲东回答说。这一棵桃树能结多少桃子啊，一斤桃子二毛钱，你小子几年工夫就是万元户了。刘副镇长张手朝空气里抓了一把，似乎眼前到处都是花花绿绿的钞票。

空气里是没有钞票的。刘副镇长的胖手抓了几把什么也没抓着，后来在山坡的尽头却抓着了块木牌，血红的，像墓碑一样挡住了他的脚步。凡在此开山采石者，罚款二百五十！他念着木牌上的字迹，因为风侵雨蚀，字迹不那么鲜艳了，颜色有些颓废。昆生曾叫破絮将木牌搬走，可破絮挨了骂就赌气没搬。刘副镇长回头盯着昆生，昆生假装没看到，眼睛望向了别处。昆生。刘副镇长叫了一声。昆生仍旧假装没听见。狗日的昆生，叫你呢。刘副镇长爆开了嗓门。昆生才回过头来，他的身体跟着抖了一下，打了个尿颤。这是你干的吧？刘副镇长问。哲东张了张嘴，想说话没说出来，关键时刻昆生瞪了他一眼，将他的话堵了回去。怎么了？昆生一脸懵懂。你这个村主任没白当，对于先知先觉的种养大户，就是要当宝贝保护起来，不能挫伤了他们的积极性。刘副镇长用胖手在昆生肩膀上拍了拍，说，再立块牌子，凡偷桃者，罚款二百五十！

从山坡上下来，哲东就成了刘副镇长的宝贝。喝酒时，昆生就不敢放肆了，整个酒桌都是刘副镇长的天下，他说喝昆生和哲东就跟着喝，他放下杯子昆生还得抢着倒酒。未来的万元户，好好干。刘副镇长用胖手拍起了哲东的肩膀，哲东的嘴巴咧成了个老鼠洞，傻笑着。瞧把你美的，喝一杯。刘副镇长端起酒杯，一仰脖子，一杯酒就下了肚。哲东老弟，你替水门村争脸了，大哥敬你一杯。昆生也碰了碰哲东的杯子，仰起脖子灌下了一杯酒。这杯酒喝得不是时候，杯子还没放下来，昆生的手背早挨了刘副镇长一巴掌。刘副镇长说，你喝什么喝，去，倒酒，今儿个我要同万元户喝个痛快。挨了巴掌，昆生也不恼，乖乖地操起酒瓶子替刘副镇长满上了。

三杯两盏下去，一瓶酒见了底，九兰又添上一瓶。刘副镇长不是个盛酒的家伙，连脑门子都染上了柿子色，呼吸粗了，呼哧呼哧的。就喝这一瓶，不再喝了啊？昆生说。喝，怎么不喝？像干部一样喝。刘副镇长却不依，酒兴上来了，嘴里就有了胡话。昆生朝哲东丢了个眼色，哲东不明白什么意思，懵头懵脑的，以为不要叫他乱说话。既然刘副镇长要喝，哲东就端了酒杯又去碰他的杯子。

昆生又瞪了哲东一眼，说，你不是有个绝活么？也亮给刘副镇长见识见识。什么绝活？哲东满头雾水。你有个绝活。刘副镇长用手指住哲东的鼻子。你是说酒歌？哲东问。对呀。刘副镇长拍了一下巴掌。那我唱个十杯酒？哲东瞧着刘副镇长。听过，听过。刘副镇长晃起了脑袋。那来段十醉？哲东又问。不好听，不好听。刘副镇长又嘟起了嘴巴。那十八摸？下流坯子的，不听不听。刘副镇长还是摇摆着脑袋。来段新鲜点的吧。昆生说。

哲东唱，六月日头四方煎，晒死港背嫩娇莲，我郎看你不过意，一背驮起上七里，下八里，七八一十五里，驮到弯个弯里，曲个曲里，绷个绷里，蜡个蜡里，驮到屋背，紫竹打脚打手，硌脚硌手，歇阴凉喂，咳死个情哥少年郎。哲东唱一句，刘副镇长咿咿呀呀学一句，他的嗓子有些瘪，唱到高音处就大张着嘴，吐不出声，只能改用指头敲打桌沿，笃笃个不停。他的脑袋也跟着左摇右摆，像上了发条的钟摆，摇摆得挺有节奏。好，中听。他将手按在桌沿上，努力想直起身，身子却不听他的召唤，怎么也直不起来。他干脆一歪脑袋趴在桌子上。刘副镇长醉了，他的话又不像是醉话。他扯着嗓子喊叫着，我要开个蟠桃会，将水门镇所有的村干部都叫到筲箕窝来，吃桃子，听酒歌，让水门镇的土地都种上桃树，到处桃花盛开，到处结满桃子，个个都是万元户。

第12章　桃花劫

用昆生的话说，哲东走狗屎运了。刘副镇长是他的财神爷，是他的土地公公，是他命中的贵人。想想啊，全水门镇的村干部都到筲箕窝来吃桃子，听酒歌，那是多大的荣耀。昆生的脸上也有光彩。他是沾了哲东的光呢，如果不是哲东，不是哲东的桃子，不是哲东的酒歌，水门村能有这么大的荣耀，八辈子都打不着的事嘛。

昆生从头到脚换了身新，他哪儿也不去，就守在筲箕窝。这桃子是哲东的宝贝，哲东又是刘副镇长的宝贝，他不敢不醒个眼多留点神，怕有个闪失。抽了空，他逮住哲东教上几段酒歌。他想得挺细致，哲东唱得行云流水，而他当村主任的屁也哼个不出来，那不是天大的笑话。他可丢不起这个面子。他还交代哲东，他唱的那几个段子，哲东不许唱。

哲东不情愿，可又拿昆生没法子。虽说他成了刘副镇长的宝贝，昆生可是水门村的玉皇大帝，得罪不起。哲东想着，桃子要遭殃了，那么多的嘴巴，经得起他们吃吗？桃子吃了，谁来付钱，难道让他们白吃了？还让他唱酒歌，哭都没声音呐。哲东将他的顾虑说给了昆生，却招来一顿训斥。昆生说，你个狗脑子，你以为他们真是来吃桃子，他们是来参观，是来学习，是来向你取种桃子的经。这何等的光荣，就算吃了几个桃子，那又算得了什么。昆生吹胡子瞪眼睛的，可哲东仍旧心痛他的桃子，三年了，一个桃子没卖就让人给白吃了，怎么叫人不心痛。

筲箕窝成了新娘子，总不能土头土脸见公婆，梳妆打扮的差使就落到了哲东肩膀上。道路要拓宽，坑洼要填平，桃树下的杂草要清除，田间地头的庄稼要理出个样子来，该拔草的拔草，该松土的松土，非得长出点精气神。房前屋后，该清理的要清理，特别是羊圈狗窝，撒些六六粉，别让来的人空着手来，却惹了身狗蚤羊虱回去。这许多的事说起来容易，做起来可就难了。短短的一两天，就是不吃不睡，哲东一个人也完成不了差使。完不成干脆懒得理会了，该怎样还怎样,该干什么还干什么,管他们来不来,又不是哲东请他们来的,求他们来的。嚎嚎酒歌很简单,磨磨嘴皮子的事,有些事就是打死他,他也不会干,比如撒六六粉,万一药死了狗,药死了羊,那可怎么办,到时吃哑巴亏的不是昆生,不是刘副镇长,是他哲东。

这就急坏了昆生,刘副镇长交代过,一定好好打扮筲箕窝,别丢了他的脸面。你,你。昆生气急败坏地戳着哲东的额头,脸都气成了猪肝色,嘴角起了好几个火子泡。对于昆生的举动,哲东的耳朵聋了,眼睛瞎了,没半点反应。他挎着篾夹,夹着镰刀,出门割草去了。昆生没了法子,只有叫哲水安排几个人到筲箕窝填路除草。筲箕窝原本是三组的,哲水就支使水生,让他领几个人去。水生一听,想都没想就拒绝了。叔啊,随便你叫我上哪,随便干什么活,我都没二话,筲箕窝我不去。水生说,他一个外乡佬,不给我们干活也就罢了,凭什么我们去帮他干活。你问问别个,反正我是不去。水生不答应,三组就没人愿去了。哲水只好去找淼生,淼生见水生没答应他也跟着忸忸怩怩的,没句爽快话。淼生和水生是穿连裆裤的,做什么事都是你看我我看你,一个含糊另一个就暧昧,想靠他们彻底没戏了。

哲水死拉硬拽勉强捉到三四个人。他自己也扛了锄头加入了填路的队伍。水生见了似乎过意不去,吭哧吭哧追了上来。昆生嫌人少,让哲水将钢宝爹、香莲、会计炳德叫了过来。香莲空着手来的,昆生见了她就拉下了脸,说,你来看戏呀,看戏的还晓得带个杌子呢。香莲挨了训斥,脸上红一阵白一阵的挂不住,赶忙去向九兰讨工具。校长海波也赶来了,他的身后跟着几个老师和一串学生,工具五花八门,扫帚锄头,脸盆水桶,有几个调皮的家伙将脸盆敲得叮叮咚咚响。昆生分了工,村干部到桃树下除草,校长海波他们填路,水生那几个就在田头地角忙活。最后是道死命令,桃子一个也不能碰,一百块钱一个,谁碰谁出钱。

桃子就在头顶上,走路都得猫着腰,否则就会撞着桃子。甚至张嘴都能咬得到。粉红的桃子,脸蛋比水萝卜还嫩,不要说掐,就是用眼睛也瞧得出水来。可谁也不能碰,谁也不敢碰。九兰看着不过意,挎了篮子去摘桃子。到边头角尾拣几个瘪儿凹脑的,不要四处乱摘。昆生警告九兰,好像她摘的是他家的桃子。几个瘪桃,当是打发叫花子哩,还不如不摘。有人嘀咕,不晓得村主任得了什么好处,护崽似的护着外乡佬。这地是水门村的,长了桃子,也应该是水门村的，水门村人吃不得一个，给谁吃呢。又有人拿话刺水生，你的眼睛放盐罐里了，这么好的地给了外乡佬，你别不是揩了人家女人油水吧？之后是一阵暧昧的笑。

水生受了刺激，去找昆生。村主任，这地三组能不能收回来？水生试探昆生的态度。昆生似乎没听明白什么意思，朝水生瞪大了眼睛。我们想将筲箕窝收回来，也来种桃子。水生重复了一遍。你说什么?！昆生的眼睛瞪圆了，额头上的青筋都暴了起来。这桃树怎么办？昆生问。让他挖走嘛，我们给他换一块地，将燕窝给他。水生说。燕窝的名字好听，却是个乱石窝，屙屎都不生蛆，什么也种不了。你早干什么去了？屙脓屙血，这地又不是今天才长出来的。昆生冒火了。村主任，你胳膊肘可不能朝外拐。水生说。我拐你个头。昆生扬起巴掌朝水生脸上扇了过去，要不是水生躲得快，脸上早挨了一掌。水生不让昆生追上来，赶紧撒腿溜了。你要是给我扯出什么事来，我剥了你的皮，抽了你的筋，你三日不挨揍皮就痒痒了。昆生恨恨地跺着脚。

筲箕窝终于光光鲜鲜的了，路上的坑洼不见了，路旁的杂草连根铲除。地里的庄稼锄过土，施过肥，胸脯都挺起来了，头扬得比黄毛的尾巴还高。房前屋后拾掇得干干净净，那些乱扔的酒瓶子都装在箩筐里，柴垛齐齐整整码在一边。茅房里撒上了石灰，亮堂堂的一片。东边的场地向来都是乱七八糟的，这边一簇野草，那边一堆垃圾，就像个没打扫的战场，狗窝、牛栏、猪圈。昆生黑了脸，将破絮臭骂了一顿。破絮挨了骂，脸上还得笑着，忙前跑后清理了一天，才勉强弄出点样子。狗窝就是狗窝，怎么也理不出个人样来。昆生仍旧不满意。

干净的还是桃树下。草被彻底翻了个身，拢到了树底下。看守桃子的草棚拆除了，山坡上拓出了无数的小路，蜘蛛网似的纵横交错，坑洼的地方填平了，陡峭的地方挖出了阶梯。林子里突然开朗起来，眼睛里就只剩下桃子，桃子。醒目的是两块告示牌，旧的那块粉刷一新，新的那块是按照刘副镇长的意思制作的，凡偷桃者，罚款二百五十！两块牌子的右下角都添加了一行字迹：水门村委会。昆生找了匹红绸子，让人用白纸剪了字：水门村发展果业现场大会，再用米汤糊在红绸子上。红绸子用两根竹竿撑着，立在筲箕窝的入口处，旗子一样招摇着。

这一切都让黄毛备感有趣，一会儿看看告示牌，一会儿又瞧瞧红绸子，像是打了兴奋剂，一刻也安静不了。桃园成了大狗窝，没有了阻挡，巡视起来格外轻松，一眼就能望穿整个桃园，连老鼠也藏不了身。它在桃树下穿来跑去的，蹦跳着，打着滚，撒着欢。昆生却由不得黄毛得意，警告哲东将黄毛拴紧了，伤着谁都可以，千万别伤了刘副镇长。要是伤了人，我就拆了你的骨头，拿你来顶罪。昆生说。

对于昆生的话，哲东不敢怠慢，打理筲箕窝昆生就憋了一肚子火，可不能火上浇油了。他担心第二天将事情忘了，断黑时分就将黄毛拴了，怕它挣脱，又加了根系羊的绳子。黄毛没了自由就欺负羊，将羊追得咩咩叫。他又担心狗咬了羊，将黄毛拴到了屋后存放草灰的草棚里。可能是觉得孤独，黄毛汪汪叫了起来，刚开始还以为有什么事，哲东慌忙跑过去，却屁事也没有，黄毛摇头摆尾地冲着他笑，恨不得踹它一脚。他一转身它又在他背后叫开了，后来叫多了听惯了，也就懒得理会了。

黄毛喧闹了一夜。半夜里，哲东还起床看过一次，什么事也没有。黄毛好好的，咬着他的裤管哼哼个不停。等早上起来，事情就异样了，草棚塌了，盖草棚的茅草散了一地。拴着黄毛的木柱也倒了，横在茅草中间。黄毛端坐在茅草上，见了哲东，又站起来摇头摆尾的。一夜的干号，它的嗓子哑了，只能发出轻微的吟吟哦哦的声音。哲东想替黄毛换过一个地方，刚解开绳子黄毛就一跃而起，拽着他直往桃树林冲去。他猝不及防，一个趔趄，差点栽倒在地。

不过一夜工夫，桃林历经了一场浩劫，完全变了样。那些像女人脸蛋一样的桃子，像是长了翅膀，一个个都飞走了。只有桃叶深处，零零星星遗留了几个脸蛋，证明曾经结过果实。那侥幸留下的家伙也是瘪儿凹脑的，全没个桃子相。地上狼藉一片，到处都是散落的树叶子，像是谁踩出的许多小脚印。还有丢弃的桃核，三个一伙五个一群，遍地都是。有的桃子可能还未熟透，咬一口就随手扔掉了，桃肉上残留着新鲜的牙齿印。最惨的是桃树，桃子丢了，叶子掉了，就连胳膊腿也折了，断枝断丫扔得满地都是，没一棵桃树能够幸免。一棵桃树的主干拦腰斩断，另一棵桃树的枝丫被剃了个干净，只剩下光秃秃的主干。还有一棵桃树，可能是因为瘦小而被连根拔起，尸体横陈。只有那两块木牌是完整的，鲜红地立在那儿。

对于桃树林的劫难，我早有预感，只是没想到它会来得这样迅捷，这样肆无忌惮。我的右眼皮蹦得像蚂蚱一样，一刻也不肯消停。九兰说过，左眼跳财，右眼跳祸，一定有什么祸事发生了。我在教室里坐不住了，我要回去，回到箐箕窝，回到桃树下。我得找个恰当的理由回去。孝男仍然是班长，请假必须通过他报告老师。我捂着肚子，假装肚子痛。吃多了桃子吧？孝男嘟囔着，他也在觊觎箐箕窝的桃子。我不在意他话里的刺，继续伪装肚子痛，嘴巴哎哟哎哟叫着，脸色也慢慢转青了。猪屁股以为我真的肚子痛，赶紧报告了老师，老师却不让我回去，而是叫孝男背着我上了镇医院。我想黄毛了，我想回家看看黄毛。我附在孝男耳边说。孝男的腿突然就软了，笃的一声跪在了地上。

后来是老师将我背到医院的。医生在我肚子上左摸摸右按按，他的手随便碰在哪我都喊痛，再摸再按，我就咬紧牙关，屏住气，一声不吭。医生说要打针，我说不打针，我吃丸子。我惧怕打针，所以肚子痛得不那么厉害了。医生见我的脸色好转，就让我吃了丸子，回学校休息。我回到学校脑子又开始痛，眼睛也痛，身体软绵绵的，像是末日到了。老师又要送我去医院，我嚷着不去医院，我要回家吃药。老师吃不准我的病情，似乎慌了神，让孝男和胖头送我回去。我背不动。孝男推脱说。老师又叫上了瘌痢头，让他们三个轮流着背我。你个外乡佬，还让我来背你，看我不将你扔到臭水沟里去。胖头威胁我。我不怕他的威胁，可我嫌他蜗牛似的走得太慢。我想自己跑回去。黄毛肯定在村口等我。我附在胖头的耳边说。胖头的腿没软，因为他没有被黄毛撕烂裤裆的经历，但他说什么也不愿再背我了。我说不是我不让你们背，而是你们不愿背我了。我说过话就一溜烟往回跑了。

哲东被桃子砸蒙了。我赶到家时，他刚从昏迷中醒过来，睁着双牛卵眼，死盯着床顶。他的眼窝像是被桃子砸着了，凹下去一个深窝，眼珠子显得特别圆滚，像是埋了颗桃子。他的脸颊像被刀削过，只剩下颧骨高高耸立。屋子里死一般的静。九兰捉着哲东的手坐在床头，另一只手不住地抹着眼泪。孝朵埋着头立在床前，像是犯了错在低头认罪。只有孝强是活动的，他握着一把木头刻的手枪，在床铺上走来走去。打死他，打死他。孝强见了我，向我扬起手枪嚷嚷着。九兰示意孝朵将孝强抱下床，孝朵刚伸出手，手背上就挨了他一家伙，她只好将手缩了回去。

九兰拿眼睛暗示我，让我劝劝哲东。我不知说什么好，也劝不了他，就叫了声，爹。他没回答我，连头都没歪一下。好半天，才听他重重叹了声气，说，阴谋啊，阴谋啊。他的声音里透骨的凉，将我吓了一大跳。我看了一眼九兰，九兰也怔怔地看着我，我又转向孝朵，孝朵正瞄着九兰，转了一个大圈圈，我们都没弄明白他说的阴谋是什么。我怎么就屎堵了颈，听他的话将黄司令锁起来。哲东狠命在床沿上拍了一掌，整个床铺都震动了，有灰尘从床顶上扬下来，灰蒙蒙的一片。我这才发现没见着黄毛，也许只有黄毛能安慰他。我从屋子里退出来，堂前屋后转了个遍，就是找不见它的影子。黄毛失踪了。

我虽然讨厌黄毛，但不得不找着它。我爬上东边的山头，桃树林里空空荡荡的，不见黄毛的影踪。我又去到西边的林子，阳光从树叶间漏下来，在地上印着点点亮斑。我踩着满地亮斑，在桃林里走了一个来回，又一个来回。我隐约听见有轻微的哭泣，可辨不清是谁的声音。我以为是黄毛，侧耳倾听，声音又没了。等我走动时，声音又浮现了，若有若无的。我在桃林里跑了三四个来回，始终没找到声音的源头，它好像就在我耳边，又好像离得我很远。桃树上空空的，只有风吹桃叶窸窸窣窣响。是不是桃子的冤魂在哭，这个想法让我的心里直发毛，我撒开腿，从桃林里逃了出来。

黄毛会不会遭人暗算了？我必须到水门村的心脏走一趟。进入镇上的中学后，我很少会到那边去。路仍然是那条路，不见宽也不见窄。狗依旧很多，但轻易不敢包围我了。它们只在远处张望着，懵懵懂懂的家伙才敢吠叫几声。从它们的反映看，黄毛的威胁仍在，有可能黄毛并没有遭人暗算，这让我稍微放心了些。走过了学校，走过了赤脚医生杏林的诊所，走过了村部，还走过了太叔公明西的老宅子，走过了昆生的金銮殿，走过了米儿的屋子，水门村的心脏飘荡着一种特殊的香味，我吮了吮，像是桃子的味道，又不完全像。那种味道始终包裹着我，随便走到哪都能闻得到。在米儿的屋子前，我撞见个半大的女孩，穿着花裙子，在吃着什么。见了我，她很慌张地转过身，逃进了屋，之后再也没有出来。有可能她吃的就是桃子，所以要躲着我。我找了很多地方，那些没人去的，也没有狗的角落，都找遍了，就是没有黄毛的影子。不过我也没闻到狗毛烧焦的臭味。就算他们暗算了黄毛，不可能连毛带肉一并吞了吧。

最懊恼的是刘副镇长，吃桃子，听酒歌，到处桃花盛开，是他的一个美梦。桃子没了，蟠桃盛会泡了汤，他的美梦随之破灭了。他板了张脸，在桃树下走过来折过去，折腾了大半个下午。昆生一气不出跟在他的身后，他走一步昆生跟一步，他走一个来回昆生就跟一个来回。滚，你给我滚远点。刘副镇长让昆生跟烦了，戳着手，让昆生滚蛋。他的胖脸因为愤怒，嘴巴鼻子眼睛眉毛都扭在了一块，连脑门子都变了颜色，白里透着青，青里又裹着白，青白不分。刘副镇长，别这样嘛，桃子今年没了明年还会结。昆生低声下气的。你是村主任，这样的话亏你说得出口。我让你看着点，你死哪去了？我警告你，别拿我的话不当回事。昆生不敢张嘴了，他一张嘴刘副镇长脑门子上的青筋都爆满了，像晒了一摊蚯蚓。

昆生挨了骂，又没话来反驳，一张脸涨得比猴子屁股还赤红。他讪讪地走开了，又不敢走得太远，耳朵支棱着，眼睛的余光也落在刘副镇长身上。这帮狗日的，让我逮住了，非扒了他的皮不可。昆生的话有些装腔作势，但他有理由这么愤怒。你，给我过来。刘副镇长又将他唤了回去。如果不想我通知镇派出所来，你就上点心，将那帮狗崽子给我揪出来。吃了桃子的，让他给我吐出来。逮不住，你这村主任可以让位了，让给能干事的人来干，不要占着茅坑不拉屎。这是刘副镇长最后掷给昆生的圣旨。

昆生让刘副镇长逼到了死角，再往后退，就得从村主任的位子上掉下去。不当村主任不用挨骂，也没这些烦心事，平头百姓一个，管他摘了桃子还是李子，管他刘副镇长猴叫还是牛叫，都不关他屁事。可要是将村主任的位子让出来，他又舍不得，村主任虽小，毕竟是块有肉的骨头。让这块有肉的骨头落到别人碗里，他不心甘，就是舍得那些肉，也丢不起这面子。昆生憋了一肚子火，全数倒给了钢宝爹。钢宝爹不只是民兵连长，还是治安员，出了这档子丑事，他吃不了得兜着走。找几个人到村里给我搜一遍，搜到桃子的一百块钱一个，吃了的让他连皮带肉给我吐出来。昆生指示钢宝爹。村主任，我干不了。钢宝爹推脱说。你干不了谁干得了？要你这治安员有屁用，还不如养条狗，狗还知道看门啦。昆生一横眼睛，劈头盖脸骂了过去。那么多的桃子一两个人吃不了，偷桃的绝对不是一两个人，你让我得罪这么多人，今后我还想不想在水门村生活。钢宝爹不惧骂，给自己找足了理由。你个狗日的，就不怕得罪我？昆生戳了他一指头，说，你要是查不出来，我扒了你的皮，抽了你的筋。钢宝爹依旧不点头。你还不赶快去搜？昆生从柴垛里抽了根棍子，拦腰扫向钢宝爹，钢宝爹一闪身，棍子落了空。再抽，钢宝爹已跑远了。昆生将棍子朝他的后背砸了去。你个狗日的，要是查不出来，我送你去派出所。昆生的牙齿咬得嘎嘎响。

后来哲水出面当了和事佬，领着钢宝爹和几个民兵，在村子里虚张声势一番，想将事情搪塞过去。表面上弄得鸡飞狗跳的，结果连个桃核也没搜出来。几个烂桃子，谁稀罕呀。有人不屑一顾。也有人冷嘲热讽，说，外乡佬是村干部的孙子呀，他给了你们什么好处？他女人可是长得妖，嘻嘻。钢宝爹本来就生着闷气，这几句话正好将他的怒火燃着了，他的鼻孔里都冒烟。你乱嚼什么舌头？偷桃子的少不了你个贼骨头。钢宝爹说，你吃饱了撑的没事做，我送你去派出所。说话的人受了威吓，赶紧闭了嘴，灰溜溜地走了。

事情没查个水落石出，就没法向刘副镇长交代。昆生备了好酒好菜，想拉上刘副镇长喝上几杯，打打马虎眼，事情也许就不了了之了。刘副镇长是活鳖咬死卵，不打雷不下雨，死活就是不松口。都是帮饭桶，连个贼都捉不到。刘副镇长将酒杯往桌子一蹲，说，水门村就是个贼窝，什么鸟村主任，你就是个贼头。他不放过昆生，昆生就不放过哲水，哲水自认倒霉，原以为乐得做个好人，不想惹火烧身，麻烦都缠到自个身上了。只得带了人四处去闹腾，再怎么闹腾都闹不出个结果，末了又两手空空回来了。

难堪的事还在后头。村部的门口不知什么时候扔了一小堆桃核。昆生以为哲水他们偷了嘴，哲水矢口否认。问香莲，香莲赌咒发誓，打死也不承认。这毕竟是丑事，昆生让炳德将桃核扫干净，挖个坑埋了。可一眨眼，桃核又莫名其妙跑回来了，仍是一小堆，新鲜的核，还粘着土。那些偷了桃子的人似乎故意给他难堪，给他开这么个阴损的玩笑。昆生的脸都气成了猪肝色，乌乌紫紫的一片。他守在村部的窗子口，想要瞧清楚是谁吃了豹子胆，敢拿他来开涮。他要逮住他，让他吃不了兜着走。守了大半天，没守着人，却守着了一条狗，挺着一身的箭毛，鼓着腮帮子，嘴里塞满了桃核。到了门口，张开嘴，将桃核一颗一颗咳出来，吐在地上。地上就有了小堆桃核。一个晚上过去，桃核堆成了一座山。

狗就是哲东的黄毛。它没遭人暗算，而是寻找桃核去了。那些桃核裹满了泥土，像刚从土堆里刨出来的。黄毛的爪子都抠烂了，有血从趾缝里渗出来，走路不顺畅，一瘸一拐的。昆生想将它撵走，人没出声，狗倒先咆哮起来。炳德拿了铁铲和箩筐去铲桃核，铲子刚落下去，黄毛就扑了上来，捉住他的裤管。慌乱中，炳德挣扎着往门里一跌，嘶的一声响，一条裤管就撕成两半了，露出半截白生生的大腿。昆生赶紧将门关上了，上了闩。黄毛朝门板扑了两回，门未开，它就退了回来，在桃核边蹲了。昆生他们出不来，黄毛进不去，人和狗对峙上了。

昆生让炳德去搬救兵，炳德走不了前门，只好钻到村部后面的茅房里，茅房的墙不很高，昆生托住炳德的屁股，将他顶上墙头。炳德搬来的救兵是哲东，只有他才能支使得了黄毛。这狗衔桃核的举动有可能就是他教唆的，一条狗哪会有这么阴狠的心计。哲东到了却不见动静，不唤走黄毛，也不同昆生招呼。黄毛不走昆生就不敢出来，两个人只能隔着窗子对话。昆生说，哲东老弟，将狗支走吧。哲东说，我要桃子。不就几颗桃子吗？今年没了明年还会长的。昆生说。那可是一山的桃子，说没就没了，我自己都没舍得吃一颗。哲东的声音里有了夸张的哭腔。得得，你别像个娘们似的，多少钱，村里赔你吧。昆生开始让步。我不要钱，我就要桃子，谁摘的谁赔。哲东执拗地说。哲东啊，你都是水门村人了，那些桃子不是一个两个人摘得了的，也不是一两个人吃得完的，就当给人家尝尝鲜吧。你别难为我，也别将人得罪遍了，你又不能撑土船走掉的，今后得在这儿生活不是，不管好事歹事，将来总有求人的地方吧。你也别向刘副镇长哭诉了，村里补偿你两百块钱。昆生被狗困着，威风却是不减，话里暗藏了机锋。

桃子要不回来了，进了肚子里的东西想要人家吐出来，那纯粹是一种幻想。哲东将黄毛唤开了，替昆生解了围。那一堆桃核，也挑回去了。空闲时，哲东将桃核摊在石头上，砸碎桃核，取出桃仁。可能力量过大了，不少桃仁被砸成了碎末，筲箕窝因此满是桃仁的清香。

第13章 壁　画

“桃子事件”静悄悄了。昆生就有这样的本事，能将大事化小，小事化了。日子久了，连刘副镇长也失去了之前的愤怒，水门村很多事情都离不开昆生，不能将昆生逼得太急。何况事情也有了交代，钢宝爹因为搜查不力成了替罪羊，他身上的两道光环——民兵连长和治安员，被昆生摘除了。钢宝爹不服气，找昆生理论，昆生只一句话钢宝爹就成了哑巴。昆生说，那一堆桃核就没两颗从你的狗嘴里吐出来？我不信这个邪。

昆生请示刘副镇长，空缺的民兵连长和治安员让谁来干。给那个外乡佬吧。刘副镇长说，一个治安员如果连自家的桃子都保护不了，就撤了他。昆生想不答应，却违拗不了刘副镇长。桃子倒成了哲东的幸运果和护身符，桃子在，他头上的两道光环就光彩夺目，假若有一天桃子丢了，那两道光环也就消失了。狗日的，你走狗屎运了。昆生在哲东胸口擂了一拳，说，你现在是村干部，那两百块钱别再指望，当是给我买酒喝了。

哲东成了水门村的警察，第一个胆战心惊的是破絮。趁牵牛的机会勒索谷子，扔铁皮油桶嫁祸哲东，偷桃子，哪件事都少不了他。如果有一天栽在哲东手里，一切都完了。破絮越想越害怕，背上的冷汗就流了出来，绳子一样在衣服里穿来钻去，像是要将他五花大绑。他怎么也睡不安稳了，贼的枕头边睡了个捉贼的，贼还能有美梦？破絮从床上爬起来，敲响了哲东的房门。打开房门，哲东见到的是两箩筐谷子，和一张堆满笑的脸。哲东叔公，这是我还你的谷子。破絮说。半夜三更还稻谷，你有病啊你？哲东被搅碎了好梦，一脸的不耐烦。而且对于贼，捉贼的用不着客气。早该还你了，前些年不凑手么。破絮说。我也没指望你还。哲东的声音冷冷的，满脸鄙夷。哪能不还，我心里一直惦记着呢。破絮说，哲东叔公，以前的事请你多加原谅。以前什么事？哲东反问。是呀，以前有什么事呢，谷子还了，偷桃子的不是他一个，扔铁皮油桶的事能承认吗？破絮语塞了。回去吧，回去吧，以后三更半夜少敲人家房门，就积阴德了。哲东说。

有了治安员的虎皮，哲东就有了进出水门村心脏的通行证。想什么时候去就什么时候去，想去哪就去哪，谁也阻挡不了。其实谁也不敢阻拦，就算不惧他，可他们没理由不惧怕黄毛。黄毛是哲东的贴身护卫，他上哪它就跟到哪。因为摘了酒瓶子，哲东的腰板格外直挺，步子方方正正，整条道路都他占领了。草见了他们，慌忙躲到了路边，石头撞上他们，翻身跌到了路坑里。它们给他让出了一条康庄大道。最知趣的是水门村的狗，不吠不叫，胆小的早就逃得远远的，不见了踪影，胆大的就跳到田埂上，摇着尾巴，低眉顺眼的，完全的奴才相。黄毛却不领它们的情，虎视眈眈盯着它们，喉管里发出低沉的啸音，仿佛随时都会扑上去，撕咬它们。它始终将它们视做笑里藏刀的敌人。

香莲见不得哲东得意忘形。她没见过黄毛的疯狂，所以对它一点也不恐惧。黄毛似乎也不屑于吓唬一个女人，甚至连她对哲东的威胁也没看出来。香莲将双手拢在胸前，整个身体横在路中间，挡住了哲东的去路。黄毛在她的脚跟嗅了嗅，朝她的屁股盯了一眼。死畜生，你给我滚开。香莲一跺脚，做出一副十分厌恶的凶相。黄毛连半句话都没说，就夹着尾巴走开了，它不明白她为什么这么胆大，也弄不清楚她和哲东到底是什么关系。恭喜你呀，升官了，连狗都威风了。香莲冷冷地笑着，嘴角挂着一丝嘲弄。别取笑我了，升什么官呀。哲东的脸上一片尴尬的红，说话也不利索了。哟哟，瞧不起这治安员呀，敢情想当村主任。香莲的嗓门爆开了，生怕别人听不见。我提醒你，水门村是有积案的，你这治安员担子不轻呀。香莲说。什么积案？哲东皱了皱眉头，问。哟哟，你是贵人多忘事，那只油桶还在村部的仓库里放着呢，那桶菜籽油不知进了哪条狗的肚子里。香莲嘻嘻笑着，声音却冷得透骨。

香莲走了，哲东遇上了高贵和小高贵。小高贵早不是前几年的样子，长得膀粗腰圆，不过仍是高贵的跟班。高贵削了个光头，额头上多了块疤痕，三角形的，像是添了只眼睛。他的行头也翻了新，裹住屁股的不再是马映花布大裤衩，而是条草绿色的军裤。他抱着膀子，嘴上叼着过滤嘴香烟，像根石柱子一样树在路中间。小高贵拽着条草狗，瞪着两只铜铃眼，站在高贵身后。黄毛见了草狗眼睛里就有了光，左绕右拐，三步两步转到了草狗的屁股后。那草狗慌忙夹紧了尾巴，身子抖抖索索的，挣扎着想逃，可绳子被小高贵拽着。

路被堵死了，哲东想走也走不成，只能迎着高贵站着。高贵兄弟。哲东抱起了拳头。别,你别这么叫,治安员大人,我可高攀不起。高贵揶揄说,我有个问题向治安员大人请教。高贵兄弟,你别挖苦我,有什么事我能帮得上忙尽管说。哲东说。别,我可不敢劳你的驾。高贵说,这男人要是将女人的肚子搞大了,该怎么办?哲东怔怔地瞧着高贵,不知他葫芦里卖的什么药。这女人要是他老婆呢,就是喜事一桩。哲东说。如果不是他老婆呢?打个比方,假如我将你女儿的肚子搞大了。高贵喷了一口烟雾,嬉皮笑脸地说。我就宰了你。哲东的牙齿咬得嘎嘣嘎嘣响。啧啧,你别生气嘛,我只是打个比方,如果不是他老婆呢?高贵依旧一脸嬉笑。那就麻烦了。哲东皱起了眉头。怎么个麻烦法?高贵穷追不舍。坐牢!杀头!哲东的眉毛竖了起来。你可听清楚了?治安员怎么说的?高贵扭过头指着小高贵问。听清楚了,坐牢,杀头。小高贵回答说。有治安员这句话就够了。高贵将草狗从小高贵手里一把拽过来,说,这是我家的公主,被你家的强奸犯将肚子弄大了,它可是我花了三百元买来的,你看着办吧。

哲东僵住了,但很快活了过来。他是治安员,没必要惧怕一个无赖。哲东说,高贵兄弟,我说的是人,不是狗,这年头人的事还操心不过来,谁有闲工夫管狗的事。哲东这是一语双关,既推脱了事又暗暗骂了高贵,可惜的是高贵并没有听出来。你是治安员,你不管谁管?高贵反问。高贵兄弟,你赚了呀,原来是一个公主,现在你有两个公主了,说不定还有王子呢。哲东也换上了一副嬉皮笑脸的神情。狗屁公主,就是个野种、孽种。高贵受不了哲东的调笑,眼睛瞪成了狗卵子。要不就让我家黄毛娶了你的公主,让它做一条负责任的狗。哲东拍了拍高贵的肩膀,抽身走了。小高贵捋起袖子,想教训哲东,但他的手被高贵捉住了。黄毛可能想着要做新郎,摇头摆尾的,赶紧追上了哲东,那跑动的姿势比谁都欢腾。

筲箕窝像个女人一样丰乳肥臀了。桃花是妩媚的脸色,竹子是柔软的腰肢,那枝繁叶茂的杉树就是浑圆的臀部。因为哲东和黄毛,谁也不敢滋事,她在无忧无虑地生长,脸色越来越妖魅,腰肢越来越柔软,臀部越来越壮硕,曲线毕露,那逼仄的两道山梁快要被她胀爆了,她的双乳随时都有可能蹦出来。哲东是有野心的,她的怀抱已经盛不下他的梦想,他要走出去,离开筲箕窝,进入水门村的心脏。

哲东又开始在墙壁上作画了。他吸取上次的教训,没将画画在厅堂的墙壁上,而是画在卧室里,盘箕大的一团。画的上方钉枚钉子,钉子上挂着盘箕,正好将画全部罩住了。作画的过程是缓慢的,先是有了大括号,慢慢地,括号边缘的旮旮旯旯出现了各种各样的符号,圆圈,三角形,长方形,正方形,十字架,叉叉。那是他独有的语言,只有他看得懂。九兰曾琢磨过那幅画,琢磨到后面涨红着脸走开了。她一边将盘箕挂上墙壁,一边嗔骂着,这老不死的,画什么不好,流氓,死流氓。

其实九兰误会了哲东,她只瞧出了画的轮廓,对于图画的具体内容一无所知。那些圆圈代表什么,那些三角形又代表什么,她想都没有想过,甚至没留意它们的存在。那几乎是幅军事地图,哲东这个暗探,凭借治安员的特殊身份,走遍了水门村心脏的每一个角落。他用那些简单的符号记录了水门村的每一寸土地,那画着十字架的土地适宜栽种桃树,那叉叉就是杉树,圆圈就是南竹。这个外乡佬就像是一个入侵者,他的士兵就是桃树、杉树和南竹,他将指挥它们攻占整个水门村。可叹的是水门村的心脏还在梦中,谁也没察觉他的阴谋。

他豢养的那些羊派上了用场。它们是他的另一支庞大的队伍。筲箕窝的桃色为它们造就了一张浪漫的温床,所有的春天都爆满了羊们发情的欢叫,羊们不停地恋爱,交媾,生儿育女。它们的繁殖让他深感恐惧和忧虑,一只分成两只,两只分成四只,筲箕窝到处是羊的蹄脚印,到处是羊的叫声。桃树下的那点草皮已经没法填饱羊肚子了,每天他都要花费大量的时间到附近的山头去打草。幸好水门村人对草是不在意的,否则羊就只能忍饥挨饿。羊已经成了一个沉重的包袱,要么开拓新的草场,要么宰掉一些羊,他必须在这两者之间做出选择。他曾同三组的一个村民商谈过,对方将就近的一片山头让给哲东放羊,放了三天就丢了两只羊。哲东以为羊走失了,寻遍整个山头,羊毛也没找到一根,只找到两摊羊粪蛋。

他暂时只能选择后者。他有很多理由屠宰它们,他要用它们去贿赂太叔公明西和昆生。一年一度的祭祀,他主动将羊送到水门村的心脏,将羊绳交到了太叔公明西手中。连羊头也不要回来,他也不稀罕一颗羊头了。哲东啊,樊家人的子孙都有你这份孝心,祖宗睡在土里都是笑的。太叔公明西是贪婪的,他替代祖宗接受了哲东的孝心,他的牙齿掉光了,瘪着嘴巴,好半天才瘪出一句话来。虽然哲东没能参加祭祀,可宰羊祭坟的祭文中有了族人哲东捐羊祭祖的字眼，羊尾巴长的一截。那一年的龙灯，终于照亮了哲东的厅堂，那十挂老鼠嘴的鞭炮响了，虽然声音短促，可毕竟炸响了。

摆平了祖宗，哲东在西边的山头砍了棵竹子，削了把竹剑。之后在羊圈里拉出一只笨头笨脑的羊，笨家伙以为他要给它开小灶了，屁颠屁颠追着他的脚后跟跑了出来。它还用鼻子嗅了嗅竹剑，甚至用舌头卷了一下，想将竹剑卷进嘴巴里。哲东不允许它有更多的动作，扭住它的头颅，将竹剑从它的颈窝捅了进去。这个笨家伙被他拆成了四大块，两只后腿刘副镇长和昆生一人一只，两只前腿一只给了哲水，另一只给了赤脚医生杏林，孝强患过一回肚子痛，肚子肿得像个吹足了气的皮球，是杏林让他的肚子瘪了下来。那剩下的羊头，舞龙灯时正好用来祭神。

水门村的权贵被哲东的羊收买了。而众多的其他人，他用来贿赂他们的只有桃子。与其让他们偷了吃，还不如拱手送给他们。桃花才笑了一朵两朵，哲东就砍了南竹，剖出薄薄的篾片，编出一只一只花篮。篮子很小巧，只盛得下七八个桃子。水门村三百零八户人家，他编了三百零只八篮子。哲东是精明的，每只篮子装十个桃，不过几树桃子而已，就当这几棵桃树白栽了。他们吃了桃子，其他的桃子就安全了。

我偷偷在盘箕下的画面上添了个人物，那人骑着羊，一手提着装满桃子的花篮，一手握了酒瓶子，唱着酒歌，悠闲自得地行走在大括号中间的道路上。他的身后是条竖着尾巴的狗。画过之后，我就后悔了，肯定会招来哲东的一顿毒打。他喜欢用杉树枝抽打我的屁股，我的屁股又得受罪了。可哲东看过画后却咧开嘴笑了，狗崽子，有意思。他习惯性摸摸腰间，却摸了个空，酒瓶不知什么时候没了。

第14章　蟠桃会

一年一度的桃花覆盖了筲箕窝。它们一年比一年放肆，一年比一年泼辣。它们的春情被撩发了。筲箕窝的地是红色的，草是红色的，墙是红色的，屋脊是红色的，就连水门村的天空也染了大半边的桃红。也许是桃花不再稀奇了，也许是因为惨痛的记忆，桃树林始终安安静静，桃花空自香艳着。黄毛闲得无聊，在桃树下扑捉着自己的尾巴，间或有一对男女偷偷溜进桃树林，只要他们的手不伸向枝头的桃花，黄毛也睁只眼闭只眼，不管他们的骚烂事。

桃花凋谢了，我的学生生涯也要结束。我问哲东，初中毕业了我将来干什么。放羊啊，要不就种桃树。他说。他已经租了一处山沟，一年两百块的草钱，就缺一个牧羊人了。我只能听从他的安排，接过他手中的赶羊鞭，我的学习成绩太差，根本考不上高中。孝男也上不了高中，可他炫耀，只要毕了业，他爹就让他去当兵。虽然只有十六岁，昆生有办法让他变成十八岁，甚至二十岁。哲东是民兵连长，我幻想过他应该有办法让我去当兵，可他的心里只有桃树和羊。他能给我的未来就是跟在羊屁股后面数羊粪蛋。他丝毫不掩饰的自私伤害了我，我对他突然有了愤怒，我的未来在他眼里是狗屁，连狗屁都不是。我有了愤怒却发作不起来，在他面前我是软弱的，而且他越来越强大，我想反抗，却只有顺从。

桃子成熟时节，我重新回到了筲箕窝，正好赶上刘副镇长的蟠桃盛会。这是我见过的最盛大的一次场面，它完全可以载入筲箕窝的发展史。上一次筲箕窝的打扮是简陋的，只是抹了点胭脂口红，这一次却是盛装的新娘。昆生组织了一支由村民组长和民兵组成的筹备队伍，整整三十个人，刘副镇长坐镇筲箕窝指挥。进出的道路拓宽了，东边的山脚下用木板搭起了半人高的舞台，舞台的上方拉起了横幅，两边的柱子上贴着大红的对联。阻断东西两边场地的篱笆拆除了，中间的沟壑填满了泥土，几十张桌子整整齐齐排列着，每张桌子都摆上了碗筷，还有满满一竹篮桃子。两边的山顶上插着无数的彩旗，红、蓝、黄、绿，像天上掉下的彩虹。舞台的旁边还扎了个竹台,那是用来放鸣铳的。守着竹台的是个矮墩墩的汉子,脚边堆了一蛇皮袋火药,架子上搁着三杆鸣铳,那样子像面临一场大战。

最兴奋的是刘副镇长,穿着洁白的衬衫,胸前扎了朵小红花,背着手,粗着嗓门,在忙碌的人群中踱来踱去。你,将凳子搬到一边去。你,将钉子钉牢了。他一会儿指挥这个,一会儿又叮嘱另一个,光秃秃的脑门上像是印了朵桃花,红艳艳的一片。昆生跟着上蹿下跳,左边训斥张三的手脚太慢了,右边又指责李四的手脚太笨了。他瞪着两只水牯眼,吊着两只狗耳朵,生怕错过了任何一个细节。有过一次失败,他丝毫不敢掉以轻心。他暗暗咒骂哲东,狗日的外乡佬,种什么不好,非得种桃子。又不能骂出口,还得满脸笑容。

昆生憋屈,哲东也不轻松。他让刘副镇长赶鸭子上架了。刘副镇长叫人写了个经验材料,让他背下来,到舞台上去介绍。哲东看了没几行,额头上的汗就爆出来了。他碰上了不认识的字。他让孝朵将我叫去,让我念给他听。我念一句,他学一句。他的声音结结巴巴的,嘴里像含了个狗卵子。黄毛先是仰着头,睁着眼,满脸疑问瞧着他,之后就绕着哲东转起了圈,转一个圈抬一回头,转一个圈又摇一回尾巴,它替他着急了。一着急他就结巴得越发厉害,那些句子被他咬得七零八落,没一个完整的。额头上的汗滴更欢腾了,滚动着,跳着舞,在地板上砸出一朵一朵的水花。去。哲东朝黄毛踢了一脚,黄毛受了委屈,一声不吭走开了。却又不走远,依旧眼巴巴盯着哲东。

材料没背到一半,刘副镇长派人来催哲东,让他快点出去迎客。屋外已是人声鼎沸,镇长来了,水门镇的所有权贵都云集到了箩箕窝。锣鼓咚咚锵锵喊着,唢呐呜呜哇哇唱着,鸣铳轰隆隆炸着。哲东吓着了,猫在屋子里不敢出去。刘副镇长以为出了什么意外,风风火火进了屋子。我背不出。哲东赖在椅子上不动。你背不出哭也给我哭出来。刘副镇长发了狠,连推带拽将他弄了出去。箩箕窝到处是人,场地边,田埂上,花生地沟里,桃树下,哪儿都是人头攒动。人堆里混杂着狗,它们在人们的裤管下钻来钻去,怎么也钻不出来。哲东也像狗一样晕晕乎乎了,失去了方向,不知该往哪走。幸好拽着他的手没放,他就顺着它稀里糊涂走到了舞台上。

舞台下突然刮起一阵波澜壮阔的掌声。哲东吓了一跳,身体歪了歪,像是叫掌声撞着了。我从来没见他这么胆怯过。但他挺住了身子,因为人堆里有个人格格笑了，那是米儿的笑声。在掌声和笑声中，刘副镇长握着一只卖老鼠药的小贩惯用的喇叭，站在舞台的中央说话了。春风又绿……哦嗝……江南岸……哦嗝……筲箕窝里……哦嗝……桃子香……哦嗝哦嗝……哦嗝……他吃多了桃子，不住地打着饱嗝，两句话像吐桃核一样七零八落。舞台下滚过一阵哗哩哗啦的笑声。刘副镇长嗝不下去了，将喇叭给了哲东，让他介绍种桃子的经验。哲东接着喇叭，却一句话都不说，像柱子一样立着。他以为让他拿着喇叭，对于刘副镇长交付的重要使命有可能抛到了脑后。昆生用手捅了捅哲东的腰子眼，哲东以为他想要喇叭，赶忙将喇叭送到昆生手边。昆生却不接喇叭，只眨巴眼睛示意哲东讲话。哲东才醒过来，慌忙去摸裤袋，可左掏右摸，就是不见那几页材料。他只好将喇叭举了起来。卖老鼠药了。有人在台下起哄。又是一阵汹涌澎湃的笑声。昆生瞪着眼，死死盯着台下，才将笑声压下去。尊敬的——各位——领导，亲爱的——乡亲们。哲东说。他的声音抖抖颤颤的，像被揉皱的抹布，怎么也舒展不开。他的脸蛋也不对劲，像憋了泡尿，憋得久了，都成了茄子色。有人睁大了眼，将脖子伸得老长，等待下文。哲东的嘴巴极力张着，像个开放的蚌壳，就是没声音吐出来。张了半晌，蚌壳受了累又闭上了。他扭过头向昆生求救，昆生假装没看见，目光落在那一片伸长的脖子上。他只好将头扭向刘副镇长，刘副镇长的眉头皱得像颗桃核。我唱个歌吧。哲东说。

没人允许，哲东就自顾自唱了起来。东边岭上挖个坑哎，种下桃树好开花，姐扶苗来我培土，桃枝软似姐柳腰。种下桃树成双对哎，姐剪枝来我施肥，花蕾含春风儿吹，朵朵花开姐儿醉。一醉醉在桃树下，桃儿成堆枝头挂，二醉醉在郎枕边，桃儿成双姐胸尖。这歌词应该是哲东杜撰的，他歌唱的天赋以及即兴表演的才能让人惊叹。歌声经过喇叭的放大，夸张，挤爆了筲箕窝的每个角落。而且不满足于这块屁眼宽的地方，它踩着伸长的脖子，一蹦一跳，越过人群，又踩着山头上的桃子，一蹦一跳，就飞入了水门村的心脏。调皮的，就黏在鸡翅膀上，在村子里乱飞乱钻；胆大的，就骑到狗背上，在田野上狂奔乱跑。歌声就像风一样野开了，在草叶上捋一把，满手都是草籽一样的歌声，在泥地里走一趟，歌声就苍耳子一样勾结在裤管上。

哲东的歌让聆听的人陶醉了，舞台下是一片合不拢的嘴巴，它们的主人全被歌声征服了，甘心做了俘虏。昆生先是担心，好不容易才学会几个段子，如果让哲东唱过了，他就没了歌唱的机会。哲东杜撰的歌词让他紧绷的心松懈了，他附和着哲东的节奏，轻轻跺着脚。只有刘副镇长是清醒的，瞄瞄镇长，镇长的指头按在裤腿上，一上一下，蚂蚱一样跳跃着，脸上不见笑，可他的嘴角泄露了他内心的秘密，微微向上弯着，分明挂了不易察觉的笑。刘副镇长就放任哲东唱下去。有人却不依，嫌哲东的歌词不够荤，不过瘾。唱十八摸。有人暧昧地叫喊。像是高贵的声音。唱寡妇进了公公的房。又有人附和着猥亵的笑。人堆里立刻炸开了，笑声翻卷，一浪一浪铺天盖地压过来，舞台成了飘摇的小船，一会儿被掀上浪尖，一会又被波涛埋葬。哲东的歌声被淹没了，只见他大张着嘴，却听不见任何声音。有人趁机朝舞台上丢土块，也有人偷偷捡了别人的拖鞋，朝哲东身上砸。人群乱成了一窝蜂。肃静，肃静。昆生跳到舞台边大声呵斥，因为愤怒，他满脸煞白，嘴唇哆嗦。笑声稍微有些收敛，可依旧澎湃汹涌。昆生的脸色难看死了，变色龙一样，由白转紫，由紫又转了青。狗日的，闭上你们的臭嘴，谁敢嚼舌头就送到派出所去。昆生抢过哲东的喇叭咆哮着，才将笑声压下去。

哲东的歌不能再唱下去。昆生将喇叭交给刘副镇长，刘副镇长从牙缝里蹦了一声，烂泥巴。昆生没听清，用眼睛询问着。烂泥巴。刘副镇长又重复了一遍。昆生以为骂的是他，缩着头走开了。其实刘副镇长骂的是哲东，挨骂的人却不知道，他还得将这团烂泥巴抹上墙，不然他的脸面也没地方放。他给哲东预备了一朵大红花，由镇长亲手将花戴在哲东胸前。戴花时发生了一个小插曲，镇长的手刚碰到哲东的胸口，黄毛突然长吼一声跃上了舞台，捉住了镇长的裤管。它以为镇长要伤害哲东，这个忠实的狗腿子太喜欢保护它的主子了。幸好它的主子反应快，呵斥一声，死畜生。等镇长回过头，黄毛已夹着尾巴伸着舌头走开了。而且步子有板有眼，不少草狗在远处盯着它呢。

镇长替哲东戴过花，还发表了热情洋溢的讲话。镇长说，哲东很有歌唱的才华，可他更有种桃子的才能。一个移民户，从无到有，将一个荒草窝变成了桃花源。这种创业精神值得我们每个人学习。他的成功离不开水门村干部的关心和爱护，也离不开乡亲们的支持和帮助。水门镇不遗余力发展果业，就是希望乡亲们个个都成为万元户，十万元户。他哲东种桃子，你们可以种李子，种梨，种葡萄，让水门镇成为名副其实的水果之乡。我们的桃子将来可以卖到县里去，卖到省里去，甚至可以卖到外国去。今后谁的水果种得好，我们就到谁的果园去开现场会，一样给他戴大红花，还要给他物质奖励。说着，镇长从口袋里掏出一个大红包，递到哲东手上。并且让哲东将红包举起来，像旗帜一样树在头顶上。

第 15 章　圈　套

现场会的召开,哲东的损失是惨重的。东边山头的桃子吃了个精光,而且赔上了一只膘肥体壮的羊。哲东找昆生,问谁出桃子钱和羊钱。昆生一翻眼睛,将哲东顶了回去。昆生说,谁出?你想坑谁?你个不安分的外乡佬,干什么不好非得种桃子。你就惦记你的桃子和羊,村里可是赔了一头猪三条狗,知道不?红包进了你荷包,我却成了冤大头,你记着,这笔账我记你在头上。红包才两百元呢,顶屁用。哲东被昆生戗着了,申辩说。你不想要,那就给我。昆生说。你不给,那我找刘副镇长要。哲东说。狗日的,你敢?除非你不想在水门村活了。昆生瞪圆了眼睛,拉出了收拾他的架势。

哲东在做戏,他的戏只是做给昆生一个人看的。东边的桃子没了,可西边的桃子还在。失去了一只羊,其他的羊都活蹦乱跳的。瞧着昆生紧张的样子,他暗暗发笑,昆生不可能有恃无恐的。虽然心痛那些桃子和羊,可得到的远比失去的多。再走在水门村的心脏,一切都变了。道路宽广,阳光灿烂,风在笑,草在摆着手,狗在列着仪仗,就连空气里都满是桃子的香味。哲东的腰板像是绑了桃树枝,抻得笔直,见了人也不必打躬作揖了,别人早就捧上了谦恭的笑脸。挑柴的,将柴耽搁到了田埂上,牵牛的,将牛赶到了田坎里。水门村的道路成了哲东的自家小巷,想怎么走就怎么走。黄毛更是威风八面,狗们摇着尾巴媚着眼,同它打招呼,它的眼睛傲慢地望着别处。只有一两条草狗,毛色油光水亮,腰肢柔软,才能吸引它的注意。

软巴蛋。哲东暗暗骂着。

也许因为骂在背地里,他的骂声并没有人听见,也不知他在骂谁,谁也没心思来偷听他的咒骂。水门村的心脏闹哄哄的,到处都在争论,要不要跟着外乡佬种桃子。有儿子眼红哲东的,巴不得一个晚上将桃树种出来,桃花烂漫,桃子篮装箩满的,钞票一摞一摞。老子却不屑一顾,啊呸,一口痰吐在地上。为了说服老子,儿子掰着指头数着种桃树的好处,有了桃树,孩子就不必跑到筲箕窝偷看桃花了，自家的桃花想怎么看就怎么看，想什么时候看就什么时候看，要是万一被狗咬了怎么办，不怕狗咬万一被狗追摔断了手脚怎么办。整下来的桃树丫，晒干了可以当柴烧。最有价值的是桃子，卖了钱买什么不好，外乡佬就几亩地的桃子，可是卖了两千块。老子却不吃这一套，算盘谁不知道拨，账谁不知道算，是你吃的米多还是我吃的盐多，是你走的路多还是我过的桥多，桃子能当饭吃还是能当衣穿。卖到县上去，卖到省里去，说的比唱的还好听，县上的人省里的人都不吃饭，专吃桃子。卖到外国去，外国就没有桃子，外国的人就不种桃子。

水门村的心脏裂成了两瓣，一瓣是推广派，坚持要种桃树，另一瓣是反对派，坚决抵制种桃树。推广派视反对派为眼中钉肉中刺，恨不得拔之而后快。反对派视推广派为异类，叛徒，是赤裸裸的阶级敌人，恨不能打倒在地再踏上一脚。在他们眼里，哲东成了瘟疫祸水，整个水门村全都让他搅乱了。他们连带昆生也恨上了，如果不是他接收外乡佬，能生出许多破烂事？到现在，赶又赶不走，咽又咽不下。矛盾先前还关在屋子里，家丑不可外扬嘛，谁也不会愚蠢到承认自家出了叛逆。慢慢地，纸终究包不住火，不管家丑不家丑，都抖落了一地。张家的儿子是个光棍，想种桃子赚了钱娶女人，老子死活不点头，儿子就同老子闹起了分家。家也是个破家，没什么可分的，只有几亩地，一劈两半，各种各的，谁也不管谁。李家三兄弟，一个想种桃子，一个好吃懒做什么也不想干，两兄弟当着老子的面闹掰了。最可笑的是香莲一家，翠翠爹原本同香莲商量种几亩桃子试试，话刚出口就被香莲堵死了。种什么我不管，就是不种桃子。香莲的口气比铁还硬。翠翠爹软溜溜的活了半辈子，这回不知怎么就硬朗了。香莲不让种，他偏就对着干，扛着锄头，堂前屋后左挖一个坑右掘一个洼。谁也不买谁的账，谁也不服谁的气。到最后翠翠爹扫干净一间闲置的牛栏，卷起铺盖睡到了牛栏里。

刚同反对派划清界限，推广派又滋生了矛盾，老大种桃子，老二想种梨。老二的脑子聪明，凡事爱多想，都种桃子那就不如种梨，桃多梨少，梨肯定好卖。老大的脑子简单，想法也简单，种梨上哪买树苗去，桃树就不同，外乡佬在哪买的我们就上哪买，有了桃子他去哪卖我们也去哪卖。谁也说服不了谁，老大和老二就拉出老三来评理，老三却是另一种想法，不赞成种桃子也不支持种梨，他想养羊。桃子和梨都是贱骨头，你想啊一斤羊肉能买多少桃子，撑死你都吃不完呐。结果推广派又被剁成了好几派，桃子一派，梨一派，还有葡萄派、杨梅派、山羊派、兔子派。水门村的心脏就像晒干了的泥土，到处都是裂缝，大裂缝连着大裂缝，大裂缝又生长着小裂缝，谁也没法将它们拢到一块儿。

没法安生的是昆生，裂缝就绽在他的脚下，一不留神就掉进去了。今天东家来告状，明天西家来哭诉，这边兄弟闹着要分家，那边夫妻吵着要离婚。那条大狼狗龇牙咧嘴的，也没能挡住哭哭啼啼的人们。昆生没了一刻安宁的日子，吃饭时有人抹眼泪，睡觉时有人哭鼻子，想找个地方躲起来却又没地方去。筲箕窝藏不了身，开过现场会，那里真就热闹了，人进人出的，比镇上集贸市场的人还多。昆生扛不住，咬牙切齿骂起了哲东老鼠屎、瘟神、黄眼狗。后来骂人的词语用尽了，还不解恨，找个借口将事情踢给了哲东。哭什么哭，哭丧似的，我昆生又没死。去去去，这是治安员管的事，找治安员哭去。昆生见不得哭丧的脸，连推带拱，将人赶出了院子。

得了昆生的许可，推广派的人连跑带跳找上了哲东。他们吵着昆生，其实是在揣摸他的态度。在水门村，如果昆生不点头，他们不敢轻举妄动，否则就没好果子吃。这正是哲东想要的效果，水门村的心脏有了裂缝他就可以钻进去，昆生不要的，他全部笑纳了。他的表演天赋又一次派上了用场。这个狡猾的外乡佬，暗地里喜上眉梢，表面上却不露声色，甚至装出一副愁苦相，好像昆生扔给他的是个大刺球。他要让他们像请神一样，用八抬大轿将他抬到水门村的心脏去。

第一个投向哲东怀抱的是水生，也是第一个遭到哲东拒绝的人。水生原来就打过歪主意，想将筲箕窝收回去。水门村这么宽，让三组一个组出地盘，这是从他们碗里匀饭，吃亏的全是三组的人。他想得很简单，哲东在他地盘上，他想种桃子哲东还敢说个不字。他掐算过，一亩桃子少说也能卖个千儿八百的，十亩桃子就是万元户呐。

哲东叔，我也想种几亩桃子。水生说。哲东刚打羊草回来，草捆子压在脊背上。好啊，那我们有伴了。他将草捆在扔在地上，一把水一把汗地抹着脸。抹过脸，他又将草捆子解开，一捧一捧抱到羊圈里。羊们见了青草立刻欢腾起来，咩咩叫着，满屋子都是它们的笑声。水生被冷落在场地上，走不是留也不是，但仍耐心等着，毕竟他有求于哲东。哲东却不给他面子，扔了草捆又扛起锄头，准备上花生地锄草。哲东叔，你给我谋划谋划，哪儿种桃树合适。水生追着哲东的屁股说。随便哪儿都行，桃树是个贱骨头。哲东说。耽搁你点时间，帮我瞧瞧鹅公塘那块地。哲东的话里似乎带了刺，水生没嚼出来，依旧追着哲东的屁股走。等我空下来了再说吧。哲东寡汤寡水的，有些不耐烦。

水生挨了冷脸，却没地方说，放出去的土地是收不回来的，说出来也是空头空脑得罪人。只能将苦水吞到肚子里。他在老婆面前拍过胸脯，如果事情不成，自己的脸面就让哲东丢尽了。他恨着哲东，又拿他没辙。哲东挺会折磨人，不拒绝也不爽快答应，让水生悬着。后来水生帮他割了一天草，锄了一天地，他才收了网，将事情应允下来。他也担心，水生受不了折磨跑掉了。那他进入水门村心脏的一把钥匙就丢了。

哲东装模作样在鹅公塘走了一圈，什么也没看，什么也没做。这是片肥沃得让人眼红的土地，厚实、细腻，随便捏一把泥土在手上都能闻得出泥土的香味。它就是个饱满的女人，可惜躺在水生的身体底下。黄毛也将草地当草狗了，撒了一泡尿，这块土地似乎成了它的领地。哲东舔舔口水，跺跺脚，说，奶奶个熊，就这儿吧。水生听了他的骂声不放心，满脸狐疑盯着哲东，似乎不相信自己的土地了。哲东后面的一句话才让他铁了心。你就等着数钱吧。哲东说。

水生种桃子了。水门村的心脏很快流传了一条新闻。虽说很多人打算种桃子，也闹了不少矛盾，可终归都停留在嘴上，分家的也没分家，离婚的也没离婚，日子仍旧像老牛拉破车，慢慢走慢慢转。水生成了第一个吃螃蟹的人。他们才恍然大悟，当初为什么答应给外乡佬地盘，他是等着这一天。算盘打得这么精，难怪长六根指头，有人说水生是破相、叛徒、黄眼狗。水生就是暗藏的特务，为的就是有一天同外乡佬里应外合，迎接外乡佬进入水门村的心脏，让外乡佬来占领水门村。他们被他愚弄了，被他出卖了。

有人暗暗嫉妒，让水生捷足先登了。他们又猜测，哲东接纳了水生，会不会再答应旁的人。也有人躲在门背后，盯着哲东和水生，他们下一步会怎么做。有人干脆跑去了鹅公塘，鹅公塘已经坑坑洼洼，水生种桃树马上就要成为事实。一个人种桃树，桃子几多金贵，外乡佬真是个傻蛋，教会徒弟打师傅，让水生来抢他的饭碗。他们有些迟疑，水生会不会受了外乡佬的骗，到时一棵树苗也没有，水生那块地就只能种草了。等水生的桃树下了地，他们再种也不迟，早一年和晚一年有什么关系呢。如果水生种了，外乡佬不可能不答应他们的。他们耐心等着看水生的笑话。

他们的观望正好掉进了哲东的圈套。如果所有的人都来种桃树,他还愁着能不能买到这么多树苗呢。他需要一个死党,将他从水门村的心脏分离出来,能同他结成同盟,他要将他培养成榜样,让水门村人眼热心馋,恨不能立刻成为下一个水生。他必须拒绝一些人,他想得到做得到。后来有些人失去了等待的耐心,偷偷溜进筲箕窝,但他们没一个好运的,全被哲东的冷脸赶走了。生个儿子没屁眼,结的桃子全烂掉。有的人丢了面子,心里头就涌起了恨意,咒骂起哲东来。这种恶毒的咒骂,哲东接下的不只一箩筐。也有的人还不死心,捉了鸡,打了酒,想贿赂哲东。哲东并没有被这种小恩小惠收买,最后仍以各式各样的理由拒绝了。

我突然感觉到,水门村的心脏让哲东操在了手上。他将它抓得紧紧的,不让它有一丝半点的松动。这个酒鬼,疯子,很热衷于这种玩弄人的游戏。他不在意他们戳他的脊梁骨,也不在意他们恶毒的咒骂,这个忘恩负义的家伙,越来越让人难懂。他好像不是以前的哲东了。他的头发像黄毛的背毛一样耸着,脸上长满了新鲜的阳光,连鼻尖上都有阳光在跳跃。他的眼珠子不断变幻着颜色,桃子压满枝头时它就是红毛狗的眼珠子,喷着逼人的火焰,可一旦摘尽了桃子,它又成了绿的,像野狗的眼睛。

这帮狗,雷公打豆腐,专拣软的欺。你强大了,他就怕了你,服了你。哲东教训我。

黄毛也用眼珠子盯着我,一副恨铁不成钢的模样。滚开。我踢了它一脚。你踢它干什么,你还不如它。哲东瞪了我一眼。我也许真不如黄毛,孝男去了当兵,胖头成了护林员,而我只能追着一个疯子的屁股锄地、割草、整枝、施肥。就像瘌痢头一样,我已经成了名副其实的农民。我的腰被草捆压垮了,怎么也直不起来。可我又见不得黄毛在草狗面前那副猥亵的样子。水门村多少条草狗都成了它的妃子,它不知每天“宠幸”它们多少回。我忍不住又踢了它一脚,可它哼都没哼一声,昂着头,迈着正步走开了。我竟然遭到了一个畜生的蔑视。

这种蔑视滋生了我的厌恨,我的诅咒。我诅咒哲东的桃树一棵一棵死去,桃子腐烂,黄叶飘零,枝丫腐朽。我诅咒哲东的羊一只一只被篾刀放了血,剥了皮,大卸八块。我诅咒黄毛不是让水门村的狗咬死,就是毙命于水门村人的乱棍之下。它被烧了毛,炖了汤,连骨头都不会留下。我诅咒哲东拐了脚断了手瞎了眼,成了瘸子瞎子聋子,一等一的残废。我恨不得来一场瘟疫,将筲箕窝的一切都吞噬干净,寸草不留。

我的诅咒不能说出口,我怕它真的会应验,又担心让哲东听见。后来我又恨起了自己,厌恶自己,连畜生都能蔑视的家伙,他又能厌恨谁诅咒谁。我将收集的泥土全部撒到了河里,还撒了泡尿,让河水和尿液将它们冲得远远的,再也不可能回来。我不要什么泥人像了。我要那个打碎我泥人像的家伙再也找不到打碎它的机会。我是软巴蛋,我要软得彻底,烂得纯粹,就像一摊烂泥,我不想让谁将我抹上墙。我决定在那个阴险狡诈恶毒的家伙面前不说一句话,不打一个喷嚏,不放一个屁。我违背了自己的誓言情愿死掉。

不管如何伪装,我的诅咒很快被人窥破了。因为想种桃子,翠翠爹睡在牛棚里,怎么也不愿回去。他放出话,一年没种上桃子,就一年不回家,他是吃了秤砣铁了心。香莲听了更上火,让翠翠过话给她爹,不回去就死在牛栏里,没他一样过日子。翠翠爹是个牛脾气,谁劝都不管用,先前一日三餐由翠翠送到牛栏里,后来他另起了炉灶,一个人过起了日子。香莲毕竟是女人,终究拗不过翠翠爹,举起白旗妥协了。翠翠爹又不好意思找哲东,只会将想法闷在肚子里。他希望香莲同哲东说说,她和他好歹都是村干部,不管怎么他也会给个面子。香莲却不干,水门村一千三百多号人,找谁说都可以,让她找外乡佬,啊呸,门都没有。翠翠爹也不责怪她没说,待在牛栏里,死活不回去。有本事一辈子别回来,干脆死在牛栏里,别折腾人。香莲的火气又上来了。

我的诅咒就是叫翠翠识破的。香莲不愿找哲东,翠翠爹不敢找哲东,她就成了他们的调和剂。她没有直接去找哲东,而是记起了我这个同学,以为让我去同那个疯子说可能容易沟通一些。我爹想种桃子,你帮我同你爹说说吧。翠翠的声音软儿吧唧的。我记起了她抢夺孝朵珠子时那种凶狠的样子,以及每次欢送会上尖细的嗓音。一头一捆秆,中间是个红心卵;一头一箩糠,中间站个碑树桩;一头一只狗,中间是个婊子崽。我甚至不想瞧她一眼,也不打算回她的话。孝荣,帮帮我吧,要是种不上桃子,我爹和我娘要离婚了。她的声音里添上了哭腔。你爹和你娘离婚关我什么事,就是他们死了,也不关我卵事。我的心里恨恨的,巴不得全世界的人都因为种不上桃子,吃不上桃子,都死个干净,死个彻底。

除了心里的恨,我也不敢答应翠翠。我不能违背立下的誓言,就算我情愿违背,那个幸灾乐祸的家伙也不一定答应。翠翠竟然在我身后嘤嘤泣泣哭了起来。小时候的事,你还恨我。翠翠抽搐着。恨她的应该是孝朵,而不是我,我恨的对象是孝男,是他砸烂了我的泥人像。可她的哭声让我心烦,我就没有好声气。种个鬼,几个烂桃子,有什么稀罕?我说得恶狠狠的。我抽身想走,不想再听见这种可怜巴巴的哭腔,死了娘似的。你不是恨我,你是在恨你爹。翠翠止住了哭声。我回过头,用眼睛罩住了这个多嘴的女孩。

我从没认真观察过一个女孩。印象中的翠翠只是个模糊的影子,干瘦干瘦的,一头黄毛,就像秋天的芒草。同眼前的她有着天壤之别。翠翠不再是一个小女孩了,而是出落成了大姑娘。她的衣衫紧绷绷的,胸部像是藏了两颗桃子,高傲地挺着,差点顶到了我的胸脯。她的脸蛋也像用桃花染了色,粉匀匀的,脸廓有了好看的弧线。眼睛是两口清澈的井,洁净,明亮,能照得见人的影子。鼻子像用绿松石刻的,线条流畅柔和,瓦匠张可能也捏不出这样的鼻子来。两片嘴唇抿在一块,就是一颗桃子,粉嘟嘟的,忍不住想捧起来咬一口。但它不是桃子,而是一个姑娘的嘴唇。我意识到这是个下流的想法,我在心里狠狠抽了自己几个嘴巴,你又不是黄毛,怎么这么下作,我暗暗骂着自己。

让我羞愧的是,无论抽嘴巴还是咒骂自己,都没法叫自己清醒过来。我依旧死死盯着翠翠。我的身体有了压抑不住的冲动,很想将她摁倒在地。虽然我不知道将她摁倒在地上能干什么,但止不住心头的这种狂想。我又并不担心自己会撂倒她,我对自己一万个放心。我是软巴蛋,烂泥巴,绝对干不了这种粗暴的事情。我的身体僵硬着。

你老看着我做什么?不认识我?翠翠眨巴着眼睛,脸上有了些调皮的神情。她一说话眼睫毛就跟着忽闪忽闪,像是蜂儿在桃花上跳舞。你不看我怎么知道我在看你?我说。哟哟,你也会狡辩了,敢看人还不敢承认,不像个男人。翠翠也在掩饰自己。我没看你,我是在看你背后的桃树。我替自己辩解。翠翠扭过头扫了一眼身后的桃树林,回头时脸上就黯淡了。你到底愿不愿意帮我?她的声音里充满了渴望。我帮不了翠翠,又拒绝不了她,最后我点下了头。我想到了九兰,她会帮助我的,我也不会因此违反自己的誓言。我试试看吧,别对我抱太多的希望。我对翠翠说。我相信你。翠翠说。她的脸上满是感激,之后交给我一个布袋子。我接过来捏在手上,里面的东西圆圆滚滚的,是些小球球,倒出来一看,是孝朵的九颗珠子。

第16章 桃 色

翠翠走后，我想了许久，为了取悦翠翠，我替自己揽上了个大麻烦。我几次走到哲东跟前，一句话没说就离开了。他在喝酒，他将酒瓶换成了酒杯，用三根指头捏着，一杯一盏地喝。剥一颗花生，褪了红皮，扔进嘴里，巴嘎巴嘎咀嚼着。他同黄毛一样是个令人作呕的家伙，伪装的斯文怎么也掩盖不了骨子里的粗鲁。婊子就是婊子，永远成为不了淑女，他的裤管抻得笔直，脚踝上仍然结满泥巴。满屋子都是肆意的酒气。我张开嘴巴想说话，酒气立刻钻进了我的鼻孔，像黄鳝一样顺着鼻腔往里钻，我呛着了，打了个喷嚏，捂住鼻子嘴巴逃走了。

过了老半天，我想象他的酒宴结束了。我转回去，他仍在桌子边坐着，杯子里依旧满满的。这家伙的酒量越来越大，他的肚子成了无底的酒坛，怎么也灌不饱。他的脸让酒泡成了红黑色，鼻子成了熟透的虾尾巴，耳朵成了飘落的枫树叶。他咂巴着嘴，一杯一盏，喝得有滋有味。我怀疑，酒是他的血液，没有酒他就活不下去。你是丢了魂，还是在收脚迹，没事给我割草去。他用水牯眼瞪着我。他的眼珠子也是血红的，像埋了两颗红枣。

我只能依照开始的想法去找九兰，又担心她不会答应。香莲对于哲东的态度，她是知晓的。我想拉拢孝朵，如果她能帮着说话，说不定事情就顺利了。我必须逮住她。孝朵刚进家门，我就将翠翠归还的布袋子交给了她。孝朵接过布袋子，一脸狐疑看着我，不知我想干什么。布袋子的颜色已经颓旧了，成了一块抹布。珠子！孝朵的眼睛里闪出了光芒。九颗绿松石的珠子，一颗不多一颗不少，绿莹莹的，颜色一点也没变。哪儿来的？孝朵将珠子托在手上问我。我将翠翠归还珠子的经过原原本本告诉了她。我以为她会因此消除对翠翠的敌意，会帮着我在九兰面前说好话。谁知我的话没说干净，她的脸色骤然变了，像是用红纸染过，绯红一片。你忘了她是怎么欺负我们的？她还有脸来找我们帮忙。孝朵的眼睛里满是愤恨。孝朵，那都是孩子时的事情，当不得真的。我劝她。你忘了，可我忘不了。你真是个贱骨头，还帮着她说话。她连带我也骂上了。她不是已经将珠子还给你了吗？我将翠翠的求助解说成赎罪。如果不是她爹想种桃子，和香莲又闹得那么僵，翠翠永远也不可能来赎罪。要说你说，打死我也不说，我不是小孩子，不要什么珠子，就当让贼抢去了。她将珠子掷在地上，扭过身头也不回地走了。九颗珠子的滴溜溜滚了一地。

后来我又逮住机会，同孝朵说了好几次。就当哥求你了。我说。别的话我说，那几堆狗屎，别脏了我的嘴。她依旧咬牙切齿的，一点也不见松动。孝朵的仇恨让我有些沮丧。我很后悔答应翠翠。我依稀记得我也是恨过翠翠的，可那种恨意不知什么时候消失得无影无踪了。我将珠子拾起来，装回了布袋子。做这一切的时候，翠翠好像就在眼前，她的胸部藏了桃子，脸上染了桃色，她的声音哀哀怜怜的。想着她嘴唇的时候，我的身体又僵硬了，抬不起胳膊迈不动腿，她的声音很快将我消解了，我的身体像冰块一样渐渐融化，有水在哗哗流淌。

我只有直接去找九兰。她带着孝强在园子里摘菜，孝强举着一根桃树枝在菜地边走来走去，见了我就飞跑过来。打死你，打死你这个不争气的东西。他的树枝只能扫在我的大腿上，更高的地方够不着。他一边抽打我，一边咕噜咕噜骂着，骂人的话都是从疯子那里学来的。捉弄我，鞭打我，成了他的一种乐趣。我一把抢过他的树枝，三下两下，折成三四截，扔出去老远。孝强哇的一声哭开了，这是他的绝招，如果哲东在，我又得受皮肉之苦。你怎么当哥的，过来就将他弄哭了，这么大的人还同他计较。他夸张的哭声仍旧给我招来了九兰的白眼。

九兰责备我时，孝强躲在旁边窃笑。他窝着脸，眼珠子却转个不停，在我和九兰之间溜来溜去。他阴险的嘴脸同哲东一个样。我真想狠狠踹他一脚，但感觉不是时候，不能因为他而误了我的正事。我将翠翠的求助告诉了九兰。她听了默不作声，只拿眼睛死死盯着我。你不是不知道你爹，让我怎么说。过了半晌，她才说。我终于忍不住，对准孝强的屁股踢了一脚，孝强一个趔趄仆倒在菜地里，几株辣椒被他压趴在地上。但他很快爬了起来，没有哭。你该死。九兰一扬手，一团泥块向我飞了过来。我赶紧扭身跑开了。你给我站住。九兰在吆喝。我以为泥块没砸着我，她不甘心，所以跑得飞快。你给我回来。她的声音软了下去。我收住脚步，慢慢折回去，同九兰保持一截距离。你让翠翠当面同我说。九兰说。她的脸上藏了笑，我捉摸不透她的笑里藏了什么。

我将九兰的话转告了翠翠，她听了先是一愣，两瓣嘴唇咬得死死的，满眼狐疑盯着我。她似乎不相信我说的话,但她的脸红了起来,像是开了两朵桃花,最后什么话也没说,乖乖地跟随我进了筲箕窝。九兰是热情的,端椅送茶,还用盘子盛了花生款待她。翠翠很乖巧,嘴巴比吃了桃子还甜,伯母伯母地叫着,甚至捋起袖子替九兰洗了一盆衣服。黄毛不知从哪闻到了她的气息,突然跳出来咬住了她的裤管,翠翠的脸一片死白。滚开。九兰朝黄毛肚子上踢了一脚,它才夹着尾巴灰溜溜走了。翠翠虽然受了惊吓,可眨眼就回过了神,又同九兰有说有笑的。女人真是古怪的动物,她们的行为我一点也看不懂,九兰也不让我看懂。该干什么干什么去,别在这儿待着,女人说话男人不能听的。九兰挥着手让我走开。我瞥一眼翠翠,她眨巴了一下眼睛,也示意我走远点。这两个不可捉摸的家伙结了同盟,不约而同驱逐我。

她们到底谈了什么,我不可能听到,我背了草捆回来时翠翠已经走了。我问九兰,她不回答我,只是莫名其妙地笑。她都替我洗衣服了,能不答应?! 九兰说。我琢磨不透洗衣服同种桃树有什么关系,她的话很让人费解。难怪她会嫁给哲东,一床被子不盖两样人,她和他是一路货色。我不想琢磨这些,我只关心最后的结果,她答应了不一定代表了哲东,他可是个顽固的家伙,她也不见得管用。思来想去,我该想的办法都想过了,该尽的力也都尽到了,成与不成,就看酒鬼高兴不高兴了。

我暗地里观察着九兰和哲东。他和她同平常没什么两样,吃饭出工,上床睡觉,平平静静的,不起半点波纹,我仍是察觉了一些细微的变化。哲东脱下来的衣服扔在墙角里,腌腌臜臜的,积了一大堆。他好多天都没换过衣服了,从他身边经过,老远就能闻到一股呛人的汗臭味。他的酒瓶不见了,酒坛子也空了。他翻箱倒柜寻了大半天,楼上的仓库,床底的坛坛罐罐,碗橱衣柜,能藏东西的地方都找遍了。黄毛也帮着他,堂前屋后钻来钻去,也没嗅出个蛛丝马迹。酒像长了翅膀,一点不剩全都飞走了。酒呢? 让贼偷走了还是让鬼喝掉了? 哲东质问九兰。酒虫子在他肚子里穿来钻去,顺着食道往上爬,到达口腔又变成唾液,冰凌一样吊满嘴角。九兰,九兰。酒鬼疯狂喊叫着,就是没人理会他。九兰领着孝强去了水门的心脏,孝朵去了学校,我从后门溜了,只留下黄毛在围着他打转。

经过一个多星期艰苦卓绝的战争,哲东最终就范了。他不能顽抗,否则就会遭到九兰的遗弃，成为孤家寡人，他的酒虫子也不让他再犹豫，它们不管什么时间，不顾什么场合，随时随地从嘴巴里大摇大摆淌出来，谁也阻挡不了。身上的馊臭味也不敢叫他走过米儿的屋子。他能够给自己保留的尊严就是让翠翠爹亲自来一趟筲箕窝，总不能贱到他自己送上门去。

一个晴朗的上午，翠翠爹终于卷起铺盖睡到了香莲的身边。他的桃树将种在一个叫苦竹坳的山窝里，外乡佬已经察看过泥土，计算过树苗。苦竹坳也像鹅公塘一样挖满了坑坑洼洼，等待春天的到来。整个事件中，水门村人始终冷眼旁观，背地里嚼着舌根，香莲会不会同翠翠爹离婚，翠翠爹会不会在牛栏里睡上一辈子。假如离了婚，他会同谁结婚，香莲又会改嫁给谁。有人洞悉哲东和香莲的好恶，有意挑拨他们的关系。他们当着香莲的面咒骂哲东，狗日的外乡佬，简直就是瘟神。也有人心怀叵测提醒香莲，翠翠爹种桃子只是个借口，睡到牛栏里是为了方便同野女人鬼混。

水门村的心脏发动了全部的想象，可因为哲东的妥协，他们又一次失望了。原以为外乡佬记仇，他们到筲箕窝挖过宝，围攻过黄毛，让他敲锣游村，还在他脖子上吊过石磨，挂过油桶。他拒绝他们完全有理由。可这些事情哪一件都离不开香莲，他凭什么帮助翠翠爹？他们又一次掉进了外乡佬的陷阱。

又一个春天到来时，鹅公塘和苦竹坳的天空让桃花点亮了。那种桃色的火焰放肆而灿烂，云朵燃成了桃色的火球，田野上铺张了桃色的地毯，梧桐树上挂满了桃色的旗帜。桃色溶解在河水里，每一朵浪花都是一束桃色的火焰，偶尔有鱼跃出水面，它的脊背喷射着桃色的光芒。水牛角上挑着的是桃色的阳光，地上的牛屎也是桃色的。鸡的羽毛是桃色的，狗的尾巴是桃色的，就连太叔公明西的水烟筒也是桃色的。我扯开裤子尿尿时发现，我的双腿之间长出了一丛桃色的野草。

空前的桃色让水门村的心脏骚动不安。他们的眼珠子是桃色的，瞳孔是桃色的，睫毛是桃色的，迎风流出来的眼泪也是桃色的。女人的衣服是桃色的，胸脯是桃色的，脸是桃色的，嘴巴是桃色的，眼睛是桃色的，耳朵是桃色的。被桃色包裹的女人没了年龄的界限，七八岁的小姑娘是跳动的桃花，七八十岁的老婆婆是静止的桃花，豁嘴的是风吹落了花瓣的桃花，瞎眼的是含羞闭月的桃花。每一朵桃花都鲜艳欲滴，每一朵桃花都让人想入非非。水门村的夜晚让各种求爱的声音占据，青蛙呼唤爱情的呱呱声，公狗和母狗纠缠在一起的低吟，床板快乐的吱呀声，所有暧昧的声响交织在一起，组成了一首销魂荡魄的交响曲。放荡的女人捉到了男人就不撒手，单身的男人就像野狗一样在田野上游荡。每一个角落都成了做爱的天堂，草铺上，稻草堆，墙角落，哪儿都有赤裸裸的男欢女爱。

待到桃花落尽桃子浮出叶面，所有的风流韵事都露出了水面。有七个姑娘的肚子隆了起来，却找不到向她们喷射精液的男人。有十个女人错将从窗户里爬进来的盗窃分子当成了自家男人，让他们偷走了身子。有二十一个女人掉了节育环，让镇里的人逮住重新放上了。让昆生大跌眼镜的是他自己的女人，本来施行了结扎术，偏偏肚子又隆了起来，挺得比谁都骄傲。村子里有人传言，她是假结扎，欺骗他们这些冤大头的。有人偷偷告到镇里，镇里派人将昆生的女人弄到医院引了产，在肚子上割了一刀，才平静下来。

他们闹哄哄的，哲东却是悠闲自得，九兰将酒瓶还给了他，酒也回到了坛子里。他又端坐在桌子边，伪装出一副斯文相，一杯一盏喝着酒。水门村的心脏成了无边的舞台，他们每个人都是演员，为台下的唯一观众倾情表演着。可酒鬼嫌他们的表演不够精彩，时不时哼上几句，给自个找个乐子。更多的时候，他端着酒杯，对着心脏那边喊叫，来，干杯！他的脸上满是桃色，像牛屎一样一层压着一层。他的嘴角向上微微弯曲，眼睛眯成了青皮桃子。他在偷偷笑着，那是一个小丑才有的表情。

哲东的欢笑因为桃花的盛开而盛开了。有了水生和翠翠爹做活广告，这个野心家的桃花事业就像野火一样漫山遍野燃烧起来。山嘴上，胳肢窝里，田头地角，能下锄的地方都挖了坑，能立锄头把的地方都种了树。勤恳的，除野草砍荆棘，锄山掘石，巴掌宽的地方也垦了过来。懒惰的，就在堂前屋后见缝插针，有个窟窿填个窟窿，就差没将桃树枝捅进屁眼里。昆生的金銮殿也被桃树包裹了。哲水学着昆生，在鱼塘的堤坝上栽了一圈桃树，因为桃树的掩护，鱼却让人偷了个干净。麻烦的是破絮，死活不开口，压根没有种桃树的想法。让一个贼睡在枕头边，让人不放心，如果他种了桃树，哲东就有借口将他逐出筲箕窝。

有了桃树的支撑，哲东的腰杆子比任何时候都要硬朗。又一年的蟠桃盛会，规模空前，水门镇的达官显贵，全体村干部，所有的村民组长，都云集水门村的心脏。县城的报社和电视台都来了记者。镇派出所出面维持秩序。红花已经换成了花环，给哲东戴花环的不再是镇长，而是县里的一个干部。他穿着西装,挺着肚子,个子矮了将近一个脑袋,踮起脚才将花环套到哲东脖子上。哲东拿到的红包也不是两百元,而是整整一千元。报社的记者还拍了照,登到了报纸上。村里收到报纸后让昆生压住了,不让人看。后来不知是谁从哪弄到了报纸,将它贴在村部的大门口。水门村的心脏又轰动了,前去观看照片的人络绎不绝,连村部的门板都给挤破了。

蟠桃盛会之后,哲东好运连连,先是当选了镇里的人大代表,后来又被县里评为果业能手,到县城戴了花环,拿了红包。再往后,哲水丢了副村主任的位子,他将本应上交镇里的一笔款子挪给胖头贩卖假化肥,幸好数量不多,要不早入了牢房。哲东捡了个落地的桃子,哲水空出来的位子让他占据了。

第 17 章　闹五更

我想起了那些恶毒的诅咒。我诅咒过哲东的桃树一棵棵死掉，桃子一颗颗腐烂，连桃核也不剩下。我的诅咒一点也没应验，相反成了催化剂，催生了铺天盖地的桃树。它们故意捉弄我，给我难堪。桃树巨大的根系已经深入水门村的心脏，所有的人都串在了同一条根系上。我不能让我的诅咒说出口，一旦说漏了嘴，我想我肯定会被他们掐死，用稻草烧了毛，当狗肉吃掉，一根骨头也不会留下。我将嘴唇抿得死死的，不留一丝缝隙。睡觉时用手捂住嘴巴，我担心做梦的时候那些诅咒一不小心就溜了出来。

我不能诅咒桃树，我能诅咒羊。羊在水门村的心脏是稀有动物，不过三五只，就算我的诅咒应验了，也没有多大的损失。水门村有的是狗，羊根本就是多余的，养羊纯粹吃饱了撑的。我先是诅咒种羊，叫它们饿死，病死，老死，被红毛野狗咬了去。一只羊真的摔断了腿，让哲东用篾刀捅了。我喝了一碗羊杂汤，啃了一条羊尾巴，抹抹嘴，准备诅咒下一个倒霉的家伙。我的诅咒没来得及说出来，羊圈里就有三四只种羊站了起来，一只种羊老了，马上就有成群的后来者补充。我只有去诅咒母羊，母羊死了，种羊就绝后了。我的诅咒只是一厢情愿，羊圈里又一只母羊生产了，两只小母羊，加上以前的成就，它有了二十多个女儿，在羊的世界中称得上第一岳母。

我让羊给包围了。无论走向哪个方向，羊都能未卜先知，它们守候在那里，将我的所有出路封死。水门村的旱地都让桃树占领了，而远处的山坡，更远处的山谷仍旧空空荡荡的。哲东将我绑缚在羊角上，成为羊的首领，带领它们去远征。东南方向的山谷是第一个目的地。那是条狭长的谷地，两边是高高的山峰，只有一个入口，羊怎么也丢不了。他已经谈妥了一切，只等我将羊赶进去。

出发的时间选在午后。为了防止羊们贪嘴，整整一个上午，我们给羊喂足了青草，羊们的肚子都撑得比怀胎的母羊还圆圆滚滚的。我甩着鞭子将羊赶出圈，羊们自觉排成一支长长的队伍。领头的是只公羊，挺着两支长长的犄角，胯下吊着两只硕大的圆球,因为步伐的震动,两只圆球像钟摆一样来回晃荡。跟在后面的母羊,步子是细碎的,有些母性的忸怩。小羊的腿短,颠来跑去的,咩咩叫着,追得很吃力。间或有个别不听话的家伙跑出队伍,也不用我甩羊鞭,黄毛追着它的屁股呵斥几声,它就乖乖地缩回了原来的位置。黄毛得了便宜,屁颠屁颠跑到它的主子身边邀功,哲东却没闲心搭理它,他的眼睛正炯炯有神盯着东南方向。

这支人畜混杂的队伍将午后的宁静搅得支离破碎。他们浩浩荡荡,如入无人之境。首先慌乱的是狗,原本相互咬着尾巴嬉戏,羊的出现立刻搅乱了它们的阵势。有些乖巧的狗见势不妙,赶紧溜之大吉。也有些自不量力的家伙,挡在路中间,被公羊的犄角顶个正着,狗就凌空飞了起来,翻上两个空心跟斗,摔落在路边的水田里。有个家伙的肚子还让羊角挑破了,瘫在烂泥里哀号个不停。闻到血腥味,黄毛像是打了兴奋剂,咆哮的声音一浪压过一浪。

狂暴的喧嚣吸引了水门村所有的耳朵。蚂蟥听到狗搅动泥水的响声,飘带一样舞了过来,狗腿上的毛太厚,吸不到血。田螺听到声响,脑袋一缩,门板就合上了。鸡扑闪着翅膀,飞到了桃树枝上。更多的脑袋争先恐后从屋子里滚出来,大瞪着眼,嘴巴张得像个蚌壳,口水冰凌子一样挂满嘴角。这扑面而来的不像是羊群,而是一支黑色的箭,嗖嗖嗖,射向每个人的胸膛。到处都是飞奔的羊蹄子,跳跃的羊蹄子,搅起漫天的尘土,道路不见了,庄稼也失去了影踪。有一百多只吧,有人估算。少说也有两百只,马上有人反驳。有人就开始数数,数来数去,总有漏网之鱼。快看,那羊角。不知谁喊叫了一声。所有的目光都落到了公羊头上,那里插了一把长长的铁叉,铁叉通身幽黑,黑色的光芒不放过任何一个方向,好像随时会洞穿每个人的胸口。

所有人都奔出屋子观看羊阵时,昆生却躲藏在村部的窗户背后,盯着筲箕窝的方向出神。起初进入他视野的只是些小黑点,就像无数蠕动的蛆虫,之后蛆虫慢慢膨胀,放大,成了羊粪蛋,羊粪蛋很快变成了屎壳郎,屎壳郎眨眼又变成了滑动的牛屎巴,羊的身子出现了,那些呆头呆脑的家伙一个个鼓胀着肚子,皮球一样滚动着。羊本是温顺的,这些家伙却长着溜尖的蹄子,长矛一样的角,奔跑起来比一群饿狗还疯,莽撞得不要命。这羊似乎不是羊,而是别的怪物,活的鬼魅。

昆生第一次察觉到了恐惧。这外乡佬不是人，是瘟神，瘟疫。他的桃花是瘟疫，短短三两年工夫就传染了水门村的每一个人，占领了村庄的每一个角落，连昆生也落入了他的魔掌。那些桃花得了泥土的滋养，一年比一年恣肆泼辣，就像一个个饱满的少妇，它们妖艳着，抛着媚眼，勾引那些没长骨头的男人，他们一个个离他而去，投入了桃花的怀抱，全都心甘情愿做了外乡佬的俘虏。猪脑子。昆生狠狠地骂，却不知骂谁。他很后悔种了那些桃树，一定得砍了它，一棵不剩，连根铲除。

他的醒悟太晚了，砍得了自家的桃树，却挡不住整个水门村桃花的盛开。这是他的悲哀。他甚至同太叔公明西说过，女人本来不是水性杨花的，自从种了桃花，水门村发生过多少媳妇偷人大姑娘养汉的丑闻，这都是桃花惹的祸。桃子好吃，桃子好吃。太叔公明西只有四个字来回答他。老家伙绝对老糊涂了，快点进土吧，昆生也有了恶毒的诅咒。他看穿了外乡佬的险恶。他的桃花，他的酒歌，他的羊肉，都是裹着糖衣的毒药，是比毒药更毒的夺命之物，是勾魂的绳索，是杀人的利器。他的羊原来只有可怜兮兮的几只，一夜之间，竟然多过了水门村的狗，就连狗也不是它们的对手。昆生怀疑，它们几乎昼夜不停地交媾，怀胎，产仔，两只变成四只，四只变成八只，甚至更多。这种空前的繁殖谁也遏制不了。

外乡佬的心事已经昭然若揭。水门村的大部分土地都让桃花占领了，桃花占领不了的地方就用羊去占领。昆生，堂堂的一村之长，也被桃花包围了，成了孤卵子一个。钢宝爹成了牺牲品，哲水不争气，失去了说话的权利。香莲是个女人，她的男人早就绑缚在桃树干上，没了任何指望。而更多的人让桃花蒙蔽了双眼，除了桃花，什么都看不见了。面对那支浩浩荡荡的队伍，昆生势单力薄，难以抵挡，可又必须阻挡它们进入东南方向的山谷。

羊阵依照原有的速度在奔跑。它们撅起屁股跑过了学校，跑过了赤脚医生杏林的诊所，跑过了村部，跑过了太叔公明西的老宅子，还跑过了昆生的金銮殿，跑过了米儿的屋子。它们像是商量过了，无论哪只羊，只要走近昆生的屋门口，就撅起屁股，扬起尾巴，羊粪蛋就骨碌碌滚了出来。昆生的金銮殿前积了一地的羊粪蛋。山谷近在眼前了，能看见依稀的树林，以及裸露的岩石。哲东嫌队伍的速度太慢了，这个酒疯子，巴不得一脚跨进山谷里。孝强，甩鞭子，你的鞭子是吃素的？他的嘴上像是咬了喇叭，声音洪亮，中气十足。其实我也想快点进入山谷，扔掉鞭子，就没我卵事了。这些贪婪的家伙，只要放慢脚步，它们就偷嘴，舌头像锋利的镰刀一样往嫩绿的叶子上横扫。瞧它们的馋相，恨不能将整个水门村都卷进嘴巴，嚼个稀巴烂，吞到肚子里，化成羊粪蛋。我在那几个贪嘴的家伙背上招呼了几鞭子，教训了它们一顿，它们咩咩惨叫着，滚回了队伍。它们夸张着声音，以为哲东会惩罚我，这回他却没有理会，连头都没回。

羊群没能走得更远，就停下了。有两个人和几条狗横在路中间。是高贵和小高贵，高贵的手头横了一条戗柴的戗杆，小高贵的手上抓了一手的绳子，每条绳子上都拴着一条狗。狗的块头不及黄毛，灰不溜丢的，并不显眼，却像是一个模子里铸出来的，高矮胖瘦，没什么区别。连毛色，眼睛，鼻子，腿，尾巴都一个样。五条狗，不吠不动，悄无声息盯着羊群。狗的眼睛阴森可怖。我听人说起过，水门村有个老猎户，养了一批狗，打猎的家伙让镇里没收了，可他的狗一直养着。这大概就是老猎户的宝贝了。

哲东也察觉了凶险，上前扳住了公羊的羊角，让它收住脚步。那个蠢头蠢脑的家伙不懂他的暗示，扭头甩脑的，想将他的手甩掉。哲东气不过，对着它的肚子捣了一脚，它才扭扭身子安静下来。走啊，怎么不走了？高贵的草绿色军裤不见了，替代的是肥大的灯笼裤。高贵兄弟。酒鬼抱起了拳头，不过姿势很勉强。别，你别叫我兄弟，你是副村主任，我只不过一个平头百姓，叫我兄弟就委屈副村主任了。高贵冷着脸，眼睛连同鼻孔一块翻向了半空。对付高贵的蛮横，哲东一点办法也没有，论打架，根本不是他的对手，讲道理，纯粹对牛弹琴。上一次，他下身的两个肉坨坨，差点就让高贵踢爆了。而且高贵胆子这么壮，肯定有人在背后撑腰。哲东拖住头羊的角，想从旁边绕过去，可没走两步，高贵一横戗杆将路堵死了。这是水门村，不是樟树村，别以为给了簟箕窝，你哪儿都能去。想过去也行，就从这儿钻过去。高贵叉开腿说。高贵兄弟，这羊都已经赶出来了，你就给个方便吧，回头我请你喝酒。酒鬼的脸胀成了猪肝色，又不敢不堆上笑脸。我要是喝了你的酒，怎么向村主任交代？你也别怨我，要怨就怨村主任吧。高贵横着戗杆，不留任何空当。

哲东只得收住了脚步。另一个蠢头蠢脑的家伙不顾他的脸面，越过头羊，径往高贵的裤裆钻去。他朝它的尾巴抓了两手，没抓住，羊的脑袋已经伸进了高贵的胯下。高贵后退一步，用戗杆一扫，羊就跌在了地上，抖动着腿怎么也站不起来。它的腿折了。放狗。高贵朝身后叫喊了一声。话音未落，几溜影子就闪进了羊阵，羊阵立刻哀号四起，羊们跑的跑，藏的藏，没命似的溃散了。逃得慢的，要么让狗咬住了脖子，要么扯住了腿。有几只羊被撂倒在地上，身子抽搐着，像是咬着了要害。爹，爹爹。羊们朝哲东哭喊着。叫不出声的，就用绝望的眼神盯着他。哲东满眼赤红，哇哇吼叫着，赤手空拳冲向那几条猎犬。可那几个凶狠的家伙没一点惧色，咬着脖子的依旧往死里咬，拽住腿的将羊倒拖着走。待他靠近了，它们就龇牙咧嘴，威吓他。慌乱之中，哲东捉住了高贵的戗杆，死拉硬拽，高贵攥着不放手，哲东的力气不如高贵，两个人各执戗杆的一端，扭在了一块。他们的争斗没能延续多久，就让黄毛给打断了。黄毛长吼一声，腾空而起，劈头盖脸压在了高贵身上。嘶啦几声响，高贵的灯笼裤就成了几根布条子，黄毛并没住嘴，而是用它的利齿在他的腿肚子上留下了几个窟窿。高贵惨叫一声，丢了戗杆，抱着脑袋逃了。小高贵想冲上去帮忙，可两手空空，不知该怎么对付黄毛，后来也跟着高贵的屁股跑了。黄毛追过去几步，哲东打个呼哨将它唤了回来，他要它去对付那五只兔崽子。那几个家伙见状赶紧丢了羊，朝黄毛包抄过来，形成一个包围圈，想困住黄毛。酒鬼操了戗杆去助战，黄毛又是一声吼叫，其中的一条猎狗就让它压在了身下。另外的四个家伙却不退缩，反倒一齐扑向了黄毛。黄毛拧转身，爪子横扫，两条狗掀翻在地，又一条狗让它压在了地上。

羊阵最终进入了山谷，不过代价也是惨重的。有三只羊让猎狗咬断脖子一命呜呼了，有两只羊咬断了腿，一瘸一拐的，我和哲东一人抱一只，才将它们弄进山谷。转场的任务完成了，我以为我也解放了，结果却是我的一厢情愿。酒鬼将我留在了山谷里看守那帮笨头笨脑的家伙，而且留下黄毛来监视我。

高贵的失败像是在昆生脸上掴了一掌，锥心的痛，却不能喊出来，只能打掉牙往肚里吞。他的对面是两条疯狗，一条站着的，是外乡佬，一条爬着的，是黄毛。高贵是他豢养的狗，他的狗掐不过外乡佬的黄毛。原指望他将外乡佬赶回笤箕窝，反被黄毛咬得落花流水，屁滚尿流。软鸡巴。昆生骂着高贵。那狗比红毛野狗还厉害。高贵想替自己挽回面子。红毛野狗会用爪子吹口哨，哨声一响，野狗成群，逮住小动物咔嚓一声咬断脖子，碰上人，几条野狗在正面佯攻，总有一条阴险地躲到背后，专掏人的屁眼。水门村就有人被红毛野狗掏过屁眼，整根肠子让狗拽了出来。这边人在亡命似的奔逃，那边肠子已经进了狗肚子。

软鸡巴。昆生又骂了一句。你别藏着本事骂人，缩头乌龟谁不会做，有种你自己去试试，别拿我当炮灰。高贵也愤愤的，腿肚子上的窟窿还在冒着血泡，想堵也堵不住，有个地方连皮带肉去了一长溜，动动腿嘴就哆嗦。

我要杀了他。高贵一脸凶相，眼珠子像让炭火烧过的钢珠，红赤赤的。你可别乱来。昆生只想教训一下外乡佬，如果事情闹大，出了人命就没法收拾了。得想个法子安慰一下这条狗，替他出了这口恶气。虽然吃了败仗，可毕竟打击了外乡佬，多少灭了他一些气焰。直接找哲东，又觉得不妥，尺度把握不好，难免落人口舌。他不能让高贵凉了心，这条狗说不定以后还能派上用场，也不能同外乡佬撕破脸，真刀真枪，兵戎相见。思来想去，昆生先让高贵到杏林的诊所包扎了伤口，再让他上镇派出所报案，一场拦截羊群的预谋变成了两个人之间一般的纠纷，一个普通的治安事件。而且能够诋毁外乡佬的声誉，一石二鸟。派出所很快做出了处理，高贵闹事在先，但哲东纵狗行凶后果严重，虽然死了三只羊，羊同人比较，谁轻谁重？哲东不承认纵狗行凶，黄毛纯粹自卫，可穿草鞋的怕了光脚板，再闹腾下去，对他没半点好处。哲东自认倒霉掏了五百元腰包，才结了案。

高贵得了钱没话说了，何况心里头惧着黄毛，就算找外乡佬拼命，也不见得能占到便宜。昆生却不解恨，那些羊蹄子就像踩在他的心上，一脚一脚踩得生痛。最让人难以忍受的是那些羊蹄子全都进入了山谷，水门村已经没一块净土了，到处是野艳的桃花不说，羊臊味充斥了每个角落，随便吸口气，羊臊气直往鼻孔里钻，穿过气管，进了肺泡还不罢休，一直钻进了心脏，又通过血液传遍全身的每个细胞。连指甲的缝隙里也满是羊臊气。有段时间，昆生不停地洗澡，用香皂涂擦身体，不放过任何一个部位，大腿间，肚脐眼，哪儿都冒着肥皂泡，洗净了，擦干了，一旦穿上衣，满身又是羊臊气。

昆生恨不得将羊们宰尽了杀绝了，连羊毛也不留一根。他很后悔，当初不该听信外乡佬的谎言，什么寻宗问祖，全他妈骗人的鬼话。这是条红毛野狗，来者不善。他必须想办法困住它，套颈圈，上脚镣，将它赶回筲箕窝。或者砍断它的狗爪子，干掉它。他甚至察觉到了外乡佬在觊觎村主任的宝座。这条野狗的眼睛镶了绿松石，满是绿莹莹的光，他的嘴巴大张着，差不多能一口吞下整个水门村。他用野女人一样的桃花勾引了水门村大片大片的土地，还让那些浑身散发臊气的家伙在山谷里窜来窜去，糟蹋水门村的花草树木。它用爪子掏空村主任宝座下的每一块石头，先是治安员，尔后副村主任，一步一步逼近昆生，阴谋将昆生掀翻在地。

昆生不能任由它肆意妄为，不能坐以待毙。他想了许多法子，制订了一整套打击外乡佬的计划，首先要灭掉他头顶上的光环，而后泼他几身脏水，扔给他几顶破帽子，再一脚将他从副村主任的位子踢下去。昆生让高贵瘸着腿，三天两头缠着哲东，今天说让狗咬落下了后遗症，明天又说伤口复发，让他付医药费误工费生活费烟钱酒钱瓜子钱。哲东不理睬，他就赖着不走，哲东吃饭他也吃饭，哲东喝酒酒瓶倒让他抢了去，哲东睡觉他就挤到哲东身边。想给他点钱打发他，又怕他狮子大张口，没完没了，而且身边没几个钱了。如果高贵再闹下去，就只能卖羊了。这正是昆生希望看到的。碰上苍耳子一样的无赖，哲东无可奈何，只得将事情扯到了派出所。高贵见了派出所的人，腿瘸得越发厉害，还将伤痂挠破了，红一块紫一块的。派出所的人将他弄到镇医院检查了一遍，包扎了伤口，这一趟下来哲东丢了两只羊，又去了四五百。后来昆生又借整修村级公路的机会，分了片烂泥塘给哲东填埋，一星期的时间所有填埋任务必须完成。没按时完成的，将作为坏典型上报镇政府，还要罚款一千。他暗地里测算过，就算外乡佬晚上不睡，全家上阵，十天半个月也交不了差。他就等着收拾外乡佬。

昆生让高贵的死缠烂打获取的胜利冲昏了头脑，这填埋烂泥塘成了一大败笔，彻底暴露了他的伪装。水门村这些狗眼睛太熟悉他的伎俩了。有人替外乡佬愤愤不平，用这样的损招，明摆着欺负人嘛。他们又是健忘的，曾经趁着黑夜到筲箕窝挖宝，偷桃子，围攻黄毛，所有这些荒唐事全都忘得一干二净了。若是在没种桃花之前，他们肯定躲在门背后拍手称快呢。这帮贱骨头，几朵桃花就收买了，难怪昆生骂的。他们执意不让昆生的阴谋得逞，这个帮着挑几筐，那个帮着扒几锄，一片烂泥塘就平平坦坦了。这帮狗日的，会有收拾你们的时候。昆生恨得牙根痒痒的，就是骂不出声来，不要说这大片的人，就是大片的狗，他也得罪不起。

这一连串的失利并没有让昆生有所收敛。他生在水门村，长在水门村，还斗不过一个单枪匹马的外乡佬？他应该无所畏惧，勇往直前，将外乡佬赶回筲箕窝，赶回他的老家樟树村。他不能小打小闹，必须发动一场大规模的歼灭战，将外乡佬的桃花彻底剿灭。昆生将自己关在村部,查找之前失败的原因,总结经验教训。他小看了那帮狗骨头,正是因为他们的倒戈,才使得桃花遍地,不得不利用一个无赖来充当他的先锋。他和外乡佬的战争其实是在争夺那帮狗骨头。

昆生像苍蝇一样绕着哲东飞舞。他苦苦寻觅着外乡佬的破绽,寻找他的污点。他不相信他无懈可击。他从东边走到西边,又从西边返回东边。他想到了外乡佬打锣游村,想到了挖宝事件,后来蜷缩在墙角的铁皮油桶提醒了他。这铁皮油桶是外乡佬的一块伤疤,虽然不能认定他就是贼,至少洗脱不掉贼的嫌疑。铁皮油桶一直扔在仓库里,自从哲东成为副村主任之后,昆生就将它从仓库里拎出来,放在会议室的桌子上。你有气也别怪它,这么结实的油桶扔掉怪可惜的。哲东几次想扔掉它,都被昆生阻止了。这个锈迹斑斑的家伙多次让人丢到地上,每次昆生都不辞辛劳拾起来,又端端正正摆在桌子中央。有了铁皮油桶,每次开会外乡佬的头颅就扬不起来,他的脖子让石磨吊弯了,头埋到了桌沿上。

由铁皮油桶想到菜籽油,由菜籽油又想到油菜花,昆生的眼前橙黄一片。他决定用无边无垠的油菜花压倒那些妖冶的桃花,淹没它,彻头彻尾淹没它,不留一丝痕迹。那漫天的油菜花手挽着手,肩并着肩,织成一张密不透风的网。外乡佬的桃花就像鱼儿一样,在网中间绝望地弹跳着,垂死挣扎。最后一瓣一瓣,凋零在油菜花的脚下,雨打风吹,慢慢腐化为泥,连坟头也不会留下。

种油菜是个传统项目,水门村的食用油大半来自油菜籽。秋收没过,昆生就鸣锣开场了,先是召集村干部会,而后党员会,村民组长会,基干民兵会。到处都是油菜花,到处都是蜜蜂,到处闻得到油菜花的香气,水门村就是油菜花的仙境了。油菜薹可以当菜吃,油菜籽可以榨油,油榨一响,到处都是菜籽油的香味。油菜干可以当柴火,省得打柴破坏山上的植被。这些年由于过度放牧,水门村的植被破坏很严重,有了油菜干就能够避免同畜生争柴草。还有桃花呢。有个村民组长没嚼出昆生的意思,懵头懵脑插了一嘴。这一嘴正插着了昆生的痛处。桃花顶个卵用。昆生没了好脸色。你的卵子在桃树上挂着呢。有人嘻嘻哈哈添上一句,会场上立刻炸开了锅,哄笑个不停。昆生拍了一掌桌子,瞪圆了眼,笑声才压下去。因为这个插曲,他突然失去了喧嚣的兴趣,直截了当布置任务,村干部,党员,村民组长,每户不能少于五亩,基干民兵不少于四亩,普通农户不少于三亩。我家总共不过五亩地，一亩的麦子，半亩地的蚕豆，还有冬豆青菜萝卜大蒜，哪来的五亩地种油菜。有人叫屈。谁不知道种？犯不着拿任务来压人。有人觉得小题大做。种那么多油菜做什么，真的当菜吃？有菜籽炸油就够了，要栽要锄，还得捋菜籽收菜干，五亩地哪能照顾得过来。有人嫌种油菜麻烦。你嫌多了不是？多了给我，菜籽菜油哪个不能卖钱。昆生呛了那人一嘴。我看就没种桃子省心，树栽下去了只管摘桃子。那人还在咕噜。他的咕噜不管用，昆生已经背着手离开了。

开过会，昆生让炳德提了石灰桶拿了扫把，到处刷写宣传标语。土墙上，电线杆，裸露的石岩上，到处都是扎眼的白。“油菜是个宝，家家户户少不了”“一粒菜籽一滴油，滴滴菜油香万家”“油菜田中栽，菜油锅里香”……最醒目的是村口刷在石陂上的那一行，“奋战一百天，大种油菜三千亩”，字的块头比人还高大。炳德兑了三桶石灰水，刷了整整三天才将标语刷上去。十里八里之外，偶尔一抬头，标语就跳入了眼帘，想不看都不行。炳德因此得到了昆生一百元的奖金。

经过这番闹腾，水门村成了油菜窝，田野上，山坡上，旱地里，哪儿都是油菜。为了完成三亩五亩的任务，他们见缝插针，有一锄土就撒一锄土的油菜籽，有一寸地就种一寸地的油菜苗。他们恐惧昆生，再不怎么乐意，手头上却丝毫不敢马虎。建房批地基，孩子去当兵，计划生育罚款，困难救济金，这些事儿都卡在昆生手上，总有求得着的时候。昆生却还嫌面积不宽，油菜苗栽得太稀，又组织检查组，他自己带队，深入到各家各户的田头地里，苗稀的补栽，面积不够的在桃园套种。桃园里套种油菜，到时收获的是油菜还是桃子？有人问哲东，哲东不吭声。套种的人心里没底，可迫于昆生的淫威又不敢不种，左一株，右一株，稀稀落落的，比桃树疏。

整个冬天，昆生都在等待春天的到来。他不停地做着美梦。梦里，每一株油菜都变成了一个身材窈窕的女人，她们扭扭身子，身体又拔高了一节，晃晃脑袋，又抖开了一片叶子。田野上到处都是她们拔节的音乐，快乐的呻吟。她们的身体越来越丰满，裙裾曼舞，曲线玲珑，含苞待放。她们是妖精，是勾魂的尤物。就连昆生的身体也承受不了她们的诱惑，生机勃发，春情泛滥。昆生哼起了外乡佬教会他唱的《闹五更》。“一更里来相思痛，忽听得寒门外，这是么东西叫呀。请问一声小书生，这是么东西叫呀。这是蚊子叫呀，风叫呀，蛤蟆叫呀……叫得大相公呀真伤心，叫得大相公开开心呀，越叫越好听，越叫越伤心呀，越叫越开心呀，鼓打二更又调情。”

油菜花终于在昆生的歌唱中盛开了。她们张开无数妩媚的脸，花黏着花，花贴着花，密密匝匝，重重叠叠，铺天盖地。走在田野上，她们喊叫着，嬉笑着，从四面八方扑过来，将你团团围住，让你寸步难行。敞开门，她们就大摇大摆闯进来，飞扬的花粉落在头发上，眼睫毛上，衣服上；睁开眼睛，她们就光着身子朝瞳孔里挤；竖起耳朵，她们就欢笑着往耳朵里钻；你关上门，她们就从门缝里溜进去；你闭上眼睛捂住耳朵，她们就从毛孔里渗进去。她们像是水，无孔不入，又像是风，无影无形，又无处不在。她们认定了昆生就是她们的父亲，是她们共同的男人，她们做着调皮的鬼脸，撒着娇，模仿无数坏女人的笑声，吸引他的目光，捉住他的手，揪住他的耳朵。不管他走到哪，她们就跟到哪，如影随形，想逃也逃不掉，想躲也躲不开。昆生的脚下是一张金黄的地毯，随便站在哪，都像是在她们的怀里。

可昆生不在意这些。他想挣脱她们，她们的花粉迷糊了他的眼睛，她们的笑声堵塞了他的耳朵。他呼哧呼哧爬到一处废弃的窑炉上，朝远处眺望。她们立刻发现了他，一起雀跃着，一浪一浪翻滚过来。她们摆动柔软的腰肢，扭动丰满的臀部，伪装出各种撩人的姿态，围攻他。她们发出金黄的毒刺，扎伤他的眼睛。他只能逃离了窑炉，泪流满面地爬上了附近的山头。她们再也够不着他，满怀失望退却了。失去了遮掩，整个水门村就现出了原形，赤裸裸的，什么都没有变，一切都是原来的样子。那波涛汹涌的油菜花原以为铺天盖地，其实不过巴掌宽的一块，蜷缩在水门村的心脏。远处就是瘌痢头，只有几个零零星星的黄点。三千亩油菜还不到三百亩。这帮懒骨头。昆生的咒骂脱口而出。

桃花慢了半拍，似乎不屑同油菜花争奇斗艳。它们满是丰满的骨朵，像举着无数的火把，奔跑着，跳跃着，将油菜花团团包围。火势蔓延，越开越旺，整个水门村成了大火炉，到处都是烈焰腾腾。它们叫嚣着，一步一步进逼。油菜花成了陪衬，它们烤枯了，烧焦了，花容失色，又无路可逃，只能步步退缩，抱成一团，最后缩成蛋黄大的一块。她们是遭遇轮奸的女人，向他哭着喊着，发出撕心的求救，可他什么也听不到，声音完全被火势掩盖了。火沸腾了，它的光芒将天空都染上了红艳。它们呐喊着，放肆地嘲笑，连山头都撼动了。昆生站立不稳，一个跟头栽倒在山坡上。坡是斜坡，没什么东西能阻挡他肥胖的躯体，他就像颗桃子一样骨碌碌滚下了山。

第18章 哑 剧

山谷里的生活是平静的。山是静悄悄的，树是静悄悄的，石头也是静悄悄的。因为羊的到来，它们一起沉默了。这种安静让人发慌，一点也不踏实。它们在想什么，为什么拿沉默来对付我。它们的沉默似乎别有用心。我靠在树干上，总担心树会突然折断，粗壮的树干会将我压死。我甚至看到了我在树干下挣扎的情形，我的身体抽搐着，双手向着天空乱舞，想捉住什么却什么也捉不住，瞳孔在一圈一圈放大，扩散。我坐在石头上，又担心石头会突然垮塌，或者碎成粉末，将我摔下山，四肢折断，肝脑涂地。我躺在草丛里，蛇也在草丛里出没，它们随时有可能通过我的大腿，我的手指，将毒液注入我的体内，还有可能缠住我的脖子，让我说不出话，呼吸不了，活活将我闷死。还有红毛野狗，长着獠牙的野猪，它们会趁我睡觉时将我的肠子掏出来，或者直接咬断我的喉管。

我被自己想象的种种恐怖吓蒙了。我守在草棚里哪儿也不敢去，撒尿也不敢离开半步。草棚是哲东搭建的，几根细瘦的杉木，几把茅草，一张简陋的竹床，就成了囚禁我的监狱。草棚的后面是个更大的草棚，用低矮的篱笆围起来的，那是羊们的牢房。有了足够的嫩草，羊们的肚子滚瓜溜圆。可畜生就是畜生，永远也不会明白吃得越多，壮得越快，死亡也会更快。草场也就是它们的刑场，它们钻进去就不愿出来了。我不用担心它们会丢失，黄毛始终尾随它们，就算遇上红毛野狗，我相信也不会是黄毛的对手。有了黄毛，我是多余的。

我被哲东流放在山谷了。我想离开，却不能走出去半步。手头上的这根羊鞭成了困住我的手铐脚镣，我丢不掉也砸不烂，只能任由它绑缚着。一日三餐，都由九兰送到草棚里，有时孝朵也会替代九兰一次。她们提着同一只竹篮，竹篮的一端是搪瓷碗，盛的是我的饭食，另一端是竹筒，盛的是黄毛的食粮。她们觉得跑来跑去太麻烦，干脆给我送来一口铁锅，一袋米，半蛇皮袋干酸菜干茄子什么的，让我自个煮着吃。往后每隔十天半月替我补充一次给养，然后就不见她们的踪影了。

山谷里很少能见到人，间或有打柴的，因为黄毛，他们不得不绕道而行。日子久了，我慢慢走出了草棚，也听到了一些山谷的声响。谷底的河水在汩汩流着，树林子里有鸟的叫声，声音清脆悦耳，这些声音远不及山外的喧嚣。桃子成熟的季节到了，水门村的心脏炸开了锅，鸡在飞狗在叫，女人嬉笑，孩子哭闹，男人呵斥，到处沸沸扬扬的。啃桃子的巴叽巴叽声，桃树断裂的吱呀声，挑着桃子奔走的脚步声。有人在争论，谁家的桃子甜，谁家的桃子脆，谁家的个大谁家的个小，谁家的桃子又是酸的，谁家的桃子又是涩的。个小的人家在骂人，狗日的外乡佬，我什么时候往他锅里扔条蛇，这么坑害老子。酸的人家就不必说了，连外乡佬死去的老娘也挨了骂，给我种酸桃子，他娘的牙齿都酸没了，酸进了土，有人生没人教的家伙。

山外骂骂咧咧时，黄毛蹲在山坡上向着山外咆哮，回应他们的咒骂。它的耳朵比谁都敏感，只要有人说出外乡佬三个字，它就会龇牙咧嘴，暴跳如雷。它是忠诚的，绝对容忍不了他们对主人的辱骂。这是一种莫大的耻辱。黄毛吼叫三两声就止住了，从山坡上奔了下来，一边还摇头摆尾的。我以为哲东进了山谷，顺着黄毛奔跑的方向看去，竟然是翠翠。她挎了背篓，拿了镰刀，进山来割猪草。她并没有让黄毛吓着，黄毛也没有撕咬她的裤管，而是围着她前前后后嗅个不停。它的眼睛里喷着绿莹莹的光，嘴巴开着，舌头舔来舔去，唾液像桃树胶一样吊得老长。我见不得它下作的表情，对准它的肚子狠狠踢了一脚，它闷叫了一声，扭头想撕咬我的裤管，但我没给它反扑的机会，抄起木棍又抽了它一个嘴巴，它才恨恨地走开了。

有些日子没见翠翠了，乍一看，她没什么变化，她的胸部依旧藏了桃子，高高挺挺的，眼睛明亮清澈，脸蛋抹了桃红，两片嘴唇合在一块，就是颗粉嘟嘟的桃子。可细细品味，翠翠又有了鲜明的变化，她的胸部比以前高耸了许多，那藏住的似乎不是桃子而是两座小山包，山顶上的纽扣紧绷绷的，衣衫随时有可能爆裂开来。爆裂吧，炸开吧。我暗暗祈求。到底是桃子还是山包，我想瞧个究竟，可它始终没半点动静，一副欲裂不裂的模样。她的眼睛也不单纯是明亮，还藏了许多软软的柔柔的东西，很有黏性，我不敢对视她的眼睛，生怕一不小心就被黏住了。她抿起来的嘴唇，是颗熟透的桃子，颜色夺目，体形丰满，咬一口桃汁四溅，入口即化。

为感谢我的帮忙，翠翠送来了桃子，桃子不在她的嘴上，而是放在背篓里。

一共有四颗,每一颗都鲜艳粉嫩,让人馋涎欲滴。一口咬下去,桃汁立刻在口腔里跑开了,泥鳅一样溜来溜去,在舌头上尖叫,玩疯了闹够了,再一头钻进食道,冲进我的身体深处。它们不再是桃汁,而是变成了凶猛的火焰,一口一口啃噬着我的身体。我的肠子没了,胃化了,一切的一切都成了水,滚烫的水,泛滥的水,将我的身体全部淹没了。我的身体像是只气球,膨胀,再膨胀,到了极限,快要炸开了。我死死裹住自己的身子,掐住它,让它冷却下来。黄毛瞧出了我的破绽,躲在一旁不怀好意地笑着。我追过去想给它点颜色,它撒开腿跑了。我吐了一口唾沫,对着石头踢了一脚,当是踢在黄毛的屁股上。

翠翠让我陪着她割草,我想拒绝又说不出口。割了没几刀,我就将自己的指头当草割了。真笨。她嘲笑我。笑过,她从她的衣衫上撕下布条子,包扎了我的指头。我不能割草了,再割下去,十根指头都会有血光之灾,指头完了接着就是脚趾头,甚至会伤及自己的身体。她只好放过我。她走后,我再也压抑不住自己的身体,某个地方的闸门猛然洞开了,无数的水从隐秘的深处冲了出来。它们尽情奔跑,肆意泛滥,彻头彻尾将我淹没。这种疯狂的快感让我彻底堕落了,我同黄毛没有了任何区别,黄毛是我的兄弟,我也是黄毛的兄弟。就像黄毛迷恋草狗一样,我迷恋上了翠翠,每天都在翘首期盼她来给我送桃子,她送一千次,我会迷恋一千次,她送一万次,我会迷恋一万次。翠翠是我的,谁也抢不走。

我开始诅咒昆生,让他从山坡上滚下去摔断腿,摔断胳膊,或者变成哑巴,聋子,瞎子,那样他就当不了村主任,他的儿子孝男也就不可能去当兵。我不惧怕胖头,他贩卖假化肥被派出所拘留过,身上有了永远洗刷不了的污点。不要说翠翠,在谁的面前他都抬不起头,破絮是个贼,可贼从没让派出所铐过,关过铁笼子。钢宝我也不屑于提防,他爹连民兵连长的位子都保不住,拿什么来同副村主任的儿子竞争。瘌痢头就不必说了,那满头的瘌痢够让人恶心的了。说穿了,对我构成威胁的只有孝男,他爹是村主任,他又当过兵,这是两道迷人的光环,假如哪一天他回来了,翠翠会不会给他送桃子?我只有诅咒昆生了,叫他走路摔跤,过河落水,上山蜂蜇蛇咬,放屁臭死,喝水噎死,让他从村主任的位子上滚下去。我又祈祷哲东桃花满地,牛羊满圈,戴着花环,唱着酒歌,登上村主任的宝座。那样翠翠就跑不掉了。但我立刻后悔自己的祈祷,我是个可怜蛋,为了翠翠,我竟然拿一个酒鬼的屁股皮来做脸皮。我是软巴蛋,我不要脸。我狠狠地扇了自己几个嘴巴,将那些恶毒的诅咒收了回来。

我以为收回了诅咒，谁知那些恶毒的家伙一旦脱离了我的嘴巴，就是一支支射出去的邪恶之箭，再也不会听从我的命令。我躺在竹床上，一遍遍回想翠翠，回想桃子的味道。我的体内又在波涛汹涌，洪水泛滥。我并没享受到洪水冲开闸门的快感，相反胸口莫名其妙疼痛起来。那些邪恶之箭肯定正中昆生的心脏。我很奇怪，我的心脏怎么会同昆生的心脏连在一块。我想证实自己的预感。我偷偷溜出山谷，潜入了水门村的心脏。

水门村的心脏烂成了一锅稀粥，到处都在冒着黏稠的泡泡，到处都是泡泡爆裂的声响。我像是跌入了一只抖动的筛子中央，这种杂乱的声响将我撞得晕头转向，耳朵蜂鸣。他们的嘴巴飞快地张开，又飞快地合拢，舌头就像蛇信子一样出没，唾沫四溅，我的脸上，衣服上，哪儿都是腥臭的口水。我强忍着，在人堆里混迹了大半天才听明白，昆生让镇里的干部带走了。狗们仿佛受了感染，嘴巴阔得像个门洞，到处都是它们高亢的叫声，比它们的主人还兴奋。昆生家的那条狼狗听到响动，从院子里冲出来，追着自己的尾巴转了两个圈，屁都没放一个，又夹着尾巴灰溜溜地缩了回去。

关于昆生被带走的原因，他们的说法一致，那就是他吃冤枉了。至于吃了什么冤枉，吃了多少冤枉，他们只能连蒙带猜，发挥有限的想象。有人说他贪污了上面下发的救济金，上面拨给一千他才发给下面五百；有人说他截流了计划生育罚款，罚了别人一千他才上交五百。还有批地基，农业税返还，修河堤……雁过拔毛，哪儿都是昆生伸出去的狗爪子。有人在心底拨开了算盘，东家几百，西家上千，这些年昆生吃的冤枉没有十万八万也有三万五万。三万五万，你是不敢说还是包庇吃冤枉的，少说也有二十万。马上有人跳出来反驳。没那么多吧？我算过的，不过三万五万。算账的表示怀疑。他吃冤枉都向你汇报了？你不算算，他不动锄头不动犁耙，坐吃山空，哪来的钱买自行车？哪来的钱做房子？你看他女人穿的衣服，指头上的金戒指，腕上的金镯子，脖子上的金项链。反驳的人吹胡子瞪眼睛，唾沫四溅。

究竟是谁将昆生告到了镇里，他们猜测了许久，都没有一个准确答案。有人说是钢宝爹，昆生摘了他的民兵连长，他怀恨报复；有人说是哲水，胖头卖假化肥不假，昆生不应该落井下石将他的副村主任也灭了。猜过来想过去，谁都有可能，又觉得谁都不是。到底谁是告密者，他们来不及细想，水门村的心脏又起了波澜，炳德让镇里的干部带走了，接下来是香莲，哲东，钢宝爹。她是去交代卵事吧,嘻嘻。叫到香莲时有人猥亵地笑。笑个屁,他们是一帮吃冤枉的猪。有人翻着白眼,声音恨恨的。下一个该轮到谁呢?他们又开始猜测。桃子。有人努努嘴说。不可能,他才来几天。有人不相信。我敢打赌,绝对不可能,要是我输了,我的桃子明年归你摘。有人替外乡佬拍上了胸脯。走着瞧。努嘴的人不再多话。

三天过去了,不见任何动静。有人坐不住,偷偷跑到镇上打听,什么也没听到。等到最后,钢宝爹,香莲,炳德都回来了,昆生也回来了,依旧不见外乡佬有什么事。他们才恍然大悟,原来他就是告密者。这帮狗日的,吃的都是我们的血汗,早该叫他们吐出来。有人摩拳擦掌,恨不得揍昆生一顿。谁是告密者并不重要,重要的是那帮吃冤枉的到底吐了多少冤枉出来。怕有三万多吧?有人试探着问。何止三万,最少五万。有人加了两万。你原来不是说二十万吗?那十五万进了你的荷包?有人连笑带哄,拿加码的人寻开心。加码的人遭了取笑,面红耳赤退到一边。哪来的三万?纯粹扯淡,昆生吐了一万三千,香莲五千六,哲水二千七,钢宝爹最少,才八百。接话的人是杏林,他有个亲戚在镇政府食堂做炊事员,所以说得有鼻子有眼睛。这帮吃冤枉的,不知还有多少没吐出来。有人咬牙切齿地猜测。那炳德呢?有人问。炳德是只老狐狸,有六七千吧,可他一个子儿也没进口袋,全挂在村里的账上呢。杏林说。二万多呢,这是大家的钱,镇里会不会分给我们呢?问话的是破絮。听说要分钱,周围的人支起了耳朵,一个个朝杏林身边靠。去去去,想要钱找镇长去,别在这碍手碍脚的。要是你女人让野老公搞大了肚子,你就来找我,我保管告诉你她是怎么被搞大的。杏林拿起扫帚左边一挥,右边一扫,人群才哄然散去。

我的诅咒让我沦为了哲东的帮凶。这个阴险的告密者,只一招就将昆生打瘸了。昆生的女人摘了金耳环,取了金戒指,捋了金手镯,才将吃进去的冤枉吐出来。昆生龟缩在他的金銮殿里,再不抛头露面了,他家的那条狼狗也轻易不走出院子。这根水门村的骨头,让一个外乡来的酒疯子连皮带肉一起剔除了。水门村的心脏完全落入了哲东的魔掌。他撮着指头,端着酒杯,伪装出一副斯文相,一杯一盏喝着酒,一边唱着酒歌。

我很想知道此时哲东在干什么,会不会像我想象的这样。我憋着一口气跑回了筲箕窝,回到了这个告密者的天堂。哲东不在,连九兰和孝强也不在。我围着屋子转了一圈,在红薯地花生地里走了个来回,不见他们的踪影。我又钻进桃树林兜了一大圈,依旧不见他们的影子。我找错了地方,他不可能在筲箕窝。我转过身朝村部跑去。水门村的道路少有的通畅,没有谁来阻挡我的奔跑。他们见了我,一个个主动让出了道路。那些猖狂的狗以为我在追赶它们,早就逃得没了影子。

村部静悄悄的,四门紧闭,不见半个人影。我推推门,门没开,从里面拴死了。我又折到窗户下面,踮起脚,朝里窥视。屋子有些阴暗,灰蒙蒙的看不真切,可我还是捕捉到一个模模糊糊的影子。虽然他背对着窗子,但我敢肯定他就是哲东,烧成灰也不会认错。他提了个方方正正的物体,想找地方将它藏起来。就是那只铁皮油桶。他先是将它塞到桌子底下,来回走了两趟,觉得不妥又将它取出来,拎在手上转了两圈。转身时可能不小心,铁皮油桶撞着了桌子角,“蓬”的响了一声。我赶紧缩回脑袋,怕他发觉我。屋子里静了一阵子,之后又听见他在来来回回走动。

我替哲东感到悲哀。他不是一个人,而是只可怜的猫,拉了屎不能让人看见,得刨把土掩埋起来。那屎还不一定就是他拉的,他只是有了掩埋屎的爱好。水门村也不是一个村庄,而是藏污纳垢的猫窝,无数的猫,白猫黑猫,懒猫醉猫,捉老鼠的猫和偷腥的猫,都像哲东一样做着同一件事情,掩藏自己的劣迹。昆生瘸了,村主任的位子空了,这给了他们美好的想象,那一万三千元的冤枉比桃子还诱人。就算捞不到村主任,还有副村主任,会计,治安员,民兵连长,妇女主任,风水轮流转,石头也有翻身的时候,怎么也得捞上一个吧。水门村的心脏突然空旷,干净,所有杂乱的声响,耍牌时的争吵,女人之间的咒骂,全都销声匿迹了。村子里像是过节,男人们一个个穿得笔挺,人模狗样,女人们也格外的鲜活,不仅收拾得花枝招展,屋子里也是干干净净,有条不紊。就连那些平常屙屎都不揩屁股的懒鬼,也捉了刀,或扛了锄头,装出一副勤恳的假像。有些心眼开窍的,趁着夜色溜进筲箕窝,捉了鸡,提了酒,去讨好外乡佬。狗们也替它们的主人攒足了面子,不再游手好闲,没事相互舔着毛发,一条条油光水亮,连叫声都温顺了起来。有个别不安分的草狗别有用心,溜进山谷在黄毛跟前搔首弄姿,黄毛爱理不理,怕给它的主子添乱。

哲东比他们还要小心翼翼。他让九兰向我传达他的警告,有事没事,别到处乱跑,少了一根羊毛,就抽我的筋扒我的皮。我不怕他的威胁,羊死光了才好呢,我就解放了。不过我很纳闷,他的狗鼻子怎么那么灵敏,我不过出去两三回,他就嗅到了我的气味。我怀疑黄毛教会了他辨别气味。这个忠实的狗腿子与它的主人共着鼻孔出气,我再溜出去时它横在了路口,龇牙咧嘴对着我,耍着它主子的威风。我气不过,对着它的肚子赏给它一脚,它惨叫一声让出了道路。这一脚可能踢得有些重了,我走出去好远,它还在身后不住地哀鸣。就算踢爆了它的肚子,我也不会怜悯它,我要给它长点记性,它不过是条狗,狗永远不能管人的事。

我没地方去,也不打算走多远。只要脱离了黄毛的视线,不要闻到满鼻孔的羊臊味,我就如释重负了。它们就像石头压得我喘不过气来。每逢这个的时候,我就跑到山坡上,向着水门村的心脏眺望。他们的一切我都瞄得一清二楚。一个女人在路边的瓜棚上摘了只瓜,藏在衣襟里往回跑了。又一个女人鬼鬼祟祟钻进了桃树林,同一个男人搂在了一起。她不该穿着红衣服,她的衣服出卖了她。那个男人走出林子时,我从背影判断他是钢宝爹。高贵猫着腰,从后门摸入了昆生的金銮殿,好半天才出来。小高贵并没有追着他的屁股,而是牵了条狗,在村口的苦楝树下走来走去。高贵出了昆生的金銮殿并没有去找小高贵,七转八转,同钢宝爹在土地庙前了碰头。他们脑袋碰着脑袋密谋什么,两个脑子袋很快又分开了,分别时他们指手画脚的,做着凶狠的手势。

水门村的心脏成了无声的舞台,上演着一幕幕哑剧,可惜只有我一个观众。我被他们精彩的表演吸引了,却没留意哲东一步一步接近了我。一截竹鞭劈头盖脸朝我抽了过来,我的手上大腿上立刻爬满了粗野的鞭痕。他是个十足的暴徒,在水门村只有他才会用这样野蛮的方式对付我。九兰不在跟前,黄毛一脸幸灾乐祸的表情。不会有人来救我,我只能自己救自己,我想去抢夺他的竹鞭,我的手还没伸出去,手背上又挨了一鞭子。我抢不过他,只有落荒而逃。我闪身避开他的鞭子,跳起来往高处跑去,很快就同他拉开了距离。他的块头大身子重,笨手笨脚的,怎么也追不上我。我回过头,他就在我的眼皮下收住了脚步,嘴巴大张着,大口大口吐着气,就是说不出话。有种你别跑,看我不抽了你的筋剥了你的皮。好半晌,他才用竹鞭指着我,恨声说。我是个软巴蛋,我打不过你,我气死你。你追呀,有本事追上来呀,累不死你个酒鬼。瞅着他气喘吁吁的样子,我心里有着说不出的痛快。

哲东最终放弃了对我的追赶。也许这是他对我的报复,我偷窥了他掩藏铁皮油桶的全部经过,窥探到了他内心的懦弱和恐惧。我不敢贸然走下山坡,只在高处监视着他的一举一动。他先是绕着羊圈转了两圈,将几根松动的木桩加固了,在羊圈的下游树了一排木桩,绑上荆棘,成了堵带刺的墙。之后给黄毛的窝添了草,棚顶也铺厚实了。黄毛受了恩赐,摇头摆尾的,伸着长长的舌头去舔酒鬼的手掌。做完这一切,酒鬼该走了,可他偏不走,又将羊群从草丛里唤出来,一只一只察看了一遍,才将羊群遣散了。有几只母羊赖在他身边,用肚子摩擦着他的大腿,软软叫着,不愿散去。他弯下腰,摸了摸它们的肚子,又摸了摸它们的头,这几个风骚的家伙才恋恋不舍钻进草丛。最后他仰着头,扬起竹鞭指着我,嘴巴不住地开开合合。他在骂我,我假装没听见,拧转身子拿屁股向着他。

哲东的谨慎并不能让他躲避一场必然的劫难。几天后的晚上,在返回筲箕窝的途中,他让人蒙了头,揍了一顿,扔在路边的臭水沟里。碰巧水生经过,一把泥一把水将他背起来,送回了筲箕窝。我赶回去时九兰早替他洗干净了身子,换了衣服。他仰躺在床铺上,鼻青脸肿的,没一点人样。他的肋骨断了三根,用绷带捆着身子。九兰坐在床头,眼珠子都哭红了。砍死他,砍死他。孝强举着一把木头刀,东一刀西一刀乱挥着,见了我像是找到了砍杀的对象,一刀砍在了我的大腿上。我夺过他的刀从窗子里扔了出去。黄毛比九兰还要悲伤,双爪搭在床沿上,眼睛定定地落在哲东脸上,低低哼吟着,哼叽两声又用舌头去舔哲东的手。哲东抬起手,示意我上前。我以为他要扇我,犹豫着不敢过去。他的嘴巴嗫嚅着,好像有话对我说,我冒着挨揍的危险将耳朵凑到了他的嘴边。滚回去,将羊看好了。他的声音在抖动,每一个字都像是从肋骨的断口处挤出来的。他奈何不了我。我站着没动,不去可怜他的惨痛,想瞧瞧他到底能拿我怎么样。还不滚出去。他挣扎着想坐起来,可稍有动弹,肋骨的疼痛立马叫他咧歪了嘴。

哲东的预感应验了。我晚了一步,羊们出事了。草棚空空如也,不见羊的踪影。泥地上一片狼藉,到处都是新鲜的血迹,羊毛东一绺西一绺的,还沾着皮肉,像是生生揪下来的。我咩咩唤着羊们,可山谷里死寂一片,只有我唤羊的回声。黄毛也急红了眼,龇牙咧嘴的,咆哮个不停。我沿着小路寻向山谷深处。有几只羊瘫倒在路边的草丛里,不能动弹了。再往里找,有几只胆大的羊才探头探脑从草丛里钻出来。我花了整整两天时间才将失踪的羊群找回来,其中包括五具羊的尸体,十几个羊瘸子,有两只小羊崽活不见羊死不见尸。我将事情报告了哲东,他听了半晌没作声,他的眼睛里满是悲寂,摆摆手,说,卖了吧。

第 19 章 刽子手

哲东在床铺上躺了足足两个月才爬起来。这个告密者,因为九兰的精心服侍,身体完全复了原,甚至比之前更壮实。他的脸上像贴了桃花,红光映人,眼珠子也是贼亮贼亮的,像是打了蜡上了光。他一下地就从酒坛子里舀了一海碗酒,咕咚咕咚灌进了肚子。干完一碗,又舀了一碗,咕咚咕咚下了肚。他的身体是只皮袋子,让酒撑得圆圆滚滚的,比怀孕的母羊还壮观。他奶奶的,渴死我了。喝够了,抹一把嘴,将碗摔在地上,碗痛苦地喊了一声,满地都是白生生的瓷片。有了酒精助威,哲东的血液都沸腾了,整个身体就像一截燃烧的木头,从头到脚烈焰腾腾,火花四溅。他的肚子成了随身携带的战鼓,手掌落下去,肚子就咚咚轰响。他的嗓子眼也痒得厉害,有只手在抓挠着。他只有扯开嗓子,吼了起来。

他就这样燃烧着,擂着战鼓,唱着酒歌,向着水门村的心脏进发。水门村的土地敞开了胸膛任他践踏,水门村的花献上了谄媚的笑,水门村的狗向着他摇尾乞怜。这个阴险家一步一步走向了他的官邸,走向他梦寐以求的宝座。他就是水门村的土皇帝,水门村就是他的天下,外乡佬的天堂。没有谁能够阻挡他进入水门村的心脏,没有谁能够阻挡他前进的脚步。钢宝爹成了牺牲品,哲水污迹斑斑,昆生这块绊脚石也被他一脚踢到了茅坑里,恐怕这一辈子都没法洗刷干净了。炳德明哲保身,而香莲只不过是昆生的一块床垫。睡觉的人都掉到了茅坑里,床垫留着还有何用。

黄毛听到哲东的歌唱,也像喝多了酒,摇头甩尾,蹦跳不止。它一会儿冲上山坡,向着水门村的心脏吠叫,附和主子的歌唱。又不敢在山坡上待得太久,很快又跑下山坡,它必须守着羊群,唯恐有人来祸害它们。它只能远远地看着它的主子昂首阔步,笔直走进了他的官邸。哲东已经是名副其实的村主任了。养伤期间,刘副镇长莅临过一次箩箕窝,在哲东的屋子里窝了三天三夜。他们说了什么,谁也没听见。有消息灵通的,想同刘副镇长套近乎,一概被拒之门外。

哲东的身体康复后，刘副镇长主持召开了一个规模盛大的会议，会上通报了昆生他们吃冤枉的情况，并宣布水门村的新一批达官显贵，村主任是哲东，副村主任是水生，会计仍是炳德，妇女主任是米儿，治安员兼民兵连长竟然是小高贵。

这个结果谁也没有预料到。很多人还沉浸在吃冤枉的美梦里，让刘副镇长兜头一盆冷水，浇了个透心凉。原以为弄不到村主任，怎么也会给个副村主任干干，最后连个小混混都不如，连小高贵那样的嫩鸡仔都拿屁股对着他们了。亏他是个干部，这点事都看不明白，眼睛长到屁股上了。有人觉得憋屈，暗暗骂着刘副镇长。骂也是空骂了，生米已经做成了熟饭，再吱声就得罪人。不干那个鸟治安员，日子该怎么活还怎么活。女人们可没男人们洒脱，什么话脏说什么话，怎么伤人怎么骂，指桑骂槐，含沙射影，都是她们的拿手好戏。狐狸精。一个骂。妖精。另一个接上嘴。婊子养的！有人就连米儿的娘也骂上了。如果恰巧米儿经过，话就更多了。瞧瞧，腰都快扭断了。快看，又去偷人了。别嚼舌头了，回家守住你男人，小心别让人偷走了。啊呸，我男人瞧得上她？我自个捏坨泥巴封死了。别眼馋，你又不是没家伙，去偷一个养着呀。有人挤眉弄眼的，揶揄说。我要偷，老娘就偷镇长。说话的是个胖女人，腰比水桶还粗。她的话没落，女人堆里哄然笑开了。镇长有个卵给你啃，不如偷个屠夫吧，养伢发奶猪蹄子就不费钱了。有人拿胖女人开涮。话说得一本正经，女人们却炸开了锅，一个个笑得花枝乱颤。

这个结果也是必然的。水生是第一个投向哲东怀抱的人，如果没有他的推波助澜，哲东的桃花绝不可能覆盖水门村的心脏。他是村民组长，没污点没恶习，也没得罪过人，副村主任落到他身上别人也烂不了舌头。炳德是个实诚人，胆小怕事，连昆生私分的账都记得一清二楚，够尽职尽责了。哲东也不想吃冤枉，除了炳德，没有谁比他更合适做会计。米儿就不用多说，他们虽然没察觉外乡佬同她有过一腿，但不保证他就不生妄想。只有小高贵让人感到意外，他是高贵的跟屁虫，没少在哲东头上拉屎，比如捣毁塘堤，威逼外乡佬唱酒歌，围攻黄毛，拦截羊群，高贵的那些破烂事从来不少他一手。可外乡佬不计前嫌，竟能容忍他，让他当了民兵连长又兼治安员。真不知他的葫芦里卖的什么药。

小高贵却不买哲东的账，头天宣布，第二天就进了筲箕窝，嚷嚷着要将官帽还给他。村主任，这治安员我干不了，你要是真照顾我，就给我找点别的事。小高贵一副天不怕地不怕的愣头相。哲东没接话头，只指了指椅子，让小高贵坐下来。来，喝一杯吧。哲东让九兰摆了两只酒杯，斟满了。我不喝酒。小高贵没敢坐下去，生怕一落座治安员就黏住屁股了。理由呢？哲东也没勉强他，朝自个嘴巴倒了一杯酒。我哥会劈死我的。小高贵说。谁是你哥？哲东在装憨。瞎扯，我哥是谁还用问？小高贵也斜了他一眼，眉眼都飞了起来。他是你亲哥？哲东又倒下一杯酒，口气是嘲弄的。你，什么意思？小高贵捉紧了拳头。没什么意思，就算他是你哥，同娘共爹的亲哥，可他要是杀了人，挨了枪子，你也去杀人，也去挨枪子儿？哲东反问。那是我的事，用不着你来操心。小高贵恼了。我劝你好好想想，过了这村就没这店了。哲东不再理会这个小混混，抱起酒瓶子，嘴对嘴喝上了。沉默了半晌，小高贵捉紧的拳头松开了。要是我哥犯了事，我拿他怎么办？小高贵脸上有了迷茫。你能想到这一点，就是个合格的治安员了。哲东将酒杯递到小高贵手上，说，来吧，喝了这一杯。小高贵接过酒杯，闷头闷脑将酒喝进了肚子。哲东的这招离间计够阴毒的，用顶治安员的帽子就收买了小高贵。

哲东不再是个任由别人在头上拉屎的外乡佬，而是狠毒的刽子手。他将那些在他头上拉过屎的人一个个打瘸了，整垮了。接下来，他该打扫战场，掩埋他们的尸体，洗尽他们的血迹，驱逐他们的气味，让他们干净地腐烂，不复存在。他要将村部打造成他个人的行宫。他带领他的新权贵们对村部进行了一次彻底的清洗，墙面抹了层厚厚的石灰泥，地面的坑坑洼洼用沙石填了，抹成水泥地板。昆生用过的桌椅板凳，旧橱旧柜，以及破破烂烂全都架到场地上，一把火烧了个干干净净。昆生喝茶的杯子，洗手的盆，杂七杂八的，全当垃圾扔掉了。那块白底黑字的招牌也被摘下来重新上了漆，变成了白底红字，连字体也换过了。哲东还让炳德收拾了间房，摆了张床，又在门板上装了把暗锁，钥匙掌握在他一个人手中。甚至在村部的后院钉了个木笼子，替黄毛安上了家。那只铁皮油桶却没处理掉，水生几次想扔出去，都被哲东拦住了。他在正对门的墙中央钉了颗钉子，将它挂在钉子上。只要走进村部，铁皮油桶就赫然在目，想回避也回避不了。

收拾村部后，哲东对水门村的心脏进行了一次全面的扫荡。先拿昆生种植油菜的标语开刀，石陂上的标语由水生铲除，土墙上的由炳德清除，电线杆上的由米儿清洗。那些散落在田间地头的宣传牌，由小高贵砸碎了，拢到一处，一把火焚为了灰烬。一时间村子里鸡飞狗跳的，不知发生了什么事。有好事的，主动加入清理的队伍，有的搬了椅子垫脚，有的扛了梯子上墙，有的用指头抠，有的用锄头刨，到处尘土飞扬，纸屑乱飘。大帮的男人将米儿包围了，有的帮着提水桶，有的抢过米儿的抹布，胆大的干脆爬上电杆树，一把石灰一把水，将电杆树上上下下抹了个透。那些没抢到活计的，就指手画脚，喧喧嚷嚷，拿上树的人取笑。也有人瞅着势头不对，将自个门边残留的春联偷偷抹了个干净，那是昆生的墨迹，用一只鸡两瓶酒换来的。这一举动提醒了更多的人，他们风急火燎跑回家，擦亮眼睛，屋里屋外，堂前灶后，仔细检查了个遍，生怕哪个不显眼的角落还藏着昆生的某些痕迹，沾上他的晦气。不管同昆生有没有关系，赶紧连抠带刨，不留只字片言，直到里里外外都亮敞了，一颗心才落回肚子里。

我忽然替那些冤死的羊们深感悲哀。它们的主子双手沾满了它们的鲜血，用它们的尸体铺就了通往水门村心脏的道路。他曾利用它们取悦他们的祖宗，收买昆生和哲水，达到目的后就将它们抛之脑后了。那些转场过程中让狗咬死的羊充当了哲东的炮灰，山谷里不明不白死去的家伙成了他的替罪羊。就是幸存的羊，也不见得他就放在心上。他有理由忘记它们。他是水门村的最高行政长官，不知有多少重大的事情等待着他。铲除了昆生留下的字迹，他又让炳德提了石灰桶，村里村外，到处刷写标语。“种桃三千亩，造就花果山”“家家户户种植桃树，打造果业专业村”“一棵桃树就是一棵摇钱树”“一家五亩桃，吃穿不用愁”……整个村子都是明晃晃的白，空气里也满是刺鼻的石灰气味。炳德的书法才能又一次得到淋漓尽致的发挥，黑体宋体隶书楷书行书狂草，有多少条标语就有多少种不同的字体，石陂上的标语波澜壮阔，气势如虹，土墙上的草书舒展飘逸，动感十足，而宣传栏上的楷书又是另一副模样，一撇一捺，中规中矩。绝的是米儿家墙上的那副标语，是炳德酒后挥洒的，龙飞凤舞，百般灵动。

哲东一刻也没有忘记他的桃花事业。他要在水门村的土地上再现卧室里描绘的那幅美好蓝图。昆生的垮台，原来的那帮反对派失去了主心骨，一个个灰头土脸的，时刻提防着外乡佬来找他们的麻烦。他们表面上很镇静，可他们的身体泄露了他们的秘密，嘴巴在哆嗦，牙根在打战，身体在发抖。他们是帮打摆子的软骨头，是墙头上的草，只要稍微施加点压力，就会纷纷垮塌，投入哲东的怀抱。哲东却没给他们任何脸色，甚至旁敲侧击的话也没有。他要他们主动投入他的怀抱，心甘情愿成为桃花的俘虏。他也担心会有个别顽固不化的家伙，他要将他们分化瓦解，将暗藏的敌人揪出来，孤立他，再聚而歼之。他让水生召集了会议，会上既没给他们摊派任务，也没限定他们的时间。他让水生和翠翠爹现身说法，充当诱饵，引诱他们上钩。水生和翠翠爹的桃树已经试产了，收成不菲。水生给他们算了笔账，一亩桃树一年的收入不下两千元，两亩稻子也换不来这个数。刚开始听会的人左耳朵进，右耳朵出，可听到水生的算数眼珠子立刻红了，那一朵朵的桃花不再是桃花，而是花花绿绿的票子，有多少朵桃花就有多少张票子。桃树也不只是桃树，而是像标语上说的，是摇钱树，结满钞票的摇钱树。

哲东要的就是他们的贪婪，如果没有他们的贪婪，他的诱饵就发挥不了作用，他的桃花也就没法完全占领水门村的每个角落。除了利诱，他又从镇上的农技站请来农艺师，在村子里开了三天的课，讲的全是同桃树有关的事。怎么挖坑，怎么施肥，又怎么整枝，怎么防治病虫害。农艺师是个矬子，长了个酒糟鼻，吃了哲东的冤枉，一张嘴唾沫四溅，讲到兴奋处鼻子就像用红纸包裹的灯泡，红得透亮。结束时，哲东特意宰了只羊，灌了瓶火烧酒犒劳他。

水门村的心脏沸腾了。外乡佬扔了个火星，他们立马就燃烧起来，村子里到处火光闪闪，烈焰腾空。先前栽种桃树只是试探，这一回他们要动真格的。他们扛着锄头，举着铁铲，争先恐后冲进了田野。男人的身后是女人，小孩的背后是老头，田地里，山坡上，河堤边，到处都是挖坑的声响，到处都是笑语喧哗。他们身体挨着身体，锄头挨着锄头，地毯式的向土地倾轧过去。原来试种的在扩种，两亩的扩种到三亩，三亩的扩种到五亩。新开始的人家唯恐落在别人屁股后面闻冷屁，吃奶的劲都铆上了，没日没夜奋斗在田野上。空气里满是新鲜的泥土味。狗们也没了昼夜，跟进跟出，凑足了热闹。

田野上热火朝天的时候，哲东却躲在村部一杯一盏酌着小酒，一边咿咿呀呀唱着酒歌。他唱的是十月怀胎，怀胎个正月正呀里哟，水上那个浮萍何时易生根呀，想问有情郎呀何时易生根嘞。怀胎个二月二呀二哟，小小那个妹子不知困呀，想问有情郎呀不知困哪。怀胎个三月三呀三哟，小小那个妹子不思饭呀，想问有情郎呀不思饭哪。这个阴险的酒鬼，暗地里察看过他们的进展，除了少量的口粮田和菜地，田野上到处布满了窟窿，一个窟窿一树桃，水门村的心脏让桃树挤得密不透风了。挖好了坑，他们又开始积肥，肩挑的，背驮的，田埂上，野地里，到处都是熙熙攘攘的人流。牛栏粪坑，狗窝鸡舍，都被鼓捣一空，连塘泥也被挖了个干净。空气的味道复杂了，粪便的恶臭，牛臊气，狗屎味，混合成一股呛人的气味，直往鼻孔里钻。这种复合的怪味却丝毫也没影响哲东歌唱的心情，怀胎个九月九呀九哟，小小那个妹子出了怀呀，想问有情郎呀出了怀哪。怀胎个十月十呀十哟，上邻下屋那个来添喜呀，想问有情郎呀来添喜哪。

哲东用歌唱在欢迎他的敌人，他不想他的桃花事业就这么一帆风顺。他希望他的敌人来点故事，给他一些刺激。可遗憾的是，不管他怎么闹腾，假想的敌人终究没有出现。昆生躲在院子里没出门半步，哲水不见人影，连高贵也安生了，不再在村子里浪荡。哲东的肋骨隐隐痛着，它们的折断少不了他们的干系，就是捉不到把柄。他多么渴望他们跳出来，铲除他的标语，抢夺挖坑的锄头，他就可以趁机收拾他们，就像以前他们收拾他一样。雷公打豆腐，专拣软的欺。以前他们是雷公，他是豆腐，可现在倒了个，他是雷公，他们才是豆腐，他有能力收拾他们，消灭他们。他不甘心，可他们龟缩着，又拿他们没办法。哲东的歌唱渐渐失去了滋味，没有观众，没有人喝彩，他歌唱的才华全都浪费了，埋没了。

哲东不单是阴险的告密者，还是个疯狂的报复者。他决定来个敲山震虎，让水生去劝导昆生和哲水，让他们出来挖个坑活动活动筋骨。水生是个猪脑子，不想哲东拿他当炮灰，就屁颠颠地出了村部，径直跑进了昆生的院子。昆生叔，你也栽几棵桃树吧，大家都在栽呢。水生说。昆生抱了茶杯在手上，一口茶水没来得及吞下去，哗啦一声喷了一地。他将茶杯重重顿在桌子上，捂着喉咙半天说不出话。他被呛坏了。你们这群黄眼狗，叛徒。缓过一口气，昆生戳着水生的鼻子说，你给我滚出去。叔啊，你别这样。水生站着没动。昆生的脸死白了，在屋子里窜来窜去，终于找到了一把杉刀。你滚不滚？昆生操起了刀。水生赶紧抱头鼠窜了。昆生追到门边，水生已经跑远了，他的杉刀失去了目标。他握着刀，在院门口转了两圈，那条狼狗跟在他屁股后面也转了两圈，没嗅出什么味道。突然咔嚓咔嚓几声响，一棵桃树就撂倒了。昆生找到了下手的对象，环绕院子的几棵桃树替水生当了替死鬼，成了刀下的冤魂。

砍了桃树，昆生就退回院子，不见了任何动静。哲东左等右等，昆生就是不现面，酒歌早已清汤寡水的，没了一点滋味。他只能催促水生去找哲水。水生受了昆生的恐吓，拖拖拉拉不敢去，后来架不住酒鬼的几句狠话，只好硬着头皮找上哲水的门。哲水比昆生还干脆，水生没进门他就握着镰刀冲了出来。昆生砍了桃树，他哲水也没脸面留着它们。不过半盏茶的工夫，鱼塘边的桃树全都成了他的刀下鬼,枝枝丫丫狼藉一地。砍过树,他也像昆生一样缩了回去,不再抛头露面。他们砍的是自个的桃树,没伤谁没害谁,拿他们半点办法也没有。哲东脸上火辣辣的,像挨了几个狠狠的巴掌,又还不了手,只能打掉牙往肚里吞。

收服不了昆生和哲水,哲东调转方向让小高贵去撩拨高贵,这是一石二鸟,小高贵向灯还是向火,全看他的实际行动了。如果向着高贵那盏灯,那当瞎了眼,趁早换了他。如果他向着哲东这团火,正好离间他同高贵的关系,将这对混混治服了,水门村就太平了一半。小高贵听了酒鬼的话,没说去也没说不去,低着头闷声不响走了。哲东猜不透他肚子里怎么想,过几天事情就明朗了。小高贵鼻青脸肿回了村部,走路也一瘸一拐的,全变了相。小高贵同高贵干了一架。哥,大家伙都在挖地种桃树,你也种几棵吧,意思意思,你那地荒着也是荒着。小高贵劝说高贵。挖你娘个屄,你个没长骨头的家伙,一堆狗屎。高贵瞪圆了狗眼。小高贵再说话,高贵就摩拳擦掌将他揍了一顿。你说,哥哪天亏待你了,你跟着我吃香的喝辣的,我打死你个熊包,打死你个黄眼狗。小高贵念他是哥,打不还手骂不还口,任由他发泄了一顿。还是哥呢,也太狠了吧?哲东还在耍阴招,叔给你做主,一定给他点苦头尝尝。我的事不用你操心。小高贵不买账,直冲冲顶了他一句。

高贵的冲动最终让他自己栽了个大跟斗。树坑挖好之后,哲东从县城拉来了一车桃树苗,卸在村部的场地上。他让小高贵守着。他不担心他会生出什么变故,经过前一次试探,小高贵已经向着他这团火了。高贵却趁着黑夜,提了一桶汽油,想将树苗烧个干净。他想彻底灭了外乡佬的念头。兄弟俩又干了一架,这回小高贵没手软,将上回挨的揍连本带利一起还给了高贵。高贵给他一拳,小高贵就还给他一脚,高贵的拳头落在小高贵的胸部,小高贵的脚却踢在了高贵的裤裆。高贵被踢翻在地,小高贵并没有收手,而是狠狠朝他的肚子又踢了两脚。高贵敌不过,扔了油桶逃了,小高贵已经是条红毛野狗,再折腾下去,吃亏的还是他。可他咽不下这口窝囊气,转而将一肚子怒火全撒到了外乡佬身上。他连夜潜进筲箕窝,将筲箕窝的桃树放倒了一大片。哲东将案子报告镇派出所,不到半天工夫案子就告破了,高贵因为泄私报复偷砍果树判了三年徒刑,关进了县城的看守所。后来又被送到外县的劳改农场。他再也没能回到水门村的心脏,听说他患了狂犬病,后来死在了劳改农场。

第20章　战　争

水门村的心脏终于风平浪静。没有谁敢跳出来宣称自己是外乡佬的敌人，有看法藏在眼睛里，有想法烂在肚子里。有谁强得过昆生和哲水？就算强得过，昆生和哲水不一样让外乡佬扳倒了？又有谁烂得过高贵和小高贵，就算烂得过，高贵不一样进了班房？何况小高贵成了外乡佬的打手呢。虽然村主任的位子诱人，能够吃到冤枉，掂量再三，自己不是那块料，就算跳起来，爬到梯子上，这个冤枉的桃子也不会落到他们嘴里。只能怨祖宗的风水不显灵，没那个福分。他们叹口气，一起沉默了。

整个世界就只剩下一种声音，那就是桃树生长的声音。它们抖抖手，胳膊又伸长了一截，扭扭腰，腰杆又拔高了一节，吐吐舌头，枝丫上又爆出了一片叶子，咂咂嘴，枝头上又绽放了一朵灿烂的笑容。它们舒展胳膊，一片草遮没了，迈开腿，一片田野又淹没了。它们的根系也没闲着，它们用针尖一样的指头扎进土地，土地颤抖一下身子，针尖就扎进了血管里，土地叫喊了一声，根系就钉子一样钉进了骨头里。土地挣扎着，想逃脱根系的魔爪，根系无处不在，它逃往东边，东边早让根系占领了，它逃往西边，根系又在西边张网以待。它逃到哪，根系就追到哪，将它攥在手里，踩在脚下。让它动弹不得，让它永世不得翻身。

这妖魅一样的桃树，它们全都听命于哲东，他让它们往南，它们不敢往北，他让它们往东，它们不敢往西。他说别让狗看见了云朵，它们就蒙住了狗的眼睛，他说别让天空发现了他们，它们就将他们全部覆盖了，不留一丝痕迹。它们同他配合默契，他弹弹指头，它们就明白了前进的方向，他撇撇嘴，它们就懂得了要占领哪块土地，他使个眼色，哪朵桃花就盛开了。他似乎不是一个人，而是一棵桃树，他是它们的父亲，说一不二的父亲，它们是他的儿子，是他愚蠢的战士。

桃花一年比一年泼辣，一年比一年放肆。它们勾起了水门村人急剧膨胀的欲望。他们死死守着桃树，巴不得一个晚上桃子就熟透了。桃子，桃子，他们的眼睛里除了桃子还是桃子。有些人甚至暗暗计算着，一棵桃树能结多少桃子，一斤桃子又能卖多少钱。他们摸摸口袋，好像口袋让钞票压得沉甸甸的。他们绝没想到，这桃子不过是外乡佬一个甜蜜的诱饵。他们最终因为桃子又一次上演了窝里斗，兄弟与兄弟反目，亲友与亲友结仇。而窝里斗的结局让哲东充当了一次和事佬，将他们全都玩弄于股掌之间。

窝里斗的起因很简单，就是因为卖桃子。最初，桃子刚试产，三两担桃子不出镇子就让人抢购一空。桃子越结越多，卖桃子就不是件容易的事情了。镇上卖不掉，就只能到别的镇上去卖，附近的几个乡镇到处都是卖桃子的水门村人。卖桃子啰，水门村的桃子啰。东边是男人的粗嗓门。桃子哎，又脆又甜的桃子哎。西边是女人甜甜的嗓音。他们三个一群五个一伙，往东的往东，往西的往西，收工时还相互比较一番，谁卖的桃子多，谁的收获大。甚至说些卖桃子过程中的小插曲，开些荤荤素素的玩笑。渐渐地，有人就要起了小心眼，东边的人太精明，一分一厘都计较，还偷偷摸摸的，一不留神桃子就白送了。西边的人不知是傻还是大方，少个三两二两无所谓，就是少找个一角八分也没人在意。又有人发觉，女人卖桃子比男人快，男人卖半筐女人就能卖一筐，男人卖一筐女人该卖一担了。慢慢地，去东边的人少了，大家都朝西边挤，男人们只负责运送桃子，吆喝就成了女人们的专利。

到后来，桃树进入了盛产期，桃子越卖越多，桃树上总有摘不尽的桃子。刚摘了一筐，一抬头又有一筐冒了出来。它们好像躲藏在叶片下，风一吹，它们就闪闪眼，满脸嘲弄向着他们。当娘的嗓子喊哑了，桃子才卖了半筐。换了女儿吆喝，桃子也只是浅浅地少了一层。屙血，连叫卖都不会。男人就有了气，责怪女人。你嘴巴没开缝还是哑巴了？你就不会叫？女人不服气，反过来骂男人。一句来一句去，男人嘴拙敌不过女人，操起扁担就想动粗。女儿看出苗头不对，赶紧过来息事。地方选得不对。这是女儿的观点。那是他眼瞎了，别人家就晓得拣地方。女人将责任推到男人身上。你就没长眼睛？我眼瞎了你也眼瞎了？男人嘴上不服输，内心却觉得女儿说的有道理，暗暗拿定主意明天一定找个热闹的地方。这一来，大家都往西边跑，都朝热闹的地方挤，连装桃子的篾筐都摆到了一块。买桃子的东瞄瞄，西瞧瞧，嫌左边的个儿太小，又怕右边的桃子没熟透，又怕酸怕涩，拿起这家的放下那家的，总是犹豫不决。这桃子甜着呢。东家的怕买主跑了，夸着自家的桃子。我这桃子满肚子的蜜，不甜不要钱。西家听了不是滋味，许你夸就不许我夸。怕是满肚子坏水。东家的女人嘀咕了一句。谁一肚子坏水？婊子养的才是坏水，你满肚子的坏水，你偷了瓦匠鬼，死不要脸，你戴戏壳戴瓜勺。这一嘴捅到了马蜂窝，西边的女人耳朵灵敏，立马横眉竖目向着东边骂开了。东边的女人受了侮辱，嗷叫一声朝西边的女人扑了上去，西边的女人也不示弱，两个女人你揪我的头发，我扯你的耳朵，挖眼挠鼻的，滚在了一堆。东边的男人突然戴上了绿帽子，也许先前就明白怎么一回事，没人说也就睁只眼闭只眼。让西边的女人一嚷嚷，他脸上挂不住了，假装劝架却打出了许多暗拳。西边的男人一看自己的女人落了下风，吃了暗亏，赶紧抡起扁担跳了过去。战场骤然拉开了，劝架的劝架，叫娘的叫娘，聒噪一片。装桃子的篾筐踢翻了，桃子的溜溜滚了一地。有男人趁着拉架的空当，手掌有意无意摸到女人大腿上屁股上，揩了不少油水。好不容易才收住手，结果两败俱伤，谁也没捞到谁的便宜，东边的女人脸破了，西边的女人掉了几绺沾满血迹的头发，一个男人的腿瘸了，另一个男人一条胳膊脱臼了。

战争一旦发生，想平息战火却是件不容易的事情。再去卖桃子，战争的双方免不了会碰面，碰了面就不会有好脸色。虽然没有摩拳擦掌，私下里挖眼睛戳鼻子的事情少不了，张三说李四的桃子酸，李四就说张三的桃子涩。闹到后来就拿桃子出气，桃子就成了贱骨头，垃圾，东边的降价五分，西边的狠狠心就降了一毛。一担桃子卖下来，收入还不及原来的一半。丢了钱，心里就痛了，可嘴上不认输。他们一个个找上哲东，数落对方的不是。东家说西家先降价，西家说东家先动手打人。有五六个女人撕破了脸，七八个男人吊了胳膊，十多个女人扯掉了头发。他们又连拱带挖，将陈芝麻烂谷子的旧账一并扯了出来，西家偷过谷，东家的人不仅偷谷还偷人。说到激动处，又冒烟起火了。哲东一声不吭，由着他们狗咬狗，他有一本账藏在心里，记录着他们全部的劣迹。等他们咬得头破血流了，咬累了，再来收拾他们。

哲东巴不得他们窝里斗，他们相互之间有了战争，就不可能联合起来对付他。他就能隔岸观火，坐山观虎斗。战争伤不到他半根毛发。其实他才是导火索，如果没有他就不会有桃子，没有桃子就不可能发生这么惨烈的战争。他是罪魁祸首，是阴谋的策划者，最后又成了战争的裁判。闹够了没有？没够就接着闹，闹够了就给我滚回去。哲东替他们吹响了集结号。他不能任由他们胡闹下去，他们的战争不只伤及桃子的价格，桃子如果贱卖了，他就失去了垂钓他们的诱饵，最终会祸及桃树。他的记录本记下了他们厚厚一叠的劣迹，已经丰收了，必须尽快扑灭这场战争。

酒鬼的方法很简单，就是将周围的市场划分成几大块。他先是让他们申报，谁愿意去县城卖桃子，报名的人没几个。他们不熟悉县城，桃子能不能卖掉，就算卖掉了价格又怎么样，况且需要一大笔运费。这帮鼠目寸光的猪。他将那几个报名的暂且放到一边，由他自己带领去开辟县城的市场。之后，他左一刀右一刀，横一刀竖一刀，将周围的几个镇子划成四大块，让他们抓阄，抓到东边就去东边，抓到西边就去西边，村里确定统一的价格，上下浮动不超过一毛钱，谁乱了就收拾谁，决不轻饶。至于怎么收拾，哲东没说，也只有他心中有数。

我渐渐喜欢上了山谷里的生活。我有很多方式打发一天的时间，而且不会重复。我可以在竹床上安睡，风从棚顶上悄悄掠过，不留下一丝声响。我可以背靠松树坐着，似睡非睡，不担心树会突然倒下。我可以躺在草丛里，一动不动，蛇也像我一样安然，不会贸然来打扰我。我可以仰卧在小溪边的石头上，聆听流水的音乐。云朵在天空中似走非走，比羊群还悠闲、散漫。有鸟在树枝上跳上跳下，叽叽喳喳嬉戏着。黄毛见不得它们的欢乐，扬起爪子，向着树冠龇牙咧嘴，将它们从一棵树撵到另一棵树。这个惹是生非的家伙，仿佛它就是山谷里的王者，一刻也不肯安宁，赶走了鸟，又在草丛里扑腾，几只老鼠受了惊吓，尖叫着逃进了石缝里。

因为黄毛的存在，山谷成了一个宁静的世外桃源。曾经有几个砍柴的让黄毛撕裂裤管后，再也没人愿意冒着被撕咬的危险进入山谷。只有翠翠是个例外，黄毛从不敢冒犯她。她有很多借口来到山谷，打猪草，采映山红，摘猕猴桃，捡栗子。随便一个什么借口，都足够她在山谷里待上老半天。只要她出现，黄毛就摇头摆尾，跑出去迎接她。入口处有块巨石，黄毛就站在石头上，向着她一脸媚笑。等她走近了，它又伸出长长的舌头去舔她的手，有时她也不缩回去，任由它放肆地舔着。黄毛得了便宜，尾巴摇得更欢了，喉管里吟吟有声。我见不得它这副淫荡的样子，对着它的屁股狠狠一脚，黄毛猝不及防，有几次都让我踢翻在地。

翠翠到来的日子就是我的节日。山谷里一派节日的狂欢，花在盛开，鸟在歌唱，树叶儿就像绿松石，散发着绿莹莹的光。羊的叫声比风还柔软，它们成双成对,在草丛里缠绵。翠翠央求我跟着她,往山谷的深处走。我无法拒绝,却又挪不动脚步。我的脚底像树一样生了根,将我牢牢钉在地上。我不明白哪儿出了故障,只要见了翠翠,身体就不听我的使唤。好像那本来就不是我的身体,是我偷了树的或者草的身子。我怕红毛野狗,你也怕红毛野狗?翠翠笑话我。我在大腿上掐了一把,将身体唤醒了,走了没几步,黄毛就贴着屁股追了上来。我不能让这个无赖跟着我。滚回去,守着羊。我回过头对它呵斥了一声,它就乖乖收住了脚步,可又不甘心,眼睛里满是怨毒的光。它在恨我。恨就恨吧,我是人,它是狗,它得听它主子的。很快它就退回去,咆哮着,一头扎进草丛里,将羊们驱赶得四散奔逃。它将满腔怒火发泄到了正在缠绵的羊群身上。

翠翠完全熟透了。采映山红时,她就是一枝窈窈窕窕的映山红;摘猕猴桃时,她就是一颗圆圆饱饱的猕猴桃;捡栗子时,她就是一个爆开的栗子球。我很想在她身上干点什么。我的想法冒出来时翠翠正拿眼睛瞄着我,她的眼睛里有水,我内心的火苗被她一眼就浇灭了。我浑身冰凉,不敢回看她。我抬头望天,天上空荡荡的什么也没有。我低下头看地,几只蚂蚁在脚边奔跑,眨眼没入了草丛。你打算放一辈子羊?翠翠问我。我不放羊,能上哪去?我回答她。她张嘴就咬到了我的痛处,我只是哲东的一个羊倌,孝男可以去当兵,我却趴在羊屁股后面数羊粪蛋。能上哪儿去呢。翠翠叹了口气,没话了。我们就坐在石头上,安静地望着远方。山谷里只留下风在窜进窜出,呼啸着。

其实我并不想去哪儿。如果有可能,我情愿同翠翠一辈子坐在山坡上,安静地看着云朵,看着漫山遍野的映山红。这种平静又让哲东打碎了,他要在水门村的心脏修建他的金銮殿。他让我走出山谷,到河滩上挑沙子,到山坡上捡石头,只有晚上才能回到山谷的草棚里。他的羊群白天不需要我,也没人敢在它们身上动脑筋,打歪主意,否则高贵就是下场,何况有黄毛守着。他的金銮殿选址在离昆生家不远的地方,一半是稻田,一半是村里的旧加工厂,厂房早让他叫人拆除了,残砖断瓦散了一地。地面上钉了许多木桩,木桩之间挖出了许多横横竖竖的壕沟,掘出来的泥土堆成了几座小山。这块用木桩圈出来的地皮,同筲箕窝那几间土巴屋的面积比起来,不知宽多少倍。我根据木桩计算,至少能排出三十间屋子,一间屋的面积抵得上筲箕窝的两间。我让哲东的野心震惊了,这座建筑一旦完成,将是多么宏伟。我挖空心思想象,就是无法描述它器宇轩昂的样子。

我怀疑他是否有能力完成这项巨大的工程。我挑着土箕在水门村的心脏游荡,捡拾田野上散落的石头。我将石头齐齐整整堆在泥地上,堆成一间间石头房子。我从羊倌沦为了哲东的苦力,挑石头的机器。我的脚板磨起了血泡,手掌上布满老茧,肩膀蜕了好几次皮,我不能停下来,他不叫停,我就休想扔掉土箕。我暗暗计算过,这座金銮殿就像一张血盆大口,不知要吞没多少石头砖块,水泥沙子。它在水门村的心脏投入了一块巨石,激起了漫天的水花。刚开始的那段日子,工地上始终人头攒动,石头上,壕沟边,到处都是脚板,光脚丫,解放鞋,塑料凉鞋,一只挤着一只,一双挨着一双,围成了水泄不通的铁桶。人堆的后面是狗,溜来溜去,想从人墙中找到进入的缝隙,最后没一条狗钻进去。比祠堂还阔吧。有人用目光丈量着。至少有三个祠堂宽。马上有人断言。皇上的金銮殿也不过如此吧。有人咂起了舌头。有人却暗中使起了坏,在人背后猛然撞上一肩头,人墙塌了一个缺口,有人掉进了壕沟。壕沟太深,掉下去的人左爬右跳,就是上不来。有人伸出手想帮上一把,手刚伸出去后面的人又撞了上来,帮忙的人也跌进了壕沟里。人群立刻乱了,哄笑四起。

他们围观的时候,我就挑着石头一把泥一把水地站在人墙的背后。我不敢惊动他们。我就像个小偷,将原本属于他们的石头一块一块偷过来,埋到哲东的宫殿底下。我有一种错觉,那些石头就是他们的骨头。他们失去了骨头,就成了一摊软塌塌的死肉,任由哲东啃噬。哲东是个罪犯,一个十恶不赦的罪犯。不知他用了什么歹毒的法子,将这块土地据为己有。他可以在上面为所欲为,钉上木桩,挖出壕沟,想怎么干就怎么干,将土地弄得面目全非。他不过一个五口之家,用得着这么一座宫殿?他是在霸占他们的土地,是在犯罪。对于哲东的犯罪,我什么也不能做。我是个软巴蛋。那一瞬间我又恨上了自己,我是有罪的,我不仅是个贼,同样也是个罪犯,哲东是大罪犯,我是助纣为虐的从犯。我暗暗期盼着,他们不只是观望,而是拿起锄头,将哲东挖出来的泥土填回壕沟里,将土地抹平了,种上谷物,彻底断绝他的幻想。

我有意放慢了自己的速度,等待他们的动作。我期待着早一点结束这种苦役犯的生活。许多日子过去了,工地上又多了间石头房子,依旧不见任何动静。他们不敢出头我能理解,昆生的沉默我却不能原谅,难怪他让哲东打败了,他不过是只缩头乌龟,打死都活该。昆生不说话,哲水和钢宝爹也成了哑巴。其他的人却活跃起来，给哲东祝贺的人川流不息，水生的女人捉了只鸡，校长海波的女人提了一书包袋鸡蛋，杏林亲自送来了两斤五花肉，破絮的女人也用包袱裹了两升黄豆。跟在他们后面的，割肉的割肉，送蛋的送蛋，家中羞涩的，就抱个南瓜冬瓜，或者抓把干豆角什么的。九兰整天忙着接待他们，筲箕窝的那几间土坯屋成了杂货库，到处塞满了杂七杂八的东西。他们的脸上贴了桃花，红艳得发紫。我看不惯他们这副狗脸，很想捡块石头砸烂他们的脸，看他们还笑不笑得那样灿烂。我挑着土箕，专拣人迹罕见的地方走，返回的时候总无法避开他们。我无处逃避。这不像在山谷里，我可以躺倒在草丛里，或者藏身于一棵枝繁叶茂的树下，我愿意藏多久就能多久，绝对不会有人发觉。

我挑了两三个月的石头，高高低低码了三四堆。从远处看，不像是石头房子，倒像石头砌成的坟墓。黄毛逮住机会也溜出山谷，在工地上左溜溜右转转，无比的兴奋。离开时它向着石头堆撒了几滴尿。我没去阻止它，最好它的尿臊气能让哲东闻到，让他抽它一顿。石头们实在太渺小了，它们都将成为填埋壕沟的殉葬品，而且不够塞满壕沟的一个角落。我用脚步测量过那片土地，横竖都是一百二十步，但我没法将它同一座气势恢宏的宫殿联想到一块。直到有一天，我在哲东放东西的抽屉里发现一张图纸，那是用铅笔画的草图，高高的围墙包围着一所阔大的院子，围墙的外围栽满了桃树，前门是巍然的门楼，门楼的顶部是两条盘踞的龙，龙头分别向着东西方向，龙爪飞扬，好像它们随时都有可能腾空而起。门楼下还蹲着两只石狮子，张牙舞爪，怒目而视，一副让人生畏的狰狞相。

我继续无休无止的苦役。就在我快要累垮的时候，一个想象不到的人拯救了我，将我从哲东的扁担下解放出来。他就是孝男。那天我埋在壕沟里，左一铲右一筢，掏着泥土。哲东视察过一次工地，认定壕沟太窄太浅了，还得挖宽挖深。我扬起铁铲的间隙，突然发现孝男在我的脑袋上方站着。我费了好长时间才认出他，他的脸不再是一个猪屁股，而是瘦削得变了形，两颊都刮不到二两肉。他的额头上还多了块伤疤，像一朵颓败的桃花，烂红一团。他袖着手，眯缝着眼，对着我左瞄瞄右瞧瞧，可能我脸上黏满了泥土，好半天才让他吱出声。外乡佬。他的嗓音嘎嘎嚓嚓的，极像铁铲插在沙子里的响声。我的耳朵里突然砰的震动了一声，我记起了我的泥人像，它被他砸在地上，碎成了一摊泥末。我的四周布满扭曲的脸，大张着嘴的，圆瞪着眼的，支棱着耳朵的，一个比一个放肆，一个比一个狰狞。一头一捆秆，中间是个红心卵；一头一箩糠，中间站个碑树桩；一头一只狗，中间是个婊子崽。他又唱起了顺口溜。他一边唱一边挤着眼睛，他的旁边是胖头，胖头晃着南瓜似的脑袋，满脸模糊不清的笑。

孝男的出现让我坠落到了绝望的深渊。我想到了翠翠，想到了她桃子一样的嘴唇。她最初就混迹在那些扭曲的脸谱中间。我很担心她会回到他们当中去，沉重的自卑感压得我喘不过气来。虽然昆生不是村主任，可孝男当过兵，我只不过是哲东的羊倌，苦役犯。我似乎看到翠翠张开双臂，蝴蝶一样飞向了那朵颓败的桃花，孝男一把将她攥在手心里，就像攥着我的泥人像一样，无论她怎么挣扎，都挣脱不掉。我眼巴巴看着她的身体像泥人像一块一块掉落，化为灰烬，我却不能挽救她。软巴蛋。我听见哲东在咒骂我。我只有诅咒，诅咒孝男快快死掉，让狗咬死，让蛇毒死，走路摔死。我的诅咒一点也不生效，孝男傲然立在我的头顶上，乜斜着眼，满脸的不屑。我死死握着铁铲，我的手哆嗦着，身体也哆嗦着。我很想用铁铲将他拦腰铲为两截，但我怎么也举不起铁铲，它深深吃进了泥土里，生了根。野狗崽，你挖坟吧？孝男好像窥破了我的紧张，瞪圆了两只眼，将我完全压倒在他的目光之下。你别浪费力气了，回去告诉外乡佬，哪儿来的回哪儿去，让他断绝了做屋的妄想，就是他葬坟，也别糟蹋了水门村的泥土。他的话就像一粒一粒子弹，从他的嘴巴里蹦出来，撞在石头上，砰砰直响。

我让孝男的子弹射蒙了，但我不能停下来，没有哲东的命令，我就得无休止地挑着石头。我不相信孝男会有那个能耐，他说不让就不让，如果昆生还是村主任，我也许相信，可现在昆生狗屁都不是了。如果他真的断绝了哲东的妄想，将压在我肩膀上的石头搬掉，我还得感激他哩。可事情出乎我的意料，孝男丢下狠话后的三天，我的苦役就解除了。去，好好守着羊，没叫你回来不要回来。说这话时哲东脸上积满了厚厚一层阴霾，好像我欠了他八辈子的债没偿还。

第21章 酒 歌

我满身疲惫地回到了山谷,心却留在了水门村的心脏。黄毛摇着尾巴讨好我,我没兴趣理会它。它谄媚的样子只会增加我的厌恶。我抱着身子,蜷缩在草铺上。我恐惧得要命,孝男似乎天生就是我的克星,就像哲东天生就是昆生的克星一样。孝男既然能够阻止哲东修建金銮殿,他就有能力将翠翠拽进他的怀抱,虽然我不知道他用了什么法子。我借口回筲箕窝吃饭,每天往返于水门村的心脏,希望在路上能够遇见翠翠。我不能去找她,如果让香莲撞见了,她肯定会将我赶出来。

哲东出奇的平静,他的金銮殿停工了,半点也没影响他的心情。他不分白天黑夜守在村部,连筲箕窝也不回了。这个土皇帝,已经不在乎那块小小的封地了,让他眼红的是水门村的心脏。其实他回去也没事可做,那点农活早让人抢着干了,东家犁田西家就帮着收豆子,张三的女人采了茶,李四的女人就到桃园锄草。他们变着法子巴结哲东,难怪昆生骂他们猪脑子,软骨头。他们做的这一切哲东都视而不见,他们似乎沦为了他的苦力,这是他们应该做的。九兰让他回筲箕窝一趟,我将话带进村部时他正在办公桌前忙活着,这个只读了小学四年级的土皇帝,竟然会用铅笔在纸上写写画画了。有什么事让她到村部来说吧。他一手拿了尺子一手握了铅笔画着一张图纸,嘴里叽叽哼哼不知唱着什么。回话时他看都没看我一眼,连头都懒得抬一下。

我将哲东的回答转告九兰,九兰端了盘箕在晒黄豆,她的手一抖,盘箕从竹杈上滑了下来,黄灿灿的豆子的溜溜滚了一地。杀千刀的,让他死在村部好了。九兰愤愤地咒骂。这是进入筲箕窝后她第一次骂人,她的脸色铁青,嘴唇乌紫,身体筛糠似的抖个不止。他在画图纸呢。我不知她为什么愤怒,但我不忍她的愤怒,想用话来宽慰她。画鬼画符,画他娘个头。她一脚踢飞了盘箕,剩余的黄豆像雨点一样洒得满天都是。吃过饭,我照例等着她给哲东盛饭,她却坐着不动,眉毛眼睛阴在了一块。我去给爹送饭。孝强踮起脚,从碗橱拿了碗去盛饭,他没走到锅边，九兰就横里扫了一掌，瓷碗砸在地上裂成了四瓣。狗改不了吃屎的本性，让他吃屎去。九兰说。

九兰的狂暴让我莫名其妙。我将她的举动从头到尾琢磨了一遍，还是没找到她歇斯底里的原因。她不是个容易激动的人，单就哲东不回筲箕窝不会激起她的怒火，肯定另有原因，而且，哲东也不像画张图纸那么简单，应该别有企图，只是我暂时还不知晓他的阴谋。后来的一天，我提着饭盒接近村部时，他丑陋的嘴脸才浮出水面。我在村部的门口同米儿狭路相逢。她闪身从门缝里溜出来，一抬头，就撞见了我。她穿着大红的上衣，像团火一样卷了过来。如果不是我后退及时，就有可能被她撞翻在地。她是个被桃花彻头彻尾包裹的女人，她的头发散成了桃花的瀑布，她的脸燃烧着桃花的火焰，睫毛上火花飞舞，鼻尖上火焰跳跃，嘴角上火花荡漾。这只是火焰的边缘，而火焰真正的心脏正好凌驾在她的心脏之上，那宽广的高原地带。那已经不是火焰，而是无数火焰的舌头，在攒动，在游走，倾吐漫天光芒，又吞没漫天光芒。她已不是一朵盛开的桃花，也不是一颗淌着汁液的桃子，而是一场疯狂的火焰，一场铺天接地的火焰。我甚至暗暗拿她同翠翠比较，翠翠是变幻的，她可以是一朵映山红，可以是一颗猕猴桃，还可以是一颗爆开的栗子球。不管怎么变幻，翠翠都是干净的，单纯的。我得出结论，米儿是个妖，是桃花幻化的妖，是祸害哲东的妖。

水门村的心脏正是寂静的时候。米儿撞见我似乎很感意外，她愣了下脸，勉强向我笑了笑，溜身走了。有一绺头发从她的额头上跳出来，朝我做了个调皮的鬼脸。我拎着饭盒进了屋子，屋子有些暗，可我依旧注意到哲东的裤裆，有一粒扣子的头不在扣眼里，而是躲藏在边衬下，他一走动，它的头就蹦出来，露个幽幽的笑脸。

我已经明白九兰为什么暴怒了。之后的一次，我将米儿堵在了那个有床的房间，隔着门板，甚至能听到她湍急的呼吸声。为了证实自己的猜测，我选择了一个恰当的时间埋伏在一个不让人察觉的角落，米儿真就在那个时间裹了团火悄悄刮进了村部。我潜伏在屋后的窗子下，屋子里任何细微的响声都一滴不漏收进了我的耳朵。刚开始是低八度的声音，窸窸窣窣的，突然嘭的重响了一声，有椅子碰倒在地。紧接着，有木头吱呀尖叫了一声，不负重荷。木头的尖叫很快有了节奏，而且有粗重的呼吸声掺杂了进来，之后节奏越来越快，声音也越来越响亮，米儿竟然哼哼呀呀唱上了酒歌，还伴随流动的水响。不过她的歌声没能坚持多久，眨眼就变成了放肆的嚎叫，连窗棂也震动了，嗡嗡个不休。窗户有了动静，土墙也跟着摇晃起来，随时有坍塌的危险。最后所有的声音都终结在米儿一声凄厉的尖叫里。屋子里又恢复了平静，好像什么都不曾发生过。

我教你唱个歌吧。好久好久，才听见哲东说话。

我不唱，你那个小毛头该来了。是米儿拒绝的声音。

他没这么快。又是哲东的声音，我教你唱个十绣荷包吧，我哲东的女人不能不唱歌。谁是你女人哪。有拳头擂在谁的胸脯上咚咚直响。一绣荷包绣得尖。哲东唱出了一句。一绣荷包绣得尖。米儿和上了一句。绣个荷包郎装烟。酒鬼又唱出一句。绣个荷包郎装烟。郎抽烟来姐点火。我可不是你姐，是你妹。郎抽烟来妹点火。这还差不多，郎抽烟来妹点火。缕缕青烟似线啊牵。牵哪儿呢？屋子里飘起了咯咯的笑声。小毛头快来了吧？有人从床上坐了起来。再唱一句，就一句。线线飘在姐面啊前。又是姐，哼。线线飘在妹面啊前。又是一串窸窸窣窣的响声。之后啪的响了一声，像谁在屁股上拍了一掌，响声过后有人下了床朝前门走，门吱呀一声敞开了。

哲东又夺取了一次战略性的胜利。昆生是个惨痛的失败者，就连他的女人也睡到了哲东的床铺上。我替昆生感到悲哀，替水门村的男人感到悲哀。米儿不只是昆生的女人，还有一个抹杀不了的身份就是，她是水门村的女人，她理应属于水门村的男人。而对于哲东，我多了层愤怒和厌恶，他是个不折不扣强盗，用桃花霸占了水门村的土地，他还是个贼，窃取了原本属于他们的女人。我决定替他们教训他一顿，从那天开始，我再也不给他拎饭盒了。让他吃屎去吧。后来我找到了更有力的办法来惩治他。我潜伏在无边的夜色里，待米儿进了村部弄出动静之后，我就奋力捶响前门，然后撒腿离开。这个法子奏效了三四次就失去了作用。哲东将黄毛从山谷里唤了出来，用链子拴在村部的门口。只要有人出现，这只忠实的狗腿子就立刻汪汪咆哮起来，任谁也不敢接近。我替水门村的男人彻底绝望了。

黄毛走了，羊们就放肆起来，满山满坡乱窜。这是它们的主子赐给它们的乐土。这山谷里的花草树木，也是他赏赐它们的，由着它们践踏。它们比它们的主子还放荡，恬不知耻。它们像他一样彻夜不归，当着你的面交媾。一头霸道的公羊拥有无数头母羊，这也像它们的主子，他将水门村的心脏当成了他的御花园,水门村的任意一个女人都是他的妃子,都是他交媾的对象。我发觉不只米儿一个女人投入了哲东的怀抱,许多女人都在暧昧的时间环绕在他的身边。他在占有她们,将她们从他们的怀里抢夺过来,当作他自己的土地一样耕耘,播种。那间屋子声响不断,尖锐的,粗糙的,娇喘的,甚至动物濒死的嚎叫。村部成了他的淫窝,哲东每天都处在极度的亢奋之中,他的体内像蕴藏了发泄不完的精力,他的身体浓缩成了一根粗暴的阳具,除了交媾还是交媾,无昼无夜的交媾,永不停息的交媾。

我没有脸面穿过水门村的心脏。只要我一进入他们的视野,他们就是满脸的媚笑,要知道那一刻他们中的某一个,他的女人有可能恰好在哲东的床上嘶叫。他们的懦弱助长了他的淫威,是他们自己拱手将他们的女人送到了他的床上。我想到了翠翠,她是他们的女儿,不远的将来也会成为他们的女人,有可能就是孝男或者胖头的女人。这么想着,我又陷入了彻底的绝望,我不甘心翠翠这颗桃子落入孝男的嘴巴,可是如果翠翠成了我的女人,那我同哲东这个强盗又有什么区别?我突然觉得自己比哲东还无耻,他在明火执仗抢夺他们的女人,霸占他们的女人,我却躲在暗处觊觎他们的女人。哲东是个大盗,我充其量只能算个小偷,随时准备窃取他们的女人。

就在我陷入进退两难的时候,孝男闯入了山谷。我躺在山坡上的一棵松树下,咀嚼着同翠翠在一起的时光。我像羊一样将她反刍,我的嘴唇快要咬着她嘴边的桃子了。野狗崽,你给我滚出来。孝男的出现搅碎了我的美梦。他舞动一根木棍驱赶羊群,一边咆哮着。羊群受了冲击,哭爹喊娘的,四散逃命。我不接他的话,而是站到了一个显眼的位置,只要他抬头就能看见。我不必惧怕他,他手中的木棍暴露了他的胆怯,黄毛留在他心头的恐惧还没有消除,哪怕是隔了十年八年甚至一辈子。我没理由惧怕他。我听人说起,孝男退伍是因为在部队出了车祸,将一位首长的腿撞断了。他额头上的伤疤就是铁证。

野狗崽,你给我滚下来。孝男用木棍指着我。我没理他,他绝对不敢贸然爬上山。再不下来,我抽死你的羊。他见我没动静,用话来威胁我。我冷冷地扫了他一眼,背转了身。我不打算走下山坡,对他手中的木棍我存着一份恐惧。而且胖头就在他的身后冷眼瞧着。如果他们合起来将我揍一顿,我连还手的机会都没有。我决意不冒这个险。我的冷淡激怒了他们,孝男又抡起木棍冲入羊群,羊们又惨叫四起,朝深茂的草丛里逃亡。有几只羊让木棍扫翻在地,爬起来腿已经瘸了,一扭一拐逃得吃力。如果我再不下山,它们就要遭殃了。我想不到他会有什么事找我,但他找我准没好事。我藏了块石头在手心,以备不测。

我在离他有一段距离的地方停住了脚步。我的手湿漉漉的,石头都让我攥出了水。你过来。孝男向着我吼叫。我不过去,他就靠过来一点。他往前走两步,我就后退两步,如果他再压过来,我就得撒腿逃跑了。我不是他的对手,何况还多了个胖头。你给我站住。他用木棍戳着我的鼻子,我的鼻子隔得太远,他的木棍戳在虚空处。你给我离翠翠远点,如果让我见到你和她在一起,小心我打断你的腿。他的话激起了我的愤怒,我却不露声色。他刚回来,不可能知道我和翠翠的事,我猜想有人告了密。胖头偏着脑袋,似笑非笑盯着我。

我不可能答应孝男,又不能强硬地拒绝他,只能一声不吭地瞧着他们。我暗暗告诫自己,千万不能让他们察觉了我的愤怒。我的沉默让孝男狂乱了,他举着木棍,向我扑了过来。我将石块砸向他,他偏过身避开了。你个婊子养的,吃了豹子胆,敢抢我的女人。他的木棍往我的脑袋上砸了过来,慌忙之间我扭过身拔腿就逃。没逃几步,我的腿上就挨了一棍。我的腿一软,跌倒在地。我顾不上痛,爬起来又逃。他还不罢休,疯狗一样死死追住我的屁股。我只好往山坡上逃,一边叫唤,黄毛,黄毛。黄毛不在,但只有它才压得住他的气势。他听到我的叫喊果真收住了脚步。我回过头,见他狐疑地扫视四周,没发现黄毛,他又扬起木棍追了上来。他的后面是胖头,顶着颗南瓜脑袋也在往上蹿,他跑动的样子很可笑,就像只兔子一样跳跃着。就在他们快要接近我的时候,黄毛突然从斜刺里吼叫着,迎了上去。它伸着血红的舌头,龇出长长的锐齿,凶狠的样子让人心寒。孝男听到黄毛的叫声先是一愣,不过很快就醒了过来,他飞舞着木棍不让黄毛靠近,一边往山下溜。黄毛放过孝男转而盯上了胖头。胖头似乎觉察了凶险,屁滚尿流下了山坡。

狗日的,你等着,总有一天我会收拾你。临走时孝男恨恨说。

黄毛替我赶走了他们,摇头摆尾向我邀功,我就见不得这副嘴脸,对着它的屁股赏给了它一脚。它低嚎了一声,远远躲开了。我反思同孝男的这一仗,我的沉默无疑宣告我就是强盗,正虎视眈眈盯着他们怀里的女人。孝男绝对不会善罢甘休,我想防患未然,可他有那么多折磨人的法子,鬼知道他会使用哪一招。我只有等着。

这种提心吊胆的日子让我度日如年。幸好孝男没让我等待太久,半个月后的某一天,山谷的入口处突然爆起了惊天动地的声响。整个山谷都撼动了,响声在谷底翻滚。石头在颤抖,树在哆嗦,草棚在摇晃。有东西落下来,将草棚砸出一个窟窿,是块尖尖的石头。天上下石头了。我一骨碌从草铺上爬起来,却跌在了地上,脚扭伤了。我挣扎着出了草棚,黄毛在向着入口处狂吠,一块石头飞过来正好砸中了它的屁股,它尖叫了一声,跳动身子,扭头瞪了我一眼,以为我使了坏。羊们让响声震晕了,在草丛里乱作一团。又是一声巨响,天空里飞满了蝗虫一样的石头。有石头落在羊背上,羊们哀号四起,哭爹喊娘的,咩咩,咩咩。

我跑上山坡,居高临下朝入口处望去。那是山谷必经的路口,已经炸开了一道新鲜的伤口,像衣服撕破了口子,肌肤从洞眼里漏了出来。声音平静之后,有几个人从隐藏的角落跳出来,嚣叫着,像苍蝇一样包围了伤口。我听出了他们的声音,孝男在仰头长笑,胖头的南瓜脑袋在石头上溜来滚去,他的嗓音是笨拙的,钢宝指手画脚,嘴巴机关枪一样哒哒响个不停。癞痢头噘起嘴,发出一连串的狗叫声,像黄毛的咆哮,又像野狼的哀号。孝男邀了他儿时的几个死党开办采石场,选择的位置恰好将山谷的退路切断了。羊们缩头缩脑,在草棚里挤成一团。它们不敢出去吃草,不敢朝草棚外张望。有些家伙仰起头,吃力地盯住棚顶,好像有石头要砸下来。黄毛整天在山坡上转着圈,它的嗓子都叫哑了。我几次试图走出山谷,他们就在不远处叫喊,放炮了,放炮了。我停下脚步,炮声却没响。待我醒过来继续前行,炮声突然从天而降,天空又让蝗虫一样的石头占领了。我只能抱着脑袋逃回山谷。

孝男将外乡佬的这支远征军死死困住了。我只有将希望寄托于那个阴险的哲东,或许他有办法能将我和羊群解救出去。我在山谷里苦熬着,等待他的出现。就在弹尽粮绝的时候,那种巨响最终消散了,因为无证开采,镇派出所的人收缴了孝男的炸药和雷管。肯定是哲东告的密。山谷里恢复了往日的平静。我到入口处兜了一圈,那里炸出了个深坑。它就像张啃天的巨嘴,将哲东的羊全部赶到坑里,也填不满那个窟窿。离石坑不远的草丛里倒了块木牌,上面有两行歪歪扭扭的字迹:采石重地,闲人免入,炸死炸伤,概不负责。我朝坑里撒了泡尿,打了两个尿颤,又回到了山谷里。没有哲东的命令,我别想撤走,哪怕困死饿死抛尸山谷也得熬下去。

好长一段时间，孝男他们都没了响动，也许他已经明白，水门村不再是之前的水门村，不是昆生时代的水门村了。无论他怎么努力，都无法掀起大浪，动摇不了哲东的地位。他只有忍气吞声。他的境遇同我多少有些相似的地方。他恐惧黄毛，其实是恐惧外乡佬。我替他悲哀，更替自己悲哀。我是哲东的一棵桃树，一只羊，一条狗。不只是我，就是整个水门村，也不过是他的一棵桃树，一只羊，一条狗。

哲东天生是个侵略者。他用桃花覆盖水门村的心脏之后，又幻想着用桃子去占领县城的水果市场。当初划分市场时他给自己留了一手，将县城排除在外。他不屑于同他们争夺市场，又不能让桃子烂掉。他的金銮殿只是一张锁在抽屉里的图纸。他只能用桃子换取钞票，用山谷里那些蠢头蠢脑的生命换取砖瓦水泥，窗户门板椽子。除此之外，没有别的办法。他不能吃冤枉，否则昆生就是下场。他能用这个法子打倒昆生，别人也能用这个法子打倒他。他不能让他们踩住他的尾巴，捉住他的破绽。

哲东让那几个跟屁虫编织小篾筐，将桃子分装在篾筐里，六个一篓八个一筐。他们满脸狐疑瞅着他，不知他在耍什么花样，以为要将他们的桃子送人。他们曾经就收到过外乡佬的这种小篾筐。有两个勉强编了些小篾筐，另外几个借口没地方砍竹子，一只篾筐也没编。有人暗地里嘀咕，他故意给他们难堪，暗示他们都吃过他的桃子。哲东只在心里冷笑，没有揭穿他们。他相信，这帮跟屁虫终有一天会乖乖听他的安排。他用桃子当诱饵将他们钓到了身边，他会继续用桃子的甜头钓住他们。他要他们变成他忠实的信徒，寸步不离跟着他，听从他的使唤。

用篾筐装桃子只是哲东的一个圈套，他想引诱他们栽种毛竹。土墙上的那两幅画，其中就有毛竹。它们是他的另一支队伍。他要用它们去占领那些没有桃花的土地。而县城，一个未知的地方成就了他的阴谋。一车桃子不过三天工夫就卖完了，哲东的小篾筐让人抢购一空，连瘪桃也不剩一颗。眼看花花绿绿的票子掉进了外乡佬的口袋，他们又眼馋了，后悔没听他的话，没编小篾筐。回到家，他们就慌急慌忙编起了小篾筐，没养毛竹的就钻到山沟里砍了小烟竹。再之后，这帮贪婪的家伙就钻进了外乡佬的圈套，房前屋后，那些空余的地方种上了毛竹，婆娑的叶子将屋脊都掩蔽了。

跟随哲东的人得了便宜，将在县城卖桃子的事渲染得有声有色。他们添油加醋，增加了许多曲折和花絮。听的人心里涌起了波澜，原来县城是这么一个宏阔的市场。他们发觉上了外乡佬的当，让他给耍了。他剜去的是块大肥肉，扔给他们的是啃不出味道的骨头。另年桃子成熟，他们就不愿遵守原来的约定，纷纷央求加入外乡佬的队伍。哲东敞开胸怀全部接纳了，又约法三章：所有桃子全都用小篾筐装妥，统一价格，不许偷奸耍滑，短斤少两。谁违反了，立刻逐出队伍。对于外乡佬的规定，他们不以为然，可谁也不敢胡来。他是他们的统领，是他们的土皇帝。也有人嘴上答应了，私底下却打起了小算盘。破絮的桃子熟得慢，却急着用钱。他偷偷将许多半生的桃子混装在小篾筐里，让外乡佬查出来，扔进了垃圾桶。他一点情面也没留，黑着脸将破絮清理了。他不怕得罪一个贼，也有权力得罪一个不听话的贼。这招杀鸡儆猴将那些存有幻想的人镇住了，原以为说着玩儿的，没想到动了真格。

水门村的桃子占据了县城的大街小巷，水果摊，菜市场，人行道，到处都是叫卖桃子的声音。卖桃子罗，水门村的桃子罗。叫卖的是那帮娘们，那种酒歌似的叫卖声很快吸引了城里人的耳朵。他们将她们围在中心，像是观看一场盛大的表演。娘们没见过世面，让这种阵势吓晕了，一个个低下头，脸比桃子还粉嫩。有个胆大的娘们拆了只小篾筐，将粉嫩嫩的桃子露出来。那奶子一样的桃子立刻将城里人的眼光牢牢黏住了，他们先是试探性的买个一两筐，大概尝到了味道，买的人就放开了手脚，一车桃子不到一天就卖了个底朝天。过一天，桃子又少了一车，不到半个月，水门村的桃子就干净了。

从县城回来，哲东不知哪根神经搭错了，让书德在村口树起了一副巨大的门框，装上了两扇栅栏门。整扇木门耗去了大半车树料，书德废寝忘食忙了一个星期，才将门架起来。门框骑着道路，关上门，水门村的心脏就成了一个独自的世界。哲东将它当作了自己的卧室。我疑心他前世是个土匪，幻想恢复烟消云散的山寨，恢复山大王的生活。桃花灿烂的时候，水门村的心脏突然让城里来的人包围了。道路上摆满了各式各样的车子，村口挤满了红红绿绿的男女。他们最终目睹了那扇木门的妙用。外乡佬让小高贵带了几个人牢牢把住了木门，谁也无法从木栅栏中钻进去。受了桃花引诱的城里人不得不解开腰包，一张张花花绿绿的票子花蝴蝶一样飞进了盛钱的箩筐。因为城里人蜂拥而入，水门村的心脏格外喧闹起来，蜂在飞，鸟在叫，所有的情事让桃花唤醒了。它们卖力地给他们送上一场场精彩的表演。公鸡叼着虫子引诱母鸡。猫们一改往日的懒散，喵喵叫着，在屋顶上窜来窜去，彻夜不停。狗是最亢奋的，片刻也不肯安宁。因为争夺草狗，公狗们在桃树下摆开战场，捉对厮杀。每一场都是生死之战，狗们红了眼，全然不念及往日的情分，恨不得一口将对手送上西天。到处都有狗的呐喊，到处都有狗的哀鸣。它们谁也不愿轻易输给对方。战争是惨烈的，有的被抓瞎了眼，有的被咬折了腿，有的喉管断了，瘫在地上只有呼气没有吸气。有条狗的肚子被对手挑破了，肠子流了一地，还在踉踉跄跄走着，不住地哀号。它们同它们的主子一个样，喜欢窝里斗。得了胜利的狗不见得就幸运，有几个倒霉的家伙就让它们的主子宰了，成了冤魂，填饱了城里人的肚子。

因为桃花，水门村的心脏成了天堂，在家门口摆个筐，天上就掉钞票了。又有人眼妒箩筐里的钞票，暗暗算计自个能分到多少。有人拿话套水生，什么时候分钱，每家又能分多少。屁，分你个头，就晓得分钱。水生也不是哲东肚子里的蛔虫，琢磨不透他下一步会怎么做，只得拿话将那帮贪心的家伙顶回去。哲东对此却视而不见，一点也不在意他们的疑虑。他又在琢磨阴损的法子，让自己一步一步强大，让他的黄毛一步一步强大，让他的羊一步一步强大，让他的桃子一步一步强大。这个阴险的家伙，鬼点子似乎比桃花还多。桃子成熟时节，他策划了一场浩大的蟠桃盛会，水门镇的王公贵族，县城的水果店主，远近的水果贩子，受了他的蛊惑，一起涌入了水门村的心脏。这些只是喽啰，真正的贵宾后来才入场。哲东人模狗样的，穿了身笔挺的西服，守候在木门口。紧随其后的是校长海波和几十个孩子，手里举着塑料做的桃花，齐齐整整排在道路的两侧。校长海波一身新，上衣口袋插着哲东送给他的钢笔。孩子的脸蛋红嘟嘟的，像贴了红纸，嘴唇也红嘟嘟的，像用红纸染过。舞龙灯的锣鼓队也拉出来了，光着膀子，扎着腰巾，敲锣的敲锣，擂鼓的擂鼓，唢呐手的腮帮子鼓得比桃子还圆，米米啦啦，吹的居然是酒歌的调子。

刘副镇长就是踩着酒歌的调子入场的。因为发展果业有功，他提拔成了镇长，可他的头发不争气，大半个额头光秃秃的，红亮亮的，不折不扣成了桃子。他的身体也胖成了桃子，让他不堪重负，走路也没了姿势，几乎滚着进了木门。刘镇长却不走远，同哲东一起守在门边，迎接后面的大部队。村前的土路上车轮滚滚，喇叭轰鸣，飞扬的尘土遮天蔽日，来的竟然是县长，架了副眼镜，白白净净像个书生。他的身后追随着一条庞大的尾巴，大都是同刘镇长一样挺着山羊肚皮的胖子。哲东毕竟是个土包子，没见过世面，见了县长仍然懵懵懂懂笨得像根木头，刘镇长却努力弯着腰，不过他的肚子阻碍了弯腰的深度，只有那颗秃了一半的脑袋勾下去。他的努力并没有得到县长的同情，县长一刻也没停留，率领他的大队人马大摇大摆闯了进去。

水门村的心脏立刻沸腾了。锄地的扔了锄头，劈柴的丢了斧子，挑东西的搁下担子，一窝蜂地朝村口狂奔。女人们也耐不住好奇，奶孩子的抱着孩子敞着奶子，洗衣服的捡个石头压着衣服，爱俏的手忙脚乱朝头发上抹了把水，争先恐后追上了男人们的屁股。太叔公明西让他的儿子哲仁扶着，颤颤巍巍往村口走。木匠书德的女人是个侏儒，腿短跑不快，她使劲揪着书德的大腿，眼泪滚得满脸都是。书德捉住她的两条短腿，将她架到自个的脖子上，她才破涕为笑。剃头匠孝顺正给杏林剃头，杏林的头发才刮了半边，他就收拢了剃刀。你赶死啊，下次你要病的。杏林跺着脚，威胁孝顺。谁叫你剃头不是时候，百年难遇啊，我要去拜见县长大人。孝顺头也不回走了，杏林只好顶着颗阴阳头，追着孝顺的屁股跑。主子们激动了，畜生们也跟着亢奋起来。鸡们扇动翅膀，飞到了桃树枝头。猫们爬上了屋顶，的溜溜朝村口张望。狗们摇着尾巴，簇拥在人群外围，左瞧瞧，右看看，总想找个缺口钻进去。它们的主子没给它们任何机会，他们将县长密不透风围在了中心。他们惊奇地发现，哲东满脸桃花，走在县长的身边。

哲东宰了十只羊，办了十桌全羊宴，倒了十坛金樱子泡过的酒，不惜血本来取悦这帮他命里的贵人。他组织了九十九人的舞龙队，十八人的锣鼓队，龙飞凤舞，锣鼓铿锵。不知是哲东的授意，还是米儿别出心裁，她拉拢了一帮娘们，粉红的褂子粉红的裤，手里捏着粉红的手巾，咿咿呀呀的，唱的都是哲东教会的酒歌。她们边唱边舞动手巾，舞到一块就成了一簇怒放的桃花。舍不得孩子套不着狼，哲东的血本赢得了丰厚的回报。县长走遍了他的桃树林，亲手摘了他的桃子，还亲自啃了一颗。你是个移民户？县长边啃桃子边问。哲东回答，嗯。你是农民致富的领头人，很有开拓精神，我要在全县推广你的经验，让他们来学习你。水门村是你的第二故乡，踏踏实实干，今后有什么困难，尽管来找我。县长拉着哲东的手，咔嚓咔嚓让人拍了照。这张照片让哲东用镜框镶着，挂在村部正对门的墙壁上。只要进了村部，首先见到的就是哲东同县长手拉手的照片，照片上哲东的脸笑成了朵桃花，嘴巴咧成了老鼠洞，连喉管都瞧得见。那个拍照的人还让米儿提了篮子，摆了摘桃子的姿势，后来米儿的照片上了报纸，报纸上的她一脸羞涩的笑，一只手正伸向一颗硕大的桃子。哲东收获的还不只这些，县长奖励了两吨化肥，哲东还替桃子们找到了婆家，有二十个水果贩子签订了销售合同。之后不久，他的头顶又多了一圈耀眼的光环，当选了县人大代表。原属于昆生的一切全部落入了他的囊中。

第22章 祭 祀

因为桃子，哲东不只替自己脸上贴足了金，水门村的心脏也由此金碧辉煌，成了外村人向往的桃花源。所有的荣耀都是他一个人的，与他们无关，就是水生他们也只能分享他的残羹冷炙。九兰躲在筲箕窝，轻易不进门。她在替她的男人镇守他的老巢，把守他的退路，不管她情愿不情愿。也有可能他彻底将筲箕窝抛到脑后了。孝朵比孝强安分，高考落榜后就老老实实待在九兰身边，哪儿也不去。孝强是个混世魔王，筲箕窝那块巴掌宽的地方成了他的牢笼。从双脚落地的第一天开始，他就幻想着离开筲箕窝，而且总能够找到充足的理由。只要进入水门村的心脏，他就往村部奔去，谁也阻挡不了他。他的身上天生就有股杀气，是另一个让人恐惧的黄毛。哲东是他仰慕的英雄，他就守在英雄的身边，寸步不离。他的出现让哲东无比恼怒，孝强在他什么事也干不成，他不可能当着孝强的面同女人们胡来，也不能教米儿唱酒歌。这是他用桃子砌起来的城堡，是属于他一个人的，谁也别想占他的便宜。哲东并没有被孝强仰慕的目光感动，拎着他的耳朵，将他从村部扔了出去。孝强还想赖着不走，哲东朝他的屁股狠狠地踢了一脚，将他从水门村的心脏驱逐了出去。后来的许多日子，孝强一直在水门村的心脏同筲箕窝之间飘荡，从九兰身边逃出来，又被哲东狠狠地踢回去。

孝强从来不进入山谷，这正好顺了我的意愿，不希望有人搅乱我的宁静。我又替他感到悲哀。他仰慕的英雄对他不屑一顾，甚至用脚同他说话。他还没有黄毛知趣。哲东让它回到山谷它就屁颠屁颠跑了回来，似乎他给了它无限的赏赐。它同那帮吃草的家伙一副德行，给点阳光就灿烂，给它凳子就跳上床。黄毛一回来，山谷又不平静了。它在哲东那里受了冷落，将满腔的怨气全部撒到了羊身上。它叫嚣着，像红毛野狗一样冲进羊群。它用爪子扑打羊的脊背，或者用嘴揪住羊的脖子，拖住羊的后腿。羊们受了惊吓，亡命似的逃入了草丛。它们咩咩叫着，声音慌乱而夸张。有两只羊黏在一块卿卿我我，海誓山盟，黄毛扑过去硬生生将它们拆散了。那两个傻头傻脑的家伙遭遇冲击，谁也顾不上谁，自顾自跑了。我懒得理它们，黄毛再疯狂也不敢太造次，它不可能不忌惮它的主子。

羊们尖叫着，巴望它们的主子来拯救它们。哲东有可能将羊们忘记了，有了桃子，有了女人，他早就乐不思蜀了。我瞧不惯他那张得意忘形的脸。我不会愚蠢到主动去接近他。我曾发誓不再走近他的官邸，走近那个肮脏的淫窝。山谷里始终是平静的，也是干净的，我不希望它被污染，就算这是块流放地，也是属于我一个人的流放地。就在我以为他忘记的时候，他偏偏又出现了。他挺着胸，双手绞在背后，哼着酒歌，从入口处的石头下冒了出来。他的脸上浮着一层油腻的光，头发不再是个乱鸡窝，而是根根竖了起来，比黄毛的箭毛还尖锐。他这个板寸头至少浪费了孝顺半天时间。黄毛听到他的歌声，赶忙收敛了它的怨气，舞着尾巴，献着媚，向哲东跳了过去。它申出舌头，却找不着哲东的手，只好埋下头，在主子的鞋帮上舔了一圈，主子的猪皮鞋立刻湿了大半截。哲东嫌它的舌头脏，抬起脚，脚背碰在黄毛的下巴上，咔嘎一声响，黄毛的嘴巴歪了歪缩到了一边。

哲东歪着头朝羊群走了过去。他的身体被火烧酒浸泡过，酒气熏天。那帮蠢头蠢脑的家伙让酒的香味吸引了，孩子一样朝他奔了过来。它们眼巴巴地围着他，以为他的口袋里藏了许多诱人的东西，随时随地会赏赐给它们。有几只风骚的家伙仍像以往一样拿肚子在他的大腿上摩擦着。这种暧昧的举动让他很受用，他蹲下身，扣住一只羊的角，另一只手在它肚子上拍了拍，又捏了捏它的后腿。他在检查它的肥胖程度。这帮傻蛋因为贪恋青草，一只只大腹便便，身体滚圆，连毛皮都闪烁着动人的光泽。我察觉到他对它们的关心似乎不怀好意，但谁也阻止不了他。从诞生的那一刻起，它们注定就是他的羊肉炮弹，他要用它们的身体攻城略地，俘获那些贪婪的敌人。他给了它们一片茂盛的草地，它们却不洞察他的险恶用心。它们每啃一口青草，就朝死亡前进了一步。我只能看着它们一步一步陷入哲东掘好的墓穴，它们同水门村的男人没两样，是心甘情愿的，是它们自己选择了这种死亡的方式。我挽救不了它们，也不想在这帮傻瓜身上浪费我的精神。

我一眼洞穿了哲东的内心。他直起身，扫视了一遍羊群。挨篾刀的，都胖成贼了。他嘀咕了一句，回过头吩咐我，过来，将这几只羊拴了，牵出去。我用竹鞭编的项圈套住了羊的脖子,系了红棕绳,一只一只拴在草棚的柱子上。那几个家伙顺从地让我摆弄,它们似乎幻想着哲东开拓了一处新的乐园,只等它们去占领,去啃食。有几个没被挑中的蠢家伙,主动将脑袋往项圈里钻,以为那是天堂的入口呢。我又一次充当了哲东的帮凶,将三只羊牵出山谷。三个傻瓜追在我身后,你推我挤的,唯恐落了单,有一只还窜到我的前面。它们咩咩欢叫着,撒下一路酒歌的调子。它们最终倒在了哲东的竹剑下。一只羊让他办了桌全羊宴,宴请的对象是昆生、哲水、钢宝爹,还有香莲。宴席摆在村部的厅堂,水生、炳德和小高贵都是陪客,米儿是陪客,又兼了厨娘,房前灶后地忙碌,外乡佬的官邸成了她的另一个家。哲东还备下了一坛金樱子酒,金樱子是我一颗一颗在山谷里摘来的,去了刺,红艳得像桃子。用金樱子浸的酒有一种甜蜜的味道。他想着给他们一点甜头?施舍他们?讥讽他们还是嘲笑他们?抑或妥协,还是挑衅他们?不知他到底怎样想的。但昆生他们,或许因为愤怒,羞辱,胆怯,一个都没来。可怜的一只羊,一个让青草喂肥的倒霉的魂灵,让哲东和水生他们风卷残云了。我估摸着,哲东将羊腿当作了昆生的大腿,恨不得一口啃食了。那一坛酒也让他们喝了个干净,只剩下几粒金樱子沉在坛底。

吃过羊腿,连嘴巴也不抹,酒疯子又将剩余的两只羊宰了,去了毛,一只全羊,另一只剁成四个腿子。它们都成了他贿赂他人的牺牲品。它们的归宿,我闭上眼都能猜个八九不离十,两只前腿有可能进太叔公明西的汤锅,两只后腿则有可能成为流放犯,安息在刘镇长的大肚皮里。我以为他会独自完成这项伟大的遣送壮举,结果是我和孝朵充当了狗腿子。我很想出去透口气,上镇子里溜达溜达,虽然不太情愿见到刘大肚皮,但我的身体裹了一肚子气,憋得难受。哲东看穿了我的意图,上镇子的美差给了孝朵,我只有去见太叔公明西那个糟老头。

太叔公明西仍旧生活在那幽暗的屋子里。我背着背篓,背篓里装着羊前腿,黄毛追着我的屁股,又来监视我。明西家的狗不敢说话,因为摇摆尾巴连整个屁股都扭动了。它的媚态并没有博得我的好感,相反让我恶心。甚至没能感动黄毛,黄毛冷着脸,对着石狮子射了几滴尿,浊黄的液体在石狮子的腿上画出了一根流畅的线条。太叔公明西仍靠墙坐着,位置一点也没变,他屁股下的椅子四条腿都陷入泥土了,像蔸树桩一样长出了根系。他的身体缩成了一粒鸡屎,稍有动弹,就咳个不停。他的旁边多了张小方桌,红铜的水烟筒就摆在桌子边缘。他的儿子哲仁在替他捶背,有一下没一下,像捶着一截哑了音的木头。捶出的声响单薄而干枯,让屋子吸了个干净,一丝也不剩。孝荣来了,坐。哲仁对我说。他的声音不亢不卑,有着长房子孙的优越。哲仁是有骨头的。我忽然记起了口袋里的烟丝,烟鬼老七前年患肺癌死了,他的儿子烟鬼老八的手艺比不了他的父亲,还以次充好,掺杂了烟梗,况且抽烟丝的人越来越少。我将背篓卸在地上,掏出烟丝,打算递给太叔公明西,可烟丝刚出手就让哲仁半道里截了过去。他睐着眼,让我不要作声。太叔公明西的鼻子却比狗还灵,烟丝的香味立刻唤醒了他。谁啊?他问。外—哎,哲东的儿子,孝荣,送羊肉来了。哲仁避开了烟丝。哲东的桃子香。太叔公明西咂巴了一下嘴,好像在回味桃子的味道。烟丝。他的眼睛突然亮了,仰起脸朝空气里嗅了嗅,问,哲东给我捎烟丝了吧?哪来的烟丝,你就记得抽烟。哲仁拧上了眉头。拿来。太叔公明西朝哲仁张开了手。不见哲仁有动作,我冲上去将烟丝从哲仁手中抢了回来,放到他手上。这是我爹孝敬您的。我将哲东交代的话说了出来,转而又在心底里诅咒,抽吧,抽不死你。那一刻,我不可抑制地希望这个糟老头快点死掉,立刻闭上眼睛,连同他的水烟筒一起埋葬。我不愿看到因为几两烟丝,他完全落入哲东的魔掌。

有了烟丝,太叔公明西就活了过来,手脚也利索了。他摊开烟丝包,捏起一撮烟丝放在鼻间嗅了嗅。香。他不无遗憾地说,可惜没烟鬼老七的香。他端起水烟筒,按了一撮烟丝,燃着了,深吸一口,喷出老长的一串烟雾。祭祖时叫你爹来吧,我给他留着位子。太叔公明西又许下诺言。对于这个老糊涂,哲仁无可奈何,跺了跺脚,挎起装羊腿子的背篓,转身钻进了里屋。虽然他长了骨头,可终究没能战胜两只羊腿子的诱惑。呸,都是狗骨头。我朝地上重重吐了口唾沫,对守在一旁的黄毛踢了一脚。黄毛扫了我一眼,满脸不屑同我计较的表情。它向太叔公明西示威似的摇了摇尾巴,大模大样出了门。

让孝朵去镇上送羊腿是哲东的阴谋,他将她也当羊腿送了出去。他的酒坛子里藏满了阴谋,令人防不胜防,一杯酒下肚,一个阴谋就诞生了。九兰不让孝朵出门,她的反对只是放了个空屁,她强不过酒疯子,孝朵也强不过他。九兰有可能预感到后来的事情,只不过当时事情没发生她找不到合适的理由。

哲东的阴谋很快浮出了水面。他盘算着同刘镇长联姻,刘镇长有个儿子,是个花痴，经常在镇子里追着女人，有关他的笑话多得连箩筐都盛不下。孝朵在镇子里一刻也没停留，就被他赶出了镇子。如果不是她溜得快，他就追进了筲箕窝。孝男多次在村子里再现过孝朵被追赶的情景，我的亲亲，我的宝贝，我的心肝，孝男满脸猥亵的笑，一边暧昧地尖叫着，一边耸着肩膀朝前蹿。花痴的肩膀一高一低，追得急的时候同孝男的表演一个样，肩膀耸得比桃树枝还高。后来桃子成熟的时节，哲东又让她去给刘镇长送桃子，孝朵说什么也不愿去。他也是个人，他会吃了你？孝朵的反抗激起了哲东的怒火，他咆哮着，从腰里拽出皮带抽向孝朵。孝朵的腿上挨了一皮带，一个踉跄，跌倒在地。他并没有因此饶过她，而是抖动皮带劈头盖脸抽了过去。黄毛也龇牙咧嘴，吠叫着，替哲东助威。他的暴刑最终让她就范了，孝朵从地上爬起来，哆嗦着身子，一扭一拐出了筲箕窝。

哲东的阴谋暴露了他内心的怯弱。他是只纸老虎，外强中干。他幻想着钻进刘镇长的肚子里，让他成为他永久的靠山。他的官邸似乎不是官邸，而是个老鼠洞，他就像老鼠一样躲在洞里，向外窥视着。他的身体瑟缩着，牙齿咯咯呻吟，耳朵竖得比兔子耳朵还直。他患上了恐惧症，害怕从村主任的宝座上跌下去。他不惜出卖孝朵，用她来收买刘镇长。我是个软巴蛋，我束手无策，给不了孝朵任何帮助。而孝朵是软巴蛋加可怜蛋，她不过是哲东手上的一只羊，一条狗。甚至还不如一只羊，一条狗，他从来没鞭笞过他的羊，也没虐待过他的狗。孝朵只是颗桃子，他想将她扔给谁就扔给谁，就像他将桃子丢在县城一样，不管买桃子的人将它们扔进了下水道还是垃圾桶。

其实我的境地比孝朵好不了多少。孝朵是桃子，我就是哲东的奴隶，同黄毛一样的狗腿子。那两只羊前腿让哲东混进了祭祖的队伍。太叔公明西差了孝顺来请外乡佬，他一脸狐疑，不敢相信。我走不开呢，刘镇长要来村里慰问。他找了个借口推脱。孝顺一再坚持，他就拿我做挡箭牌，让孝荣去吧。他在试探虚实。让我替代他，既可以占领太叔公明西给的位子，又不担心失去他的脸面。万一他的位置安排在队伍的屁股上，那脸就丢大了。我没见过他们祭祖的仪式。我怕露丑，不想去，又不能不答应。这只老狐狸，总是小心翼翼。

太叔公明西的屋子灯火辉煌。烟尘色的土墙上插着竹钉，竹钉上挑着大红灯笼，灯笼下是鹅卵石一样密集的脑袋。有了灯光的照耀，脑袋就像让桃花染过，烂红的一片。我犹豫着，不敢贸然走进去。黄毛也失去了上一次的威风，在门口兜起了圈子，一边拿眼睛窥视我。太叔公明西的狗大模大样走过来，嗅了嗅黄毛的屁股，黄毛慌忙将尾巴夹紧了。我向屋子里走去，黄毛躲在我的身后想混进去，刚到门边身后突然轰的一声响，有人朝天放了一铳。黄毛给吓着了，扭头就逃，等我回过头，早不见了它的影子。它同它的主子一副德行，以为什么地方都能去，什么地方都是它的狗窝，想什么时候去就什么时候去。我巴不得用鸣铳冲着它的屁股来上一家伙，让它长点记性，别让它密探似的跟着我。

太叔公明西留给哲东的位置距离神桌不过三步远，第二排左起的第二个位子。第一排除了太叔公明西外，还有矮矮瘦瘦的几个老头，我认得的就一个，淼生的爹，由字脑瓜，头发比胡子还稀，黑着脸，活脱一球黑皮荞头。偏偏我正对着他的屁股。我的左边是哲仁，右边两个位子空着，不知是谁。哲仁的脸也黑着，见了我不露一丝笑容，甚至扯起了眉头，嘴巴张了张，想说什么终究没说出来。他想赶我走，又没胆量。打狗欺主，我就是外乡佬的狗，欺负我就是欺负外乡佬，何况那两只羊前腿总有几块肉烂在他的肚子里。我以为他是块硬骨头，没想到几块羊肉就压软了。我猜测，哲东其实用不着两只羊腿，有一只就足够堵住他们的嘴巴，噎死他们。

屋子里一片静寂。所有人的嘴巴都紧闭着，他们的喉管耐不住寂寞，发出一种近似狗喘的呼啸声。声音像从地底下冒出来，在鹅卵石的脑袋中间缠来绕去。神桌上立着四只巨烛，烛身比碗口还粗，燃烧的光芒就是一簇怒放的桃花，毕剥炸响。神桌上的祖牌散发黑幽幽的光，像哲东让黄毛舔过的鞋面，祖牌中央的镏金字体就像鞋带，将每个字体的脸蛋都绷紧了。神桌前多了张四方桌，外乡佬的羊光溜溜的，占据了大半个桌面。羊头一脸傲慢，羊角直冲冲地插向祖牌。羊的旁边是猪头和头顶桃骨朵一样红冠的公鸡，它们让羊挤到了快要掉下去的角落。它们满脸惊恐，又畏缩着，一声不吭，不敢朝桌子中央靠近半步。

太叔公明西是个罗锅，努力抻着身体，无奈背部像压了片石磨，怎么抻都不直。我有些替哲东叫屈，收买的对象不过是个畏缩的罗锅，让他花了那么多心思，那几只羊白白成了牺牲品。我注目神桌，就逃不掉他的罗锅，它圆锥形的尖部刺得我的眼睛生痛。我不看罗锅，扭头瞅他们的脸，他们都是冻僵了的狗脸，看不出什么活泛的表情。我想收回目光，孝男的伤疤脸却突然跳了出来，那块烂红的伤疤越过无数的狗脸直接砸向我，胖头的南瓜脑袋紧随其后，像球一样滚动着，他们占据了我右边的空位。我猜测，那原本该是昆生和哲水的位置，外乡佬让我替代他，他们就让孝男和胖头替代他们。他们同哲东一样是胆小鬼，内心虚弱得要命。也有可能他们用这种方式来抗议太叔公明西接纳外乡佬，毕竟这是他们的祖堂，也是他们的仪式。

我的脑袋没法向右边转动了，我转向右边，孝男的伤疤像让烛光点着了，火势汹涌，一不小心就会烫伤我。胖头的南瓜脑袋也在摇晃着，随时有可能砸向我。我只能朝向左边，左边是烟灰色的墙，一只蜘蛛吊在半空毫无着落地飘来荡去。如果丝线断了，它不摔个半死也会断胳膊断腿的，不会有好日子活。我的心悬着，好像那不是蜘蛛，而是哲东吊在上面，或者是我自己，蜘蛛的下面就是黑压压的鹅卵石脑袋，随便坠在哪块石头上结果都一样，粉身碎骨。我胡思乱想着，真就从半空里坠了下去，刚巧砸在太叔公明西的罗锅上。他原本摇头晃脑念着祭文，一个趔趄趴在了地上，半句祭文咽回了肚子。他的罗锅有着羊角般的锋利，顶得我胸口生痛。我爬起身，愤怒地回过头，孝男的嘴巴咧得比他炸出的石头坑还阔，胖头的南瓜脑袋晃得比蜘蛛还有弧度。我嗷叫一声，朝孝男扑了上去，我的肚子立刻受到重重一击，整个身体像折为了两截，我捂着肚子跌坐在地上。

祭祀的现场乱成了一窝蜂。灯笼在颤抖，烛光在旋转，所有的一切都变得动荡不安。摆放供品的方桌被掀翻在地，那只溜光的羊跌在地上让桌面挡住了，不见了踪影。猪头龇牙咧嘴竖在两条桌子脚的中央。蜘蛛也受了惊吓，沿着墙壁往上逃，有了烟尘色的掩护，它的身体很快模糊了。很多人顾不上我，他们都朝太叔公明西奔了过去，将他从地上扶了起来。这帮畜生，有人养没人教的畜生，孽种，连祖宗都敢得罪。太叔公明西满脸惨白，嘴唇哆嗦，就连他背部的罗锅都筛糠似的抖动，好像随时有可能坍塌。将他们赶出去。太叔公明西跺着脚，哑着嗓子喊。我怕他的罗锅砸着我，想挪动位置。我努力挺着身子，朝孝男冲过去，可我没来得及站起来，我的头发就让孝男揪住了，我的背部让人踢了几脚。我想叫喊，黄毛，黄毛，可我叫不出声，叫了也白叫，黄毛已经逃远了。你给我离翠翠远点，不然我踢爆你的卵子。孝男冲着我的耳朵喊，没了黄毛的威胁，他有机会放肆。

我让孝男揪起来，又按下去，反复几次，我就没了反抗的力量，只能机械地跟随他运动。头发因为揪久了，只剩下些微的痛感。畜生，还不住手。太叔公明西声嘶力竭地咆哮。终于有人冲上来，是水生和哲仁，他们扭住了孝男的胳膊，可他不罢休，他的脚板不住地朝我踢腾着。我趁机爬起来，对准他的胯下踢了一脚，踢偏了，脚背碰着他的膝盖，痛得我的嘴巴都歪了。胖头又斜刺里朝我压过来，他没近我的身，就让小高贵和孝顺捉住了。胖头挣扎着，小高贵将他朝地上一掼，他就四仰八叉倒在了地上。小高贵又将他从地上捞起来，扭住胳膊架往大门口，我追过去想给胖头点颜色，让小高贵挡住了。我以为会有人扭住我，将我同孝男和胖头一起扔出去，到最后都没人碰我半根指头，倒是有人替我将身上的尘土拍打个干净。屋子里很快恢复了平静，那只白净的羊又回到了方桌上，我也回到了原来的位置。虽然他们没将我当垃圾给扔出去，但我又一次让哲东算计了，成了他的替罪羊。狗日的酒疯子。我暗地里咒骂着。

祭祀过后，哲东从烟鬼老八手上买了一大包烟丝，让我送给太叔公明西。你自己去，反正我不去了。我嘟囔着没接他的烟丝。你骨头长硬了？还是发痒了？他抽出皮带作势要抽我。我下定决心不理他，扭身想逃走，走了没两步，我的腿上就挨了一皮带。腿肚子火辣辣的痛，像是叫黄毛撕扯了一块肉。我逃不过，只能任由他发泄淫威。是你惹是生非，你该去向太叔公道歉，有些事情还用得着他。他用皮带指着我。这个阴险的家伙在颠倒黑白，惹是生非的分明是他，如果不是他幻想着混进祭祖的队伍，我就不会挨孝男的拳头。我是个软巴蛋，我强不过他，他给了一点颜色我就乖乖就范了。

我接过烟丝，朝太叔公明西的屋子走去。黄毛又蹑手蹑脚跟在我的身后。这个可恶的畜生，我挨着孝男的拳头时跑得没了影踪。我回过身想给它一脚，它却不靠近我，有可能看穿了我的迁怒，始终同我保持一截距离。等着吧，到山谷里看你往哪儿逃。我就让它跟着，万一碰上孝男，它就是让人闻风丧胆的利器。太叔公明西依旧蜷缩在那张躺椅上，灯笼灭了，屋子里到处飘浮着烟尘色。我冲幽暗里叫了声，太叔公。躺椅上吱吱呀呀一阵响，太叔公明西坐直了身子。谁？他咳嗽了两声问。我，孝荣。我回答说。孽种，畜生。他突然破口骂了起来，他还沉浸在那天的祭祀中。不过他的咒骂让他受到了惩罚，他剧烈地咳嗽起来，躺椅嘎嘎喊得越发嚣张。哲仁的女人听见咳嗽声，慌慌张张从里屋跑出来，拍打着太叔公明西的罗锅，一边对我说，他说的不是你。我掏出烟丝递给哲仁的女人，她接过顺手塞进了围裙里。烟丝，烟丝。太叔公明西抻着脑袋叫唤着。哲仁的女人又将烟丝掏出来,砸到他的手掌上。孝荣啊,我骂的不是你,是昆生那混账的畜生。太叔公明西将烟丝凑到鼻子尖,扇动着鼻子对我说,回去告诉哲东,明年祭祖让他自己来,我给他留好位子。

我没将太叔公明西的话转告哲东。他去不去祭祖,太叔公明西给不给他留位子,都不关我的事。我不想接近他,除非必要的时候,否则我都躲得远远的。我担心他会过问我和翠翠的事情,孝男已够让我头痛的,如果哲东再来添乱,那就成一锅稀粥了。他好像还没察觉我对翠翠的暗恋,也不清楚我同猪屁股发生争斗的原因。他有可能以为我和孝男之间的战争,其实就是他同昆生之间的战争。他让我给太叔公明西送烟丝,正好证明了他的心虚,他唯恐昆生搅了他的好梦,将他从祭祖的队伍中揪出来。

我情愿事情混沌着。我暗地里留意哲东的一举一动,却没发现任何蛛丝马迹。他整天蜷缩在村部,哪儿也不去,只有米儿进进出出。我猜想,如果他知道了真相,会怎样想,又会怎样做。他肯定暴跳如雷,用皮带往死里抽我,用酒瓶砸我,甚至有可能用竹剑将我干掉。他容不下香莲,要不然不会将她清理出村部。她是他的敌人,如果让她的女儿做他的儿媳,就是打死他也不会承认。我躲不过他的眼睛,事情终究会摆到他面前。何况还有香莲,如果让她的女儿嫁给外乡佬的儿子,那还不如用刀子捅了她痛快。我绝望了。翠翠仿佛成了长着翅膀的桃子,飞呀飞呀,飞到了孝男那棵桃树上,孝男的嘴阔得像个窟窿,一口就将翠翠吞进了肚子里。

我躺在山谷里翻来覆去想,有谁能帮助我。我想到了九兰和孝朵,九兰将自己封闭在筲箕窝,谁也不见,也不出来走动,水门村的心脏像是没了她这个人。孝朵比我还可怜,至少我不会让哲东逼迫着嫁给一个花痴。我指望不了她们。我想到了孝强,他是个三年级的小学生,整天舞着一根木棍,不是将这个打得屁滚尿流,就是将那个抽得哭爹喊娘。他的班主任拿他没办法,校长海波也拿他没办法,他是外乡佬的儿子,不能因为孩子吵架而得罪他的老子。一个土皇帝,谁也得罪不起。我又想到了水生、小高贵和炳德,他们都是哲东的人,只唯他马首是瞻。我也不好意思当他们的面说出来,他们的内心向灯向火不一定琢磨得透彻。万一弄巧成拙,我的心思就白费了。

我想到了翠翠爹,也许他会帮助我。我去找他又不敢靠得太近,只能在远处观望着。我怕撞见香莲,如果让她见着了,不被她活剥了,也会被她骂个狗血淋头。我怀着深深的忧虑和恐惧监视着他们的屋子。好几次我看见翠翠爹挺着胸,扛着锄头,走得扬眉吐气。我打算等他离家远一点截住他,就在我犹豫的间隙香莲从屋子里追了出来。她不是妇女主任,再不能养尊处优,只有老老实实跟在翠翠爹的屁股后下地。有一次,翠翠爹应该发现我了,却假装什么也没看到,扭过头望向别处。这个戴绿帽子的家伙,可能将苦竹坳满天满地的桃花忘到脑后了。黄眼狗。我忍不住咒骂他。

翠翠爹的忘恩负义断绝了我最后一线希望。我发誓我再也不帮谁的忙了。如果我违反了自己的誓言,我就是猪,就是狗,就是黄毛的卵子。我满怀愤恨往回走。在山谷的入口处,我遇上了水生,他握着竹鞭,叼着烟,弓着腿坐在路边的石头上。有黄毛在,他不敢贸然进入山谷。我揣摸着他有求于我。他同哲东长了一样的狗脸,我绷着脸没理他。他堆着笑,从石头上跳下来拦住我。村主任让我来牵头羊去。他甩着竹鞭说。我绕开他,三步并做两步,钻进了草棚。哟哟哟,谁得罪你了,哥帮你出头。他呼哧着追上来,又不能靠近,黄毛警惕着眼蹲在草棚门口。孝荣,你出来啊,叔叫我来牵羊呢。他在门外叫。我才懒得管他呢,别说牵羊,就是宰羊,宰狗,将山谷里的一切宰了个干净,那才痛快,那才是彻底的解放。我不想再同一帮畜生囚在一块流放地。不管哲东换了谁,孝朵,孝强,还是他自己,我受够了这份罪。

水生的叫喊惹恼了黄毛,它撒着爪子狂吠起来。水生吓了一跳,在草棚外跺着脚。不就是翠翠么,这事包在哥身上。他拍打着胸脯,向我许诺。他的话让我有些心动,可我不敢相信任何人的诺言。你的事叔都知道了,叔说你有眼光,叫你打败昆生家的刀疤脸。他还在嚷嚷。他的话让我从草铺上坐了起来。我恍然大悟,我又落入了哲东的算计之中。这个阴险家将什么都收在了眼里,以他的思想,他打败了昆生,他的儿子就该打败昆生的儿子,他霸占了昆生的女人,我就得夺取孝男的女人。我完全沦为了他打败昆生的工具,是他无数武器中的一种。我的身体忽然轻松了,就算翠翠飞到了孝男的怀抱,最痛苦的也不该是我,而应该是哲东。就让他发疯吧,这不关我的事。我走出草棚,咩咩唤着羊,几个受了诱惑的家伙以为有什么喜事,欢叫着,从草丛里钻出来,朝我媚笑着。我让水生将那个笑得最灿烂的家伙套走了。等哥的好消息。水生说。

水生最终没能给我带来什么好消息。在我和孝男之间,翠翠谁也没有选择。她同镇上亲戚家的女孩子一道去了南方。我忽然记起了翠翠躺在草丛中的模样，她睁着眼，嘴角叼着草，静静看着天。能上哪儿去呢。翠翠说。我得到消息时她已经离开水门村半个多月了。她走时也没同我来告别。她同那些男人一样是个寡情的人。之后我再也没见过她，那些离开水门村的人，就像高贵一样，离开了就永远消失了，谁也找不见。水门村不是他们的故乡。

第23章　联　姻

我总算琢磨透了一些事情，我不是哲东的儿子，孝朵也不是他的女儿，他的儿子是羊，他的女儿是桃花。九兰也不是他的女人，他的女人是米儿，是水门村那些风骚的婆娘。黄毛呢，是他的私生子，是他同野女人一起生的。他疼爱的孩子是孝顺的，桃花是孝顺的，羊是孝顺的，黄毛也是孝顺的。它们孝顺的方式很独特，就是不停地繁衍，用它们的子孙霸占水门村的每寸土地，不留下任何死角。桃花在盛开，一年比一年泼辣，繁茂的枝叶将土地遮蔽得密不透风。羊在交媾，它们的子孙在哲东赐给它们的安乐窝里欢腾。黄毛撒播的种子，像风一样在水门村的旮旮旯旯游荡。

哲东对待他的子孙是残忍的，桃子让他流放出了水门村的心脏，羊一只只被宰杀，肢解，埋葬在他人的肚子里。每年的冬天，山谷里都有一批让草养肥的家伙让哲东牵着走上不归路。遗留的羊早不是原来的羊，而是它们的孙子，曾孙子。他削过五六把竹剑，竹剑的锋利一点也不逊于杀猪刀。这些用羊血喂饱的竹剑后来都让他丢弃了，风吹雨打，竹剑上的羊血脱落了，竹剑不再是让人心寒的凶器，而是成了干枯的竹片。偶尔让黄毛见着了，会用鼻子嗅嗅，也只有它才能闻得出血腥的气味。因为桃子和羊，哲东的腰包就像公羊的卵子鼓鼓囊囊了。他用桃子的尸体，羊的尸体，换来了烟和酒，也换来了女人喜欢的小玩意。裙子，丝袜，发卡，小圆镜，脂粉香水。有了这些装扮，米儿一身摇曳，浑身散发着一股让人呕吐的脂粉气。有段时间，我就根据这些小玩意来判断一个女人是否进出过哲东的淫窝，是否替她的男人从外乡佬手上领回一顶绿帽子。至少有十几个女人值得怀疑。

因为桃子和羊的孝顺，酒疯子的梦想像桃花一样燃烧了。他将我召回水门村的心脏，让我继续挑石头的苦役。他将珍藏的图纸拿出来，勾勾画画，给他的金銮殿增添了无限的景观。巍峨的门楼，高耸的围墙，魁梧的石狮子，它辉煌得让人恐惧。这是纸上的，真实的地皮却是另一幅景象，到处荒草萋萋，茅草高过头顶,连石堆上也满是野蒿。壕沟里积满了水,成了水塘,有蚂蟥在游弋。那些木桩有的歪倒在地,有的拦腰折断,有的不知去向。一片肥沃的稻田让哲东糟蹋成了荒地。这不是他的土地,他不会痛惜,也不会怜悯。他让樟树村抛弃后就失去了怜悯之心,桃子被流放了,羊被宰杀了,这块稻田不过是压在他身子底下的女人,他想怎么着就怎么着,谁也管不了他。他蹂躏她们,让她们怀上野种,背上偷奸养汉的污名。让她们枯萎,残败,容颜尽失,化为灰烬。他又在她们的废墟上修建他的宫殿,永远占有她们的身子,让她们永世不得翻身。他的宫殿就是一根粗暴的阳具,他要让它竖起来,顶天立地,恒久不倒。

工地上很快热闹起来。我以为只有我一个人挑石头,清理壕沟,继续无休止的苦役,谁知那些男人自甘堕落,蜂拥到工地上,主动充当哲东的苦役犯。水生扛着锄头,炳德挑着土箕,小高贵拖了把扬铲,塌头塌脑的,那神情像受了莫大的委屈。木匠书德用丈尺挑着斧头和工具箱,所有的木匠活都由他包揽了。孝顺一手提了水桶,一手捏了脸盆,壕沟里的水由他负责舀干净。他的儿子追在他的屁股后,握了根桃树枝,将他爹手里的脸盆当锣敲,孝顺走一步,脸盆就当的响一声,那情形同外乡佬打锣游村没两样。翠翠爹用土筐挑来了一石石头,石头是在路上捡的。就连米儿的男人,戴了绿帽子的炳男也赶来了,他的脚有些毛病,一扭一拐的,想走快点偏又快不了。炳男,你慢点走,又踩死一只蚂蚁了。孝顺朝他喊。孝顺的喊声刚落,脸盆又当地叫了一声,人堆里立刻爆开了笑声。炳男赌气停住了,可怜的尊严挂在他脸上,红一团白一块的,就像是颓败的桃花。只有哲仁没有来,他是有骨头的,虽然他经受不了羊腿子的诱惑,但他比他们多长了块骨头。软巴蛋。我骂着他们,但我放过了哲仁。

哲东不再蜷缩在他的淫窝里,而是整日守到工地上。他端着把模样怪异的酒壶,在人堆里穿来走去。酒壶极像泥人像的小鸡鸡,翘了根长长的嘴。黄毛跟在他的后面,比它的主子还走得有模有样。有了外乡佬的监工,那些男人干活格外卖劲,谁也不愿示弱。除草的将手割破了,用嘴吮干血,缠根布条接着干。挑石头的让石头砸着脚趾头,用手揉一揉,揉舒坦了继续挑。孝顺跳到壕沟里,水将他的腰都吞没了,待他舀干一条壕沟的水爬上岸,身子早脏成了泥猴。蚂蟥吸附在他的腿肚子上胖成了圆球,不用手拍就自个滚到了地上,他的血将它喂饱了,孝顺捡了根稻草将出血点系住,又跳进另一条壕沟。他们的眼睛似乎比狗眼睛还犀利,只要外乡佬翘翘嘴,他们就明白接下来该干什么。甚至不用看外乡佬的脸色,他们都能准确找到自己的位置。他们长年生活在狗窝里,长了双狗眼睛也不是什么稀奇事。

他们夸张的表演让人误以为他们在修建他们自己的宫殿。他们喊着号子,将巨石从山上抬下来。慢慢走来。领头的是哲水,破絮他们附和着。慢慢抬呀……啊呀……抬到屋场……啊呀……好喝茶呀……啊呀……烧茶没得……啊呀……快泡茶呀……啊呀……泡茶的妹子……啊呀……就比嫂子乖呀……啊呀。石头转方向了,哲水又喊,推石磨啦。其他人又附和,啊呀。打团转呀……啊呀。石头下壕沟了,哲水喊,看到些呀。其他人附和,啊呀。看到石头……啊呀……注意脚下……啊呀……下壕沟呀……啊呀……咕咚一声,石头就安安稳稳落进了壕沟里。哲水的号子让他们轰然笑开了,九兰没来,米儿在端茶送水,他们就变着法子取笑她。他们的脸上满是猥亵的笑,不见屈辱也不见愤怒,他们忘记了米儿是水门村的女人,是他们的女人,炳男的绿帽子他们也戴着。米儿将茶盘放在石堆上,白了他们一眼,扭身离开了。炳男见了米儿嘴唇哆嗦着,说不出一句话,阴了张脸躲到石堆背后。外乡佬却不在意他们的玩笑,满脸放肆的得意。他端着酒壶,眯眯笑着,蹲在一个石堆上。黄毛也跳到了石堆上,居高临下向着他们。他甚至吩咐我到山谷里牵只羊来,他要宰羊款待他们。

哲东的热情让他们斗志昂扬。墙基很快冒出了地面,像用刀切过般的整齐划一。门框像桃树一样挺起了胸,木匠书德连吃奶的本事都使出来了,门框光亮如镜,黄毛有可能见着了自个的影子,龇牙咧嘴绕着门框转。转了半天没动静,它让自个的影子激怒了,咆哮一声扑到了门框上,门框上留下了四个深深的牙洞,要不是哲东及时赏赐它一脚,保不准它会撕下一块木头。砖块东一垛西一摞堆满了场地,砖头像用桃花染过,码在一块就是一堆堆的火焰。工地上滚动着一股逼人的热浪,到处都是忙碌的身影。挑砖的你追我赶,砌墙的砌刀如飞,和泥的干脆脱了鞋卷起裤管赤脚跳进泥水里。

就在他们热火朝天的时候,刘镇长派人将哲东叫走了。他们谁也没有察觉,只有黄毛追出去老半天,又夹着尾巴折了回来。从镇子里返回,哲东的脸像蒙了块灰不溜丢的海绵,水流随时有可能淌出来。他似乎同黄毛一个样,是夹着尾巴滚回来的。工地上还在喧喧嚷嚷,一些荤荤素素的玩笑砖块一样抛耍着。水生正在喧哗着什么,扭过头刚好撞见了外乡佬紧绷的脸。水生立刻噤了声,一边朝他们使了个眼色,一边朝外乡佬靠拢。哲东什么话也没说,只朝他们摆了摆手。那些男人,你看着我,我看着你,所有的眼睛都盯在了水生脸上,水生挥挥手叫他们散去。那些男人似乎不敢相信,一个个僵在原地,只有炳男瘸着腿,从人堆里拐出来,一扭一拐离开了。

哲东的宫殿又搁浅了。他将火撒到了酒壶上,将它砸碎在石头上,酒壶砰的喊了一声痛,壶的碎片飞得到处都是,空气里满是浓郁的酒香。黄毛以为捡着了便宜,用舌头舔净了沾着酒液的石头,离开的时候也像戴了绿帽子的炳男一样歪歪扭扭的,没了半点威风。砸过酒壶,他缩回了他的官邸。工地上一片狼藉,就像宰羊过后的屠场,墙只砌了半人高,砖头散了一地。脚手架还没完全扎起来,只有几根柱子光秃秃地竖着。泥浆摊在地上,像醉酒后的秽物。我估摸着,昆生他们又有动作了,只是不知道他们使用什么招式。他们结束了我的苦役,我不能恩将仇报,我得感谢他们。我暗暗诅咒,让这些墙都倒塌吧,让砖头烂掉,让石头腐朽。

不过暗淡了几天,哲东又策划了一场盛大的阴谋。他逼迫孝朵,让她嫁给了那个耸着肩膀满镇子追赶女人的花痴。他没像前一次那样使用暴力,而是摆出了很多天花乱坠的理由。如果孝朵不嫁给花痴,那不是他的损失,而是她一生的失败。孝朵将自己关在屋子里,一个字不吐,只会一把鼻涕一把眼泪地哭。哲东就堵在房门口,九兰看不过眼,想将他弄走放出孝朵。你个蹲着撒尿的家伙,懂个屁,给我滚一边去。他甩手给了九兰一耳光。九兰的脸上现出五根手指印,开了朵巴掌阔的桃花。你是个畜生,猪狗不如的畜生,畜生也不会将自己的儿女往火坑里推呢。九兰捂着脸跑开了。她斗不过一个野蛮而粗暴的疯子,只能避而远之。

在门口堵了一天一夜,哲东的强硬没能让孝朵屈服。她将门顶死了,外面的人进不去,她也不出来。她以为能躲过去。哲东失去了耐心,将门一脚踹开了。孝朵以为又要享受皮带的盛宴,缩在墙角里,成了只哆嗦的小羊羔。朵儿,你以为爹会害你吗?我打听过,那种病结了婚就没了,你就是吃香的喝辣的,享尽了富贵,别人眼馋还没机会呢。他诱惑孝朵。孝朵就是不上钩,一颗头摇得像拨浪鼓。他静不住了,手在腰间摸索了几个来回,却没抽出皮带。他咕咚一声朝孝朵跪下了。我的乖朵儿,你就帮帮爹吧。我在水门村活得容易吗?连个房都建不起来。你们倒好,躲在笸箕窝享清福,爹是掉在锅里呢,水煮油炸的,这滋味谁受过?他用上了软刀子,向孝朵倾吐苦水。

孝朵屈服了。从哲东的膝盖落地的那一刻,我就看到了结果,她不答应他是不会善罢甘休的。这个同黄毛一样满是兽性的家伙,长了牙齿就是咬人的。他比黄毛还恶劣,黄毛至少不会咬自家人,他连自己的女儿都不放过。他替孝朵操办了一个隆重的出嫁仪式。为了花痴儿子,刘镇长不惜血本给了大笔聘礼让哲东置办孝朵的嫁妆,大到洗衣机冰箱三十四寸的电视,衣橱鞋柜桌椅板凳,小到围裙丝袜暖手炉,整整装了三大车。哲东下了三百零八张请帖,连昆生和哲水都没放过。他就是要让水门人知道他同刘镇长结成了亲家。他提醒他们不要兴风作浪,他的身后有刘镇长撑腰。他宰了十只羊,摆了几十桌酒席,从半夜开始一直吃到日上三竿,水门村的男女老少,只要替孝朵送嫁的,一个个都撑得腰宽肚圆,满嘴淌油。他们的呕吐物至少醉倒了三十条狗,破絮搂着他家的那条短尾巴狗在屋檐下睡了一整天,到日落时才摇摇晃晃满身酒臭爬起来。哲东歪东倒西的,唱了一段织绫罗,郎在高山嘞唱山歌哟嗬,姐在房中哎织绫呵罗哟,我哥哎山歌哟嗬唱得咯喂,唱得我姐手酸脚软,遍身蜡软,织不得绫罗穿不得梭哟嗬,绫罗不织听山歌哟喂。

有了刘镇长做保护伞,哲东有恃无恐了。昆生不惧他,不可能不惧刘镇长。昆生给孝朵送了对金耳环,哲水不知从哪弄来两只半人高的花瓶,流金溢彩的,那些狗嘴巴见了直咂舌。他们送东西给孝朵其实就是送给刘镇长。哲东吩咐将东西扔出去,孝朵却不听他的,花瓶搬上了车,金耳环连同她的九颗绿松石珠子一块装进了她的衣袋。哲东以为赚到了他们满脸卑屈的笑,昆生的一句话却差点没将他噎死。有种你就扔出去,这是送给刘镇长的儿媳妇的。昆生说。孝朵的出嫁并没有给哲东带来好运。孝朵是他的女儿,可嫁出去就成了刘镇长的儿媳妇,同他半点关系都没有。吓得了别人,却吓不了昆生。

哲东很快招来了他们疯狂的报复。他以为用孝朵贿赂了刘镇长就高枕无忧了。他穿着刘镇长送给他的西服,在村子里招蜂引蝶。他们又在恰当的时候将他暗算了。他被他们用麻袋罩住身子,痛揍了一顿,又在黑暗中叫他们剥光了衣服,扔进了水塘里。他们拿走了他的衣服,他只有趁着夜色的遮羞用稻草裹着身体,深一脚浅一脚逃回了他的官邸。他的身体青一块紫一块的,鼻子歪了,嘴角渗着血。可怜那三根断过的肋骨,经过这番折腾又开始疼痛了。让他更难堪的是，他们不知用什么法子将他的裤裆涂成了墨色。他们没将它割下来，已经算客气的了。他不得不强忍着痛苦，用肥皂一遍一遍擦洗他的下身。他耗去了半块肥皂，弄脏了七八盆清水，才勉强将它洗干净。他始终没弄清楚那团墨色到底是什么，有猪油的肉香又夹杂墨水的酸臭。他分辨不清它们是猪油是墨水，还是猪油加墨水。

哲东在村部躺了三天，让水生将事情报告了镇派出所。他猜不透谁有这个狗胆，敢在太岁头上动土。小高贵领着镇派出所的人在村子里调查了三天，找过昆生哲水，也找过钢宝爹，包括香莲和炳男，没问出个结果。又找了孝男，胖头，钢宝，他们都有不在场的证据，孝男上他的战友家了，胖头和钢宝他们几个在玩牌。这中间孝强还惹了个乱子，他认定他的老子遭了孝男的暗算，朝孝男的后背扔了块石头，幸好没砸着脑袋没酿出惨案。调查的范围慢慢扩大，每一个身强体壮的男人都成了怀疑对象。他们先是惊讶，好像根本不知道外乡佬挨打的事，后来很快找到各种理由将自身的嫌疑洗刷得一干二净。似乎外乡佬就是瘟疫，唯恐避之不及。破絮想邀功，偷偷打了小报告，说，有可能是他们吧。往下问，却说不出具体的人，再问，破絮就涨红了脸，说，村主任自己知道的。哲东却想不出什么人来，也许想到了不方便说，事情又不了了之。我暗自猜测，他们，就是那些戴了绿帽子的男人。

哲东像王八一样龟缩在他的官邸。水门村的心脏表面上风平浪静，其实哪儿都潜藏着危险。那么多狗埋伏在暗处，只要稍不留心，它们就会跳出来咬你一口，仁慈一点就扯掉你一块肉，断你一根骨头，兽性发作时说不定就要了你的命。透过窗户往外看都是一张张卑微的笑脸，哪张脸都和善可亲。他们是狗脸呐，哪张笑脸藏了刀子，哪张脸下是一摊稀泥，没人看得清。哲东缩着脑袋时，他们又没了动静，时间长了，他又麻木了，他的兽性又发作起来。村部又发出了各种龌龊的声响，猫叫狗号，无休无止的呻吟。米儿的酒歌，某个女人伪装的笑声。他们又趁他放肆的时候突袭了他，不知用什么法子，将他和米儿的衣服席卷一空。等他发现，只见米儿的一条内裤套在窗外的竹杈上，风一吹，就拧来扭去地飘动。惊恐的哲东将黄毛放出山谷，让它没日没夜跟随他的左右。除了黄毛，没有谁让他相信了。

我慢慢琢磨到哲东是个可怜蛋。他们不费任何气力就将他修建宫殿的梦想化成了泡影。他们的理由很简单,外乡佬在占用耕地。他们是阴险的,恶毒的,他们要将他从那块土地上挤出去,让他上无片瓦下无立锥之地。外乡佬占据村部是暂时的,是鸠占鹊巢,迟早有一天他会夹着尾巴滚出水门村的心脏。哲东的半截子宫殿沦为了畜生们的乐园。昆生将牛拴在门柱上,牛深谙他的苦心,翘起尾巴,牛粪就啪啦啪啦扣在地上,排泄给牛带来了无尽的快感,它扬起脑袋,张开嘴巴,哞哞唱起了歌,又撒了泡尿,再转上几个圈,牛粪就成稀泥了。那些游荡的狗也有了交媾的场所,它们成群结队,屁股黏着屁股,尾巴勾着尾巴,有的从门口溜进去,有的从墙头跃进去,它们淫荡的声音就从半截子房间溢出来,在村子里飘荡。有几次从那里经过想进去瞧瞧,它的肮脏让我望而却步。大门口的牛粪厚积盈尺了,墙头上落满了鸡屎,到处都是刺鼻的牛粪味,狗屎味,畜生的尿臊气。我掩住鼻子,不想让人窥破我对哲东的同情和怜悯。也许我不该对他的宫殿那么恶毒地诅咒。

对于哲东占用耕地,刘镇长带领县城来的几个人做过一次调查。他们将那些男人召集到村部,一个个问了话,做了记录,让他们按了红手印。那些男人让外乡佬的声势镇住了,唯恐自己会遭罪,争先恐后给哲东作了伪证。木匠书德说,那儿原是一口烂泥塘,种不了稻子养不了鱼。剃头匠就顺着说,我还在塘里舀过水,磨过剃刀呢。孝顺似乎说漏了嘴,有水就能种稻子也能养鱼。塘里长满了三角草,下不得脚。塘堤上是荒草坡,草丛里满是乱石头。水生慌忙将孝顺的漏洞堵上了。也有人推脱的,比如哲仁,那地方不是我们组上的,我不清楚。那几个城里人也没穷根究底,象征性地在村子里跑了一圈。狗们见了生人,先是狂吠了一阵子,提醒它们的主子。它们又慢慢包抄他们,就像刚进入水门村时包抄我一样,领头的公狗伸着血红的舌头,龇出白森森的牙齿,直挺挺朝他们冲了过去。但它们止住了脚步,你看看我,我看看你,又看看刘镇长。刘镇长挺着肚子,满脸的傲然。领头的公狗虚张声势叫喊了几声,夹着尾巴撤退了。

那几个城里人来得悄无声息,去得也悄无声息,连响屁都没放一个。他们的举动让人摸不着后脑勺。村子里到处都是鸡鸣狗叫,流言蜚语。有人猜测外乡佬的房子完蛋了,村主任的位子也保不住了。屁,刘镇长是他亲家,能有什么事?有人反驳。刘镇长就没人管?那人翻了双白眼皮。你小点声,别让村主任听见了。他的女人规劝他。听到又怎么了?能将我的屁眼挖成窑?他的神情越发嚣张。我认得他,他是昆生的小舅子。我暗地里留意昆生,却见不着有什么异常。他依旧将牛系在门柱上,牛照旧拉了泡屎,撒了泡尿,再转上几圈和成粪泥。昆生还牵了狗,那条狼狗让他宰了,这是条哑巴狗,不喊不叫,连走路都听不到声音。它喜欢拿眼睛阴阴地盯着人,它的嘴角流着口水,像一根根的冰凌子,让人的脊背生冷。昆生牵着狗围绕外乡佬的半截宫殿转了一圈,狗就冲着墙壁射了一圈的尿。

哲水和钢宝爹也是满脸的平静,不见什么异样。孝男整天骑着摩托车在村子里横冲直撞,翠翠走了,他的魂都丢了。我不敢走近他,怕他将怒火撒到我身上。我目睹过他的愤怒,他的摩托车发疯似的冲向一条狗,那个冤屈的家伙立刻长出了翅膀,飞过几棵桑树,又飞过一排低矮的屋脊,就不见了影子。许久许久,才传来哗啦一声响,狗落进了屋后的水塘里。我想象,如果我碰着摩托车,肯定比狗飞得更高,落得更远。我只有避着他。他找不见我,又将怒气撒到了哲东的半截子宫殿上。他骑着摩托车,加大油门,摩托车就吼叫着,一头撞在墙壁上。墙壁受不住他的撞击,哗啦哗啦垮了,砖头散了一地。东边的撞倒了,他又掉过头冲向西边,最后外乡佬的宫殿全都垮塌在他的脚下。

哲东却像什么事也没发生,宫殿成牛圈了与他无关,宫殿成了废墟他一样避而不见。村部是他的避难所,他整天龟缩着,哪儿也不去。谁也不知道他在干什么。他就是颗田螺,将自己完全封闭在坚硬的壳里。黄毛是忠实的,虎视眈眈坐在门口,监视着每一个进出的人。哲东用木头在屋檐下替它造了间房子,只要有点动静,黄毛就会咆哮着冲出来。山谷里的羊与他无关了,它的职责就是保护它的主子。其实进出的仍旧是有限的几个人,水生,米儿,炳德,小高贵。黄毛的努力没白费,哲东和他的女人们终于拥有了幸福的时光,他们的衣服一件也没丢失过。

我揣摸哲东不可能像个没事人。他的宫殿让人毁了,他的梦想成了泡稀牛粪,这是心窝里的痛,他没理由能够平静。他可能又在暗暗策划着什么。我借口替他送饭进入了他的官邸。黄毛虽然没有跳出来,但很警惕地盯着我,满眼的不信任。透过窗子,我看见哲东同水生和炳德围坐在桌子前,压着嗓子说着什么。我支棱起耳朵,只听到一些字眼,水泥沙子砖头什么的。他们正在密谋哲东的宫殿。哲东的头弯着,石磨的损伤还在折磨着他。只要他不用力抬起头,他的额头就会碰着桌子角。水生拍着胸脯,信誓旦旦,炳德也不住地点着头，在应允什么。我的出现让他们被迫终止了谈话，哲东的狗头迅速弹了起来，水生的嘴张得像个窟窿，炳德背对门坐着，扭过头时眼睛是眯缝的，见不着光亮。小高贵拢着手，闷声不响坐在离桌子较远的角落。哲东瞪了我一眼，他的目光像放羊的竹鞭抽得我生痛。我假装什么都没看见，丢下饭盒走了。黄司令，黄司令。哲东在我的身后唤着黄毛，黄毛从狗窝里跳出来，摇头摆尾站在门口。

没过多久，哲东的阴谋就浮出了水面。他不动声色组织了施工队，除了水生和炳德他们几个，其他的都是清一色从樟树村请来的男人。水门村的那些男人一个也没参加，他们自告奋勇，哲东全都委婉拒绝了。他给了他们一个软钉子，内心却恐惧他们消极怠工。他必须在有限的时间完成他的宫殿。樟树村的男人们紧锣密鼓忙活着，先是将清理垃圾，挖起来的牛粪堆了座小山，倒塌的门框重新树了起来，之后墙开始生长，像桃树枝一样节节攀高，房梁架起了，墙壁继续生长。那帮男人分成三拨，不分昼夜，轮流施工，连吃喝拉撒的时间都省略了。水生采购，沙石砖块石灰，一车接一车倾倒在工地上。炳德管吃喝，挖个土坑埋了锅，案前灶后转着。小高贵打杂，一边防着有人来捣乱。哲东也加入了队伍，和泥挑砖，忙成了陀螺。不过几天工夫，房子就封了顶，盖了瓦，屋檐都飞了起来。哲东倾了血本，给了他们双倍的工钱。又宰了羊，摆了几桌宴席，七素八荤，酒都喝了三大坛。酒坛里的金樱子倒出来盛了半脸盆。黄毛啃着羊骨头，嘴巴都合不拢了。

因为时间窘迫，哲东的宫殿严重缩水，规模不及原计划的三分之一。他的梦想大部分还停留在图纸上。他描绘的金銮殿有三重，现今只实现了一重。高耸的飞檐不见了，屋脊矮塌塌地趴在地上。围墙圈了起来，不过半人高，撒泡尿都能飞过墙。圈起来的院子也逼仄得很，图纸上的第三重建筑都露在了围墙外，像个壮汉穿了条烂裤衩连屁股都没包裹住。门前的石狮子也失去了影踪，替代它们的是两堆没来得及收拾的烂石头。哲东的金銮殿同水门村的建筑没什么两样，粗糙不堪。它不过是条野狗，浪迹在狗群中让你无法辨识。樟树村的那些男人吃了羊肉，拿了双份工钱，干活却丢三落四，像是拉了泡羊粪蛋。连外墙都没粉刷，还赤裸着红砖的颜色。这成了唯一的标记。我以为哲东会将它掩饰起来，他竟让它始终裸露着。但又不甘心他的宫殿埋没了，他让人在孝男炸出的石坑凿了两根石条子，立起来，就成了气势恢宏的门楼。因为门楼的装饰，整个建筑就像颗巨大的狗头，门楼是张开的血盆大口，石条子就是狗的獠牙。它咆哮着，随时有可能将水门村的心脏吞噬掉。他又绕着围墙栽了圈桃树，那成堆的牛粪埋葬在桃树底下成了桃树的粮食。来年他的宫殿一定桃花掩映，成为桃花怀抱内的城堡。

第24章　桃花痒

哲东的举动让昆生他们猝不及防，等他们醒过来，他的宫殿早竣工了。昆生没心情遛狗了，只要他的哑巴狗露脸，黄毛就张牙舞爪的，像要生吞活剥了它。哑巴狗受到威胁，屁都不放一个，夹着尾巴缩回了院子。昆生阴了脸，不吭一声让哑巴狗拽了回去。他是个彻底的失败者。外乡佬的宫殿就是他的耻辱碑，石柱子就是他的耻辱柱。他恨不得一脚踢翻它，将它夷为平地，再用牛屎巴埋葬了它。他只能将仇恨隐藏在心底。他不能说出来，外乡佬的背后站着刘镇长，还有水门村的那帮狗男人，他也捉摸不透他们。也许他像我一样在暗地里诅咒，让外乡佬的宫殿片瓦无存，灰飞烟灭。但他的诅咒一点作用也没有，哲东的宫殿就屹立在他的面前，张开向天的巨嘴对着他。

哲东就是一根刺，一枚针，让昆生痛苦不堪。他一定发过誓要连根拔了它。他的沉默只是用来迷惑哲东的假象，他有他的阴险。也许就在神不知鬼不觉的时候，昆生在深挖仓广积粮，梦想夺回原来的荣耀。他不可能将哲东的宫殿当牛圈狗舍了。他会怎样对付外乡佬，用麻袋罩住他的脑袋揍他一顿，或者偷走他的衣服，让他和他的女人们赤身裸体，或者剿灭他的羊，铲除他的桃树，除了这些，他还能够找到怎样狠毒的招式。我拿他和哲东比较，昆生也是只可怜虫，同他的哑巴狗同病相怜，只能夹着尾巴藏在他们的狗窝里。这样的两只可怜虫，他们最终谁会赢了这场战争。

我躺在草棚里胡思乱想，总想不出个结果。哲东的宫殿落成了，我没搬进去，九兰也没从筲箕窝迁出来，只有孝强，像个幽灵一样在筲箕窝与水门村的心脏之间飘来荡去。山谷里是平静的，草在静悄悄地生长，树在平平淡淡开花。河水的声音是舒舒缓缓的，风的奔走也是轻轻曼曼的。但我觉出了山谷的空旷，冷冷的空旷，以及前所未有的孤独。这个豢养生命的屠场，那些羊从这里出发一只也没回来。它们留下的只有羊粪蛋，以及满山谷的羊臊气。因为修建宫殿，哲东屠宰了大部分羊，用羊的尸体换来了砖头水泥和沙子。羊少了，黄毛也撤走了，只留下我守着那些侥幸活下来的蠢家伙。

我有了足够的时间回想翠翠，回想她桃红的脸颊，桃子一样的嘴唇。如果她不离开水门，早就让我抱到了我的竹床上。我的身体一会僵硬，一会又柔软无比。有一条蛇钻进了我的身体，一会钻进我的心脏，一会又游走于我的四肢。翠翠，你在哪儿呢。我呼喊着翠翠，我相信只有她才能捉住那条蛇，捉住那个冰冷的家伙，让我回归彻底的平静。

就在我怀想翠翠的时候，山谷里突然暗淡了，天空让各式各样的怪鸟占领了，它们翻滚着，呼啸着，遮蔽了日头，驱散了云朵。它们怪叫着，朝地上俯冲下来，到处都是它们落地的脚步声，噼噼啪啪，砸出满地的坑坑洼洼。有什么东西砸在我的脚背上，是块三角形的小石头，脚背立刻隆得像个小山包。再之后是惊神泣鬼的一声霹雳，树在摇晃，山在哆嗦，山谷里的一切都颤抖了，动摇了。而响声轻易不会结束，它们纠集在一起，往山谷的深处横冲直撞。羊们让响声震傻了，一只只呆立不动，仿佛成了石雕。几只懦弱的家伙不堪巨响，翻倒在地，四肢抽搐着，不声不响见它们的兄弟姐妹去了。它们当中的一只挣扎着想站起来，却只抬起半个身子，又软塌塌地跌了下去。它的骨头可能断了。声音消散的时候，羊们终于醒了，你推着我我拽着你，一窝蜂朝草丛里乱窜。它们以为草丛就是无惊无险的天堂。一头公羊是清醒的，咩咩咩喊叫着，朝山谷的深处狂奔。那些钻进草丛的家伙一只只又退出来，跟随在公羊的屁股后面落荒而逃。

山谷的平静让孝男他们搅碎了。我再也不能安静地回想翠翠。可我对孝男他们没有愤怒，那些倒毙在地上的羊，它们的肝胆俱裂，也不能怪罪他们。这不是他们的罪过，只能怪它们自己太脆弱了，比我的泥人像还易碎。我对他们只有深深的失望和同情。他们沉寂了那么久，蓄谋了那么长的时间，最后抖出来的仍是这种老掉牙的招式。他们黔驴技穷了。他们是一帮阳痿的家伙，他们的无能不仅让我小瞧他们，哲东更是满脸的嘲讽。他端着他的酒壶，搂着他的女人们唱着酒歌，在他的官邸花天酒地。他没有丝毫的担心，天塌下来有高个子撑着，怎么也砸不着他。他的身后站着刘镇长，他的天就是刘大肚皮的裤裆，他就在他的裤裆里活着。他将他们的行动当作笑话，瞅着他们该怎么灰溜溜地收场。

我懒得去追赶那些逃亡者。它们跑不了，就算追到它们，它们也不可能回到草棚里。而且哲东不将它们放在心上,我又何必在乎它们。它们是我的累赘,是我流放的原因。如果它们逃得无影无踪,那我也就解脱了。我爬上山头,冷眼旁观哲东和孝男他们的表演,猜想着这个回合的结局。原来的石坑一步步扩大,树被撂倒,草被铲除,山体的衣服剥光了。他们将石头一块块凿出来,将它们分解成石条子,石墩,石板,石槽。那种狂乱的爆炸声少了,他们放肆的喧嚣比爆炸的巨响激烈十倍,让人无法抵挡。他们每弄出一块石头,都要举行一场欢呼的仪式。我扯了两团棉花草塞进耳朵,可他们的欢笑依旧呼啸着,刮进耳朵,撞击我的颅骨。我的耳膜似乎让它们洞穿了,我的耳朵失聪,听不进任何声响。他们上演着一幕幕哑剧。孝男在石墩上舞着手,指挥着,他额头上的伤疤就像一簇桃花花苞,红艳得惊心动魄。瘌痢头就是根燃烧着的炭头,跳跃着,一刻也不安静。他的狗叫声越来越成熟了,已到可以以假乱真的水平。胖头的南瓜脑袋像个皮球一样在石堆里弹来滚去,钢宝的喊叫都有些嘶哑了,夹杂了羊哭的怪声。除了他们几个,采石场还多了好多叫不上名字的陌生男人,他们不是水门村人。他们是一群形容猥亵的家伙,孝男他们喧嚣时他们就咧着嘴,木偶似的傻笑。笑过了,安静了,他们就佝偻着背,像蚂蚁一样啃食着那些巨石。他们用手中的錾子将石头腰斩,车裂,切割成他们希望的各种形状。如果没人阻止,整个山谷都会让他们分割成细小的石片,将来村子也会叫他们肢解。

不能回想翠翠是痛苦的,我忍受不了这种煎熬。我希望哲东快点行动起来,将他们从山谷里赶走。我不在乎羊,我在乎的是安静的时光。我见不得孝男的嚣张,他们嚣张,我就不能幸福地怀想翠翠。那夸张的吼叫,疯狂的爆炸声,将翠翠从我的脑海中吓跑了。我努力回想翠翠的脸,出现的却是半空中乱飞乱撞的怪鸟。它们做着鬼脸,肆意嘲笑着,故意给我难堪。我爬上山顶,避开怪鸟的遮蔽朝远处张望着,想知道哲东到底在干些什么。水门村的心脏同往日没什么不同,狗在田野上游荡,一些女人坐在墙根下嚼着舌头。水生在他的桃园里偷偷放倒了一棵桃树。杏林的诊所前聚集了许多脑袋。村子的中央,有个身影吸引了我的注意,他牵着狗,挺着肚皮,走得像棵漂浮的桃树。从走路的姿势判断,不是昆生还能是谁,他手中的狗也一定就是哑巴狗。再看哲东的宫殿,冷冷清清的,不见半个人影。转向村部,只有米儿几个进进出出,不见哲东的身影。后来的一天哲东终于走出他的官邸。他用手罩着额头,朝山谷的方向张望了片刻,之后收回目光踏上了通往镇子的道路。

哲东又去告密了。我回到草棚里，躺倒在竹床上。草棚穿了好几个窟窿，那是让石头砸穿的。有阳光从窟窿里漏进来，是炫目的白。我懒得拾掇它，他们不走，即使拾掇了，也很快会有新的窟窿。我等待着哲东将他们撵走。三天过去了，不见任何动静。山茅草又蹿高了一节，还是不见任何动静。山脚下喧哗不断，轰天的笑声一浪压过一浪。哲东失败了，他的告密不起任何作用。镇派出所的人没来收缴他们的雷管炸药，也不见别的人来制止他们的肆意胡为。哲东低估了他的敌人，他的轻敌，他的盲目自信，就是失败的开始。他就像山坡上的石头，一旦让爆炸震动了，只有顺着山坡的溜溜往下滚，直到跌进山沟里。谁也挽救不了他失败的命运。

因为告密的失利，哲东缩回了他的宫殿。他像只受了惊吓的羊，亡命似地逃进草丛里。这是他没预料的结局，镇派出所的人不给他面子，就连刘镇长也不支持他，甚至警告他不要乱来。这刘大肚皮有些过分，似乎彻底忘却了哲东的恩情，为了挽救了他的儿子哲东不惜牺牲女儿的幸福。说来奇怪，自从孝朵嫁过去之后，花痴就再也没追过一次别的女人。他整天贴在孝朵的屁股后，她上哪他也上哪，生怕她会长出翅膀突然飞了。哲东想到县城去告密，又惧着刘镇长的警告，只能咽口气将翻卷的愤怒吞回肚子。

哲东蛰伏了一个漫长的冬天。又是桃花唤醒了他的春梦。这一年的桃花比任何一年都要泼辣汹涌，甚至泛滥。它们像目睹了主子的悲痛，决意给他一个惊喜。它们预谋着，从山坡从河滩从田头地角，磅礴而出。它们掀起擎天的巨浪，翻滚着，呼啸着，在水门村的心脏追逐，戏耍。它们遮蔽了河流，又覆盖了低矮的山包。它们欢呼着在田野上奔腾，不肯停息片刻，那大片的油菜花来不及吐口气就葬身它们的肚腹。流血了，流血了。太叔公明西嚷嚷着，让哲仁将他扶出屋子。他的眼睛叫云蒙住了，见什么都是模模糊糊的白。哲仁将他架到屋门口，他抬眼天空，天空是血色的，他低头看地，地也是血色的。他盯着自己的脚，脚也是血色的。哪来的这么多血。太叔公明西跺着脚，颤抖着身子，让哲仁赶紧送他回屋里。不是血，是桃花。哲仁解释说。太叔公明西抠了把鼻孔，说，还骗我，是桃花血，还有血腥味呢。他的鼻子让他抠出了血，血迹都沾到了嘴角上。

风却不管桃花血，故意推波助澜，将桃花粉飞扬得到处都是，你张开嘴它就顺着喉管往肚子里溜,你吸口气它就顺着鼻孔往肺叶里钻,你眨巴眼睛,睫毛上的花粉就扑簌扑簌往下掉,给你下一场花粉雨。鼓捣一下耳朵,耳屎是浅黄的,抠一把鼻孔,鼻屎也是浅黄的。桃花招来了无数的蜜蜂,它们像云朵一样翻卷着,在桃花的上空兴风作浪。它们将水门村的心脏当成大蜂窝,满耳都是澎湃的蜂声。它们像喝醉了桃花蜜,将自己走丢了。泥蜂,土蜂,吊脚蜂,一股脑儿都飞进了山谷。草棚上,树叶上,石头上,哪儿都有停憩的蜂,它们将山谷当成了它们的天堂。孝男他们的笑声叫蜂声压住了,声息全无。那些猥亵的男人埋着头,趴在石头上一动不动。痒,我痒啊。孝男突然吼叫起来。我以为他叫蜂蜇了。我想着蜂是有眼睛的,它们受了哲东的恩赐,知道怎么回报它们的恩人。但他的举动又不像叫蜂蜇了,他几乎连撕带扯将衣服脱掉了,两只爪子前抓后挠,他的前胸后背就布满了沟沟壑壑。我痒死了,我痒死了啊。孝男的惨叫让人绝望。他在乱石堆里滚动着,弹跳着,像掉进热锅的泥鳅一样。他的身体血肉模糊。胖头,钢宝和癞痢头几个将他摁住,用绳子绑了,抬到杏林的诊所。杏林挖了一背篓草药,捶了一木桶的草叶汁,将他泡在木盆里浸了三天,他才止住了号叫。什么病?昆生惨白着脸问杏林。杏林擦了擦手,说,桃花痒。狗日的外乡佬,我要炸死你。孝男又扯天扯地地咆哮起来。

繁华的桃花过后,桃子开始泛滥。它们嚷嚷着,抱紧桃树的大腿,扭动丰硕的屁股,一步一步往上爬,爬满了桃树的身子。接着,它们又攀住桃树的臂膀,蚜虫一样密布枝枝丫丫。它们就像是哲东的那些女人,一个个体态丰满,身子滚圆,眼睛媚笑。因为不堪重负,桃树的枝丫都弯成了弓,同太叔公明西的罗锅一个样。它们的主子唯恐它们压坏了桃树,赶紧找来树枝竹条,将沉重的枝丫撑住了。仍旧有些调皮的家伙乘着风,趁着雨,蹦跳着,戛然一声,将枝丫从桃树上掰下来。桃子坠了一地,三个一群五个一伙,有的垒积在地沟里,有的滚进了草丛中。

空前的丰收让水门村的心脏骚动不安。他们暗暗盘算着,有了桃子就有了钞票,有了钞票就能做许多没有钞票不能做的事情。女人们瞅着哪个女人又添了衣服,哪个女人的耳朵上吊了耳环。耳环是银子的,值不了几个钱,可毕竟银闪闪的,馋人眼睛。男人们想的要复杂一些,除了添置农具,牛羊猪狗,还想着酒和烟,甚至惦记着小玩意儿取悦相好的女人。比如木匠书德,替哲东砍门框斧子都砍钝了,得请铁匠打过一把;孝顺的剃刀因为削过癞痢头,刀口笨了,得换过一把;赤脚医生杏林,出诊时摸过一个女人的手,许下她一枚金戒指,攒的私房钱不够正好卖了桃子填补上。只有哲东,腰杆挺得比石柱子还理直气壮。他又端起酒壶,唱响了酒歌,在自个的宫殿前招摇着。

有人屁颠屁颠来找哲东打听桃子的价钱,哲东咕咚一口酒,咂巴两下嘴唇,吐出去一枚软钉子。你猴急什么,该你的一分钱也少不了。他瞪了那人一眼,那人碰了软钉子,只有讪笑着走开了。那些水果贩子好像有意考验他们的耐心,早熟的桃子已敞开了粉嫩的脸,在枝头上叽叽喳喳嬉笑着,就是不见他们的身影。往年的这个时候,他们当中一个叫瘦猴的,总是捷足先登,带走三四筐桃子。毕竟桃子没全部成熟,瘦猴没来谁也没有在意。可不过眨眼间,桃子就铺天盖地红了,村子里到处弥漫着桃子的清香。那些男人突然叫桃子唤醒了,嚷嚷着,不约而同聚到了哲东的宫殿前。他们七嘴八舌的,仿佛一锅煮烂了的稀粥。慌什么,早签订了协议的,白纸黑字写着,有桃子还愁没人要。哲东让他们吵昏了头,扬着一叠纸呵斥说。他们犹疑着,可还是相信了外乡佬的白纸黑字,一个个晃荡着身子走了。

安抚了男人,却安抚不了成熟的桃子,有些冲动的家伙迫不及待从枝头上跳下来,摔了个鼻青脸肿。它们就像翠翠一样,那么渴望离开桃树,离开水门村。哲东受了它们的传染再也坐不住了,揣上那几页破纸,一个人悄然去了县城。他去得偷偷摸摸,仍旧没能逃过他们的眼睛。他们巴望着外乡佬能将那些水果贩子一个个拎到水门村来。他是早上出发的,半夜才回到村子。从县城返回后,他在镇上的小酒馆里坐了大半天,想躲过那些狗眼睛。他佯装着醉了酒,歪东倒西的,步调拿捏得无声无息,生怕惊醒了他们。他的小心翼翼让黄毛出卖了。它惊喜地叫喊了一声,一头扑进了哲东怀里。一天没见着主子它已经狂躁不安了,它的主子却没给它好脸色,随手用酒瓶子叩在它的脑袋上,黄毛受了痛无处诉说,夹着尾巴缩回了它的狗窝。

那些男人听到黄毛的叫喊,一个个从屋子里跑出来,将哲东的宫殿围了个水泄不通。他们在守株待兔。外乡佬却什么也没能给他们捎回来。他躺倒在他的门楼边,两手空空,一身酒臭。只有一条狗孤零零地守着他,一会儿用舌头舔舔他的脸,一会儿又用爪子拍拍他的身子。水门村的心脏立刻炸开了锅,吼叫声,叹惜声,混混杂杂的,谁也辨不清谁的声音。男人吵醒了女人,女人又惊醒了孩子,一时间人声鼎沸。狗们不知发生了什么事,先是东一声西一嘴漫无目的乱吼，后来又聚到一块长吠起来。他们好像听到了桃子坠落的声音，它们一颗一颗从桃树上跌下来，落在泥地上，慢慢腐烂，先是桃皮皲裂了，接着桃肉长出了蛆虫，又慢慢腐化成水，到处都是刺鼻的腐败气息。他们让自己的想象蒙蔽了，黑暗中有了女人嘤嘤的哭声。

接下来的日子，男人们不下地，女人们也不奶孩子，他们挑着篓，驮着筐，忙着抢收桃子。原来划分的区域全都搅乱了，原本去东边的去了西边，去镇上的去了县城。他们使尽了浑身解数，男人唱着酒歌，女人卖着笑脸，可桃子卖不出半筐。桃子啊，水门村的桃子啊。他们叫卖着。不就几个毛桃，嚷嚷得像卖金子。往日的买主对他们的桃子不屑一顾，嫌他们太聒噪了。他们愣住了，后来才瞧出端倪，别的水果摊也摆着桃子，别人的桃子不一样，一颗颗红里透着白，白里透着蜜，光鲜得像女人。再回头看看自个的桃子就寒碜了，黑不溜丢的，傻不拉叽的，几乎没了人样。如果还算是桃子，只能是老弱病残，成不了气候。同样是桃子，也像人一样，分三六九等。不管怎么说，桃子还是桃子，不信贱卖了就没人要。桃子啊，水门村的桃子啊，一块钱两斤。他们打起了精神吆喝。也有人贪图便宜，扔下枚钢镚，捏颗桃子没咬两口，当场就喷了满地。这都什么呀，拿我当猪是吧。买桃子的人抓起钢镚，骂骂咧咧走了，就差没踢翻他们的摊子。

一夜之间，水门村的桃子就让别地的桃子挤出了市场，它们怎么走出村子的，又怎么回到了村子。除了蒙上一层尘土外，什么也没增加，什么也没减少。他们让人挤下了床，跌到了地上，他们还在梦中。哲东去找刘镇长，刘镇长摊摊手，也是爱莫能助，谁有那么大的肚子撑得下这么多桃子。哲东捂着脑袋闷了三四天，才想到那个架眼镜的县长，县长说过有困难就找他。哲东屁颠屁颠进了县城，县长不是原来的县长，架眼镜的县长调走了，这个县长是个胖子，不戴眼镜，说话粗声粗气，待人却热诚。哲东的话没结巴干净，他就挥挥手阻住了，拿起电话叫来一个瘦高个帮助推销桃子。瘦高个是张狗脸，转过身比黄毛的脸还长了半尺，拧得出水。哲东拉了车桃子追着他的屁股跑了三天，买的人不过三斤五斤，才去了小半车。到手的一把毛票，算算账，还不够付车费。你看人家的桃子，咬一口都淌满了蜜，你这桃子什么玩意儿，外表能糊弄人，可桃汁又酸又涩，就是白送我也不吃。瘦高个拍拍屁股丢下哲东走了。

他们还在挣扎着，不愿看到那些桃子白白死去。县城卖不开，他们就挑着筐，乡野里四处叫卖。桃子卖不出去，钞票就到不了口袋里，没有钞票，那花花绿绿的衣服，烟和酒以及暗地里惹女人欢心的小玩意就没有着落。他们扯破了嗓子，换回来的是一把浸满汗渍的毛票。可桃子不让他们有更多的时间走村串户了。它们是受刑者，对日晒夜露的煎熬忍无可忍。他们不采摘，它们就主动跳下树，躺倒在泥地上，或者钻进草丛里。它们不再喧哗了，除了落地的脚步声，一切都悄无声息。他们将它们弄进屋子，最终的结局都是一样的，它们在沉默中腐烂。有人挖了地窖，将桃子藏到地下，仍然逃脱不了腐败的命运。他们想象的情景无可挽救地出现了，村子里到处都是桃子腐朽的气息，推开窗，扑面而来的是桃子的腐臭，打开米柜，钻入鼻孔的也是桃子的酸臭。你抖抖衣衫，腐臭就桃核一样落在地上咚咚响，你拂弄一把头发，腐臭就桃树叶一样扑簌扑簌飞，你捏一把鼻涕，它们就顺着鼻孔直透肺腑。就算屏住呼吸，捂住嘴，闭上眼睛，它们也不会放过你，穿过你的毛囊渗透到你的肌肤，直到你的身体都成了烂桃子，散发同它们相同的气味。那些男人的喉管让腐化的桃子壅塞了，谁也吱不了声。哲东也让烂桃子噎成了哑巴，那灿烂的桃花，那油光水亮的桃子，一切都是捉弄人的假象，都是销毁不了的罪证。他关上门，闭着窗，将所有透气的地方全都堵死了。他将黄毛用铁链子锁在门柱上，用它来抵挡腐臭的入侵。黄毛也帮不了他，它只能拦截那些别有用心的男人，却挡不住无影无形的腐臭。

后来那腐败的气息中多了股淡淡的酒香。它不同于哲东的火烧酒，也不同于金樱子酒。它有着桃子淡淡的清香。那股酒香乘着风刮进了山谷，羊的膻气混进了酒香，树叶上也漫散着酒香。捡块石头，也能嗅出酒的味道。这股酒香让那些男人无比冲动，你拉着我，我追着你，趁着黑暗将烂桃子全都扔到了外乡佬的宫殿门口。这个用醉酒逃过一劫的外乡佬，差点让那些烂桃子埋葬了。那些破篓烂筐堆成了一堵墙，将宫殿的门口堵得严严实实的，就是风也钻不进去了。

哲东困在了他的宫殿里，哪儿也去不了。他不管羊的死活，或者让桃子的腐臭冲昏了头脑，忘记了羊的存在。进出山谷的道路让孝男切断了，平坦的地方搭起了工棚，原本陡斜的山坡炸成了断崖。他们一步步向山内推进，凿石的声响一天天尖锐，棉花草也不管用了，耳朵里有无数支钢錾子在凿。最让人恐惧的是疯狂的爆炸声，撼天动地，整个村子都让它掀了个底朝天。我躺在竹床上，它就将我扔到床底下，我坐在石头上，它就将我拱到草丛里，我干脆倒在地上，它又将我当球耍抛起来又砸下去，将我一身的骨骼都颠散了。草棚经不起颠簸，一根木柱瘸了腿，另几根木柱也哆嗦着，最后架不住，棚顶哗啦一声倾塌了，茅草散了一地。

只有撤退了。我没法将羊赶回筲箕窝，也不可能留在水门村的心脏，就算能赶回去，筲箕窝的草也养活不了它们。我只能将它们往山角落里赶。我不相信孝男能毁灭一座山。他毁得了，也不可能在短时间内毁掉它。其实羊们也用不着我驱赶，只要我一点头，那头公羊就率领它的臣民没命似的奔逃了。它们你挤着我的身子，我擦着你的肩，一起朝山谷里溃退。有羊被挤翻在地，它们也不会怜悯，踩着它的身子，照样狂奔。倒地的羊受了痛不住地哀号，哭喊，喊叫时身上又挨了一蹄，它就变换了叫喊的内容，它呼唤着它的主子，哲东，哲东呀。它的惨叫让羊群更加惊慌失措，它们奔跑的速度比风还快，眨眼工夫就失去了踪影。道路的中央只剩下孤零零的一只羊，它的腿在抽搐，声音却哑了，发不出一句完整的叫喊。

羊群在山谷的尾部才收住脚步。它们无路可逃，这是个死胡同，如果有出口，真不知它们会逃到哪儿去。它们咩咩叫着，咬着公羊的屁股转着圈。领头的公羊也是惊魂不定，一会儿将脑袋转向左边，一会儿又扭向右边。它的角在争斗中断了一只，残存的角找不到前进的方向。它们吵吵闹闹好半天才静下来，跑散的羊崽回到了母羊的身边。谷底恢复了之前的寂静。凿石头的声响远离了，他们的笑骂也没有跟踪而来。间或有隆隆的炮声，传到谷底也稀薄了许多，已经不关痛痒了。有了短暂的喘息，羊们又让那些水嫩的青草诱惑了。它们的肚子是个无底洞，从早啃到晚，总也填不满。它们的贪婪让我深感厌恶，用不了半天，这儿又会成为它们的乐土。我试图将它们赶回山谷的中央。我担心这阒无人迹的谷底隐藏了察觉不到的凶险。草是茂盛的，羊落进去就见不着影子。树林是幽深的，什么也看不真切。草木的背后有可能躲藏了许多凶狠的眼睛，红毛野狗，或者别的残暴的野物。它们觊觎着羊，甚至用贪婪的目光盯上了我。

我将领头的公羊从草丛里打出来。它咩咩叫了几声，绕着几头母羊跑了一圈，又钻回了草丛里。我丢开公羊，挑选一些软弱的对象，将它们逐出草丛。它们同公羊一样与我玩起了捉迷藏的游戏，赶出来这一拨，那一拨又逃回了草丛。

我用藤条套住公羊的脖子，想将它拽出去，只要它出去了，那些跟屁虫就不用操心。它死活不肯同我合作，我拽紧藤条它就扽直四蹄，将身子拉成一张弓，死命朝后退。藤条经不起折腾，三拉两拽就断了，得了自由的公羊几个蹦跳就遁入了草丛。

它们不走，我只有安营扎寨了，砍了树，割了茅草，一个人搭起了草棚。我在山谷的中央扎了道篱笆，将谷底的世界同外面的世界隔断了。让水门村的心脏见鬼去吧，我要重新开始行云流水的生活。因为爆炸声的驱赶，谷底变得异常热闹，树杈上有松鼠在奔跑，枝头上有鸟雀在唱歌，草丛里不只是羊，还有兔子在窜来窜去，同羊们玩着捉迷藏。它们都是我的邻居。我可以瞄着一只松鼠，看它怎么抱着松球，又怎么掰开松球取食松仁。我可以注视一只兔子，看它左闻闻右嗅嗅，寻找着可食的青草，吃饱之后又目送它回到它的某个草窝。我不惧怕阴险的蛇。我将床用藤条绑在树的腰部，除了偶尔有松鼠光临，谁也骚扰不了我。

我又可以安静怀想翠翠了。我想象她在打猪草还是在摘桃子，抑或什么也没干，像我一样躺在草地上，静静地仰视着天，仰视天上的飞鸟和流云。她胸部的高原地带一起一伏，起时风光无限，落时曲线毕现。我的身体柔软成了一根拴羊的红棕绳。这种怀想是奢侈的，很快孝男又搅碎了我的美梦。他冤魂一样追着我，缠着我，让我无法享受片刻的安宁。这帮狗日的，躲到哪儿去了。他骂骂咧咧的声音像鬼魅一样穿入了谷底。之后嘎啦一阵乱响，那道篱笆十有八九倒毙在他的脚下，谷底的世界又让他踹开了。我恼怒，又抵挡不了他的侵入。他并不是毫无顾忌，对黄毛的恐惧仍让他疑神疑鬼。他攥着铁钎，在距离我几丈远的地方停住脚步，支起头朝四周扫视着。他的身后跟着两个男人，一个左耳朵豁了个垛口，另一个斜着双小蛇眼，豁耳朵握了铁钎，蛇眼睛扛了根抬石头的木杠。他们不是水门村人，可能没见识过黄毛的威风，四只眼睛全盯在羊身上。如果他们让黄毛撕咬过裤管，就不会有这样贪婪的眼神了。猪屁股观望了一阵，发觉黄毛没在，胆子才慢慢壮起来，朝我走近了几步，但不敢靠得太近。黄毛不在。他畏首畏尾的熊样让我觉得可笑，故意提醒他。这个外强中干的家伙听我说到黄毛赶紧倒退两步，以为我在唤着黄毛。磨蹭了好半晌，他最终确信黄毛不在，才神气活现起来。野狗崽，给我牵只羊来。他朝我招招手，一只野蜂盯上了他额头上的疤痕，绕着他的头颅飞舞。蜂啊，替我蜇他一嘴。我朝蜂耳语。蜂没能实现我的愿望，只在他头顶转了三四个圈就让他用铁钎轰跑了。

你摊尸啊？再不滚下来，我自己去逮了。赶走野蜂，他的疤痕活了，有火苗子蹿了起来。

我寻思着要不要将羊卖给他。如果哲东知道，绝对不会答应。他是有备而来的，知道黄毛就在哲东的门口拴着。仅凭一个人的力量，我没法阻拦他。我爽性躺着不动，冷眼瞧着天空。天空上什么也没有，没有谁能见到谷底的这一幕。孝男见我没动静，将几张纸币掷在草地上，朝那两个男人努了努嘴。豁耳朵早瞧中了一头羊，得了暗示赶忙跳过去揪住它的耳朵。那是头母羊，腰粗臀肥，皮毛水亮，美目流盼。这一揪惹恼了领头的公羊，那只仅剩的角迸发了无比的力量，直挺挺向豁耳朵撞了过去，豁耳朵不及提防，让它撞个正着，跌了个四脚朝天。豁耳朵抱着腿，老半天都没能从地上爬起来。那头母羊趁机跑回了草丛，草叶翻涌，眨眼不见了它的身影。孝男受了挫恼怒了，跨上去几步，对准公羊抡起了铁钎，公羊又低下脑袋作势冲向他。这家伙太不知天高地厚了，这一铁钎足以断送它的性命。慢着。我不得不说话了。它惹恼过我，可我不愿它在我的眼皮底下丧命。你嚎什么嚎，我就要它了。孝男将铁钎转向我，他的眼睛里满是火。我只有站着不动，既然明知敌不过他，就没必要自讨苦吃。那两个陌生的男人，一个扳住羊角，一个给它的脖子套上绳子，前拽后踢，将公羊赶走了。其实这没什么，一头公羊没了，就会有另一头公羊冒出来。我给你双倍的钱。撤退时孝男又扔了几张纸币在草地上。

断角的公羊走了，谷底立刻成了战场，两头公羊从草丛里跳出来，拉开了厮杀的架势。一头公羊的脑门长了一撮白毛，我叫它一撮白，另头公羊的尾巴是灰色的，我叫它灰尾巴。它们就像仇人相见，羊角碰着羊角嘎嘎炸响，一撮白一个俯冲，灰尾巴的角咔嚓断了一只，灰尾巴的屁股蹲在了地上。灰尾巴敌不过，爬起来慌忙逃进了草丛里。一撮白追了几步就放弃了，之后绕着场地转了个圈。羊们在埋着头吃草，没谁跳出来同它争雄了。几头母羊咩咩叫着，靠拢一撮白庆贺它的胜利，又像是争取它的宠幸。

有了新的头领，羊群又回到了往日的平静。我的内心却不平静了。我忽然触摸到我的残忍，无论怎样，那头断角的公羊都不该落入孝男手中。我是个软巴蛋，哲东绝不会饶恕我，我也饶恕不了自己。我跑出山谷，爬上山头。那些男人都扔掉了钢錾，伸长脖子，袖着手围成一个大圆圈。圆圈中央是根石条子，羊就五花大绑在石头上。孝男裸着胳膊,操着刀,立在石条子的旁边。胖头跪压住羊的后腿,钢宝则压在羊的前腿上。瘌痢头端了脸盆,像只跳蚤一样蹦来跳去。孝男按下身子,羊就咩的嘶叫了一声。就这一声,羊就不吱声了,我以为它被杀死了,可眨眼又咩的长喊了一声,刀子有可能捅进了它的身体。接下来的声音一声比一声凄厉,每一刀都像是在它的心脏出没。凄厉过后,羊的惨叫慢慢弱了下去,它的嗓子沙哑了,声音一声惨淡一声。当他们直起身,它突然从他们的胯下逃了出来,身体的一侧血淋淋的,皮毛被翻转过来衣服一样盖在它的脊背上。它跑了没几步,就让他们捉了回去,又绑在石条子上。经过短暂的寂静,羊又开始叫喊了。这种无谓的挣扎加速了它的死亡,没过多久就声息全无了。它让他们活剐了,整张皮毛彻底剥脱,只剩下一具血肉模糊的尸体摊在石头上。它的一条腿勉强抽搐了两个来回,算是对这个世界最后的告别。孝男背对我做了个什么怪动作,那些男人哄然笑开了,笑声过后采石场又响起了凿石的锐音。

我黯然返回了谷底。我想过公羊会死掉,但没想象这种死法,它的冤魂一定不会放过我。我将孝男杀死公羊的罪孽揽到了自己身上。谷口开始狂欢了,羊肉的香味,酒的香味,以及他们的欢笑,一股脑儿灌进了谷底。死去的公羊勾起了我的食欲,我的肚子里有只狗爪子在掏挖。我必须从他们的包围圈中逃出去,回笸箕窝搬粮食。我在月光中穿过采石场,那些男人睡熟了,工棚里鼾声此起彼伏,场地上到处都是横七竖八的石头,浮着淡淡的惨白,有些像散乱的尸骨。血腥味,羊的臊气,汗臭,粉尘味,混杂在一起,像雾气一样飘荡。那些石头的模样不一,有的是四方的短柱,有的是屋脊形,还有平坦的石板。这些石头垒在一块,就成了坟墓。在一个土坎下,我发现几块石头,垒成一间低矮的石头屋子,正中的石板上写着:哲东之墓。字是黑色的,用手摸摸,有股血腥味,八成是蘸着羊血写上去的。那张羊皮,四脚张开,让他们钉在工棚的门板上。它挣扎着,呻吟着,咩,咩。我只有夺路而逃,可它不肯放过我,冲着我的脊背叫喊,孝荣,别走,孝荣,别走。声嘶力竭的,把我的魂都叫没了。

第25章 罪 证

水门村的心脏让桃子腐败的气息淤塞了。它就像淤泥沉积在他们的心底，用锄头挖不掉，用铲子也铲不净。天上的云稠成了稀泥，抹也抹不开。风是黏黏糊糊的，沾上身就不走了。平日里喳喳不休的女人也不作声了，埋着头守在灶房里。孩子怕见男人的脸色，扯着女人的裙角寸步不离。鸡也不莽撞了，躲在稻草垛后寻着自己的吃食。狗是最乖巧的，不唤它不露面，只有嗅着了屎的臭气才摇头摆尾跑过来。

桃子没了指望，日子也就没了指望，男人们满脸腐败的阴云，见了谁都没有好声气。他们不顾桃树的死活了，权当从来就没种过。该除草了，就让草茂盛着，该松土了，就让泥土板结着，该整枝了，就让枝丫疯长。他们聚在一块用扑克赌着“跑得快”，为了一毛两毛的输赢捋拳擦掌，脸红脖子粗。书德同孝顺干了一架，孝顺的剃刀敌不过书德的斧头，让书德摁在地上啃了一嘴的泥。下次割了你的狗脑壳，除非这一世你不剃头了。孝顺爬起来恨恨地说。后来书德的头发疯长，乱成了鸡窝也不敢找孝顺。破絮同米儿的男人炳男也掐上了，先是破絮卡住炳男的脖子，炳男的眼珠子全白了，连舌头都溜了出来。有人怕闹出人命，偷偷朝破絮的膝盖弯踢了一脚，破絮站立不稳手头就失去了力量。炳男趁机朝他的胯下顶了一腿，破絮捂着裤裆在地上蹲了半晌才直起腰。幸好炳男是条瘸腿，不然破絮就废了。日你娘的，我又没偷你老婆。他白着脸寻找炳男，炳男不见了影子。

也有人对桃树满怀固执的幻想。桃树种在自家的土地上就是自家的孩子，自家的孩子就是自己身上掉下来的肉，自己不疼就没人疼了。该施的肥接着施，该锄的草继续锄，往年多少心血今年仍旧不减一斤一两。去年让酒泡糊涂了的外乡佬误了事，今年说什么也不听他的，自家的孩子自己嫁，谁也管不着。桃花如期红了，泼辣辣的，不减往年的颜色。桃花谢了，桃子依旧狗卵子一样压弯了枝头。他们又活泛了，三天两头往桃树下钻，巴不得桃子一个晚上熟了。

好不容易它们露了红，他们就拖着筐挎着背篓，左挑右拣，将那些早熟的桃子摘下来。他们带着它们，急不可耐奔向各自盘算的地方。他们仍然迟到了一步，别地的桃子早就鲜活在各地的水果摊。它们招蜂引蝶，夺魂的样子让人馋涎欲滴。他们不死心，让自己的女人或者女儿用抹了蜜的嗓子招揽顾客。桃子哎，水门村的桃子哎。她们歌唱的吆喝吸引了不少顾客，桃子却不争气，没精打采的，入不了他们的眼。她们的歌白唱了，脸蛋也让人白看了，有浪荡子躲在人堆里浑水摸鱼，在她们的大腿上屁股上掐了一把，也让他们白掐了。她们不能吱声，要是让她们的男人知道免不了拳脚相加，又会白挨一顿皮肉之痛。

桃子都成了狗屎，连狗屎都不如，狗屎可以肥田，桃子要是烂在稻田里桃核都会硌脚。满筐的桃子挑出去，满筐的失望挑回来。当初的反对派就埋怨推广派，种瓜得瓜，种豆得豆，荒了地长了茅草也能垫牛圈，种什么不好，偏偏听外乡佬的蛊惑，几颗烂桃子食不了猪喂不了狗，女人几篓几筐的怨声。要不是你眼红外乡佬眼红水生，我会种桃子？我说了不种，几辈子不种桃子日子照样红红火火，不缺吃不少穿，这倒好，卖不出去就怨我，你屙血屙蒙了？男人忍受不了女人的唠叨，恶言恶语的，将满肚子怨气倾还给了女人。女人挨了骂，回家衣不洗了饭不做了，冷火冷灶的，抛给男人两瓣冷屁股。夜里男人想扳过女人的身子，女人死强着，好不容易扳过来一放手女人又翻了回去。男人恼了火，将女人拎起来从头到脚松了一遍筋骨，女人扛不过男人，只有卷起衣服一把眼泪一把鼻涕跑回了娘家。女人走了，男人没了头绪，鸡在飞猪在叫，一切都乱了套。男人将满肚子的火都撒到了桃树上，狗日的桃树，如果不是它们，日子会活得这般窝囊？他们握紧了刀把子，咔嚓咔嚓，不到半天时间将桃树全给砍了。砍了还不解恨，他们握着刀，却找不到砍杀的对象了，只有哐当一声将刀扔了。

水门村的心脏闹哄哄的时候，哲东借口开会躲了出去，只留下黄毛看门。他不能不跑，上一次他们用烂桃子堵住他的宫殿，这次说不定会将他用烂桃子活埋了。他们找不见他，又忌惮黄毛，它已经解了链子，整天绕着外乡佬的宫殿游荡，见了谁都是满眼的警惕。他们以为他回了筲箕窝，寻到筲箕窝，只见着九兰和孝强。孝强见了他们，什么话也没说，操着刀冲出门，要不是九兰拦着，肯定少不了缺胳膊少腿的祸事发生。他是另一条黄毛，比黄毛凶残百倍的黄毛。他们只有讪笑着离开了。

有人说在镇子里见过哲东在小酒馆里喝酒，又有人说在县城卖桃子时见过他慌急慌忙追赶什么人。我敢断定他跑不远，他一定躲在某个角落盯着水门村的心脏，盯着他的那些桃树。他们找不见他，可他们的一举一动逃不过他的眼睛。就是他们不找他，他也会回来的，暂时不出现是因为在等待回来的时机，那些男人中绝对有他的暗探，他亲手培养的叛徒。当桃子的腐臭散尽桃核满地时，他果真哼着歌，扛着几根桃树枝，踢踢踏踏回了村子。村子里满怀平静，桃树瘫在地上，枝丫都快干枯了。躲到娘家的女人让男人接了回来，鸡们在草垛上咯咯欢叫着，狗们也恢复了惯常的自由，三条一群五条一伙在田野上游荡。那些男人聚在屋檐下赌着“跑得快”，喧喧嚷嚷的，谁也没有时间顾及他。书德同孝顺凑在一块，破絮和炳男脑袋碰着脑袋，又是面红耳赤的。只有黄毛迎接他，绕着他低声哼哼着，用舌头舔舔他的手掌，又用鼻子嗅嗅他的裤管，好像他变了味，或者身上多了别的气味。黄毛瘦了一大圈，皮毛像火烤过一样难看死了。长时间的忍饥挨饿，它已经没有气力跳到他怀里撒娇了。

哲东逃出水门村的心脏不单是避难这么简单。他梦想拯救他的桃花事业，他不能让那些桃树白白死去。它们的死不值得怜悯，迟早都会死的，结局都一样，可栽种过它们的土地不能空着，更不能让别有用心的植物钻了空子。他要用扛回来的那种桃树重新占领那些土地。那不过是些普通的桃树枝，同倒毙在泥地里的枝丫并没什么差别，如果将它们扔到那些枝枝丫丫中，也没人会认得出扔进去的是哪一枝。当柴草不是称心的柴草，光冒烟不亮火，还不如油菜干燃烧得痛快。他就用几根神不神鬼不鬼的桃树枝，将水生炳德他们几个诱惑到了村部。这叫美人桃，桃子赛过美人。他又蛊惑他们。桃树枝经过水生传给炳德，炳德传给小高贵，小高贵又传给米儿，最后回到哲东手上。美人是什么样子，他们没见过，他们的狗脸半信半疑，又不能拒绝外乡佬。比我们的米儿还妖？水生眯了眼睛向着米儿笑，那边米儿立刻横眼睛竖鼻子呸了一声。哲东却不管他们的脸色，他们不过是几条狗，你呵斥几声，他们就服服帖帖了。只要他们不胡来，不阻碍他的美人桃，他可以睁只眼闭只眼，不闻不问。将那些桃树砍了，改种美人桃。哲东说。

炳德又提了石灰桶走村串巷刷标语。“改造桃园三千亩，打造现代桃花源”“一树美人桃，吃穿不用愁”“栽一棵美人桃，就是栽一棵摇钱树”……村子里像是下了场雪，到处都是白茫茫的，墙壁白了，电线杆白了，就连山坡上也插满了白色的木牌。狗们受了石灰的刺激，打出一串串喷嚏，它们的鼻子不灵敏了，在田野上胡乱转着圈。炳德，又鬼画桃符呢。有人见不得白，掩着鼻，还不忘抛给炳德一对白眼球。炳德，你老婆的屁股有这么白吧？有人赶着牛，经过炳德身边故意赏给牛一鞭子，牛以为它的主子责怪它走得慢，一蹄将石灰桶踢翻了，石灰水溅了炳德满身，连泥地都染遍了白。水生受命说服那些男人，他的境地比炳德好不了多少。水生先是找到翠翠爹，翠翠爹抱着头闷声不响，香莲的一张臭嘴不饶人。种瘟殇啊种桃树，苦竹坳那么肥的地，种什么不比种桃树强，再种桃树你给我死到牛栏去。香莲指桑骂槐。这几年种桃树赚了钱，你别扶起筷子吃肉放下筷子就骂娘。翠翠爹丢了脸面，又看不惯她的嚣张，拿话来压她。我骂娘怎么了？我就骂娘，他个猪不食狗不嚼的外乡佬，祸害水门村还嫌少？几颗烂桃子，你能当饭吃还是能当衣穿？香莲戳着翠翠爹的鼻子咆哮着，翠翠爹铁青了脸，又找不到话来反驳，外乡佬的桃子让他的脸面丧失殆尽了，只能将头埋到裤裆里。香莲还不解气，转而拿水生做了对头，你好歹是个水门村人，喝水门村的水长大的，跟着个外来的瘟殇瞎胡闹，当初昆生也没亏待你，胳膊肘尽往外拐，养条狗见了生人也知道汪汪几声，瞧你这德行，还不如一条狗，就知道牙尖嘴利吼着自家人，不知那死瘟殇给了你什么好处。

水生敌不过香莲的嘴，只有抱头鼠窜。之后去找书德，书德骑在桌马上修理木柱子，一斧头砍下去，木头屁角就斜飞过来，正好掉在水生的脚边。桃树你都砍了？水生问。砍了，不砍了当神敬着啊？书德瓮声瓮气。砍了好，那种上美人桃吧。水生说。书德瞪圆了眼睛，回答得比香莲还干脆。谁再劝我栽桃树，我他妈连他一块砍了。说着，寒光一闪，又一块木头屁角飞了起来，火辣辣扇在水生脸上。

哲东又迷上了他的酒壶。他抱着它，嘴对嘴，酒就咕隆咕隆灌进了他的肚子。他将自己放倒在他的宫殿里。黄毛一会儿冲进屋子，一会儿又从屋子里跳出来，汪汪唤着人。它的声音绵绵软软的，他们不会让它的声音迷惑了，谁也没有进入外乡佬的宫殿。就是它的嗓子唤哑了，跑过来的也只有几条草狗，它们冲黄毛摇着尾巴，卖弄着它们的身段。黄毛没有心情搭理它们，它的主子还在地板上躺着。它跑去了箢箕窝，绕着九兰哼哼叽叽，九兰扫了它一扫帚。死狗，走开。九兰说。它又跑去找哲东的那些野女人，她们比九兰恶劣，不等它走近就扬起锄头或镰刀威胁它。死瘟狗，过来就砍死你。她们恶脸相向。

黄毛只有用自己的舌头舔着它的主子，好不容易将他舔醒了，它的主子又抱起酒壶咕咚咕咚将自己放倒了。他以为一醉醒来水门村的心脏又会桃花遍地，桃子压满枝头。那棵棵桃树就是一个个花枝招展的美人，风情万种，蚀骨销魂。他要让他们拜倒在她们脚下，抱住她们的腿，亲吻她们的脚趾头。他要让他们的骨头慢慢酥化，腐烂，成为桃树的食粮。他期待用他们的骨头培养的桃花盛开，期待采摘用他们的骨头养肥的桃子。这只不过是他酒醉后的幻想，他的桃花事业成了流水桃花，一去不复返了。那些砍伐了的桃树一棵棵倒在野地里，谁也没去收拾它们，任凭它们风吹雨淋日晒夜露，它们逃过了活罪可逃不脱死罪。它们就是外乡佬的骨头，一块一块发黑，脱落，腐朽，让水门村的土地埋葬，吞没，什么也不保留。他们将那种断裂的响声当作了动听的酒歌。那遗留的桃树也没人去照料，它们就像一群迷了路的冤魂，在野地里飘荡，没人拘管也找不到归宿。虫子咬破它们的肌肤，放出它们的血液，又钻进它们的骨头，将它们的骨头噬成灰烬。乱草疯长，那些野蒿金樱子猪婆藤趁机包围它们，将它们彻底覆盖。它们缠绕它的身体蒙住它的眼睛盖住它的脑袋。偶尔有一两颗桃子露出枝头，摘下来咬一口，你的牙齿落空了，桃子快让虫子掏空了身体，捏在手上的只是颗失去灵魂的空壳。

那些男人在慢慢离开哲东，又不敢离得太远，也不敢离开得太快，若即若离，同他始终保持一截距离。他们对他又恨又怕，如果他突然醒来，发现他们不在，不知会拿什么歹毒的法子惩治他们。他们走几步又回头张望，见外乡佬没动静就接着一步一步挪离。他们没地方可去，要么扛着锄头懒洋洋地下地，要么又聚在草垛后赌着“跑得快”。不下地也不赌的，就袖了手闲荡，有人被孝男他们的喧嚣吸引，偷偷溜到采石场。破絮就是一个。他改不了做贼的习惯，经常像一条蛇一样在村子里出没，有时免不了顺手牵羊。采石场只有石头，搬不动也偷不走，能带走的只有满耳的凿石声。破絮回到人堆里将采石场的喧嚣添油加醋一番，就是没人搭理他。那种凿石的声音他们早听腻烦了，再热闹也是凿石头。他们在装机器呢。破絮说。什么机器？书德只剩下一张七一张八，轮到他出牌，出得了七就出不了八，怎么都输了，听见破絮的话像是捞着了救命稻草。好多机器呢，有柴油机。见有人答话破絮的声音提高了八度，他就识得柴油机。去看装机器吧。书德将扑克扔到石墩上，撒腿就跑。书德，你给我回来。书德，你给我站住。赢了牌的人跺着脚叫喊，书德早到了两丈开外，还不见收住脚步。书德，你记着，抵你一天工钱。赢了钱的仍旧不放过。你老娘的棺材板我不钉了。书德头也不回跑了。你个贼骨头，早不叫晚不叫，这个时候叫。那人泄了气转过头骂破絮。剩下的人突然静了，你剜着我，我剜着你，不知该不该追着书德去看昆生的儿子装机器。管他娘的装什么，我们玩我们的。有人说。他们又围着石墩蹲了下来。听说采石场要招人呢。破絮唯恐不乱，添上了一句。人堆里立刻掀开了锅，刚蹲着的人又迅速弹了起来。

孝男他们将通往山谷的土路拓宽了。那些形容猥亵的男人头抵头合在一块，吭哧吭哧喊着号子，往采石场抬机器。他们的肩膀上除了柴油机，还有一长溜叫不上名字的蛮里咕咚的铁疙瘩。它们阴沉着脸，一言不发。它们是孝男的帮凶。狗们认不出，它们的凶相也没有吓着它们，狗们欢叫着，雀跃着，蜂拥到了土路两侧的田野上。黄毛向着那些铁疙瘩咆哮着，它的声音暗淡了许多，失去了往日的凶悍。它的主子蔫了，它也跟着蔫了。狗们不拿它的吼叫当回事，经过太久的寂寞，狗们有足够的理由狂欢一场。它们奔突着，在草地上打着滚，撒着欢，一边回头呼喊它们的主子。它们的欢呼很快将它们的主子招引过来了。他们没狗们激动，先是一步步靠近，一旦挪近了就让那些铁疙瘩吸附了，捕获了，铁疙瘩停下来他们也停下来，铁疙瘩走一步他们也走一步。他们将外乡佬的惩罚全都抛到了脑后，就像他们的狗们将黄毛的咆哮当成了一串空屁。

机器的轰鸣充斥水门村的每个角落，它们比桃子的腐臭还恶劣，你走在路上，它们就在背后追赶你，你爬上山，它们就直接砸到你头顶上，你躲进被窝里，它们就从棉花的缝隙里钻进去。那些男人半夜里想同女人说句亲热的话，话在半道里就让它们剪了去。它们在告诉他们，水门村不再是桃树的天下，已经是它们的世界。它们卷起漫天的石尘，将水门村抹上粉白的印迹。竹竿上的衣服，早晨晾出去，傍晚拿在手上就成了抹布。挖一把鼻孔，是浊白的石泥。禾苗上，草叶上，哪儿都是厚积的粉尘。就算一场大雨洗去了，不出三天它们又全部灰溜溜的，茅草同禾苗成了一张脸，根本无法辨认。残存的几棵桃树，浑身也染了白。炳德刷的标语让粉尘埋得不见了影踪。黄毛裹了一身石尘，无论怎么抖动身子，皮毛都是粉白的，石尘透过体毛侵入了它的肌肤。瓦脊上落了一场雪，黑瓦全白了。哲东的宫殿也彻底叫石粉覆盖了，同其他的建筑没了任何区别。

有了机器帮忙，孝男他们进展神速，一个山头让他们劈去了半张脸，另一个山头又爆开了三个采石点。那条土路用碎石填实了，打磨成功的石碑石柱通过土路都流向了村外。他们还打磨了许多石头盒子,方方正正的,盒身镂了花纹。盒子小巧而精致,盛不了米也装不了水,不知干什么用的。后来我才听说那是用来装骨灰的,人死了烧成灰就装进那样的盒子里。采石场的场地上码了三大堆那样的盒子,数量不断在增加。如果将水门村的男女老少,加上狗猫鸡鸭全都烧成灰,恐怕也填不满那些盒子。我突然让恐惧攫住了,我的身体在战栗,我的心脏也让一只手揪住了,随时有可能被拽出来。我捂着自己的胸脯飞快地朝山谷深处逃了去。你跑到哪儿去,到时白送五只盒子给你家。我的身后是孝男肆意的叫喊。

我一口气逃回了谷底。我已经没力气爬回树腰间的床铺,只能将身体靠在树身上。可能我的脸色吓着了它们,羊们的目光全落在我身上,像不认识我了。它们的模样也让我瞅着陌生,身体让石尘包裹了,眼睛里也满是粉白。它们吃进肚子的草叶让粉尘污染了,它们的喉管里积满了污垢,嗓子也沙哑了。这帮傻瓜如果离不开山谷,那头断角公羊的下场就是它们的下场。它们的皮毛会让孝男他们剐下来绷在门板上,它们的肉会填进他们的肚子,它们的骨头会烧成灰装进石头盒子。就算不被他们宰杀,也会被石尘噎死。如果我不离开,也逃脱不了被石尘埋葬的命运。即使我侥幸逃脱了,羊不在了,哲东也不会放过我。它们眼巴巴盯着我,好像我就是它们的救世主。它们是无辜的,像我一样的无辜。我只有将它们从山谷里救出去,其实我也是拯救我自己。将它们赶出去不可能了,羊们听到轰轰烈烈的机器声早就挪不动脚步,只会瑟缩在草丛里。苦思冥想之后,我才想到一个法子。我将它们一只只装进麻袋,趁着黑夜扛出山谷,送回了筲箕窝。

从麻袋里放出来,羊们就欢腾了。它们筛动身子,在泥地上打着滚,想将藏在皮毛里的石尘赶出来。那些抖落的粉尘不甘心失败,飞舞着,翻卷着,到处流窜。有些又回到了羊背上,有些黏住了草叶。羊们是徒劳的,无论怎么折腾,更多的石尘穿透它们的皮毛,钻进了它们的身体。它们咩咩叫着,向九兰求助。九兰烧了锅水凉了,将它们一只只刷洗了一遍,倒掉了大半桶泥土。做这一切的时候,她的手脚是平静的,那神情就像照管没了娘的孤儿。它们是哲东的儿子,九兰就是它们的娘。它们的老子撇下它们不管了,它们的娘就得照看它们。羊圈里堆满了柴草,有的地方断了栅栏。她又吩咐我,将羊圈清理了,铺上草。

羊们却不肯进圈，堂前屋后撒着欢，蹦跳着。它们的身体干净了，就有了寻欢作乐的心情。这是个新奇的地方，它们的祖先曾经生活在这里，草丛里，桃树下还残留着祖先的臊气。那些桃树缺乏管理，快要让荒草淹没了。有的枝丫已经腐朽，有的乱枝横出。东边的山头缺了一角，那些桃树被撂倒在地。地上浅浅挖了几排坑，栽了几株美人桃，大部分的坑还空着，有可能哲东也没勇气将那些桃树种下去。疯长的野草正好为羊们提供了丰富的食粮，桃园也就成了羊们的乐园。它们将它们的主子忘到了脑后。它们呼啸着扑进草丛，经过这番折腾早已饥肠辘辘。

我想我该弥补在山谷里缺失的睡眠了。我回到了我的卧室，东边的那间屋子，我离开后它就成了孝强的蜗居。屋子里静悄悄的，孝强不在，我撞见的是另外一个男人。他贴在墙壁上，阴沉着脸，用一双水蛇眼乜斜着我。他的胳膊裸露着，肩头趴着只青色的蝎子，手上是一把吐着寒光的大砍刀。整张画像占据了大半堵墙。床仍在原来的位置，床头悬了把同画像上一模一样的砍刀。我将砍刀摘下来，扔到了屋后的阴沟里。我将那个男人也撕碎了，扔进了火炉里。都见鬼去吧。我不能让那样的一把刀高悬在我的睡梦中，也不能让那样的一个男人埋伏在我的卧室里。我得将那些丧失的夜晚捞回来。

我做了个奇怪的梦。我在梦里撞见了昆生。他牵着他的哑巴狗，在哲东的宫殿前溜达。他走一步看看他的左边，走一步瞧瞧他的右边，左边是他的金銮殿，右边是哲东的宫殿。他将道路堵死了，我思想着该往左边走还是往右边走。我不知道自己想去哪儿，要去哪儿。你也在做梦？昆生问我。我没有回答昆生，也不敢向着他的脸，只有低头瞅着地板。地板上满是尖锐的石头，有根石头像笋一样穿透了我的脚背，我一点也不觉得痛。你还不滚回你的樟树村去？有个低沉的声音罩住了我，像是孝男，又像是昆生。我瞥一眼昆生，他的嘴巴闭得死死的，没说话。我扫视了一眼四周，也不见孝男的影子。我埋下头往地板上搜索，昆生的哑巴狗阴沉着脸，满眼寒光对着我，原来声音是它发出来的。你还不快点滚回你的樟树村去？它又冲着我吠了一声。它的嘴张开了，龇出几颗白森森的牙齿。我的腿肚子阴森森的冷，想是叫它扯去了一大片肉。我溜一眼右边，黄毛不在，哲东的宫殿也不见了，那里荒草萋萋，散发着桃子的腐臭，还有刺鼻的牛粪味狗屎气。我得赶快逃了。我拼命迈动双腿，可它们不听我的使唤，它们让石头钉死在地上了。昆生撒开了哑巴狗的链子，哑巴狗长啸一声，向我扑了上来。我绝望了。哑巴狗咬住了我的裤管,它的牙齿扎入了我的肉体,它的唾液进入了我的血管。我在劫难逃了。我的脑子一片空白。我死定了。哲东的羊倌死了,哲东的苦力死了,不可救药地死了,我倒在石头上,彻底死了。

我在惊恐中醒来时已是午夜,周围的一切让黑暗全部隐藏了。我什么也看不见,也许昆生就守在某个角落,他的哑巴狗对我虎视眈眈。有一种空旷的寂静在筲箕窝飘荡,它们踩着草叶的头颅,攀着桃树的枝丫,飞越过屋脊。这种寂静并没能流传多久,就让远处的机器声震碎了。九兰的房间亮着灯。我听见有人在说话,有人在嘤嘤唧唧哭泣。我以为哲东回来了,仔细听过又觉得不像,他不可能半夜里跑回筲箕窝。我摸索到了九兰的门口,藏在灯火的阴影处。孝朵,是孝朵,趴在九兰的床头,身体抽抽缩缩地抖动。有只小皮箱压在被子上,漫散着暗红的光芒。没什么可哭的,这都是命。九兰叹口气,用手抚了抚孝朵的脊背。孝朵揩了揩眼睛止住哭声,拖过小皮箱"叭"的一声掀开了。箱子的一半码着齐齐整整的纸币,另一半让一些红布包裹塞满了。孝朵拆开一个小包裹,抓了把东西在手上,仰视给九兰。那是金黄的戒指,银白的链子,让孝朵托在掌心,就像托着一朵黄的白的桃花。收起来吧。九兰覆住了孝朵的手掌。孝朵顺从地合上箱子,九兰起了床,抱起箱子朝门口走了过来。我赶紧躲开了。九兰抱着箱子爬上了楼梯,楼板上响过一阵窸窸窣窣声,之后就悄无声息了。

箱子里的东西不可能是孝朵的,更不可能是花痴的。如果是孝朵的,用不着这么神秘,深更半夜将它弄到筲箕窝来。肯定是些见不得人的东西,肮脏的,比腥臊的羊还腥臊,比腐臭的桃子还腐臭。它们是从哪里弄来的,有可能就是大肚子刘镇长的,我猜测着,一定是的,除了他,我的脑子里想不到其他人。这中间一定藏了什么故事。只有去水门村的心脏寻找答案,任何不明不白的事只要出了筲箕窝就一清二楚了。

水门村的心脏像沸腾着一锅羊杂碎一样的喧闹。那些男人大呼小叫的,又捆在一堆赌着"跑得快"。他们的头顶是浩浩荡荡的机器声,对他们没一丝一毫的影响,机器声同他们半点关系都没有。女人们也混迹其中,佯装纳着鞋垫,或者逗着孩子。她们是他们的暗探,趁人不留意朝各自的男人打着手势,抛着只有她们的男人才能明白的眼色。赢了钱的,男人就同他的女人对视一眼,掩饰不住的得意;输了钱的,嫌他的女人碍手碍脚,在她的屁股上拍一掌,说,去,扫帚星,滚一边去。炳男的手里攥着一把毛票,都是赢来的,他的光头儿子嚷嚷着，糖，糖，我要把把糖。炳男扔了张两角的毛票给他，光头就屁颠屁颠跑开了。他奔跑的样子同孝强小时候几乎一个样，我怀疑光头是哲东的野种。这是唯一的发现，除此之外，我没有听到任何说法。孽种。我有些失望，在肚子里呸了一声，转身离开了那帮戴绿帽子的男人。走了没几步，我就撞上了昆生，这同我梦境里的情形一个样。昆生将双手绞在背后，挺着胸，堵住了我的去路。哑巴狗贴着他的身子站着，歪着头盯着我，系狗的绳子拴在他的裤腰带上。这么长时间的消沉，他的乳房不但没瘪下去，反而像奶孩子的女人一样鼓实了。我没有迎着他的乳房走过去，而是埋着头绕过了他。狗崽子。昆生用鼻子哼了一声。

哲东的宫殿门口空落落的，不见有任何动静，黄毛也不在。我在门楼边兜了一圈又溜了回去。我挑了个不起眼的角落蹲下来，离他们不近也不离得太远。我得盯住他们，他们的一切都不能逃过我的眼睛。我是我自己的暗探，也许能从昆生身上窥探到蛛丝马迹。他的哑巴狗比他先一步跑过去，闻闻这个，嗅嗅那个，同黄毛一副德行。哑巴，回来。昆生呵斥了一声。哑巴狗摇着尾巴退了回来，绕着它的主子转个不停。那些男人让昆生的呵斥叫醒了，有人丢了扑克直起腰身，也有人假装没听见，缩在石墩上不动。老村主任。破絮朝昆生低下了脑袋。玩着呢。昆生扫视了一遍人群，将他们的样子全部收入了他的眼底。闲得慌么。破絮说。那些缩着的男人终于挂不住，一个个红着脸站了起来，朝昆生讪笑着。一年四季都闲得慌，你撒泡尿照照自己，活得哪有人样了，连我的哑巴都比你顺溜，你他妈的纯粹是狗屁。昆生戳着破絮的鼻子指桑骂槐。破絮挨了骂，灰头土脸缩到了别人背后。那些男人也成了哑巴狗，或低了头，或将眼睛望向别处。他们让昆生骂得有些莫名其妙。都让外乡佬惯坏啦，种什么桃树，都折腾够了吧，一个个死树相。昆生叹口气，像是训斥，又像是替他们惋惜。他的哑巴狗也庄重了，昂首挺胸向着他们。那些男人的脸挂不住了，慢慢散开，想脚底下抹油溜之大吉。去吧，让孝男给你们份事做吧。昆生挥挥手，让他们去找孝男。有人止住了开溜的脚步，又不敢贸然接下话，也有人拿眼睛偷偷朝哲东的宫殿方向瞟。昆生窥破了他们的心事，扬起指头欲戳某个人的脑瓜，又没戳出去。那个大肚子完蛋了，他也快完蛋了。他朝哲东的宫殿努努嘴，拽紧哑巴狗的绳子，到别的地方巡视去了。

那些男人面面相觑，像从死去的桃树一样杵在那里，好久都不见动弹。他们像一群饱食了的牛聚在一起反刍昆生的话。他给他们抛下了块香甜的诱饵，他们犹豫着,不吃觉得可惜,吃了又怕其中藏了毒。他们不相信外乡佬那么容易完蛋,也许是昆生捉弄他们的骗局。扑克玩不下去了,输了的钱不指望赢回来,赢了钱的巴不得立马散了。他们暗暗拨打着各自的小算盘。狗卵。书德掷下两个字,咚咚咚,直接跑向了采石场。这一跑将他们都牵动了,有人借口肚子痛钻进茅厕,从茅厕的后门溜了,七绕八弯,也走上了通往采石场的路。翠翠爹抹不开面子,老老实实去了他家的牛栏。孝顺收起他的剃头包夹在腋下,到别处寻找他的活计。破絮缩着脖子,左看看右瞧瞧,人都快散尽了,才慌慌张张去追书德的屁股。炳男是沮丧的,他是个瘸子,抡不得锤也扛不动石头,去了也没人要。只有埋着头,瘸着腿,一扭一拐,从哪里来的仍旧回到哪里去。

我有一种不祥的预感,哲东真有可能快完蛋了。昆生不像造谣。如果没有十成的把握,这个曾经跌到污水沟里的家伙绝不敢牵着他的哑巴狗到处招摇。他是条阴险的蛇,轻易不露面,只有逮着空当,才突然溜出来噬人一口,又迅速缩回他的蛇洞。

哲东的宫殿静悄悄的,那些野女人都销声匿迹了。接近门楼时我放轻了脚步,怕黄毛会突然窜出来,又怕撞见了哲东。如果叫他看见了,我不知该对他说什么,报告羊们从山谷里撤了出来,还是将偷听到的话转告他。我在门楼前走了两个来回,最后说服自己蹑手蹑脚潜了进去。院子里空荡荡的,靠墙的地方栽了几株细瘦的桃树,地上散落着无数桃核,稍不留心就硌着脚板。一股桃子的腐臭冲进了我的鼻孔,将我的肠胃都掀了起来。我用手压住腹部,一步一步摸近了屋子。屋门开着,屋子里空寂寂的,黄毛没有跳出来,哲东也不在。我有些失望,这个可怜蛋,鬼知道藏到什么地方去了。

我侧着耳朵倾听了片刻,想确认他到底在不在。他已经没地方可逃了。我犹豫再三还是没有进入他的屋子,他有可能抱着酒瓶醉倒在地板上。我从门口退出来,绕到屋子背后。我习惯了从窗子里窥视他,那时的他是真实的,赤裸的,有多少花花肠子,怎么也遮掩不了。他坐在桌子边的躺椅上,桌子上摆了只酒盅,一杯一盏喝着酒。他的鼻子哼哼叽叽的,唱着酒歌。听了好久我才明白,他唱的是催工鼓,早晨露水难得开呀,一来打湿郎衫袖,二来打湿姐花鞋,要等那东边日头来,我开口叹一声,我苦命的丈夫人。催工鼓本来是女人唱的,他模仿着女人的嗓音,尖声细气的。他唱一声撮起指头蘸上两滴酒,黄毛就圈在他的脚边,见了酒滴探出舌头接着了。这一主一畜比谁的日子都逍遥。他们的快活让我无比愤怒,我,那些蠢笨的羊,都让他给耍了。你就快活死吧。我狠狠地朝墙上踢了一脚。我恨不能他的宫殿顷刻倒塌了,让他们也享受享受山谷里的那种鬼日子。汪汪。黄毛听到踢墙嗷一声窜了出来,龇牙咧嘴向着我。我抄起根桃树干,它才停止了咆哮,摇着尾巴取悦我。我不打算因此放过它,将桃树干朝它扫了过去,它一扭屁股逃回了屋子。

孝荣,进来。哲东在屋子里喊。我知道躲不过了,只有硬着头皮进了屋子。我拿定主意不同他说话,无论他说什么我都装聋卖哑。坐吧,陪我喝两盅。桌子边多了把椅子,桌上多了只酒盅。我没有搭理他,走过去将酒瓶酒盅一股脑儿扫到了地上。去死吧你。我恨恨地在心里骂道,之后跑出了这座让桃子的腐臭塞满了的宫殿。

水门村的心脏空前热闹起来,到处都是奔跑的脚步声。孝男接纳了书德,又接纳了破絮。昆生父子的宽宏大量让那些男人感激涕零,他们自告奋勇,扛着锄头铁钎,一起奔向采石场。后来的这些人没有书德和破絮幸运,昆生将他们拒之门外了。他牵着哑巴狗,横在采石场的入口处。他的哑巴狗虽说没有哲东的黄毛凶悍,但露出的獠牙足以令他们心畏胆寒,让它咬一口,少不得掉皮少肉。散了吧,采石场都满人了。昆生冷着脸说。这些没长骨头的男人碰了壁并不死心,讪笑着,围着昆生和他的哑巴狗。哟哟,这狗就是比黄毛伶俐。有人啧啧称赞哑巴狗。昆生抖了抖狗绳,哑巴狗摆出了撕咬的架势,那些男人后退了几步。昆生再抖抖绳子,他们又撤退了几步。回去吧,将那些死桃树给我捆过来。昆生吩咐他们说,认树不认人,都是邻里乡亲的,别说我没给你们机会。

昆生的举动让他们摸不着后脑勺。他要那些死桃树做什么,当不了柴火,也垫不了牛栏猪圈,除非扎篱笆,再没别的用途。他哪里需要那么多篱笆呢,他的菜园子圈满了篱笆,他的院子也用砖墙包围了。只有一种可能,他想将采石场保护起来。那不过是些石头,而且凿成了墓碑骨灰盒,偷钱偷粮偷人的贼有,偷墓碑骨灰盒的从没听说过。瞎琢磨什么,他要桃树就给他桃树。有人懒得耗费脑筋,掉过头捆桃树去了。那些男人一个个争先恐后往回跑。他们的女人扔掉手头的活计,风急火燎跑到了桃树地。那些没砍桃树的男人,慌急慌忙操起了刀。早说了砍掉,你偏说留着结桃子给孩子吃。他们抱怨着女人。女人挨了责骂并不还嘴,手忙脚乱收拾着男人放倒的桃树。溜一眼旁的人家,那些早砍倒的桃树枝丫腐朽，有的还让土地埋着了，就是连根挖起来，勉强才凑起来几个小捆。同新砍的桃树放一块，它们就是老弱病残，瘦骨嶙峋的模样说多难看就有多难看。

那些桃树枝昆生没让搬到采石场，而是堆在离哲东宫殿不远的场地上。刚开始，那些性急的男人随便捡几根桃树枝，打个稀疏的捆，交了差。他们扔下桃树捆就一步不停地奔向采石场，腿底下像是生出了翅膀。迟到的男人为了讨好昆生，将一身蛮力全花在了桃树枝上，扛来的桃树一捆比一捆粗壮。桃树枝堆成了一座山。那些男人似乎摸透了昆生的心思，故意将桃树枝堆到了哲东的门楼边，就像他们当初扔烂桃子一样。那些性急的男人让迟到的男人一比较，又没了面子。他们将那些散失的桃树枝绑了，添到树堆上。还有人嫌自家的桃树不够，趁着夜晚偷偷溜进筲箕窝，将哲东的桃树砍了，扛到了水门村的心脏。哲东的门楼仅剩一条缝隙，侧着身子才能勉强进出。昆生让人用稻草将桃树堆苫了顶，又在树堆前立了块木牌。木牌上写着：此物属罪证，禁止偷盗损毁！字是黑体，蘸了红漆写的，怒目金刚。过了一个晚上，木牌上又让人添了几个字：此物属外乡佬的罪证，禁止偷盗损毁！违者全家死绝！！！署名：全体水门人立！

水门村的心脏流言四起，都是关于哲东的。有人说他虚报了买桃树苗的钱，两毛钱一棵的桃树苗，硬收了三毛九。有人说城里人观看桃花的门票没进村里的账，而是让他和水生他们私分了。有人说他收了那些水果贩子的红包，要不然桃子的价格怎就那么低廉。有人说县长奖励水门村的不只是两吨化肥，还有两千元的现金让他独吞了。流言就像狗们一样到处吠叫。它们流窜到哪，就将狂乱的叫声带到哪，它们逮住谁，就将阴毒的猜测传染给谁。外乡佬，外乡狗，一个红包二百五；外乡佬，外乡猪，一棵桃树三毛九。有孩子在哲东的宫殿前唱起了顺口溜，用了酒歌的调子，招引来众多的附和。外乡狗，外乡猪，颈上杀，脸上刨，杀又不出血，刨又不见毛。有人就察觉了昆生的聪明，那哪是堆死去的桃树，是堆白花花的银子啊。他们私底下计算着，这红包不分给他们，奖励的现金也不分给他们，但买桃树苗多收的钱怎么也该退还他们。一棵桃树三毛九减去二毛，得退回一毛九分。一百棵桃树十九元，二三百棵桃树不过三五十元。算来算去就这么点钱，他们又不甘心，快二十年了，怎么也得算点利息吧，这利加利利滚利少说也得上百元，全村加起来可就是两三万。这外乡佬的胃口比昆生贪多了，一个顶得上昆生两个。

那些男人眼巴巴盯着哲东的口袋,却没勇气向他讨要。他们逮着空闲就跑到哲东的宫殿前,三个一群五个一伙赌着“跑得快”。男人不空闲,就换了女人上,她们抱着孩子,或者纳着鞋垫,叽叽喳喳聚在桃树堆的旁边。没有足够的证据,又惧怕黄毛,所以谁也不敢贸然行动。守了几天,有人不耐烦了,跑去找昆生询问对策。你们早干什么去了?不是摇钱树么,怎么就不落钱了呢?昆生冷嘲热讽的,不见半点可怜他们的表情。他们挨了顿讥笑,脸蛋都乌紫了。将他告到镇上去。有人愤愤地说。这说法并没有得到很多人的响应。有人担心,当初昆生也是叫镇上拘了去,他吃的那一万多块钱的冤枉连个银角子都没分给他们。思前谋后,他们决定组织讨债队,将外乡佬多收的桃树钱要回来。谁来担任队长呢,书德还是破絮,孝顺还是炳男,点了无数个人的名字,都没有让他们省心的。要是高贵在就好了。有人说。不是有小高贵么?有人接口。呸,那个没骨头的东西,他都是外乡佬的黄毛了。有人吐了一地的唾沫。扯到最后,只有抓阄了。有人剁了一袋杂树枝,其中混了截桃树枝,谁抓着桃树枝谁就是队长。让书德抓着了。呸,呸,呸。书德恨自己晦气,朝地上呸了三声。

书德换了身做木工时穿的衣服,提了斧子,率领讨债队将哲东的宫殿团团围住了。那些男人有的扛着锄头,有的握着猪屎铯,一窝蜂似的躲在书德背后。他们的头顶上竖着块巨大的木牌,木牌上书:外乡佬,还我桃树钱!向外乡佬讨还血汗钱!外乡佬,还我桃树钱!有人声嘶力竭地叫喊着,是破絮的声音。外乡佬,还我桃树钱!破絮的叫喊得到了讨债队的响应,破絮喊一声,他们就鹦鹉学舌一遍。向外乡佬讨还血汗钱!破絮从人堆里跳出来,爬到桃树堆上。他满脸的红赤,身上穿的不再是掏了棉花的大口袋似的棉袄,而是件揉揉皱皱的旧西服。因为兴奋,他的嘴角不住地哆嗦,有只无形的手在撕扯着他。讨债队也跟着慷慨激昂了,他们的呼号一浪高过一浪,一浪压过一浪,汹涌着,澎湃着,爆炸着。棒棒,有人敲击着木棒;咚咚,有人敲响了脸盆;滴滴,有人吹响了哨子。狗是绝对不放过热闹的。它们呼朋引伴,携妻带子,也赶来替它们的主子助阵。采石场可能怕影响他们向外乡佬讨债,适时将机器声关掉了。整个水门村就只剩下波澜壮阔的人声和狗吠。

无论他们怎么叫嚣,哲东的宫殿始终静悄悄的,没有任何反应。外乡佬,滚出来!他们朝宫殿内狂吠着。他们的叫喊没有引出哲东,倒将水生喊了过来。你们这是干什么?有话不能好好说,冷静点,都给我回去,回去。水生跳到队伍的前面,劝说他们。他的劝说不但不能将他们降温,反而煽起了他们的情绪。别听水生的,这狗日的早不是水门人了,他是外乡佬的狗。有人尖叫着。水生捉住书德的斧子还想说话,书德一抖胳膊,将他甩到了地上。水生摔了个狗吃屎,鼻青脸肿的。书德,你不会有好果子吃的,你忘了高贵是怎么死的。水生说。你给我滚,你老娘的棺材板我不给你砍了。书德的眼睛红了,扬起斧子怒目而视,再不滚,老子剁了你的狗腿。水生只有灰溜溜地逃了。冲进去,将外乡佬揪出来。又有人在煽风点火。有人摩拳擦掌,试图冲进哲东的院子。他跨了两步就迈不动腿了,黄毛挡在院子中间,耸着毛,瞪着眼,一眨不眨盯着他们。它不像以前那样用咆哮声警告他们,而是沉默着,嘴巴微张,嘴角龇着锋利的牙尖。这种不怒而威的样子令他们闻风丧胆。破絮,你来打头阵。有人直呼破絮。破絮本来就是为了提防黄毛才爬到桃树堆上,现在有人让他来当炮灰,心里一万个不情愿,又没法子推脱。他磨磨蹭蹭下了桃树堆,从一个男人手上接过猪屎筢,硬着头皮往门楼里钻。才进去两步远,黄毛就大吼一声腾身而起,朝破絮劈头盖脸压了过来。破絮将猪屎筢迎着黄毛抡了过去,黄毛半道里一扭身避过了猪屎筢,那几颗白森森的牙齿直接扎在了破絮身上。妈呀。破絮惨叫一声,从门楼里跌了出来。他的裤管撕去了一大截,腿上连皮带肉去了一大块。破絮的惨状让讨债队的男人们抽了口凉气,倒退了三四丈才压住阵脚。幸好黄毛没有乘胜追击,破絮才颤颤巍巍爬起来躲了。

黄毛的凶猛将他们镇住了。好半天书德才缓过神,朝讨债队的男人们嚷嚷着。去,牵几条狗来。狗就在他们身后,他们转过身,将它们驱到了阵前。狗们以为它们的主子有什么美差交给它们,一条条摇着尾巴,卖着乖。冲呀,咬呀。它们的主子用手戳着黄毛,让它们去同黄毛厮杀。弄明白了主子的意思,狗们傻眼了,胸腔立马就瘪了。它们夹着尾巴直往人堆里钻,一条草狗还朝黄毛摇起了尾巴。狗日的。他们的锄头和猪屎筢不招呼黄毛,反而砸向了自家的狗。昆生的哑巴狗管用。有人说。去,将哑巴狗牵过来。书德气急败坏地喊叫着。昆生牵了他的哑巴狗在人堆外瞧着热闹,有人跑过去借狗,让昆生一句话顶了回来。我的哑巴狗不参与,一帮大活人连条狗都制服不了。昆生乜斜着眼说。讨债队受了昆生的嘲弄,一个个脸都铁青了,嘴巴也哆嗦了。我们用火烧死它。有人摸出打火机凑向了桃树堆。这是我的桃树堆,谁敢动?昆生一把抢过打火机抛向了人堆外。昆生的举动有些让人摸不着头脑,他们陷入了夹缝之中,这边是昆生和他的哑巴狗,另一边是外乡佬和他的黄毛。愤怒的他们无计可施,一个个青筋暴突,满眼火光,又无可奈何。拆了他的门楼。有人又点了一把火,这么阔气的门楼肯定是用我们的血汗钱修建的。许多把锄头立刻捣向了门楼,这一回他们全然不顾黄毛的威胁了,一拥而上,挖的挖,撬的撬。炳男拄着锄头拐到了石柱下,还没动锄头,米儿突然跑过来,拽住他的手。你给我回去,你给我回去。米儿的脸像泼了血。炳男,你的绿帽子戴得还不够。有人讥笑着。炳男曲歪了脸,一抬手将米儿掀在地上。黄毛也被他们的气势吓住了,在院子中间转着圈,咆哮着,再不敢扑向这团怒火。那两根石柱子埋得太深了,他们挖了老半天,依然撼不动。牵条牛来。有人出主意。就有人牵了牛牯来助阵,将石柱系了绳索,另一端套在牛的肩膀上。一条牛牯不够,又增加一条,再增加一条,石柱摇动了。三头牛牯一齐用力,石柱轰然倒塌了。将倾未倾之时,黄毛鼓足了勇气,撕心裂肺吠一声,疯了似的扑向牛屁股。它的突袭在半路上就终止了,一根石柱将它砸了个正着。黄毛没来得及哼叫一声,就让石柱激起的尘土遮蔽了。

第26章　坍　塌

讨债队讨伐哲东时,有几个人始终没露脸,一个是炳德,另一个就是小高贵。他们都不知躲哪去了,讨债队撤退后依然不见他们的身影。哲东动了那么多脑筋都没焐热他们,危急时刻这帮黄眼狗还是背叛了他。残局是我和水生一起收拾的。我原本打算袖手旁观,哲东惹下的祸事为什么让我来替他揩屁股,他同那些野女人快活时可曾想过我在山谷里忍饥耐渴,忍受蚊蝇叮咬,过着非人的日子。可我是他的儿子,即使有一万个不情愿也得情愿。我不帮他谁来帮他。我第一个进入了院子,屋子里空荡荡的,什么人也没有。让我扫落在地上的酒瓶和酒盅回到了桌子上,一把椅子翻倒在地。一股浓烈的酒味夹杂桃子的腐臭在屋子里窜来窜去。哲东逃了,只留下一座空院子任由那些男人咆哮。软巴蛋。他又让我小瞧了一回。

门楼垮了,两根石柱子倒在地上,一根断为了两截。那是两具沉重的尸体,只能任其躺在那儿。黄毛让其中的一截断柱子砸中了脑袋。它死去的姿势很可笑,脊背弓着,四条腿朝后绷直,拼尽了全力想将脑袋从石柱子下拔出来。它的样子同那头断角公羊离去时一个模样。它的尾巴也是笔直的,上面附着了股力量使劲往后拽。它是徒劳的,不管有多大的力量,它的脑袋永远压在了石头底下。活该,你个狗腿子。我俯下身子,试图搬动石柱,石柱一动不动,懒得理睬我。我拿了根桃树干捅到石柱下,用肩膀扛住树干朝上撬,石柱子依旧不见动静。再用力时,桃树干戛然一声断了,我扑倒在石柱上,嘴唇叫牙齿磕破了。去你的。我扔了桃树干,对着石柱子踢了一脚。别动了,保留现场吧。水生说。保留个卵。我又朝石柱子的脸上踢了一脚,这一脚重了,像有根桃树枝钻进了脚趾头。我抱着脚掌坐在了地上。水生又寻来两根木杆捅到石柱下,一人扛一根,一起用力才将石柱翻转过来。黄毛的脑袋成了张血肉模糊的肉饼,凹陷在泥地里。它的脑浆爆出来,桃叶大小的髓白浮在肉饼上。它的眼珠子一颗爆碎在眼眶里,另一颗不知去向。我环顾了一眼四周,才发现它挑在一根桃树枝上,那根桃树枝从树堆中探出手,恰好将黄毛的眼珠子接着了。那颗眼珠子脱离了眼眶,还死死盯着它的主子,至死也没弄明白那弓着的身体为什么要将它驱赶出来。

我预想过黄毛的悲惨,但没想到这般残酷,这世道做个人不容易,做条狗更不容易。我设想过它多种死法,同水门村的狗搏杀死,或者叫水门村的男人毒死,乱棍打死,谁知它死在了它主子的门柱下。可怜的家伙。我有些后悔咒骂它是狗腿子。我蹲下身,想将它的脑袋挖起来。我捏住它的耳朵,稍微用点力,耳朵就落在了我手上,它的头颅已经稀烂,没一个物件是连缀在一起的。我只有拿了铁铲连土带血将它的脑袋铲了起来。水生用双手托住黄毛的身子,我用铁铲端起它的脑袋,将黄毛放到了屋檐下的台阶上。它的主子会怎么对待它,我想瞧个究竟。

那些男人发泄完后沉寂了,水门村的心脏回归了往日的平静,采石场的机器声又轰隆隆地响了。哲东是条泥鳅,劫难发生之前溜了。回来时他再次掐准了时间,不早不晚,一切风平浪静后就出现了。他的身后跟随着大帮的人,镇上的人,派出所的人,炳德也在其中,掉在最后的是孝强。炳德的脸红彤彤的,嘴巴大张着,上气不接下气。我冤枉炳德了,他不是黄眼狗,讨债队发难时他跑去了向哲东告密。我也冤枉了哲东,他不是躲避劫难,而是为了孝强才去到镇上的。孝强是水门镇上了臭名榜的混混,因为斗殴被拘到了派出所。这次孝强可能没沾到人家的便宜,成了受害者。他的左胳膊脱臼了,用块纱布吊在胸前,他的鼻孔里塞着两团草纸,右边鼻孔的草纸让血浸透了。他耷拉着脑袋,走得垂头丧气。

现场有些狼藉,连着门楼的围墙倒了一大片,满地都是散落的砖头。桃树堆也散了一角,枝丫杂陈。哲东的老毛病犯了,他的脖子承受不了脑袋的重量,脑袋垂落到了胸前。他在石柱边止住脚步,似乎不敢相信这就是他的宫殿。我一眼看穿了他的阴谋,石柱子根本挡不住他的去路,他停下来无非想博取身后那些人的同情。这是谁干的?真是无法无天了,有什么事向镇里反映嘛。镇上的人是个秀秀气气的书生,架着眼镜,嗓子眼透着装腔作势的威严。我认得他,他曾多次追随在刘镇长的屁股后到过水门。去,将小高贵叫来,他这治安员吃屎的?没有人回应他的问话,他有些火了。水生朝炳德丢了个眼色,炳德赶忙跑了去,兜了一圈空着手回来了。小高贵去了县城。炳德说。叫几个人来问问,到底怎么回事。派出所的人说。水生没接着丢眼色,炳德也没有动作。派出所的人就自个深入村子,找了许多人问话,才知肇事者有七八十人,是个叫书德的领头,再找书德,已不知去向,八成是逃了。他娘的,我去宰了他。孝强听着书德的名字,用那只没受伤的手抓起一根桃树干,拔腿就跑。你还嫌给我惹少了麻烦,添少了乱?你给我老实待着。孝强跑了没两步,就让哲东扣住了手臂,拽了回来。跑得了初一跑不了十五,跑得了和尚跑不了庙。王八蛋,我早晚废了他。孝强恨恨地说。你还没在派出所蹲够?派出所的人横了一眼,孝强才默不作声退到一边,眼睛里仍爆满了凶狠的光芒,一只青色的蝎子在他裸露的肩头张牙舞爪。这是条比黄毛还野蛮的狗,我隐隐觉得终有一天他会闹出什么祸端。

这伙人聚了散散了聚,合伙导演了台戏给哲东观看。这不是我感兴趣的,我只关注哲东怎么对待黄毛,他一定看到了它躺倒在屋檐下,也一定察觉到它的脑袋扁了。可我没发现他有任何举动,甚至朝那个方向看都没看一眼。他始终围绕那两根石柱转着圈,转得让人头都晕了。架着眼镜的书生,派出所的人都拿眼睛觑着他,不知他想干什么。宫殿四周多了些飘浮的人影,不远不近窥探着现场。罢了吧。哲东说,劳烦各位了,请屋里坐。他们相互对视了一眼,都没有进屋的动作。别急么,吃顿狗肉走,狗是现成的。哲东用手朝台阶上指了指。听说吃狗肉,他们的眼睛突然多了某种亮光,一个个相互谦让着进了屋子。孝荣,愣着干什么,还不将黄——狗拖去烤了。哲东朝我呵斥着。你们也吃过狗肉再走。他又挽留了水生和炳德。我抱了稻草,用桃树干扎了个三脚架,将黄毛搭到三脚架上。等等。水生燃了把稻草准备扔到三脚架下,哲东将他阻住了。孝荣,将狗头切下来埋了。哲东支使我。埋哪儿?我切了狗头,不知该埋往何处。你说埋哪儿?哲东反问我。来吧。水生在门楼边挖了个坑,招手叫我将狗头扔过去。我将狗头放到土坑里,抬起身,发现那颗眼珠子还在桃树枝上挂着。我将它摘下来,安放在黄毛的眼眶里。这个身首异处的冤死鬼,我不想它在阴间变成独眼龙。这是我最后能给它的怜悯。

有关哲东的流言蜚语不久就破灭了。镇上对哲东虚报购买桃树苗的款项做了一番调查,在县城的苗种场找到了证据,一棵桃树三毛五分钱,那多出来的四分钱是装运树苗的运费。收受水果贩子的红包,县长的奖金,都是子虚乌有。所有收集到的证据都贴在村部的公告栏里,白纸黑字,清清白白的。有些人仍存疑惑,外乡佬肯定买通镇上的人,将屁股擦干净了。那个大肚子的镇长不在,他的亲信还在，那个秀秀气气的书生原来就是他的秘书。讨债队的那些人惶惶不可终日，打蛇不死反被蛇咬，少不了招来外乡佬的报复。书德多么硬朗的一个人，就抓了个阄，都不知躲到哪儿去了。要是没躲出去，早在派出所蹲着了。有些人暗自庆幸，祖宗保佑没让自己抓着那根桃树枝。日子忐忑着，毕竟待在自个的家里，有吃有喝，哪像书德有家不能归有床不能睡，恐怕都没人样了。

谣言的破灭并没能给哲东带来好运。三个月后，水门村海选村主任，又是一场狗吠人欢的热闹。三只木桶，三个名字：哲东，水生，孝男。几筐桃核，一人一颗。落入哲东那只木桶的，不过四颗桃核，九兰，我，孝强，加上哲东自己。九兰的桃核是我替她扔进去的。近千颗桃核，大半进了水生的木桶，孝男也得了小半桶。哲东让他们从村主任的宝座上掀了下来。他就像颗坠落的桃子，翻滚着，旋转着，坠落进入无底的深渊，连个动响都没有。

九兰开始清理房间了。墙角的蜘蛛网，楼板上的烟尘，都被一扫而空。桌子抹净了，橱柜擦亮了，一切都光亮鉴人。哲东的旧衣服旧鞋袜都翻找了出来，该拆的拆，该洗的洗，最后齐齐整整收藏在衣柜里。床铺上的被褥换成了新的，连床板上的稻草也掀了起来，一把火烧了，垫上了棉絮。她甚至揭开了酒坛，满满的灌上几瓶酒，摆在柜子的显眼处。做完这些，她又精心料理了自己一遍，从头到脚洗了个鲜亮，又对着镜子修理自己的头发，一绺绺，比羊的皮毛理得还顺畅。再干活时，她有些心不在焉，淘米时将米舀到了水缸里，择菜时将菜叶丢了倒留下菜梗，切肉时菜刀剁向了指头，案板上积了一汪的血。只要屋外稍有响动，她就支棱起耳朵，像只警觉的羊。她的脸莫名其妙桃红了，胸部像藏了桃子，耸得比羊角还高。

她在期待哲东回来。按她的理解，他不是村主任，还赖在水门村的心脏干什么，筲箕窝才是他安身立命的地方。他不回到她的身边能去哪儿？不要他当村主任，还能阻挠他种地，筲箕窝的这九亩三分地还等着他来耕种呢。一天过去了，他没回来，三天过去了，他仍然不见身影。九兰有些沉不住气，借故跑到东边的山头朝村子里张望。她在山头上坐了整整一下午，太阳落了山，鸟儿归了巢，才追着羊们的屁股回来。她黑着脸，嘟着嘴，将哲东的衣服鞋袜丢得满地都是，酒瓶也摔碎了一只，酒香满屋子乱窜。这个杀千刀的。她捂着脸埋在被子里呜呜地哭了。其实她犯不着跑上山，也用不着浪费她的哭泣，她的哭声再洪亮，哲东听不见，他们也听不见。只有我和羊们听见了，我帮不了她，羊嫌她的哭声有些烦，扇动耳朵将她的哭声扇走了。

我不去劝说九兰放弃她的期待。她哭泣她的，我忙活着我的事情。我找到了泥人像的断臂残肢，那个抹了油让老鼠啃过的，它们躲在墙角落，灰尘满身。我将它们捧出来，砸碎，和上别的泥土。我听说，不管什么泥土只要揉熟了，想塑造什么就塑造什么。我一遍遍揉着泥土，揉干了，喷上水，接着揉，三遍四遍，泥土都柔软的跟面团似的。我仍不住手，我要将我的手揉进去，将我的血揉进去，将我的骨头也揉进去，将我对翠翠的思念揉进去，将孝朵的眼泪揉进去，将孝男的唾沫也揉进去，将断角公羊的冤屈揉进去，将黄毛的眼珠子也揉进去，将筲箕窝揉进去，将水门村的心脏也揉进去。我不再是个孩子，我的内心藏了一尊雄伟的泥人像。我揉熟了一团泥土，又到田地里挖来了一筐泥土。我将泥土捶散了，用筛子筛去碎石和杂物，浇上水，用脚踩软乎了，再用塑料包裹起来，一团一团慢慢揉。

我将第三筐泥土倒在地上的时候哲东突然回了筲箕窝。他吊着他的头颅，一步急着一步往前窜，像有人在背后用鞭子抽着他。残存的桃树向他招着手，他没看见，地里的花生向他敞着笑，他也没看见。他径直奔向了他的羊们。它们在山坡上嬉戏着，羊羔蹦来跳去，公羊追逐着母羊，各自寻找着各自的快活。那只公羊游弋在山坡的边缘，守护着它的妃子和臣民们。它一抬头就发现了哲东，几个蹦跳到了他身边，一边咩咩叫着，唤醒其他的羊们。羊们受了公羊的感染纷纷从草丛里钻出来，一齐欢呼着，涌下了山坡。它们中的绝大部分都没见过它的主子，那只公羊见到哲东时还是只小羊羔。可它们见了他，就像见着了它们的父亲，比见了它们的父亲还亲昵。那只公羊嗅了嗅他的手，又用舌头舔了舔他的裤管。一只母羊用它的肚子搔着他的腿肚子，一些羊羔绕着他转起了圈，摇唇鼓舌，吸引他的注意。

我又闻到了血腥的味道。这个失败的冒险家回到筲箕窝绝没什么好事，要不然他不会直接跑到羊堆里去。那帮傻瓜蛋还在欢呼着，全然没有察觉他的不怀好意。他捏捏这个的后腿，拍拍那个的肚子，又捉住羊角拎一拎。那些让他爱抚过的羊反过来舔了舔他的手掌。蠢货，拿根绳子来。哲东说。他叫我蠢货，我假装没听见，继续踩着泥土。孝荣，你耳朵聋了？快点拿几根绳子来。他的声音粗粗的、大咧咧的，狂暴的脾气一点也没变。我不敢怠慢，赶忙找了两根绳子送给他。都吊颈了？才两根绳子，去，再拿几根绳子来。他将绳子一甩套住了一只羊的脖子。他要大开杀戒了。我只好又拿了三根绳子给他，他套了五只羊，将五根绳子全部交到了我手上。这是头羊。那只公羊也让他套着了，我提醒他。头羊怎么了？头羊死了羊就不活了？他瞪了我一眼。羊是他的，他想宰谁就宰谁，我阻拦不了。就是将它们全都宰了，那也是他的事。

他将五只羊系在一棵桃树上。扳住其中一只羊的脑袋，将篾刀捅进了它的心脏，拔出篾刀就将它放开了。羊咩咩叫着，跌跌撞撞乱冲，却又跑不远，只能围绕桃树转着圈。血从它的脖子下喷出来，一圈一圈，在泥土上铺垫了一层血红的地毯。渐渐地，它们的脚步踉跄，声音也微弱了，圈子越缩越小，最后倒毙在桃树下。哲东将它们去了毛，开膛破肚，洗净血水，一只一只装进蛇皮袋，趁着黑夜运出了筲箕窝。倒霉的羊们，又一次充当了他的铺路石。

哲东走了，我又可以揉泥巴了。我边揉泥巴边猜想，他在密谋着什么，是想将丢掉的村主任宝座夺回来，还是有别的阴谋。我琢磨不透，也没时间去琢磨他那些花花肠子。只要有阴谋存在，总有一天会浮出水面，水门村的心脏就会有动静。我将泥巴搬到东边的山顶上，一边揉泥一边观察他们。好些天过去了，我什么也没发现。采石场的机器声仍旧那么嚣张，一切声响都让它蒙蔽了，鸡的歌唱听不见了，狗的吠叫也听不见了。他们都成了昆生的哑巴狗，一个个在土路上奔来跑去。哲东的宫殿前阒无一人，几条狗在放肆地调着情。远处的山让孝男他们切掉了一半，正淌着苍白的血液。我的身体打了个尿颤，隆起了一层鸡皮疙瘩。我觉得我就是一座山，正让孝男他们挖着。我的耳边有个声音在哭泣，那是山的哭泣。它的哭声混合在粉尘里，像狗交媾时的呻吟，又像羊临死时的哀叹。

有一天，我揉泥揉累了，靠在桃树上朝水门村的心脏瞭望。那是安静的午后，采石场的机器声暂时停息了。有个人影在村子中央的那条路上走来走去，一会儿靠近了哲东的宫殿，一会儿又离开了。他来来回回跑了三四趟，最终他的背影一闪，消失在哲东的宫殿门口。那个背影有几分像翠翠爹，又有几分不像。我拿定不了他到底是谁，总之是进去了。没过几天，又有人溜进了哲东的宫殿。之后进出的人渐渐多了，杏林，孝顺，讨债队也有人出现其中，就连从来不参与任何事情的哲仁也进了外乡佬的屋子。米儿裹着一团火卷了进去，她进去后没两三天，那些野女人也鼓起了勇气，摇摆着腰肢，往哲东的宫殿里飘。昆生牵了他的哑巴狗在垮塌的门楼前走来走去,却阻挡不了他们接近外乡佬。

我不知哲东拿什么诱惑他们。桃树成了祸害他们的罪证,美人桃对他们已经失去了吸引力。我决定去水门村的心脏一趟,瞧瞧他到底装什么神卖什么蒜。几个月不见,他的宫殿变了样,倒塌的石柱子滚到了墙脚下,门楼的地方砌了矮矮的屋子,摆满了柜台和货架,货架上堆满了杂七杂八的货物,酒瓶香烟洗衣粉什么都有。哲东站在柜台内,翠翠爹趴在柜上朝一张纸上按着手印。孝荣啊,又长高了。翠翠爹向我抛过来憨厚的一脸笑。我都三十岁了,他还夸我又长高了。我真想掴他两个耳光,可他是翠翠的爹,我不得不伪装出笑。我挤了挤脸,也不知将笑挤出来没有。到镇上的信用社拿钱去。哲东将那张按了红手印的纸撕下来扔给翠翠爹,那纸有意捉弄翠翠爹,在半空中飘了个之字,翠翠爹捉了两次都没捉到手,纸落到了地上。翠翠爹慌忙弯下腰,将纸拾起来,吹去灰尘,小心折好收进口袋里。谢谢村主任。翠翠爹用手按了按口袋。我不是什么村主任,我是信用社的放贷员。哲东粗声粗气说。是,放贷员。翠翠爹又朝哲东弯下了腰,他的裤子屁股上破了个洞,露出了破旧的内裤。洞口像是叫石头磨破的,连内裤都沾上了粉尘的颜色。

哲东成了水门村的钱袋子,不单我想不到,那些男人更想象不到。他扼住了他们的脖子,一个外乡佬扼住了他们的脖子,谁想借钱都得瞧着他的脸色,想借给谁或不借给谁,就看他高兴不高兴。那些男人变着法子同他套近乎,有的捉了鸡,有的拎了酒,追着哲东的屁股转。他们长了同一张狗脸,别看今天笑得比桃花还灿烂,稍有不慎明天就翻脸不认人。

我懒得搭理他们,他们的狗脸只会叫我恶心。我不想坏了塑造泥人像的心情,泥巴熟了,再不动手它们就会干硬,就会给我脸色,就会对我不理不睬,不听我的使唤。我要揉捏一个女人,一个藏在心中的女人。我已经构思好了,她有着绿松石一样的脚踝,桃子一样的乳房,桃花一样的笑脸,羊一样温顺的目光。我要将我的思念写在她的心坎上,将我的爱慕写在她的乳房上。我要用泥人像说话,让她告诉他们,别再逼着我娶别的女人,我就等着翠翠,她一辈子不回来,我就等她一辈子,她两辈子不回来,我就等她两辈子。除了翠翠,我谁也不娶。翠翠。我喊一声她的名字,她的脚踝就有模有样了。翠翠。我再喊一声她的名字,她的腿肚子曲线玲珑。我的翠翠。我默念了一遍她的名字,她挺拔的臀部就凸现了。

泥人像捏到一半,在她的腰部,就让哲东给打断了。他交给我一蛇皮袋树种,吩咐我,将这些杉树籽种了,撒薄些,别太厚了。给孝强吧。我不能终止我的泥人像。别提那个畜生!你个蠢货,三十几岁的人还玩泥巴。他一脚踹在泥人像的腿部,泥人像立刻歪了。他的暴怒让我乖乖撒了手。可我不明白,他为什么骂孝强是个畜生。答案是九兰告诉我的,孝强逃了。海选过后,哲东落了选,书德以为没事回到了水门村的心脏。孝强趁他不备时袭击了他,打折了他一条腿,逃出了水门村。书德的下半辈子就靠一支拐棍撑着。

我恨不得将哲东的脚一刀剁了喂狗。他毁了我的泥人像,我还得给他播种杉树籽。这死沉的一袋种子,不知能种出多少树苗。这么多树苗,到时栽植到哪儿去,筲箕窝的几亩地要不了一酒盅杉树籽。除非栽到他的屁眼,他的屁眼也只栽得了一棵。他可能瞄上了那些砍了桃树的土地。桃树让他们毁了,他要用杉树将土地夺回来。他在要挟他们。你想借钱,先栽杉树吧,不栽杉树想贷款,没门。他们不能不听他的,总有不称手的时候,要买种子了,要买化肥了,要买牛买猪了,只有夹着尾巴来乞求他。我似乎看到,水门村成了杉树的世界,山坡上,田头地角,堂前屋后,到处都是青杉的影子。它们摩肩接踵,用坚硬的身体筑成城墙,将水门村的心脏兜头兜脑包围了。谁也逃不掉,鸡飞不了,狗也跑不了。他又牢牢将他们攥在了掌心,将他们脚下的土地攥在了掌心。

哲东是个不倒翁,我是不倒翁的苦役犯。我必须遵照他的吩咐,将筲箕窝的土地垦过来,播上杉树籽。我起早摸黑半个月,才翻转一小块土地。我的手掌磨起了血泡,还砸伤了一根脚趾头。有了血泡的手不能揉捏泥人像。我多么希望有个人来替代我的苦役,水生不可能,他是村主任,炳德也不可能,他是会计,哲东不是村主任了,他们凭什么来筲箕窝垦地。翠翠爹总该来吧,我左等右等,也不见他出现。我盼谁来谁就不来。这帮狗骨头,让铁锤砸断他们的手,让石头砸断他们的腿,让机器将他们磨成灰装进石头盒子,埋到杉树下永世不得翻身。我搜寻了许多恶毒的法子诅咒他们。我不能再浪费时间了。筲箕窝成了辽阔无边的田野,它越广袤我的苦役就越见不到尽头。我将角锄换成田刨,草草刨动地表,不出三天整个土地全刨遍了。我将杉树籽播下去,浅浅盖了层草,再在草层上撒些碎土,我就解放了。

我又开始塑造我的泥人像。不再单单是翠翠,还加上了我自己,我和翠翠,手牵着手,肩并着肩,身体连着身体。羊是成群的,狗是成双的,土里的白白虫是成双成对的,就连杉树芽也成双成对往外蹿。我才将泥柱子竖起来,地表就冒绿了。我将翠翠的脸勾出来,眉眼勾出来,杉树苗就吃吃地笑了。它们一个个挺直腰杆,张开手臂,土地的脸让它们蒙住了,草的头也让它们压到了腋下。蛇在它们的脚下穿行,见不到头尾了。老鼠寻找未发芽的杉树籽,只见杉树苗在扇动,鼠们的脊背也见不着了。往后鸡们在苗地里觅食,羽毛也看不见了,等发现鸡少了再去寻找,只在地沟里见着一摊血,鸡让黄鼠狼叼走了。狗们躲到杉树苗下亲热,只有尾巴翘在上头,一条尾巴就是一条狗,两条尾巴就是两条狗。

哲东让人挖走两畦杉树苗后就再不见人来挖树苗了。杉树苗一个劲地疯长,你挤着我,我踩着你,互不相让。筲箕窝这个屁眼宽的地方不够它们生长了。它们翘首期待它们的主子,早一天将它们嫁出去。它们要去属于它们的土地上生长,生活,生儿育女。它们扬起脑袋朝水门村的心脏张望,不见它们的主子,它们又踮起足尖,还是不见它们的主子。哲东有可能将它们抛到九霄云外了,忙着要挟那些男人,或者同野女人鬼混。它们见不到它们的主子,一株株骚动不安,咒骂着。它们咒骂哲东将它们忘记了,又咒骂对方霸占了地盘。咒骂不解决问题,它们就像野狗一样你死我活地撕咬起来。那些弱小的苗木死在了混战之中,身体慢慢枯萎,枝丫腐朽,针叶积满了地沟,那些霸道的苗木不断往高处蹿。我只能看着它们在哀叹中愤怒地死去,我的泥人像也只能静静注视它们的死亡,这是我挽救不了的,也是我的泥人像挽救不了的,我和它都没法给予它们土地。

哲东又遭那些男人暗算了。他们挖空心思从他手上将钱贷出去,压根就没想过要归还。借款时他们将他当爷爷供着,收贷时他们都成了他的爷爷,太爷爷。就算他将他们当爷爷太爷爷,可他们不需要一个外乡佬来做他们的孙子,曾孙子。即使哲东姓樊,编家谱时他也不是他们那一支。他们不是太叔公明西那个老糊涂,让他忝列在祭祖的队伍里。他们绝不会让他混进去,他那一支的祖宗在哪里只有天知道。反正不在水门村。

放出去的贷款收不回来,哲东的钱袋子让信用社收了回去。这个跟头栽到古井眼了,没了钱袋子哲东狗卵也不是。他只身回到了筲箕窝。他的桃树埋骨在水门村的心脏,他的黄毛也在水门村的心脏丢了性命。他又将他的宫殿撇在那。九兰,九兰——半夜里他压着嗓子唤着九兰。九兰没吱声,也没起床。蓬蓬。他在窗子上拍了两掌,屋子里依然没有动静。哲东在屋檐下立了一会,又拖着疲疲沓沓的脚步离开了。过了一天,我在修理泥人像时突然听到羊们咩咩欢叫,它们的主子又回来了。他已经是一条丧家犬,夹着尾巴,垂着狗头,走得没声没气。快接近场地时一根桃树枝挡住了他的去路,那不过是个根细瘦的家伙,幸灾乐祸横在路中间。他飞起一脚踢在桃树枝的肚子上,桃树枝腾空而起,飞过破絮的一畦豆地。那是一畦泼辣的秋豆,哲东当村主任时将破絮一家弄出了筲箕窝,破絮就将豆地给了九兰,哲东落选后他又将豆地要了回去。桃树枝越过豆地落入苗圃,砸着了一棵杉树苗的脑袋,杉树苗歪了歪身子,委屈地叫了一声。它让它的主子砸痛了。

哲东进了屋,九兰却拉着我往外走。她捆了个包袱扛在肩头,包袱很蓬勃,将她的脸全给遮没了。我们走吧。九兰说。去哪儿?我挣脱了她的手,不想跟她走。蠢崽,去那边。九兰朝水门村的心脏努了努嘴说,你就惦记你的那块死泥巴。你才是死泥巴,老公在外面找野女人你也管不了。我在内心回敬了她一句,跑进了我的屋子。来吧,蠢崽,我们将泥人像搬走。她将板车架了起来,让我将泥人像搬到板车上。我原谅不了她骂我的泥人像。我别着脸不看她,她就堵住我的屋门不撤。最后我顺从了她,将泥人像搬到了板车上。我想过如果我不离开,就得天天面对一个落魄的酒鬼,面对一个失败的冒险家。那样我还不如同一条狗生活在一块,同一群羊睡在一块。

哲东的宫殿不是宫殿了,比鬼屋子还不如。场地上一片狼藉,桃树枝散得满地都是。没有枝丫的地方就有狗屎,东一堆西一摞,走路都得盯着脚趾头。货架上积满了厚厚的灰尘,屋角结满了蜘蛛网,网上飘着飞蛾的断翅,那是蜘蛛吃剩的残渣。屋子内除了桃子的腐臭酒的味道,还弥漫着一股恶心的霉味。九兰让这种混合的怪味冲着了,捂着肚子蹲在场地上吐了老半天,只差没将肚子吐出来。我和九兰花了三天时间才将屋里屋外清理干净。我选择了东边的屋子当我的卧室,将泥人像安置在避眼的角落。我不想别人窥见它们,也不想它们让太阳晒出裂纹。我不愿看到它们老去。我幻想着,有一天翠翠如果见到我的泥人像会是什么样子。

九兰的进入让水门村的心脏沸腾了一阵子。那些男人以为哲东要卷土重来，心底暗暗起了漩涡。他们整天在采石场忙活，抽不脱身，就让他们的女人来监视九兰。那些女人三三两两串在一块，绕着哲东的宫殿游荡。就这么个败家婆。她们中的一个尖嗓音说。蟑螂婆。另一个女人接口说。这话估计没瞒过九兰的耳朵。她用桃树干扎了个三脚叉，架上竹竿就成了衣架。她踮着脚，将衣服往竹竿上晾。她们的对话没有半点影响到她，她连看都没看她们一眼，只当她们不存在。日子一天天过去，九兰没有任何不轨的迹象，她们也失去了监视她的乐趣，该说的话都说过了，再说就是狗屎。间或有胆大的女人，找个借口进了院子，九兰回应了满脸的客套，她们也找不到破绽。米儿裹了身红，在九兰跟前飘来荡去，卖弄着她的妖，她的眼睛里满是蔑视和炫耀的光芒。玩物，哲东的玩物。我呸了一泡痰在她的脚边。她立马低着头走了。她不敢拿我怎么样，她和哲东的那点狗事从来没躲过我的眼睛。

这才是我想要过的生活。我不再是哲东的苦力，不必跟在羊的屁股后数羊粪蛋，不必为了那些杉树籽让手掌磨起血泡，不必睡在草棚里，也不必吊在树的半腰，不必恐惧采石场的爆炸将我从床铺上掀起来，也不必恐惧天上会有石头砸下来。我想睡多久就能睡多久。除了偶尔帮九兰做点琐事，我的时间完全受我自己支配。我一天可以用毛巾将泥人像擦拭三次，让它们不落一尘洁净无比。回吧，到筲箕窝种地去吧。终有一天九兰对我说。我压根不想回去，不想丢掉这种自由自在的生活，也不想再见到哲东的那张脸。蠢崽，不种地就得饿肚子。九兰在我额头上戳了一指。不种地就得饿肚子，我饿得了一天饿不过一辈子，只得跟着九兰回了筲箕窝。

筲箕窝变了个样，地里的杉树苗移栽到了山坡上，山坡上的桃树让哲东一棵不剩放倒了。空出来的土地平平整整，像是下了种，有可能是花生或是黄豆。如果是花生，会开黄色的小花，我就能扎个花环给我的泥人像。我又幻想，如果翠翠戴上我扎的花环会是什么样子，她不会像九兰，也不会像孝朵。她就是翠翠，谁也改变不了的翠翠。我突然有了预感，翠翠不会回来了，永远也不会回来了。只要走出水门村的人就不会回来，高贵出去了就没有回来，孝强也不见回来。我梦见我的泥人像全身长满了裂纹，裂纹慢慢扩张，我想用手捂住它们，无论我怎么用力，裂缝越来越宽阔，将我的手指都吞没了，最后泥人像哗啦一声碎裂了，变成了土块，干硬的土块，冷漠的土块，比石头还冰冷的土块。

日子就在我的幻想和恐惧中一天天过去。我和九兰白天到筲箕窝耕作，晚上返回水门村的心脏睡觉。九兰始终没有给过哲东好脸色，他锄地她就去料理她的菊花，他除草她就去摘她的辣椒茄子。她不让他靠近一步，好像他的身上长了刺随时会刺伤她。为了偿还债务，哲东宰了不少羊，一度仅剩十几只羊崽。羊崽慢慢长大，羊们又成群了。每年的冬天，他都会处理一些倒霉的家伙，羊的臊气夹杂酒的香味长年郁积不散。地里的庄稼，山坡上的树得了羊粪蛋的滋润，没日没夜飙长。秋豆在鼓荚，稻子在抽穗，辣椒躲在瓜棚的背后红着脸偷着笑。杉树是最疯狂的，密密匝匝，连羊都钻不进去了。筲箕窝又像个女人一样蓬蓬勃勃饱满起来。

偶然的一天，我发觉哲东变得神经兮兮了。羊们咩咩叫着亲近他，他爱理不理，草在锄头下疯长就任其疯长，老鼠在田地里肆虐就由着它们肆虐。筲箕窝的酒气冲天，他的酒歌听不到了。有时他躲到某棵杉树下一坐就是一整天。他将那些密集的枝丫剔除了，给自己开辟一条通向山顶的道路。他又撂倒了几棵成林的杉树，将它们高高树起来。鬼打的，一天不折腾就活不下去。九兰责骂他。哲东疯了，让酒醉疯了，竟然在那几棵杉树的顶部造了间房子。他成了只搬家的鸦鹊，将被絮酒瓶一枝一叶衔进他悬在半空的窝。他在他的窝里住下了。他面朝水门村的心脏，一动不动。

外乡佬疯了，外乡佬疯了。水门村的心脏又喧嚷起来。郎在个房中，心中只想下南京呵。那些男人哼着酒歌，浩浩荡荡，来观看疯子了。娘哎娘哟，您慢点走，疯子跑不了的。女人搀老扶幼，唯恐慢一步就错过了疯子。汪汪，汪汪汪。狗们也蜂拥进筲箕窝了。人和狗里三层外三层，将山头团团围住。哲东畏缩在半空的房子里，一刻也没露脸。他们用手罩住额头朝半空里观望，不见外乡佬的影子。她们侧过耳朵倾听，也听不见外乡佬半点声响。他同他们玩起了捉迷藏。

他们灰头土脸撤退了。他们一步一回头。我以为他们不灰心，想在回头的瞬间用眼睛捉住哲东。我渐渐发觉不对头，他们的背后好像跟了一个隐身的人，他们走一步他就在他们的脊梁上敲一棍，待他们回过头他却溜了。只要他们迈动脚步，他立马又给了他们一棍。他们被敲晕了，飞也似的狂奔起来，狗们也跟着夺路而逃。

三个月后的一个晚上，已经是冬天，我让筲箕窝的火光映醒了。那一场火燃得蹊跷，没有任何先兆。先是狗们狂呼乱叫，它们的癫狂我早已见怪不怪。

火,火,筲箕窝着火了。九兰疯狂地号叫起来。待我们冲出屋子时,火光将水门村的天空都烧红了。筲箕窝成了火海,火舌舔着杉树,杉树的衣衫眨眼就化为了灰烬,火舌往半空翻卷,那半空的房子燃成了火球。火舌再往上卷,整个天空也点着了。地上的火,天上的火,上下同时燃烧着,那木头房子顷刻就散落了,支支架架全塌进了火海里。好壮观的一场火呀。有人的惊叫从我的耳边刮过。是呀,好久不见这样的大火了。有人附和。救火呀,快救火呀。九兰凄厉地号叫着。她的号叫不起任何作用,火势太汹涌,谁也近不了身。大火烧了大半个晚上,黎明时分才接近尾声,一点一点暗淡下去。

火光散尽,天空里火烧灰飞飞扬扬。九兰一把眼泪一把鼻涕爬上了山头。杉树光秃秃的一身黑,地上是厚厚的灰烬,点滴的火星在灰烬里惺忪着眼。我们找遍了东边的山头也没找到哲东的尸体。我们又爬上西边的山头,仍旧没能找见哲东的尸体。我想,他肯定化为灰烬了,但我不敢对九兰说。我挽着她走下山头,她的身体软绵绵的,已经没了一丝支撑。我的身体也跟着发软,有一只手在慢慢将我的骨头抽走,我的身子一寸一寸畏缩,最后我和九兰都走不动了,只有瘫倒在泥地上。模模糊糊中,有个影子向我们走了过来,慢慢放大,放大。我终于瞧清楚了他的脸,那不是哲东是谁。他扛着只蛇皮袋,蛇皮袋里装着一条鱼,鱼的尾巴好长一截露着。好大的一条鱼。他每走一步,鱼尾巴就忽闪忽闪动一回。娘,爹回来了。我叫醒悲恸中的九兰,九兰立刻弹了起来。鱼,樟树的鱼。哲东说。鱼你个头,你个死鬼,去哪也不告诉我一声。九兰嗔骂了哲东一句。哲东没有答话,满脸傻笑着,一边抖了抖肩膀,鱼尾巴又闪动起来。九兰扑哧一声笑了。

他们的笑容如此辉煌,我竟然看不懂了。

第27章　大　婚

水门村的心脏快要被哲东和九兰制造的暧昧气息撑爆了。狗们捕捉到了这种异乎寻常的气味，呼朋引伴，携妻带子，吠叫着，欢唱着狗们才听得懂的歌谣，从四面八方汇聚到哲东幸存的宫殿前。它们里三层外三层将哲东和九兰包围了。狗的前面是狗，狗的后面是狗，狗的左边是狗，狗的右边还是狗。无数的狗不断奔涌过来，狗的队伍越拉越长，狗的阵营越来越壮阔。一只老母狗率领三只小狗跑来了，那三只小狗边跑边嗷嗷哭着寻找它们母亲的乳头。一只老公狗瘸着一条腿蹦跳着赶来了。两只正在走草的狗你拽着我，我倒拖着你，一路欢爱着，落在了队伍的后面。它们有理由放肆，黄毛死了，没有谁是它们的对手。它们想去哪里就去哪里，想在哪里欢爱就在哪里欢爱，谁也管不了它们。

我朝屋里呼唤，黄毛。好像黄毛真的呆在屋里某个地方。

有几只狗惊惧地抬起了头，仿佛黄毛会突然从哪个角落扑出来，咬住它们的脖子，吮吸它们的鲜血。另几只狗拿鼻子在埋葬黄毛头颅的地方嗅了嗅，似乎嗅出了黄毛的气味，慌忙扭转身夹着尾巴往后逃奔。可它们的退路被堵死了，它们的惊慌迅速传染给了其他的狗。群狗轰然一声四散逃开，公狗撞上了母狗，几只狗崽被它们的长辈踩踏了身子，哀叫着，号哭着，可是没有狗来理睬它们。狗们逃出十几步，回头看看，并没有发现黄毛追过来，就收住了脚步。它们在原地转着圈，朝哲东幸存的宫殿张望着。转了几个圈，几只胆大的狗又跃跃欲试拢了过来，一步一步朝哲东的宫殿靠近。没有遇见任何狙击，狗们才放心地缩小了包围圈。

我又朝屋里喊叫，黄毛，黄毛。可是狗们依旧肆无忌惮地拢过来了，大概它们嗅到了黄毛死亡后散发的臭味。

我拿眼睛瞅瞅哲东，这个失败者埋着头，依照九兰的吩咐正在剖洗从樟树村扛来的鱼。他对步步进逼的狗群视而不见。那条鱼长得有些骇人，鱼鳞有半个巴掌大。它的嘴巴很阔，嘴边长着白森森的牙齿。我认不出那是条什么鱼。

也许它是吃哲东和九兰遗留的菜叶或者樟树村的青草长大的。也许它是吃别的鱼长肥的,而别的鱼吃了哲东和九兰遗留的菜叶或者樟树村的青草。我突然想象,那些鱼在我们的老屋里进进出出,在我们的菜园子里游来游去,在我们曾经上学的路上来来回回,那是多么有趣的事情。我潜不到水底下,没法亲眼见到这种生动的景象。可能哲东不会想象到这些,剖洗干净鱼,接着清理在那场大火中丧生的一只羊。那是只半大的母羊,不知怎么钻入了杉树林,也许它是去寻找它的主子哲东。可怜它还没来得及享有一次爱情,没开一次怀就命丧黄泉了。羊皮被大火烧焦了,剥开羊皮,羊体冒着呼呼的热气。有一只胆大包天的狗,跳过去咬住了尚在哲东手中攥着的羊皮,嘶啦一声,撕走了半张羊皮。其他的狗不知是眼馋还是受到了鼓舞,一只只扑过来争抢哲东手中的羊皮羊腿。哲东舞着刀恫吓它们,可是不管用,他处在它们的包围之中,只要稍不留神,就有一个疯狂的家伙突袭他手中的死羊。哲东在狗们的围攻下步步退缩,先是挪到了屋檐下,后来不得不退入屋内,将门闩死了。狗们没抢到油水不甘罢休,狂吠着,凌厉地扑到门板上,将门板撼得山摇地动,狗爪将门板挠出无数深深的沟壑。有的跳到窗台上,朝屋里咆哮着。从它们嘴角流出的涎水将窗台都淋湿了,顺墙而下,蠕出许多黏稠的小溪流。

哲东不理会狗们的喧嚣,将清理干净的鱼和羊交给了九兰。九兰将鱼和羊扔进铁锅,加了水,一把火煮沸了。屋子里很快飘出无比鲜美的鱼肉和羊肉混合的气味,好像云彩一样在村子里飘荡。无数挟带鱼羊肉香气的老鼠钻进了水门村人的鼻孔。狗日的外乡佬,又在煮什么人骨头。他们嘀咕着,肚子也跟着嘀咕着,可是没有人去瞧个究竟。狗们越发躁动不安,咆哮着,呐喊着,眼睛喷射出贪婪的绿光,好像长了一地的尚未成熟的灯笼草。

我突然怀念起黄毛来,它虽然是哲东的走狗,活着时没少让我厌烦,可是如果它还活着,狗们就不敢如此放肆。我拾起一根柴棍,朝窗台上的一颗狗脑袋捅去,狗却偏过脑袋,张嘴将柴棍咬住了。我只得撒了手。我奈何不了它们。哲东肯定也拿它们没办法,要不然怎么会容忍它们狂吠乱叫。他同九兰躲在灶房里,一步也不出来,都不知干了些什么。

羊肉熟了,鱼肉烂了,鱼羊肉混合的鲜美气息更浓郁了。随便张开嘴,涌进嘴的都是扑鼻的鲜美气流。鼻孔里进进出出的也都是异常鲜美的香气。地上的柴棍,窗户上的铁栅栏,似乎都变成了呼呼冒着热气的羊骨头。九兰用脸盆盛了满盆的鱼羊肉搁在桌子上，抱出酒坛，摆上了两只海碗。九兰对哲东说，来，我陪你喝两杯。抱起酒坛，给两只海碗汩汩满上了酒。捞起一只羊腿塞给哲东，哲东接了羊腿，却不喝酒。九兰不理会他，端起另一只海碗，咕噜咕噜，把酒干了个底朝天。九兰说，你是个爷们，喝不喝随你。我第一次见证了九兰的酒量，那么一海碗酒下肚，脸不改色心不跳，屁事也没有。一只老鼠趴在房梁上一动不动，被九兰的酒量吓傻了。哲东似乎也被九兰的豪情镇住了，乖乖地端起酒碗，三下两下喝干了酒。九兰说，酒有的是，羊肉有的是，你尽管吃，尽管喝。爷们得有爷们的吃相，爷们得有爷们的喝相，别死不拉叽，一个瘟相。这桌酒从午后喝到落日黄昏，月上柳梢，酒香四溢，羊骨头撒了一地。九兰的脸涨起了桃花，红亮亮的，粉嘟嘟的。她的眉毛就是两片粉红色的桃花，头顶被粉红色的桃花包裹，眼睛散发着粉红色的桃花光芒。九兰说，你……你唱个酒歌吧。她的胸部挺起来了，像藏着两颗不断长大的桃子。哲东说，唱什么酒歌……不唱，喝酒……喝酒！九兰媚眼朦胧说，你就是个酒鬼，连个歌也不会唱……你就唱个《十绣荷包》，或者《十杯酒》。哲东说，你喝了这碗酒，我就……我就唱个《十看郎》。九兰真就抱起酒碗，咕咕吞下了半碗酒。九兰说，你是爷们，说话要算话，我可是喝干了。哲东说，我也把酒干了。托起海碗将半碗酒倒进了嘴。九兰说，你是大老爷们，不许赖账，该喝的酒得喝，该唱的歌……也得唱，该受的苦……遭的罪……你跑到哪儿……也躲不掉。你唱个歌吧，不唱歌……就喊个号子，喊那个……那个《铲山歌》。

哲东终究没喊那个《铲山歌》的号子，叽里咕噜同九兰闹腾了大半个晚上，才慢慢沉静下来。下半夜他们在西边的卧室里又闹腾出另一种响动。这种响动让我记起了山谷里的日子，我在竹床上忽闪忽闪着身子，竹床发出有节律的呻吟声。竹床的呻吟同哲东和九兰制造的暧昧声响几乎是同一种节拍，叫人无法区分。它们让我不由自主想起了翠翠，翠翠割草时翘起的臀部，翠翠桃红的脸颊，桃子一样饱满的嘴唇，桃汁一样甜美的笑声。我在内心呼唤，翠翠，你在哪儿，你什么时候回到水门村。翠翠，你听见了我内心的呼喊吗？你感觉到了我对你的思念吗？翠翠，我远走高飞的翠翠，无影无踪的翠翠，离乡背井的翠翠，你是我的肉，你是我的骨头，你是我春天的桃花，你是我的桃核，你是我肉体和灵魂赖以存世的子宫，你是我黑暗中的光亮。对翠翠虚妄的幻想将我折磨得形销骨立，身体一会儿僵硬得像块石头，一会儿又柔软得像条春蚕。

哲东到底是个怎样的人，曾经宁可躲在他的官邸教会米儿唱酒歌，却不肯在九兰跟前唱半句。曾经水门村那么多女人都是他的女人，她们环绕着他，簇拥着他，生怕他不肯眷顾她们。现在只有九兰陪着他，他却在自己真正的女人跟前闭紧了嘴巴。他有什么资本可骄傲的，又拿什么维持他的尊严？他简直就是一个厚着脸皮的无赖。我打心眼里鄙视九兰，她是个没有骨气的女人，当初哲东投身水门村那么多女人的怀抱时将她扔在了一边，现在她们抛弃了他她反倒接纳了这个忘恩负义的家伙，陪他喝酒，给他鼓气。她本该给他一个冷屁股，反倒给了他一张无比温柔的笑脸。她是个贱骨头，也就般配哲东这么一个无赖。她似乎察觉了我对她的鄙视，要报复我，拿我开刀。

孝荣，到娘身边来，娘同你说个事。九兰朝我招呼说。她站在明朗的晨光里，昨夜的红潮残留几抹在她脸上。她半含着笑，神情有几分羞涩。

我对她的报复没有任何预感，也猜不到她要同我说什么事。我收起了晾在脸上的鄙视，如果被她发觉，绝对没有我的好果子吃。我很不情愿地靠近了她。娘，您脸红耳热的酒还没醒啊?！我取笑她说。蠢崽，你乱嚼什么舌头，娘哪儿喝酒了?！她摸摸脸，脸上划过一丝惊慌，却又瞪了一眼我说。您酒都喝了几海碗，还不许我说。我说。别东拉西扯，娘有话同你说。她正了脸说。我只有闭上嘴，静听她说话。

九兰说，孝荣，我同你爹商量了，你都老大不小的人，不能由着你疯了。娘做主要给你娶个媳妇，不抓紧时间你就得打单身。孝强不知死哪儿去了，娘只有指望你，这个家将来就靠你撑着。你看中哪家姑娘，不管樟树村的还是水门村的，你有中意的就同娘说，娘给你找人说媒提亲，一定风风光光给你办场婚事，别人家怎么排场，娘就怎么给你排场。

我的头顶霹雳一声炸响，又霹雳一声炸响。我被九兰的话给炸晕了，不知怎么拒绝她。我不是没想过结婚，可是翠翠走了，我同谁结婚，谁也取代不了翠翠。我曾多次向翠翠爹翠翠娘打听翠翠的消息，他们也不知她去了哪里，她没给他们写过信，也没给他们捎过话。翠翠是死是活他们都不清楚。刚开始我怀疑翠翠的爹娘有意瞒着我，但追问过多次后才确认他们并没有欺骗我，他们的确不知道翠翠的下落。我就幻想，翠翠总有一天会回来的，我就望眼欲穿地等啊等啊，哪怕等她一辈子也心甘情愿。如果她嫁给了别人，我就为她打一辈子光棍。不,不,她不会嫁给别人,她一定会嫁给我。我问过幸存的桃树,翠翠要是嫁给我,桃树你就开花吧,果真桃花就开了。我问过田野上的紫云英,翠翠要是我的老婆,紫云英你就开花吧,果真遍地都是盛开的紫云英。我冷静下来,得找个理由搪塞九兰。

娘,我不想娶老婆。我说。

蠢崽,有老婆多好,给你端茶倒水,给你洗衣做饭,还能给你暖被窝。九兰诱惑我。

您都说我是蠢崽,我是个能娶老婆的人吗?我捕捉到了她话里的破绽说,我拿什么本事养活她?!

你怎么不能娶老婆?你不比旁人少一根脚趾头,也不少一根手指头,你不是傻子,不是白痴,别人做得了的事情你都做得了,为什么不能娶老婆?!你养不活,娘替你养着她。照娘的话说,你该娶个比别人老婆漂亮十倍贤惠十倍的老婆,让别人眼红耳热羡慕死。九兰鼓舞我。

我要是娶了老婆,水门村的狗都会笑话我。我沮丧地说。

谁会笑话你?!谁敢笑话你?!娘就撕烂他们的脸,看谁有那个狗胆。九兰的眼睛抖出热辣辣的光芒,一副要拼命的架势。你仔细想想,是回头讨个樟树村的老婆,还是就地取材娶个水门村的姑娘。她最后叮嘱我说。

我预感我逃不脱九兰的魔掌。她表面上逆来顺受,一旦犯倔,谁也拧不过她。连哲东都要唯她的马首是瞻。肯定会有一个姑娘成为我的老婆,不管樟树村的还是水门村的,她绝不可能是翠翠。我的翠翠,你在哪儿,什么时候回到水门村。我悲哀地想到,如果有一天翠翠回来了,而我又娶了别家的姑娘,我有什么脸面去见翠翠?!也许我只有一条路可走,就是离开水门村,满天下寻去,总有一天会找见翠翠。我相信翠翠会在某个地方等着我,等着我去寻找她,等着我去同她相亲相爱。我在黑暗中起了床,又摸黑走出了房间。我在厅堂中央被什么东西绊倒了,摔了个嘴啃泥。我摸索到了一双脚,从鞋的形状判断是九兰,是九兰挡住了我。她拉亮了电灯,果真是九兰,灯光下的她抱着膀子,冷若冰霜向着我。这么晚了你要去哪儿?她的声音有些哆嗦,身体在颤抖。我……我睡不着,起来走走。我说。你给我回房睡觉。她命令我。娘,我就出去走动一下,马上回来。我哀求她说。那好,娘陪你走走。她说。娘,您去睡吧,我随便走一会儿就回来。我哄骗她说。你可别骗我,你要是敢学孝强的坏样……她的手里突然多了一把锋利的菜刀,眼睛里满是绝望。你要是敢出走,娘就死给你看。她把菜刀架在她的脖子上,菜刀寒光闪闪。娘,你别逼我。我咚的一声跪在地上。你想跪就跪着吧,你要是胆敢走出这扇门,就别指望看见你娘了,娘说到做到。菜刀抵住了她瘦弱的脖子,有血从刀口下渗出来。她的模样不像是吓唬我,也许她真的会说到做到。娘……我不走了。我跪伏在地上。

蠢崽,娘知道你想着翠翠,可是翠翠活不见人,死不见尸,你不能想着她一辈子。说不定她在外面早嫁人了,早做了娘,孩子都一大帮了。你就是个傻蛋,傻傻地等啊盼啊,等不来个结果,也盼不来个结果,这世界上比翠翠优秀的姑娘有的是,娘保证找一个不比翠翠差的姑娘给你做老婆,包管你称心如意。九兰劝导我说。

娘,您别说了,我不走了,半步也不离开水门村了……我泣不成声。

那个晚上,我同九兰僵持时哲东始终静静地站在一旁,不说话,也不去抢夺九兰的菜刀。他的脸冷冷的,眼睛里是冷冷的光芒,嘴角挂着一抹嘲讽的笑。他是个阴险的家伙,早看出了我的懦弱,把准了我会向九兰妥协。接下来的日子,哲东或左或右或前或后守着我,不让我有片刻独处的机会。他同九兰似乎做了分工,他负责看管我,九兰则操办我的婚事。九兰征询我的意见,是娶个樟树村的姑娘还是水门村的姑娘,我没有回答她,无论是谁,她都不可能是翠翠。不是翠翠,是谁都一个样,是谁都无所谓。我被他们禁足在东边的屋子,静静地守着我的泥人像。我和翠翠手牵着手,肩并着肩,行走在只有我们二人的世界中。翠翠的手是那样柔软,掌心有些许湿润。翠翠,翠翠。我附在泥人像的耳边呼喊,就是没有人答应。

我把自己的婚姻完全交给了九兰。由于我沉默不语,她自作主张在水门村挑选了一个姑娘给她做儿媳妇。她让哲东宰了一只羊,把它连羊头一块儿送给了哲仁,聘请哲仁做媒人,给我说媒提亲。我的婚事在九兰的掌控之中有条不紊地进行,按照水门村嫁娶的惯例,看姑娘,看门房,押茶盘,定庚,报日。我像个木偶一样被九兰操控着,她说往西就往西,她说往东就往东。那个即将成为我新娘的姑娘是胖是瘦,是高是矮,似乎同我半点关系也没有。甚至我连姑娘的名字都没能记住。恍惚中,是翠翠牵引着我完成这些必要的程序,我才不至于出错让人笑话,也不至于给女方难堪。

我大婚的日子终于临近了。婚礼前的一个晚上，九兰提了一把锄头走进了我的屋子。孝荣，让娘砸了它吧，放在这儿碍眼。她指指泥人像。我用身体挡住她的锄头。娘，您就留着它吧，妨碍不了什么事。我说。新娘子马上要进房了，你怎么向她交代?！来吧，乖儿子，听话，让娘砸碎它。九兰的声音没有丝毫的怜悯，似乎她要砸碎的不是泥人像，而是一堆狗屎。我才明白，我对翠翠的最后一丝念想也保护不了。娘，让我自己来吧。我狠狠心从九兰手中接过锄头。我一锄砍在翠翠的肩膀上，翠翠的肩膀塌了，泥土飞溅。我又一锄捣在翠翠的腰上，翠翠的腰折了，泥人像的上半身栽倒在地。我一锄接着一锄砸下去，泥土开花了，泥土成烟了。我把我同翠翠在山谷里的时光砸没了，我把我对翠翠的思念砸丢了，我把我自己的魂砸空了。我把自己砸成了一具行尸走肉。从今往后，我的记忆中就没有了翠翠两个字。

九兰扫清了我婚礼的最后障碍。我的卧室很快被清扫干净，布置一新，仿佛泥人像从来就没有存在过。哲东幸存的宫殿成了我婚姻的殿堂。大门口的对联贴起来了，大红的囍字贴满了窗户。樊姓的祖宗牌位供在厅堂神桌的中央，重新上了漆描了金，点上一对刀把粗的红烛。厅堂中，场地上，摆开了几十张八仙桌，桌上放着火烧酒和果盘，十几碗大菜正在厨房里爆炒着。哲东宰了七八只羊，羊肉的香气像凑热闹的小屁孩一样到处乱窜。为了防止狗们抢食，房前屋后临时扎起了篱笆，是用桃树枝扎起来的，狗们被轰到了篱笆外。它们虽然贼心不死，可是对于半人高的篱笆也无可奈何，没有一只狗胆敢跳过篱笆。礼炮齐鸣，唢呐欢唱。嫁妆进门了，整整十八杠，从洗脚的脚盆，小杌子，到绣花的被面，席梦思床，电视机，摩托车，应有尽有，什么都不缺。新娘进门了，一拜天地，二拜高堂，夫妻对拜，送入洞房。新娘家的上亲驾到了，礼炮，鞭炮，爆出喧天的响动。哲仁是媒人，坐了西首一字席。水生——新上任的村长来祝贺了，哲东叔，恭喜恭喜啊。炳德不卑不亢地笑着，他的身后跟着小高贵，米儿一身大红，翠翠爹佝偻着腰一脸谦逊的笑，当年不愿接纳哲东的四组组长淼生也来祝贺了，杏林，孝顺……该来的人都来了，甚至料想不到的人也来了。镇上那个秀秀气气的书生骑着摩托车来了，哲东喊他王主任，是镇政府的办公室主任。水生纠正说，现在可不是王主任，应该叫王副镇长，王主任刚刚当选为水门镇副镇长。哲东说，王副镇长，您是贵客。王副镇长说，你是移民户中的先进典型，你家有喜事，我怎能错过？水生说，王副镇长，请上座。王副镇长推辞了几句，半推半就坐在了上座。酒斟满了碗，十几碗大菜流水一样上了酒桌。酒香，肉香，满村子都是酒肉的香味。狗们被诱惑得馋涎欲滴，在篱笆外嚷嚷着要哲东赏赐它们。酒鬼哲东的海量又一次有了用武之地，从厅堂到场院，每张桌子都要走一遍。酒过三巡，食客们的兴致都被调起来了，充耳都是夸张的喝酒声，喧哗声。脸红了，耳热了，话匣子打开了。有人掀风鼓浪，哲东叔，唱个酒歌，就唱《十八摸》，一摸摸在媳妇的大腿边。厅堂里，场地上，是滚瓜一样的泼笑。几只狗跟着起哄狂吠了几声。王副镇长说，哲东哥，今天是你家孝荣大喜的日子，该亮一嗓子，咱们不听那粗俗的，你就来个文雅些的。哲东说，王副镇长见笑了，我唱得不好，怕噪了你的耳朵。王副镇长说，别谦虚，你在水门镇唱酒歌可是一顶一的高手。九兰说，王副镇长让你唱，你就唱一个。哲东说，我就唱个《要哥归来结夫妻》吧。新做门楼面向西，有心老妹你来哩哟，有心老妹料几日，等我歌子送你归哟。老妹住在竹山尾，时时刻刻要哥归哟，要哥归来做嘛格，要哥归来结夫妻哟。王副镇长带头鼓起了掌，满堂的喝彩声。又有人嚷嚷，再唱一个，再唱一个。哲东说，那我献丑再唱一个《约郎》歌。昨夜个约郎你郎有有来哟，我姐房门个半关又半开耶，床上丢失了绣花被耶，床下丢失了绣花鞋哟……是高腔……哲东的歌声叫人回肠百转……那一瞬间，我仿佛看见翠翠赤足朝我狂奔而来……我仿佛看见，我的新娘——她的肚子正在迅速隆起，我和水门村的一个女人，我们共同孕育的一个新生命即将降临幸福的人间。